HEYNE

Das Buch

Als dem jungen Marcus in Indien eine uralte Schriftrolle in die Hand gedrückt wird, gerät er ins Fadenkreuz machtbesessener Regierungen, skrupelloser Verbrecher und mysteriöser Geheimbünde. Doch Marcus will das Rätsel um das geheimnisvolle Manuskript lösen und flieht. So beginnt eine dramatische Verfolgungsjagd zu den magischen Orten der Welt: Stonehenge, Mount Shasta, Machu Picchu. Langsam wird dem jungen Mann bewusst, dass dies mehr ist als nur ein wildes Abenteuer. Denn die geheimnisvolle Rolle enthält eine brisante Botschaft, um die globale Katastrophe abzuwenden. Und er erkennt: Auch er selbst ist eigentlich gar nicht der Mensch, für den er sich immer gehalten hat ...

Die Autorin

Die Heilerin und mediale Schriftstellerin Diana Cooper machte während einer Lebenskrise eine transformierende Erfahrung mit einem engelhaften Wesen, das sie auf eine innere Reise ins Universum mitnahm. Dieses Erlebnis bewog Diana Cooper, ihr eigenes Leben der Heilung und dem Dienst am Menschen zu widmen und sich dabei von den Engeln unterstützen zu lassen. Sie hat zahllosen Personen geholfen, ihre Berufung im Leben zu finden, ihr Potential auszuschöpfen und ihrem Dasein mehr Sinn zu geben.

www.dianacooper.com

Diana Cooper

Das Schweigen der Steine

Roman

Aus dem Englischen
von Jochen Lehner

WILHELM HEYNE VERLAG
MÜNCHEN

Die Originalausgabe erschien 2002 unter dem Titel »The Silent Stones«
im Verlag Hodder and Stoughton, London.

Taschenbucherstausgabe 11/2007

Printed in Germany 2007
Redaktion: Barbara Imgrund, Heidelberg
Umschlaggestaltung: HildenDesign, München
Umschlagmotiv: © George Bailey / Shutterstock
Gesetzt aus der Sabon bei Leingärtner, Nabburg
Druck und Bindung: GGP Media GmbH, Pößneck
ISBN 978-3-453-70076-5

http://www.heyne.de

Für meine geliebte Tochter Dawn.
Danke für alles, was wir gemeinsam
an Spaß und Glück erlebt haben.

Vorbemerkung

Dieses Buch schickte mich auf eine äußere und innere Reise. Während des Schreibens war ich in Südamerika und Kalifornien und zweimal in Indien. Es begann 1996, als ich einmal aus einem sehr lebhaften Traum aufwachte und sofort wusste, dass dies die Handlung des ersten Teils eines Romans war. Ich schrieb diesen ersten Teil und wartete. Im nächsten Jahr flog ich nach Indien, um meine Tochter zu treffen, die in Hongkong lebte und arbeitete. Wir reisten zusammen, und dieses Buch beruht teilweise auf dem gemeinsam Erlebten, denn wir kamen tatsächlich an den Ort, der mir im Traum gezeigt worden war.

Ich hatte schon einige Jahre mit Geistführern gearbeitet, jenen hoch entwickelten Helfern aus der Welt des Geistes. Später traten Engel an mich heran und gaben mir den Auftrag, sie der Welt bekannt zu machen und über sie zu schreiben. Engel sind Geschöpfe von sehr hoher Schwingungsfrequenz, Lichtwesen, die als Botschafter und Mittler des Ursprungs dienen. Mein Geistführer sagte, dass mir der Inhalt des zweiten Teils meines Romans durch einen Menschen übermittelt würde.

Einige Zeit später besuchte mich mein Sohn, der sich ein Jahr in Südamerika aufgehalten hatte. Dann geschah etwas, was ihm noch nie passierte und seither auch nicht wieder geschah. Er setzte sich bei mir aufs Sofa, und plötzlich brach sich eine Flut von Mitteilungen durch ihn Bahn. Er sagte, ich solle etwas zu schreiben holen, da alles Weitere ihm erst nach der Niederschrift des bereits Mitgeteilten zugänglich würde. Er erhielt Informationen über Machu Picchu und sagte zu mir, er spüre die Gegenwart der Engel.

Zwei Wochen später wurde mir mitgeteilt, mir stehe eine höhere Einweihung bevor, die mich auf eine neue Ebene des Lichts heben würde; bis dahin dürfe ich nicht schreiben. Anschließend schrieb ich den *Spirituellen Lebens-Ratgeber*, wie ich versprochen hatte.

Als ich mit der Niederschrift des vorliegenden Romans begann, zeichnete Anne Vinter, eine medial begabte Künstlerin, eine wunderschöne Inuit-Frau namens Saska für mich, die für diesen spirituellen Lehrroman zu meiner »Schriftführerin« wurde. »Ah«, dachte ich, »endlich kann ich weitermachen!« Ich schrieb die erste Fassung nieder und hatte anschließend so viel zu tun, dass ich mich monatelang nicht mehr darum kümmern konnte. Als ich die Arbeit wieder aufnahm, tauchte ich erneut vollkommen darin ein.

Das Buch war so gut wie fertig, als ich eines Nachts um zwei Uhr von Engeln umgeben aufwachte. Sie wünschten sich von mir ein weiteres Buch über Engel. Es sollte den Titel *Angel Inspiration* (dt.: *Die Engel – deine Freunde*) tragen und sofort niedergeschrieben werden. Sie blieben Tag und Nacht um mich, bis ich fertig war. Es erschien ein Jahr vor der Veröffentlichung der Erstausgabe dieses Romans.

Schließlich konnte ich meinen Roman abschließen. Ich hoffe, die Lektüre bereitet Ihnen ebenso viel Vergnügen, wie ich beim Schreiben hatte. Machen Sie Gebrauch von den Symbolen, sie haben große Macht!

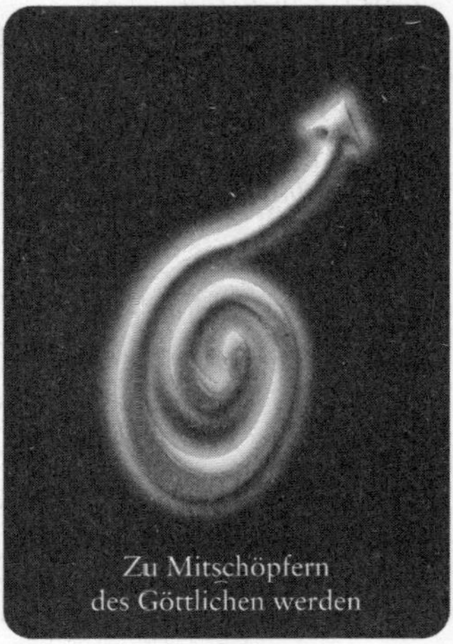
Zu Mitschöpfern
des Göttlichen werden

Den Himmel
auf die Erde bringen

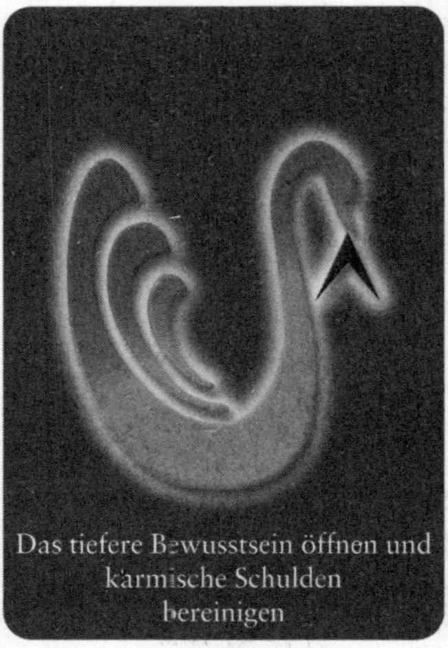
Das tiefere Bewusstsein öffnen und
karmische Schulden
bereinigen

Das Herz aktivieren und die Men-
schen so miteinander verbinden,
dass die Energielinien der Erde
dadurch geöffnet werden

Intuition und Liebe
verbinden

Allen einsamen Menschen
Freundschaft bringen und die
Schönheit der Erde beleuchten

Die in uns verborgene Magie
mit Weisheit
ans Licht bringen

1. Kapitel

Die, die es wissen müssen, sagen: Man kann Indien nur hassen oder lieben. Man muss wohl tatsächlich vernarrt sein und die rosa Brille auf der Nase haben, wenn man die Hitze, den Schmutz und die Fliegen, die Bettler, den Gestank, all die plappernde Unfähigkeit und achselzuckende Gleichgültigkeit wahrnimmt und doch bei jedem Besuch wieder dieselbe Begeisterung und Liebe spürt. Aber es gibt natürlich immer einige, die sich von solchen Dingen abschrecken lassen und Indien überhaupt nicht mögen.

Als Marcus zum ersten Mal seinen Fuß in den Staub Indiens setzte, war es Liebe auf den ersten Blick. Er war völlig hingerissen, schon bei der ersten abenteuerlichen Fahrt vom Flughafen nach Delhi hinein, in einem wild hupenden Taxi, das unentwegt Ochsenkarren, verrosteten Bussen, kleinen, weiß gekleideten und in herrschaftlicher Haltung auf ihren Fahrrädern thronenden Männern und mörderisch knatternden Rikschas ausweichen musste. In diesem Gewimmel, das sich vor einem geradezu surrealen orangegelben Sonnenuntergang abspielte, kam eine Leichtigkeit über seinen müden Körper, als träfe ihn der Blick einer glutäugigen Schönen.

Er sah sich in Delhi und Umgebung alles an, was man gesehen haben musste. Die Inder wirkten klein gegen diesen hoch gewachsenen breitschultrigen Mann, der sie im Gedränge auf den Straßen häufig übersah und anrempelte. Er entschuldigte sich jedes Mal, und das Lachen in seinen grauen Augen war so entwaffnend, dass sie sein Lächeln erwiderten und ihm verziehen. Er sah gut aus, seiner jugendlichen Offenheit widerstand niemand so leicht. Und er war immer in Bewegung, voller Pläne, nicht zu bremsen in seiner Begeisterung und leidenschaftlich interessiert an den Menschen. Er konnte gleichsam in ihnen lesen, spürte ihre Bedürfnisse und Stimmungen und unterhielt sich gern mit ihnen, um herauszufinden, was für ein Leben sie führten. Er saß in Cafés, plauderte mit Ausländern, Touristen und Einheimischen und genoss das Flair des Ostens.

Eine Woche nach seiner Ankunft in Delhi und in einem Anfall von Wagemut quetschte er sich zu einer Curry ausschwitzenden Menschenmenge in einen Bus, der eher einer Konservendose glich. Seine Tasche hielt er auf den Knien fest; irgendjemandes Aktenkoffer bohrte sich schmerzhaft in seine Rippen, als der Bus sich rumpelnd in Bewegung setzte. Über Dehradun nach Rishikesh sollte die Fahrt gehen.

Dehradun! Er ließ sich den Namen auf der Zunge zergehen und versuchte zugleich, seine Ohren gegen das ewige Hupen und das laute, ihn ausgesprochen anwidernde Spucken zu verschließen, das die Inder offenbar als Königsweg zur Gesundheit betrachten. Während der Pausen stieg er aus, stellte sich in einer Geste der Solidarität zu den Männern und nahm in Pidgin-Englisch oder Zeichensprache an ihren Gesprächen teil. Doch auch diese Fahrt genoss er in vollen Zügen. In einer dichten Staubwolke fuhren sie durch Dörfer, wo in Holzverschlägen Obst und Gemüse feilgeboten wurde und bunte Stoffe in Stapeln vor den Läden auslagen, während die Schneider hinter ihren vorsintflutlichen Nähmaschinen hockten, die Ähnlichkeit mit dem Modell seiner Großmutter hatten.

Sie ratterten an einer jungen Frau vorbei. Sie trug ein Baby auf der Hüfte, hatte an der Hand ein kleines Kind, auf dem Kopf einen großen gefüllten Korb und führte außerdem eine Kuh hinter sich her: Die indische Bäuerin war in ihr verkörpert. Marcus genoss die manchmal hereinwehenden Schwaden von den kleinen mobilen Chapati- und Curryküchen am Straßenrand. Sie kamen an hohen Stapeln von Limonadenkisten vorbei; überall wurden Plastikeimer in unglaublichen Mengen angeboten, sicher mehr, dachte er, als ein ganzes Dorf in einem Jahr verbrauchen konnte. Jemand warf Orangenschalen aus dem Fenster, die aber sofort in einem gierigen Maul landeten, denn überall liefen Schweine, Hühner, Kühe und Hunde quasi als wandelnde Abfalleimer frei herum. Die Menschen plauderten meist in nach Geschlechtern getrennten Gruppen; die Jungen spielten miteinander, die Mädchen halfen den Müttern. So waren die Dinge nun einmal in diesem Land.

In Dehradun erhielt seine junge Liebe zu Indien ihren ersten Dämpfer. Er sprang aus dem Bus und fand sich in einer Ortschaft wieder, deren Abgase schlimmer als die von Bangkok stanken. Als hätte ihm jemand einen Schlag versetzt, fuhr er zurück und schnappte nach Luft. Die Abgaswolken waren so dicht, dass man sie in der wabernden Hitze aufsteigen sah. Er presste sich das Taschentuch vors Gesicht und hatte nur noch einen Gedanken: Schnell ins Taxi und nichts wie weg hier, nach Rishikesh.

Im Taxi schloss er die Augen. Er war müde, ja erschöpft. Und in dieser Entspannung holten ihn die Erinnerungen wieder ein, die er hinter sich lassen wollte – all das, was ihn nach Indien geführt hatte. Da waren die Bilder: Wie der Chef ihn in sein Büro gerufen hatte und wie er arglos und eilfertig aufgesprungen war in der Gewissheit, dass eine Beförderung in die Spanienabteilung bevorstand, da er fließend Spanisch sprach. Wie auf Wolken war er eingetreten – und dann die Entlassung, die Demütigung, die Wut. Wie war es möglich, dass *ihm* so etwas passierte? Er war sehr gut in seinem Job, er hielt sich für unentbehrlich. Es war ein schwerer, ein vernichtender Schlag für sein Ego. Rot vor Zorn stürmte er aus dem Büro. Bis zu diesem schicksalsschweren Augenblick hatte er gar nicht gewusst, wie sehr sein Selbstwertgefühl, ja sein Lebenssinn mit dieser Arbeit verbunden gewesen war.

Später hatte seine Freundin die Arme um ihn geschlungen und geflüstert: »Wie ein Adler, den man im Flug abschießt.« Genauso fühlte er sich. Bei der Arbeit war er in seinem Element und ganz wild darauf, die Welt zu erobern. Der Pfeil der Ablehnung traf ihn unvorbereitet. Er ging zu Boden.

Eine Woche später fand er heraus, dass seine Freundin mit seinem Chef ins Bett ging, mit ebendem Mann, der für seine Ausmusterung gesorgt hatte. An der Enttäuschung dieses doppelten Verrats wäre er beinahe zerbrochen. Jetzt, Tausende Meilen entfernt in diesem heißen Taxi, stöhnte er noch einmal auf. Sein Herz pochte heftig, und die Brust schmerzte. »Mieses Pack«, stieß er hervor und ballte die Fäuste.

Der irre Taumel seiner Gedanken während der wüsten und finsteren Wochen nach diesem Betrug erschütterte ihn bis ins Mark. Regungen, die er bis dahin nicht gekannt hatte – Hass, Rachsucht und das Gefühl der eigenen Minderwertigkeit –, quollen wie Lava aus der Tiefe herauf und drohten ihn zu ertränken. Hier traf dieser stets so freundliche, großherzige und verständnisvolle Marcus auf seine Schattenseite, und sie gefiel ihm gar nicht. Schließlich zog er aus der zunehmenden Orientierungslosigkeit und dem immer weiter schwindenden Selbstvertrauen den einzig sinnvollen Schluss, dass er sein Leben ändern musste. Und zwar grundlegend.

Darüber dachte er gerade in der Bar seines Squashclubs nach, als eine junge Frau, die er nur flüchtig kannte, ein Gespräch mit ihm begann. Sie war gerade von einem Indienurlaub zurückgekehrt und schilderte ihm das Land begeistert und in glühenden Farben. Als sie schließlich aufstand und sich die Sporttasche über die Schulter schwang, sagte sie mit einem Lachen: »Ich habe in Indien Seiten in mir entdeckt, von denen ich vorher gar nicht gewusst hatte, dass sie mir fehlten. So geht es einem in Indien.«

In diesem Moment stand für Marcus fest, dass er sich dieses Land ansehen würde, und danach fügte sich plötzlich alles wie von Zauberhand zu einem Puzzle zusammen. Er begann zu ahnen, dass es im Leben keine Zufälle gibt, dass alles von einer anderen Ebene aus koordiniert wird. Bis zu seiner bitteren Enttäuschung und ihren Folgen hatte er an Zufall und Glück oder Pech geglaubt, an eine im Grunde unwirtliche Welt mit einem strafenden Gott, den man bei Laune halten musste. Diese Überzeugung ging auf seine Schulzeit zurück, in der er täglich eingebläut bekam, dass er ein elender Sünder sei – bis er es zu einem unbewussten Glaubenssatz verinnerlicht hatte. Das Ganze hätte ihm sicher mehr geschadet, wenn er nicht von Natur aus ein starkes Selbstwertgefühl besessen hätte.

Ein Freund behauptete später einmal, die Kirche habe den Menschen seit vielen Jahrhunderten das Gefühl von

Schuld und Verdorbenheit eingeimpft; sie habe den freien menschlichen Geist in Ketten geschlagen und sich damit als Handlanger erwiesen für das Reich der Finsternis. Das leuchtete Marcus augenblicklich ein, es war wie eine Offenbarung – und schon stand für ihn auch fest, dass er sich aus den Fangarmen der Überzeugungen anderer Leute befreien würde.

Seine alte Freundin Caroline überredete ihn zu einem gemeinsamen Besuch bei einer angesehenen Hellseherin. Sie bekam tatsächlich für den Tag vor Marcus' Abflug noch einen Termin, und er willigte ein – mit gemischten Gefühlen zwar, aber auch neugierig. Von der Sitzung mit der liebenswürdigen und ganz normal wirkenden älteren Dame war Caroline ebenso verblüfft wie angetan.

»Wie können Sie das alles über mich wissen?«, fragte sie nach der Sitzung staunend. »Und wird das wirklich alles passieren?«

Die Hellseherin lachte. »Ich habe einfach diese Begabung. Und was Ihre zweite Frage angeht: Ihre Zukunft ist keineswegs in Stein gemeißelt. Ich kann Ihnen nur etwas darüber sagen, wie Ihre Zukunft aussehen *könnte* – ein Leben müssen Sie selbst daraus machen. Meine Voraussage beruht auf der Richtung, die Sie jetzt im Augenblick haben.«

Caroline war völlig begeistert und fest entschlossen, die aufgezeigten Möglichkeiten zu realisieren. Dann kam Marcus an die Reihe. Schon während die Hellseherin sich auf ihn einschwang, wurde sie plötzlich blass. »Sie müssen nach Indien«, sagte sie. »Ihre Bestimmung ruft Sie dorthin.« Sie atmete schwer und öffnete auf einmal die Augen. Sie wirkte tief erschüttert, Marcus sah die Gänsehaut auf ihren Unterarmen, und ihm selbst lief ein unheimlicher Schauer über den Rücken.

»Tut mir Leid, ich kann nichts sehen«, sagte sie kurz angebunden und lachte nervös. Sie gab ihm sein Geld zurück, ohne auf seine Fragen und Proteste zu hören, und schob die beiden zur Tür hinaus. Marcus war ratlos. Er versuchte das Ganze mit einem Lächeln und ein paar gleichgültigen Worten abzutun. Aber das merkwürdige Gefühl in seinem Bauch blieb.

Caroline versuchte ihn mit harmlosem Geplauder über ihre Sitzung auf andere Gedanken zu bringen. Alles, was über ihre Vergangenheit gesagt worden war, hatte erstaunlicherweise zugetroffen, und die in Aussicht gestellte Zukunft beglückte sie geradezu. Marcus gab sich alle Mühe zuzuhören und antwortete tapfer, aber er konnte die Worte der Hellseherin einfach nicht vergessen.

»Böses altes Weib«, dachte er grimmig und trat härter als beabsichtigt nach einem Stein, der lärmend von einer Gartenmauer zurückprallte. »Was zum Teufel soll das Ganze?«

Dann kam der Tag seines Aufbruchs nach Indien, und das Rad des Schicksals setzte sich in Bewegung.

2. *Kapitel*

Rishikesh war heiß und staubig. Es gab hier so viele Menschen, dass die Schweine mit der Abfallbeseitigung nicht nachkamen. Faulendes Obst lag schwarz von Fliegen in der Gosse, während unzählige Marktschreier daneben ihre Waren anpriesen. Kleine Jungen urinierten ungeniert an einen verstaubten und kränkelnden Baum und brachten die unvermeidliche Ameisenkolonne durcheinander. Wahrhaft atemberaubend war in dieser drückenden Hitze der Gestank, in dem sich die Ausdünstungen von faulenden Speiseresten, Schweiß, Urin, Küchengerüchen und Kot miteinander vermischten.

Marcus fühlte sich total verdreckt. Das durchgeschwitzte Hemd klebte ihm am Rücken. In einer Anwandlung von Niedergeschlagenheit ließ er sich auf eine Betonstufe in einer schattigen Ecke fallen. Rikschas, die klangen, als ratterten zahllose Bohrmaschinen gegeneinander an, fegten vorbei. Weißgesichtige Ochsen zogen mit stoischem Gleichmut schwere Fuhrwerke, auf denen ihre ausgemergelten Besitzer saßen. Grellbunt bemalte Lastwagen stießen dicke Qualmwolken aus.

Er beobachtete die Passanten: schlanke Mädchen in ihren Saris, lachend und plaudernd, das dichte Haar zu langen schwarzen Zöpfen geflochten; hagere grauhaarige Frauen in zerlumpter Kleidung; drahtige Männer, manche beschäftigt, andere nicht; die Kinder schmutzig oder wie aus dem Ei gepellt, und alle mit diesen großen dunklen Augen. Ein Einbeiniger humpelte mit seiner Krücke vorbei, ein blinder Bettler wurde von seiner Tochter geführt und jammerte unentwegt. So viele Menschen, die alle essen und arbeiten und lernen, Freundschaften und Ehen schließen wollten, die sich Kinder und ein glückliches Leben wünschten, lauter Sandkörner in einer Wüste – und er kannte nicht einen von ihnen!

Er kam sich plötzlich wie ausgestoßen vor, vollkommen allein. Er konnte in dieser fremden Welt sterben, und niemand würde Notiz davon nehmen. Er merkte, wie die Müdigkeit ihn immer weiter hinabzog, und so versuchte er sich selbst zur Ordnung zu rufen.

»Hallo«, ertönte im gleichen Augenblick eine englische Stimme. »Du bist wohl eben erst angekommen.«

Neben ihm stand eine schlanke junge Frau in blauer Hose, T-Shirt und Sandalen, um die Hüften eine Gürteltasche und in der Hand eine Plastiktüte mit Orangen.

Seine Stimmung hob sich angesichts dieser Erscheinung aus der westlichen Zivilisation. »Ja, ich bin gerade mit dem Bus aus Delhi gekommen«, sagte er.

»Dann wundert es mich nicht, dass du so müde aussiehst. Hast du schon eine Unterkunft?«

»Nein. Hast du einen Tipp für mich?«

»Da hinten gibt es eine billige Absteige, aber sie riecht auch entsprechend.« Sie deutete auf eine Gasse, in der sich Buchläden, Reiseagenturen und allerlei Stände mit Werkstoffen und Gebrauchsgegenständen drängten. »Und oben auf dem Hügel steht ein teurer Laden mit Klimaanlage.«

»Irgendwas dazwischen?«, fragte Marcus.

Ihre Augen verengten sich zu schmalen Schlitzen. Sie überlegte. »Hier eigentlich nicht. Wir wohnen in Muniki-Reti, das ist das nächste Dorf. Da ist es ruhiger und angenehmer als hier, aber es sind fast alles Aschrams und noch dazu komplett belegt.« Sie hielt kurz inne. »Wir wohnen in einem Gästehaus, das von einer sehr netten indischen Familie geführt wird. Ordentliche Betten, Ventilator, eigene Toilette – und Rima kocht indisch, wenn man möchte.«

»Ist da was frei?«

»Könnte sein. Heute ist ein Deutscher ausgezogen.«

Marcus sah sie an. Leuchtende Augen wie reife Kastanien, kurzes braunes Haar, das sich an den Spitzen zu Löckchen ringelte, ein fast etwas zu scharf geschnittenes Gesicht mit gerader Nase und kräftigem Kiefer.

Nicht mein Typ, dachte er. Sein Typ – sein früherer Typ, wie er sich eilig verbesserte – war das flirtwillige und anhängliche blauäugige Püppchen.

Die junge Frau stellte sich schnörkellos als Joanna vor, und nichts deutete auf irgendwelche verborgene Botschaften hin. Ein direkter, offener, fröhlicher Blick eben, nichts weiter. Marcus atmete innerlich auf. Sie wollte nichts von ihm. Anscheinend konnte sie seine Gedanken lesen, jedenfalls lachte sie, und ihr Gesicht wurde plötzlich doch auffallend schön …

»Ich mache hier Urlaub mit meiner Mama«, fuhr sie fort.

Das überraschte Marcus. Sie hatte auf ihn sehr selbstständig gewirkt. »Mit deiner Mama«, wiederholte er tonlos.

»Ja, ich habe in Asien gearbeitet und mich umgesehen. Jetzt bin ich auf dem Rückweg nach England, und da haben Mama und ich uns gesagt, dass wir in Indien zusammen Urlaub machen könnten.«

Marcus lächelte. Das klang schon plausibler. Plötzlich schoss Joanna ein paar Schritte zur Seite und bückte sich, um einen Krückstock aufzuheben. Er war einer Frau aus der Hand gefallen, die so ausgemergelt und schwach aussah, als könne sie nicht einmal am Stock gehen. Joanna gab ihr den Stock mit einem so strahlenden Lächeln zurück, dass die alte Dame deutlich aufrechter weiterging.

Joanna blickte über die Straße und sagte: »Da ist eine Rikscha. Wenn du unsere Unterkunft sehen willst, dann komm.« Sie umrundete einen Stand mit Kokosnüssen, wich einem im Staub liegenden Straßenköter aus, scheuchte einen furchtbar verstümmelten Bettler weg und sprang in eine wartende Rikscha, ohne sich noch einmal umzublicken. Seltsam beflügelt und wirklich neugierig geworden, folgte Marcus dieser selbstbewussten, fast ein wenig schroffen und ebenso munteren wie rätselhaften jungen Frau.

Als er hinter ihr in die Rikscha stieg, erklärte sie: »Das hier ist ein Rikscha-Bus. Festpreis zwei Rupien. Man bleibt stehen, bis er voll ist.« Dann deutete sie schmunzelnd auf Bilder von Sai Baba von Shirdi, Krishna, Maharishi und Christus, die zwischen Blumengirlanden an der Windschutzscheibe hingen. »Ah, wunderbar, da sind wir ja gut aufgehoben. Für alle Eventualitäten ist gesorgt.«

Zum Fahrer sagte sie mit einem strahlenden Lächeln: »Gute Rikscha. Sehr sicher.«

Er lachte laut auf und zeigte seine schiefen Zähne, die weiß in dem dunklen Gesicht aufblitzten. Er berührte die Bilder eines nach dem anderen mit dem schmutzigen Zeigefinger und zählte ehrfürchtig auf: »Sai Baba, Krishna, Maharishi und Jesus Christus.«

»Das wird eine gute Reise«, bestätigte Joanna.

In der Zwischenzeit hatten sich mindestens acht Inder auf die für sechs Personen ausgelegten Sitzplätze gezwängt, und los ging es mit dem unvermeidlichen durchdringenden Gehupe – nach Muniki-Reti.

3. Kapitel

Welch ein Anblick! Marcus war begeistert, als er das Gästehaus auf halber Höhe eines Berghangs liegen sah. Es war nur über einen steilen Pfad und den sich in Serpentinen hinanschlängelnden Fahrweg erreichbar. Hinter dem eisernen Tor lag ein gepflegter, offenbar sorgfältig bewässerter Garten, strotzend vor Lebendigkeit mit seinen Büschen, deren große Blätter glänzten. Stattliche Bäume und ganze Wolken von Bougainvilleas wölbten sich über der weißen Marmortreppe, die zu der erhöhten Terrasse hinaufführte.

Das Haus selbst war strahlend weiß und nur sparsam mit Maßwerk verziert; den Terrassenboden hatte man mit schwarzem und weißem Marmor ausgelegt. Marcus fühlte sich an eine Villa am Mittelmeer erinnert.

Joanna lachte, als er so staunend dastand. »Das hättest du nicht erwartet, oder? Ah, da kommt Rima. Ihr Mann heißt Raj. Er ist der Besitzer des Gästehauses, und Rima leitet es. Sie ist eine großartige Köchin.«

Eine kleine, schlanke Inderin in einem blaurosa Sari näherte sich, die Hände zur traditionellen Begrüßungsgeste zusammengelegt. »Namaskar«, sagte sie.

Joanna erwiderte den Gruß ganz selbstverständlich, und Marcus tat es ihr nach. »Namaskar bedeutet ›Ich ehre das Göttliche in dir‹«, erklärte Joanna ihm später. »Wunderbar, nicht wahr? In anderen Gegenden Indiens sagen sie Namaste.«

Für Marcus stellte sich unwillkürlich die Frage, wie es sich wohl auf das Leben in den westlichen Großstädten auswirken würde, wenn all die Nadelstreifenmaterialisten anfingen, das Göttliche im anderen zu ehren. Grinsend machte er Joanna von seinen Gedanken Mitteilung. Sie lachte.

»Probier es doch mal aus, und schau, was passiert«, gab sie zurück.

Rima hatte tatsächlich ein Zimmer für Marcus, und zwei Stunden später – nachdem er geduscht und sich ausgeruht hatte – fühlte er sich wieder in einem freundlich gesinnten Universum geborgen. Beim Abendessen lernte er Helen kennen, Joannas Mutter.

Sie war kleiner, als er erwartet hatte, und trug das schon leicht ergrauende Haar kurz. Sie hatte ähnliche braune Augen wie Joanna, eher noch dunkler; ihr Gesicht wirkte insgesamt weicher. Als sie einander vorgestellt wurden, hatte er für einen Augenblick das beunruhigende Gefühl, von ihr durchleuchtet zu werden, aber dann lächelte sie herzlich und begrüßte ihn. Er entspannte sich wieder, als hätte er die Prüfung bestanden. Das war ein wenig sonderbar, aber nicht unangenehm.

Sie unterhielten sich über ganz gewöhnliche Dinge, das Wetter, ihre Reiseerlebnisse und all die Äußerlichkeiten, die für Westler zum Begrüßungsritual gehören. Joanna besaß offenbar viel Sinn für die komischen Seiten des Lebens. »Ihr macht euch keine Vorstellung, was ich heute Nachmittag gesehen habe«, kicherte sie. »Ein junger Hund lief unter eine Rikscha. Sofort stellte sich eine Deutsche von wirklich imposanter Statur dem Gefährt in den

Weg und brachte es zum Stehen.« Joanna machte eine überaus gebieterische Gebärde. »Dann bückte sie sich erstaunlich flink unter die Rikscha – dabei reckte sie den Allerwertesten in die Luft – und tauchte mit dem Hündchen wieder auf. Sie trug das Tier am Genick und mit ausgestrecktem Arm wie ein verrotztes Taschentuch vor sich her die Straße entlang. Eine Horde kleiner Jungen schwirrte um sie herum. Keine Ahnung, wohin sie wollte.«

Alle lachten und wurden spürbar gelöster. Eine warme Brise trug Blütenduft durch das offene Fenster herein. Irgendwo hörte man einen Hund bellen.

Marcus' Gedanken wanderten weiter. »Ich muss sagen, ich finde es ganz schön, wenn mal keine Bettler in der Nähe sind.«

»Hast du ein Problem mit ihnen?«, fragte Joanna.

»Ja, schon«, gab er zu. »Wenn du ihnen nichts gibst, fühlst du dich ganz mies. Gibst du ihnen aber etwas, dann wollen sie noch mehr oder raffen das Geld ohne ein Wort des Dankes an sich. Dann ärgere ich mich darüber.«

Joanna nickte. »Ich weiß.«

»Und sie sind so hartnäckig«, klagte Marcus weiter. »Gestern waren zwei Frauen mit ganz kleinen Kindern hinter mir her und wollten einfach nicht aufgeben. Man fühlt sich ganz elend dabei.«

Helen und Joanna murmelten zustimmend.

Joanna seufzte in Gedanken an einige der schrecklichen Dinge, die sie auf den Straßen gesehen hatte. Dann sagte sie: »Es hilft, wenn man daran denkt, dass es ihr Karma ist.«

Marcus hakte nach. »Was ist das eigentlich: Karma? Die Leute reden so viel darüber, und soweit ich sehe, geht es um Ursache und Wirkung. Aber damit weiß ich eigentlich noch nicht viel.«

Diesmal antwortete Helen: »Die Lehre vom Karma besagt, dass jede Seele sich auf einer Reise befindet. Auf jeder Inkarnationsstufe ist man für alle seine Gedanken, Worte und Taten verantwortlich, weil sie unweigerlich Folgen haben. Diese Folgen sind das Karma. Joanna meinte, dass unser Karma sich von Leben zu Leben fortsetzt. Wenn Sie also sterben und es noch unerledigte Dinge zwischen Ihnen und anderen gibt oder Sie in diesem Leben öfter schlecht als gut gehandelt haben, möchte Ihre Seele zurückkehren, um die Dinge in Ordnung zu bringen.«

»Geben Sie mir doch ein Beispiel«, schlug Marcus vor.

»Da gibt es viele Möglichkeiten. Nehmen wir an, Sie waren zu irgendjemandem unfreundlich. Sie werden diesem Menschen dann unweigerlich in einem späteren Leben wieder begegnen und bekommen erneut die Gelegenheit, ihn freundlich zu behandeln. Wenn wir ans untere Ende der Skala gehen, waren Sie vielleicht ein Söldner, der viele Menschen niedergemetzelt hat. Wenn Ihre Seele sich dann weiterentwickelt, wird sie sich möglicherweise einmal als Chirurg inkarnieren, um die Schuld gegenüber der Menschheit abzutragen.«

Marcus nickte. So konnte er etwas damit anfangen.

»Jede Religion hat ihre ganz eigene Auffassung davon, aber im Grunde besteht überall der Glaube an ein spirituelles Aufarbeiten, das mehrere oder viele Leben in Anspruch nehmen kann.«

»Und was ist dann mit den Christen? Warum glauben sie nicht an Karma?«, fragte Marcus interessiert.

»Aber das tun sie doch. ›Was der Mensch sät, das wird er ernten.‹ Die frühen Christen glaubten an Reinkarnation und folglich an Karma. Vieles deutet darauf hin, dass Kaiser Justinian im Jahr 553 in Konstantinopel alles aus der Bibel entfernen ließ, was mit Reinkarnation zu tun hatte. Später wurde die Wiedergeburtslehre zum Ketzerglauben erklärt.«

Marcus war gefesselt. »Weshalb könnte die Kirche denn daran ein Interesse gehabt haben?«

Jetzt blitzten Helens dunkle Augen auf. »Da sind wir wieder bei kirchlichen Machtansprüchen. Wer an Reinkarnation glaubt, fühlt sich selbst für sein Schicksal verantwortlich. Man möchte Verbindung zur eigenen Seele aufnehmen und herausfinden, worum es bei dieser Lebensreise geht. Sie müssen auf die Stimme des eigenen Gewissens – auf den inneren Gott mit anderen Worten – hören, wenn Sie herausfinden wollen, was für Sie das Richtige ist. Die Kirche wollte aber, dass ihre Priester den Menschen sagten, was sie zu glauben und zu tun hatten. Also strich man alles über Wiedergeburt und Seelenwanderung aus der Bibel, damit niemand mehr verstand, dass alles aufgearbeitet werden muss. Damit nahm man den Menschen jeden Antrieb, nach dem Edlen und Guten zu streben. Aber die Halbwahrheiten, die dann verbreitet wurden, stießen bei den Menschen auf taube Ohren – es regte sich Widerspruch. So war die Kirche gezwungen, Hölle und Verdammnis zu predigen, denn nur so konnte sie erreichen, dass ihre Schäfchen fügsam blieben.«

Marcus registrierte sehr wohl den entrüsteten und leicht frustrierten Unterton in Helens Stimme. »Ich habe noch nie verstanden«, sagte er, »weshalb Menschen, die überhaupt nichts Böses tun, eine Katastrophe nach der anderen verkraften müssen, während andere mit ihren üblen Machenschaften einfach so durchkommen. Das

Leben kann einem manchmal sehr willkürlich und ungerecht vorkommen.«

»Ja«, nickte Helen, »es ist nicht immer leicht zu durchschauen. Aber auf lange Sicht, wenn man mehrere Leben überblicken könnte, würde sich alles als ganz folgerichtig erweisen.«

»Hinzu kommt noch«, fiel Joanna ein, »dass eine Seele noch sehr kindlich oder schon relativ erwachsen sein kann, je nachdem, wie viele Inkarnationen sie schon erlebt hat. Kleinkindseelen haben – wie kleine Kinder – ein großes Sicherheitsbedürfnis, weshalb sie andere durch Manipulation oder offenen Machtkampf ihrem Willen zu unterwerfen versuchen. Sie fühlen sich beispielsweise zu einer fundamentalistischen Glaubensrichtung hingezogen, die ihnen genau vorschreibt, was sie zu tun haben, und in deren Namen sie fanatisch für den so genannten wahren Glauben kämpfen dürfen.«

Marcus erinnerte sich an ein Ferienprogramm mit jugendlichen Ausreißern, an dem er als Student einmal mitgearbeitet hatte. Er nickte. »Und Teenagerseelen richten eher mehr Unheil und Schaden an als erwachsenere Seelen, nicht wahr?«

»Teenagerseelen«, nahm Joanna den Faden wieder auf, »besitzen schon mehr Erfahrung auf der Erde, aber es mangelt ihnen noch an Weisheit. Sie werden häufig an Orten oder in einem Umfeld wiedergeboren, in denen sie sich so richtig austoben können. Zurzeit leben an den Unruheherden Afrikas wohl sehr viele Teenagerseelen. Oder sie sind sehr materialistisch, werden reich und verwenden ihr Geld zur Unterdrückung anderer. Viele laden sich wie die Kleinkindseelen eine Menge Karma auf.«

»Verstehe«, sagte Marcus. »Weniger entwickelte Seelen geraten also leichter in karmische Verstrickung. Und wenn sie dann im Laufe etlicher Leben etwas reifer werden, möchte ihr höheres Selbst die Schulden zurückzahlen.«

»Letztlich kommt niemand ungeschoren davon«, bekräftigte Helen.

»Jedenfalls haben gute und weise Menschen deshalb häufig ein sehr schweres Leben. Es sind reifere Seelen, die karmische Schulden aus früheren unreifen Existenzen begleichen.«

»Verstehe«, wiederholte Marcus.

»Pech oder Unglück ist demnach einfach schlechtes Karma, und Glück ist ein karmisches Guthaben«, ergänzte Helen.

Wieder dachte Marcus nach. Alles in allem fand er dieses Konzept recht vernünftig. Einen Einwand hatte er allerdings noch. »Trotzdem verstehe ich nicht, wie jemand sich *wünschen* kann, als Bettler wiedergeboren zu werden.«

»Da gibt es Millionen von Gründen«, antwortete Helen. »So viele Gründe, wie es Bettler gibt. Man kann nicht immer so genau wissen, weshalb eine Seele dieses oder jenes Schicksal wählt. Nehmen wir beispielsweise an, jemand sei in einem Leben sehr reich gewesen, aber nicht bereit, anderen zu helfen, die es weniger gut hatten. Bei der nächsten Runde könnte diese Seele vielleicht erfahren wollen, wie Armut sich anfühlt. Oder sagen wir, Sie lehnen einfach jegliche Verantwortung für Ihr Leben ab und bringen ständig andere dazu, für Sie zu sorgen. Es könnte doch sein, dass Sie dann ein andermal herausfinden möchten, wie das ist, wenn man für sich selbst einzustehen hat.«

Marcus sah sie an. »Das klingt, als würden Sie an Reinkarnation glauben.«

Sie lächelte. »Allerdings. Ich glaube, dass unser höheres Selbst viele wichtige Entscheidungen fällt, bevor wir geboren werden.«

»Welche Entscheidungen?«

»Familie, Geburtsort, Zeitpunkt der Geburt, bestimmte Begegnungen und Umstände, zu denen es im Laufe dieses Lebens kommen wird.«

Marcus dachte an seine Familie und überlegte. Helen antwortete, als ahnte sie, was er dachte. »Oft haben wir mit bestimmten Familienmitgliedern karmische Altlasten zu bereinigen. Sie stellen die Lektion dar, die auf unserem Stundenplan steht.«

»Gilt das auch für Eltern, die ihre Kinder misshandeln?« Er konnte es kaum glauben, wenn er an manche Jugendliche dachte, mit denen er gearbeitet hatte.

»Für die ganz besonders!« Helen setzte zu einer Erläuterung an, doch Marcus konnte nicht mehr folgen und verschränkte unwillkürlich die Arme vor der Brust. Helen bemerkte seine Geste der Abwehr und verstummte. Nach einer Weile fügte sie sanft hinzu: »Ich glaube, dass unsere Eltern uns auf den Weg bringen, den wir hier zu gehen haben. Durch sie bekommen wir die Chance, das zu tun, wozu wir hier sind. Deshalb besteht unsere Lebensaufgabe auch darin, uns die besten Eigenschaften unserer Eltern zu Eigen zu machen und ihre schlechtesten zu überwinden.«

Marcus schwieg eine ganze Weile und dachte nach. Er erwog immer gern das Für und Wider.

»Vergiss eines nicht«, sagte Joanna und lehnte sich vor. »Es ist immer die Seele, die solche Entscheidungen trifft, nie das kleine Ich.«

Er nickte. »Kann man das Karma irgendwie abwenden?«

»Ja. Durch bedingungslose Liebe. Zur Anhäufung von Karma kommt es ja nur durch Selbstsucht, also durch verweigerte Liebe. Kehren wir zu den Bettlern zurück. Wenn du einem Bettler mit echter Liebe etwas gibst – ich rede nicht von Sentimentalität –, wenn du ihn einfach so akzeptierst, wie er nun mal ist, wird dadurch etwas von seinem und deinem Karma gelöscht.«

»Wie macht man das?«

»Sieh ihm in die Augen, wenn du ihm etwas gibst. So blickst du in seine Seele. Versuche das Göttliche in ihm zu sehen und zu lächeln. So schickst du ihm Liebesenergie, die ein wenig von seinem Karma abträgt.«

Das war für Marcus nicht leicht zu verdauen, wie Joanna sah. Mit leisem Nachdruck sagte sie: »Es ist wirklich so, Marcus. Du kannst es ausprobieren. Es wirkt, es verändert etwas – aber es kann sein, dass du ein bisschen üben musst.«

Marcus hob hilflos die Schultern. »Weshalb inkarnieren sich die Seelen überhaupt in dieser Welt?«

Helen antwortete mit einer Gegenfrage: »Wenn Sie Bergsteiger wären, was wäre dann Ihr Traumziel?«

»Den Everest zu bezwingen, könnte ich mir vorstellen.«

Sie nickte. »Und ein spiritueller Krieger möchte die Erde ›bezwingen‹, er möchte alles lernen und beherrschen, was es hier zu lernen gibt. Dieser Planet hier ist nämlich kein x-beliebiger Felsbrocken im All. Er ist eine geheime Schule, und zwar eine der schwierigsten überhaupt. Unser Geist geht in einen Körper ein, um etwas über Gefühle, Beziehungen, Sexualität, Geld und vieles mehr zu lernen. Das Universum füllt diese Lektionen mit konkreten Inhalten und präsentiert sie uns in Form von Begegnungen mit bestimmten Menschen oder in Form von bestimmten Lebensumständen. Es gibt Zeiten der Prüfung, die man ruhig auch ganz direkt als Examen verstehen kann. Man muss bestehen, wenn man weiterkommen will.«

Fragen über Fragen schwirrten Marcus im Kopf herum, doch bevor er auch nur eine davon in Worte fassen konnte, wechselte Helen das Thema: »Ihre linke Schulter und Ihr Nacken sehen ziemlich steif aus, und Kreuzschmerzen haben Sie auch. Hätten Sie nicht gern …«

Marcus sah sie groß an. »Woher wissen Sie das?«

Joanna lachte. »Mama weiß so allerlei, ohne dass man etwas sagen muss.«

Helen fuhr mit sanfter Stimme fort: »Sie könnten natürlich sagen, das sei einfach von Ihrer Reisetasche, aber es spielen immer auch geistige und seelische Dinge mit. Hätten Sie nicht Lust auf eine energetische Heilanwendung? Vielleicht hilft es.«

»O ja, gern.« Marcus zögerte keine Sekunde. »Ich habe schon viel über Heiler gehört, war aber noch nie bei einem. Sind Sie denn eine Heilerin?«

»Sagen wir mal so: Joanna und ich sind Medien für Heilenergien.«

Sie stellte sich hinter ihn und wartete, bis sie innerlich ganz still geworden war. Wärme strömte in ihre Hände, und als sie sie Marcus auf die Schultern legte, spürte er ein heißes Pulsieren. Ruhe und Frieden, wie er sie noch nie erlebt hatte, breiteten sich in ihm aus. Er empfand eine tiefer und tiefer werdende Entspannung.

Als Helen die Behandlung beendete, waren die Schmerzen, alle Schmerzen, wie weggeblasen.

»Sie werden gut schlafen«, sagte Helen, als er sich bei ihr bedankte.

Dann fiel ihm etwas ein, das ihn doch noch bedrückte. »Bitte, eine Frage noch.« Er dachte an die seltsame Reaktion der alten Hellseherin. »Habe ich eine Bestimmung?«

»Natürlich«, erwiderte sie. »Und was für eine. Deshalb sind Sie ja hier. Sie werden bald wissen, worin sie besteht.«

4. *Kapitel*

Marcus schlief den Schlaf des Gerechten und fühlte sich beim Aufwachen so leicht wie lange nicht mehr. Den Sonnenaufgang erlebte er auf einem Findling am Ganges. Die junge Sonne warf ihr gelbes, noch mildes Licht über die Erde und ließ sie langsam heller werden. Nur während in dieser kurzen Zeitspanne erfährt Indien diese Zärtlichkeit.

In der Umgebung der Ortschaft wurden die Steine entlang der Flussufer als Toiletten benutzt. Die Inder verehren den Fluss als Göttin, Ma Ganga. Eine seltsame Art, mit den heiligen Wassern der Leben spendenden Mutter umzugehen, dachte Marcus. Immerhin befand er sich hier etwas flussaufwärts, also oberhalb der Verschmutzungsstellen. Seine Füße baumelten im Wasser, während er sich vom wohltuenden Duft der Räucherwerkschwaden und dem Singsang der Rezitationen aus den nahe gelegenen Aschrams und Tempeln einlullen ließ. Über allem lag der Gesang der Vögel, in den sich mit der Zeit immer häufiger das ferne Knattern der Rikschas mischte.

Die heilige Mutter Ganga war hier breit und in der Mitte tief und reißend, als hätte sie es eilig, ihre Kinder im Tiefland zu versorgen. An den Ufern umspielte das Wasser die glatten Steine oder streichelte behutsam den groben Kies. Die Sonne zauberte ein buntes Farbenspiel auf die Wellen, glitzerte auf Sand und Steinen, flimmerte durch das Laub der Bäume. Wunschlos glücklich saß Marcus da.

Nur zu bald gewann die Sonne an Kraft, und die nun schon vertraute, stechende Tageshitze setzte ein. Jetzt waren auch wieder die fliegenden Händler unterwegs und scheuten den Weg über die Steine nicht, um Marcus mit ihrem durchdringenden Geschrei aus seinen Betrachtungen aufzustören: »Du kaufen« und »Machen guten Preis«.

Schicksalsergeben stand Marcus auf und neckte sie so lange, bis sie lachten. Und als er dann am Ufer entlangging, brachte ihn nicht einmal die mindestens von zwanzig kleinen Jungen vorgebrachte, hoffnungsvolle Begrüßungsformel »Kugelschreiber?« aus der Fassung.

Er lächelte einen abgezehrten Bettler an und sah ihm in die Augen, in denen er zu seiner Überraschung kein dumpfes Stieren fand, sondern eine klare, leuchtende Wachheit. Dieser Mann war ein kluger Kopf, kein Zweifel. Plötzlich überkam ihn Mitleid, als er sich einen intelligenten, denkenden Menschen vorstellte, den das Leben zum Betteln zwang – oder der dieses Leben selbst wählte.

Dann hörte er weiter vorn Lachen und sah eine von Kindern umringte weiße Frau mit untergeschlagenen Beinen unter einem Baum sitzen. Beim Näherkommen erkannte er Joanna, die offenbar für die Kinder jonglierte.

»Hallo!«, rief sie fröhlich, als sie ihn sah.

»Hallo«, erwiderte er seelenruhig und hockte sich zwischen die Kinder.

»Ich bringe den Kindern das Jonglieren bei. Willst du es auch mal versuchen?« Sie gab ihm die Bälle. Einen musste sie erst noch einem kleinen Jungen entwinden.

»Wie stellt man das denn an?«, fragte Marcus. Jonglieren gehörte nicht zu den Künsten, deren Beherrschung sein früheres Leben in der Stadt ihm abverlangt hatte. Joanna nahm die Bälle wieder an sich und machte es vor. Er lernte es so schnell, dass sie nur neidisch lachen konnte.

»Das ist gemein«, beschwerte sie sich in gespielter Entrüstung. »Da übe ich monatelang und plage mich ab, und du kannst es sofort!«

Für einen Augenblick fühlte sich Marcus an seine zwei Jahre jüngere Schwester erinnert, die immer neidisch auf ihn gewesen war. In einem ähnlichen Fall wäre sie ernstlich verstimmt gewesen und hätte nicht lockergelassen, bis es über irgendeinen ganz anderen Gegenstand zum Streit gekommen wäre. Er hatte sich angewöhnt, sie nur noch mit Glacéhandschuhen anzufassen. Wie anders war Joanna! Munter wie immer zeigte sie ihm weitere Kunststücke, und als ein holländischer Reisender vorbeiging, rief sie »Hallo!«. Er setzte sich für eine halbe Stunde zu ihnen, und sie tauschten Neuigkeiten aus.

»Ich muss jetzt los«, sagte Joanna schließlich. »Ich treffe mich mit Mama beim Reisebüro. Wir möchten gern für ein paar Tage nach Kaschmir. Allerdings sind wir eigentlich nicht so richtig dafür ausgerüstet.«

»Da oben soll es doch ziemlich gefährlich sein«, wandte Marcus stirnrunzelnd ein. Der Plan überraschte ihn.

»Ich weiß, aber Raj sagt, sein Bruder kennt die Gegend gut und kann für uns etwas Ungefährliches organisieren. Wir würden einfach gern den Himalaja sehen; außerdem gibt es da einen Tempel, den ich besuchen möchte.«

»Klingt interessant. Ich wusste gar nicht, dass man da jetzt überhaupt hindarf.«

Joanna lachte, die Abenteuerlust einer Fünfundzwanzigjährigen war ihr anzusehen. Sie setzte eine Schirmmütze auf, die sie noch jünger aussehen ließ, verabschiedete sich winkend und schlenderte davon.

Ein paar Minuten später tauchte Helen unter einem breitkrempigen, etwas unförmigen Sonnenhut auf. Sie schien in Eile zu sein und wirkte verschwitzt und ein wenig ratlos. Als sie Marcus sah, blieb sie stehen. »Hallo, wie geht's Ihnen heute?«

Er versicherte ihr, nicht ohne eine gewisse Feierlichkeit, dass er sich ganz wunderbar fühle. Ihr Lächeln zeigte, dass sie darüber wirklich froh war. Dann gestand sie: »Ich soll mich mit Joanna in der Reiseagentur treffen, aber ich weiß nicht mehr, wo die ist.«

Marcus lachte und bot ihr galant seine Begleitung an. Er verfügte über einen ausgezeichneten Orientierungssinn.

So schubste ihn das Schicksal zielsicher weiter. Es bedurfte nur seines Interesses, des Verhandlungsgeschicks von Rajs Bruder im Reisebüro und der freudigen Zustimmung Joannas und ihrer Mutter, um ihn zu einem Mitglied dieser kleinen Reisegruppe werden zu lassen.

Ein paar Tage später brachen sie mit zwei Wagen auf. Marcus und seine inzwischen zu Vertrauten gewordenen neuen Freundinnen saßen mit dem Fahrer im ersten Wagen. Im zweiten, der Zelte und Kochutensilien transportierte, fuhren Krishna, ihr Führer, und zwei Boys, die Bediensteten.

Sie genossen die wildromantische Landschaft mit flüchtigen Ausblicken auf den tosenden Ganges tief unter ihnen, wenngleich die Straße nach Srinagar mit ihren Haarnadelkurven, senkrechten Felsabstürzen und Relikten schrecklicher Unfälle auch etwas Beängstigendes hatte. Als sie ihren Lagerplatz in einer Schlucht oberhalb eines kleinen Dorfs an einem atemberaubend schönen See erreichten, waren sie froh, sich die Beine vertreten zu können. Sie sahen sich in der klaren kühlen Luft und unter Krishnas wachsamen Augen ein wenig um, während die Boys das Lager einrichteten und kochten.

An den folgenden Tagen wurde das Lager morgens wieder abgebrochen und an einen noch schöneren Ort verlegt, bis sie am vierten Tag eine von weißen Gipfeln umringte flache Talmulde erreichten. Selbst bis in diese Höhe hatten sich stattliche Rhododendronbäume vorgewagt, und das tiefe Rot ihrer Blüten bildete einen verblüffenden Kontrast zu den weißen Schneefeldern. Ein gluckernder Bach und gelegentlich scheu vorbeistreichende Wildtiere sorgten für die Vervollkommnung der Szene.

Am Abend saßen sie um das von Krishna fachmännisch aufgebaute Lagerfeuer und verzehrten das von den Boys zubereitete köstliche Mahl. Verzaubert betrachteten die drei Europäer den in einem Nest von Sternen dahinschwebenden, die Erde in geheimnisvolles Silberlicht tauchenden Mond.

Es gab immer noch jede Menge Fragen, die Marcus beschäftigten. Schließlich fragte er: »Was ist eigentlich das New Age? Eine Philosophie, ein Kult oder was?«

Joanna lachte und überließ es ihrer Mutter zu antworten. Helen musste nicht lange nachdenken: »Weder noch. Es ist wirklich ein neues Zeitalter. Das abgelaufene war das Zeitalter der Fische, als unsere Erde im Sternbild Fische stand. Eingeleitet wurde es durch die Geburt Christi, der die Energie des Christusbewusstseins in die Welt brachte. Seine Botschaft war die bedingungslose Liebe. Jetzt tritt die Erde ins Sternbild Wassermann ein, weshalb wir auch vom Wassermannzeitalter sprechen. Und wieder strömt neue Energie ein.«

Joanna ergänzte: »Die Chancen für spirituelle Entwicklung stehen heute so gut wie nie zuvor in der Geschichte der Erde.«

»Ja«, fuhr Helen fort, »der gesamte Planet wechselt auf eine höhere Frequenz, und das bedeutet, dass wir alle auf einer höheren Bewusstseinsebene leben werden. Dieser Wandel setzt jetzt gerade ein, was auch erklärt, weshalb es überall auf der Welt so gärt. Veränderungen, auch positive Veränderungen wie der Umzug in ein größeres Haus, sind mit mehr oder weniger Chaos verbunden.«

»Glaubst du wirklich, dass es so ist?« Marcus betrachtete die Welt mit dem kühlen Kalkül des durchschnittlichen Geschäftsmanns. In seiner Stimme schwang Zweifel mit.

»Na, und ob!«, rief Joanna.

»Weshalb sollte sich jetzt plötzlich alles verändern?«

Diese Frage griff Helen auf: »Aus etlichen Gründen. Erstens durch den Wechsel ins Wassermannzeitalter, das alles auf der Erde beeinflusst. Aber auch deshalb, weil alle anderen Universen uns jetzt starke Energieströme senden. Das hat es immer schon gegeben, und jetzt geschieht es alle zwei bis drei Wochen. Es hat etwas von hochfrequenter elektrischer Energie, die durch den Körper geleitet wird – es rüttelt einen wach. Wir leben in der Zeit, die seit alters die Endzeit genannt wird. Gemeint ist aber nicht das Ende von allem, sondern der Untergang des Alten und die Geburt von etwas Neuem.«

»Außerdem«, fügte Joanna hinzu, »sind viele der Kinder, die jetzt geboren werden, weise alte Seelen, die die Erde in der neuen Richtung voranbringen möchten.«

»Ja, und viele von jenen, die sich aus diesem Grund inkarnieren und sich Äonen darauf vorbereitet haben, erinnern sich jetzt daran, wer sie wirklich sind, und stehen bereit.«

»Wow!«, rief Marcus begeistert. Er fühlte sich plötzlich inspiriert und sehr lebendig. Bevor er einschlief, beschäftigte ihn die Frage, welche Rolle er wohl in diesem unglaublichen Weltenplan spielen würde.

5. Kapitel

Für den nächsten Tag hatten sie sich vorgenommen, durch den Schnee zu einem alten buddhistischen Tempel hinaufzusteigen, der jetzt wohl schon für die Sommersaison geöffnet war, wie Krishna ihnen mit seinem harten indischen Akzent versicherte. Im Winter versank er ganz im Schnee; dann zogen sich auch die Mönche an einen wärmeren Ort zurück.

Helen erwachte mit einem unguten Gefühl in der Magengrube. Etwas riet ihr davon ab, zum Tempel mitzugehen, und das teilte sie den anderen beim Frühstück mit.

»Mama, wir wissen doch, dass du nicht gern wanderst«, lachte Joanna. »Du willst dich nur drücken.«

»Nein, ich glaube nicht, dass es das ist«, erwiderte Helen. Ein großer schwarzer Vogel krächzte warnend von einem Baum herab. Helen bekam eine Gänsehaut.

Marcus und Joanna zogen sie – übermütig und voreilig, wie die Jugend nun einmal ist – weiter auf und versuchten ihre Bedenken zu zerstreuen. Doch Helens Gefühl war so klar und stark, dass sie zurückzubleiben und sich in der Umgebung des Lagers umzusehen beschloss, während die beiden jungen Leute sich mit Krishna an den Aufstieg über die Schneefelder machten.

Krishna war darüber gar nicht glücklich. Wie eine Glucke hatte er bisher über Mutter und Tochter gewacht – der Gedanke einer Trennung machte ihm sichtlich zu schaffen. Er gab Helen genaue Anweisungen, wohin sie gehen dürfe und wohin nicht. Sie konnte seinen Ausführungen aber wegen seines Akzents nicht folgen, und so musste Joanna, die ihn besser verstand, sein Englisch in ihres übersetzen.

»Gehen nicht weiter als bis diesen Grat, sehr gefährlich«, mahnte Krishna würdevoll.

Helen hörte nur ein kehliges Nuscheln. »Wie bitte?«, fragte sie höflich nach, während sie seinen Worten einen Sinn abzuringen versuchte. Sie hatte das Gefühl, dass sie besonders begriffsstutzig war, und dieses Gefühl mochte sie gar nicht.

Krishna wiederholte seine Worte exakt, aber genauso unverständlich.

Helen sah sich Hilfe suchend nach ihrer Tochter um. Joanna gab sich große Mühe, ernst zu bleiben, und sagte betont langsam und deutlich: »Geh nicht weiter als bis zu diesem Grat, das wäre zu gefährlich.«

»Oh.« Helen tat so, als hätte sie eigentlich schon gewusst, was gemeint war. Sie lächelte mit hochrotem Kopf. »Nein, nein, ganz bestimmt nicht, Krishna.«

Zu Joanna sah sie lieber nicht hin.

Dann waren sie zum Aufbruch bereit. Krishna balancierte einen zusammengerollten Schlafsack mit Isomatte auf dem Kopf und erklärte, wieder sehr würdevoll, das nehme er mit für den Fall, dass es schneien würde. Joanna, die keine dem Anlass entsprechende Kleidung mitgenommen hatte, bot einen kuriosen Anblick: Sie trug Turnschuhe und so gut wie alles, was sie an Kleidung dabeihatte, darunter auch einen geblümten Sarong, von dem sie sich offenbar ernstlich versprach, dass er sie wärmen würde. Sie lachte über Krishnas zweifelnden Blick. Marcus trug Stiefel und einen Anorak.

Helen sah den dreien nach, bis sie hinter einer Wegbiegung verschwunden waren. Auch sie wusste noch nicht, dass dieser Tag ihr aller Leben vollkommen verändern würde.

Zum ersten Mal seit dem Verrat war Marcus den nagenden Schmerz in der Brust los. Er fühlte sich gelöst wie lange nicht mehr und balgte sich mit Joanna in den kleinen Schneefeldern. Sie bewarfen sich mit Schneebällen und lachten. Das brachte Krishna etwas aus dem Konzept. Spielen fiel nicht in seine Zuständigkeit. Das Leben war für ihn eine ernste Angelegenheit.

Sie kamen durch ein verlassenes Dorf, das gleich unterhalb der Schneegrenze lag. Das Einzige, was hier von menschlichem Leben kündete, waren Abfallhaufen. Krishna erklärte, die Leute zögen für den Winter anderswohin, kehrten aber mit Anbruch des Frühlings zurück, um ihre Häuser wieder in Besitz zu nehmen. Es war wie ein verlassenes Gemälde, das darauf wartete, zu neuem Leben erweckt zu werden, und alle drei empfanden den Ort mit den leeren Häusern als unheimlich. Johanna erschauerte. »Das ist ja gespenstisch. Hat eine ganz schlechte Ausstrahlung.«

Marcus wollte schon mit einem Lachen darüber hinweggehen, blieb aber stumm, als er Joannas blasses, verzerrtes Gesicht sah. Offenbar spürte sie etwas, das ihm verborgen blieb, und instinktiv legte er beschützend den Arm um sie. Sie sagte nichts, zog sich aber auch nicht zurück und fand es offenbar beruhigend.

Krishna erzählte ihnen von schlimmen Dingen, die sich hier ereignet hatten. »Viele sterben. Böser Ort.«

Eilig gingen sie zwischen den halb verfallenen Häusern hindurch und waren froh, als sie wieder in die offene, hier oben noch dichter verschneite Bergwelt eintauchten. Bald stapften sie durch eine verzauberte Märchenwelt. Kein Mensch war zu sehen, nur Bärenspuren deuteten darauf hin, dass es hier überhaupt Leben gab. Marcus hatte immer wieder mal einen Blick in Joannas Gesicht geworfen und sah jetzt erleichtert, dass Farbe und der gewohnte unbeschwerte Ausdruck dorthin zurückkehrten. In ihr vermischte sich eine ungewöhnliche Sensibilität mit einer ungewöhnlichen Selbstständigkeit, und er fing gerade erst an, sich ein wenig daran zu gewöhnen.

Der Schnee wurde so tief, dass Krishna Zweifel daran kamen, dass der Tempel schon offen war. »Mein Boss sagt, er offen, aber ich glaube nicht«, sagte er stirnrunzelnd. »Noch zu früh, zu viel Schnee.«

Joanna wünschte sich wirklich sehr, diesen Tempel zu sehen, und begann sich über die, wie sie fand, schlechte Organisation zu ärgern. Sie hatte sogar scharfe Worte auf der Zunge, hielt sie aber zurück, denn Krishna war eindeutig ein sehr verantwortungsbewusster junger Mann, dem es offensichtlich auch nicht behagte, seine Schützlinge den ganzen weiten Weg hierher zu bringen, um dann vor verschlossenen Türen zu stehen. Er machte einen so geknickten Eindruck, dass sie ihn schließlich sogar tröstete und sagte, so schlimm sei es nun auch wieder nicht. Sie sagte sich einfach, dass alles so kommen würde, wie es kommen sollte. Sie wollte den Tag so genießen, wie er war.

Bald wurde der Schnee so tief, dass sie auf ihrem Zickzackweg den Berg hinauf in Krishnas Fußstapfen treten mussten. Als Joanna einmal einen eigenen Schritt machen wollte, sank sie bis zur Hüfte ein und konnte sich nicht mehr allein befreien. Marcus und Krishna mussten sie aus dem Schnee ziehen, worüber sie in unbändiges Gelächter ausbrach, insbesondere als Krishna sie noch einmal todernst ermahnte, nur in seinen Spuren zu gehen.

Eine Stunde später wuchs vor ihnen der Tempel aus dem Schnee. Die Verwehungen reichten noch bis hinauf an die Dachtraufen, und alles deutete darauf hin, dass der Tempel geschlossen war. Plötzlich spürte Joanna, wie sich etwas in ihr anspannte. Der Magen krampfte sich zusammen, ihr wurde übel. Nahm sie jetzt etwa die Schwingung auf, die ihre Mutter am Morgen schon so beunruhigt hatte? Sie spürte etwas ganz anderes als unten in dem verlassenen Dorf. Es war ein Gefühl von unmittelbarer Bedrohung.

Aber es wirkte alles so friedlich, vielleicht bildete sie sich die Gefahr bloß ein. Das Gefühl blieb jedoch, und sie sagte zu Marcus, dass sie nun lieber vorsichtig waren. Sie wusste, etwas war nicht in Ordnung, und darin vertraute er ihr. Zu sehen war nichts, aber er ging doch mit erhöhter Wachsamkeit weiter.

Erst unmittelbar am Tempel stießen sie auf Fußspuren und erkannten Anzeichen eines Kampfes im Schnee. Dann sahen sie entsetzt das Blut. Es war wie ein Schlag in die Magengrube, denn das Blut war frisch und glitzerte im Schnee. Von dieser Stelle aus zog sich eine Blutspur um das Gebäude, als hätte sich dort ein Verletzter entlanggeschleppt. Außerdem waren Fußspuren von zwei Menschen zu sehen, die gekommen waren und sich wieder entfernt hatten. Die Spuren führten um einen Felsbrocken und verloren sich hinter einer Anhöhe. Joanna erstarrte. Auch Marcus spürte den Adrenalinstoß.

»Hier bleiben, bitte«, stammelte Krishna. Aus seinem dunklen Gesicht war um Augen und Mund die Farbe gewichen.

Doch Marcus stürmte an ihm vorbei. Er pflügte sich wie ein Stier seinen Weg durch den Schnee und zur Rückseite des Tempels. Joanna taumelte mit wie rasend schlagendem Herzen und gummiweichen Knien ihm nach. Hinter dem Gebäude sahen sie die zusammengekrümmte Gestalt eines Mönchs liegen. Er blutete aus mehreren klaffenden Wunden. Er schien Tibeter zu sein. Offenbar hatte man mehrmals auf ihn eingestochen.

Während sie innerlich aufschrie, kniete Joanna neben ihm nieder und tastete nach seinem Puls. Er regte sich, aber es war kaum noch Leben in ihm. Sie hielt seine eiskalte Hand und bot verzweifelt ihren ganzen Willen auf, um ihn ins Leben zurückzuholen. Sie hatte noch nie einen Menschen sterben sehen. Und das wollte sie auch jetzt nicht. Nicht hier.

Marcus zog seinen Anorak aus und breitete ihn über den Sterbenden, der seine Lider ein wenig öffnete.

»Jetzt ist es gut.« Joanna versuchte mit zitternden Lippen etwas Tröstliches zu sagen, doch der Mönch hatte kein Ohr für sie.

Mit letzter Kraft suchte er Marcus' Blick. »Schriftrolle«, flüsterte er flehend und mit starrem Blick. »Ich versteckt... Sie nicht finden. Schriftrolle... dort.« Er versuchte den Arm zu heben und die Stelle zu zeigen, aber seine Kraft reichte nicht aus. Marcus folgte seinem Blick zum Dachvorsprung. Er nickte dem Sterbenden zu. Dann kletterte er über die Schneewehen am Haus auf das Dach, auf dem er sich nur mühsam halten konnte. Der Mönch verfolgte seine Schritte und dirigierte Marcus mit Blicken zu der Stelle, wo etwas für ihn sehr Kostbares versteckt sein musste.

Marcus langte von oben unter den Dachvorsprung und tastete alles ab.

»Ja ... ja«, flüsterte der Mönch und schien vor lauter Eifer neue Kraft zu bekommen. Dann stießen Marcus' Finger an etwas. Mit einiger Mühe zerrte er ein in Plastik eingewickeltes Paket hervor. Er hielt es behutsam, sprang damit in den Schnee hinunter und hielt es dem alten Mönch hin.

»Nein, nein! Zum Mahathat-Tempel bringen, in Joshipur«, kam es röchelnd. »Ich aus Tibet gebracht ... sehr wichtig ...« Jeder Atemzug war ein Kampf für ihn. »Sie haben wollen. Ich versteckt ... schnell. Sie beobachten. Wichtig, beeilt euch. Geht, geht! Mahathat-Tempel.«

»Aber was ist mit dir, wir müssen dich ins Krankenhaus bringen!«, widersprach Marcus, obwohl er sah, dass kein Krankenhaus den alten Mann noch retten konnte.

Mit allerletzter Kraft ergriff der Mönch Marcus' Hand, wie um ihm die Dringlichkeit seiner Bitte und die Bedeutung der Schriftrolle in die Haut einzudrücken. »Ich unwichtig. Geh, geh!«, flehte er. »Du von Gott geschickt. Schriftrolle Welt retten. Du gesegnet.« Er lächelte sanft, beinahe liebevoll. Marcus wandte den Blick keinen Augenblick von diesen Augen ab, während der alte Mönch starb.

Er hatte noch nie einen Leichnam gesehen, so bleich und voller Frieden. Auch für Joanna war es das erste Mal, aber wenn sie auch kreideweiß war, ihr praktischer Sinn verließ sie nicht. Sie beugte sich vor und drückte dem alten Mönch die Augen zu. Sie fühlten sich warm und geleeartig an, so dass ihre Übelkeit noch zunahm. Mit festem Griff schloss sie ihm den Mund. Das war schwieriger, als sie gedacht hätte, aber sie hatte das im Fernsehen gesehen und war froh, dass sie den Mut dazu fand. Es lag ein so tiefer Friede auf seinem Gesicht – sie konnte den Blick einfach nicht abwenden, es gab in diesem Augenblick nichts anderes für sie. Kurz tauchte der Gedanke auf, ob sein Geist diesen Körper schon verlassen habe, und wenn ja, wo er jetzt war. Der Schnee warf das Sonnenlicht zurück, so dass es sie blendete. Sie fühlte sich seltsam entrückt und wie benommen. Marcus fasste sie fest am Arm, als er sie schwanken sah.

In diesem Augenblick hörten sie einen Schrei, und über die nächste Anhöhe kamen stapfend und rutschend zwei Männer so schnell auf sie zugelaufen, wie es im tiefen Schnee nur möglich war. Der eine sah asiatisch aus, der andere war ein Inder.

Dann erklang ein Peitschenknall, der von den Bergen ringsum widerhallte. Mit eisigem Schreck realisierten sie, dass es ein Schuss sein musste.

»Weg, schnell!«, schrie Marcus.

»Was wird mit ihm?« Joanna, augenblicklich wieder ganz bei sich, deutete auf den Mönch.

Marcus ergriff ihre Hand und riss sie hoch. »Er ist tot. Wir können nichts mehr für ihn tun.« Das sagte er so scharf, dass es ihn selbst überraschte.

Er packte seinen blutbefleckten Anorak, schlüpfte hinein, verstaute die Schriftrolle und zog den Reißverschluss hoch.

Mit Krishna kämpften sie sich in höchster Eile durch den Schnee abwärts, tief geduckt aus Furcht vor weiteren Schüssen und immer ihre eigenen Fußspuren vom Aufstieg nutzend. Es ging einfach zu langsam, sie spürten, dass die Männer näher kamen.

»Die Isomatte!«, keuchte Joanna. »Die können wir als Schlitten benutzen.« Sie riss dem schreckensstarren Krishna die Matte weg und rollte sie auf dem Schnee aus. Kostbare Sekunden verstrichen.

»Setzt euch«, kommandierte sie. Marcus begriff und sprang augenblicklich vorn auf, während Joanna ihn von hinten umklammerte. Krishna ließ sich hinter sie fallen und hielt sich an ihr fest, und schon ging es in rasender Fahrt bergab.

Es war ein Höllentrip, der auf dem steilen Hang eher freiem Fall als einer Abfahrt glich, immer nur knapp vorbei an Felsen und aus dem Schnee ragenden Ästen. Marcus, von kühler, beherrschter Geistesgegenwart, tat sein Bestes, um das Gefährt mit den Stiefeln zu steuern. Joanna, die sich wie in einem abstürzenden Fahrstuhl fühlte, ließ ihn nicht los; sie schloss die Augen und presste ihren Kopf an seinen Rücken. Krishna schrie und schrie, doch seine Schreie wurden von der Schneewüste verschluckt.

Schließlich streiften sie einen Rhododendronstrauch und wurden abgeworfen, blieben aber trotz einiger harter Stöße unverletzt. Durchnässt rappelten sie sich wieder hoch.

Hier im unteren Teil war der Hang von Hindernissen übersät. Die Ratlosigkeit hielt aber nur an, bis sie von oben wieder einen Schuss hörten. Es kam nur ein zweiter Versuch mit ihrem Notschlitten in Frage. Beim Aufsitzen hörten sie bereits die Verfolger hinter sich.

Etwas weiter unten war vor lauter Steinen und Büschen kein Durchkommen mehr. Sie ließen die Matte zurück und rutschten auf dem Hosenboden weiter; dabei merkten sie gar nicht, wie sie sich stießen und aufschürften unter der klammen, gefrorenen Kleidung. Sie wussten nur, dass sie etwas bei sich trugen, das die Welt verändern konnte, und dass sie sich schon deshalb in Sicherheit bringen mussten. Männer mit Schusswaffen waren hinter dieser geheimnisvollen Schriftrolle her, die wild entschlossen und bereit zu töten waren. Als der Schnee zu dünn zum Rutschen wurde, liefen sie, was die Beine hergaben.

6. Kapitel

Helen fühlte Unruhe und Anspannung aufkommen. Irgendetwas war ganz und gar nicht in Ordnung, aber was mochte es sein? Immer wieder blickte sie zum Himmel hinauf, weil sie annahm, es könnte ein Wettersturz bevorstehen, doch der Himmel war von klarem, unschuldigem Blau.

Ihre unbestimmte Angst nahm im Laufe des Vormittags weiter zu, doch erst gegen Mittag, als sie still auf einem Stein saß und dem Strom des Schmelzwassers in einer schmalen Rinne zusah, kam plötzlich eine sehr beunruhigende Ahnung von Verhängnis und Tod über sie. Es war so stark, dass sie es nicht länger ignorieren konnte. Aber wessen Tod? Hier oder daheim? Sie spürte, dass es hier war, und betete um Joannas Sicherheit. Sie bat die in der Welt herrschenden Kräfte, ihre Tochter zu beschützen, und wiederholte diese Bitte, wenn auch nicht mit derselben Inbrunst, für Marcus und Krishna. Doch die Angst ließ sie nicht los.

Es hielt sie nicht mehr im Lager, und so stapfte sie den in die Berge führenden Weg auf und ab. »Wir müssen hier weg«, sagte sie halb laut vor sich hin und erschrak darüber, dass sie mit sich selbst sprach. Ihre Kopfhaut zog sich zusammen, und ein Ring von Schmerz schloss sich immer enger um ihren Kopf. Sie sagte sich, dass sie etwas unternehmen müsse, um diese unerträgliche Spannung loszuwerden. Einem plötzlichen Impuls folgend ging sie zu dem Zelt, in dem sie mit Joanna geschlafen hatte, und packte ihre beiden Rucksäcke.

»Sie werden mich für übergeschnappt halten, wenn sie zurückkommen«, dachte sie. Doch das Gefühl der Bedrohung hielt sich hartnäckig. »Wir müssen hier weg«, wiederholte sie laut, überwand ihre Scheu und warf einen Blick in Marcus' Zelt. Hier war alles schon aufgeräumt und verstaut, und sie erinnerte sich mit einem unwillkürlichen Lächeln daran, dass sie es mit dem Absolventen einer englischen Schule zu tun hatte.

Der Fahrer und die Boys saßen unter dem Vordach des Kochzeltes zwischen Töpfen, Pfannen und Vorräten beim Kartenspiel. Sie schwatzten und lachten und schienen überhaupt nichts Ungewöhnliches zu bemerken. Für einen Augenblick überlegte Helen, ob sie sich das alles vielleicht einbildete.

Aber bald hielt sie es nicht mehr aus. Sie ging zu den Männern hinüber und versuchte dem Fahrer in Pidgin-Englisch und mit Gebärden verständlich zu machen, dass er den drei Abenteurern entgegenfahren solle. Er spürte die knisternde Spannung um diese Frau, und das ließ ihn unsicher werden in seinem Widerwillen. Doch er hatte keine Lust, sein Kartenspiel zu unterbrechen, und so tat er, als verstünde er sie nicht. Stattdessen wandte er sich mit einem Wortschwall in Urdu an die beiden Boys. Helen wiederholte ihr Anliegen mit deutlich erhobener Stimme.

Schließlich stand er mit theatralischem Schulterzucken auf, als wollte er sagen: »Wer begreift schon, was im Kopf einer englischen Memsahib vorgeht?« Er strich noch einmal über seine Karten und legte sie dann betont vorwurfsvoll ab. Gleich darauf war er jedoch wieder von der gewohnten indischen Munterkeit, setzte ein gewinnendes Lächeln auf und ging mit Helen zum Wagen. Dieser sprang mit Getöse an, und dann rumpelten sie endlich den Berg hinauf.

Nach etwa einer Meile zweigte der Pfad zum Tempel ab, und sie hielten an. Helen überlegte. Dann bat sie den Fahrer, den Wagen zu wenden. Sie stieg aus, blieb still stehen und spürte – wie ein Jagdhund auf der Fährte – mit allen Sinnen in die Umgebung hinaus. Sie hörte die drei, bevor sie sie sah, wie sie in wilder Angst, keuchend und mit letzter Kraft durch Schneematsch und über Geröll durch das Unterholz brachen.

Dann kamen sie in Sicht, und Helen war erst einmal nur froh, alle drei wohlbehalten zurückkommen zu sehen. Doch sofort spürte sie auch wieder das ganze panische Entsetzen. Schnell stieg sie ein, und im nächsten Augenblick sprangen die anderen auf die freien Sitze.

Der Fahrer brauchte keine Anweisungen mehr. Er war schon dabei, den Motor zu starten, doch der Wagen wollte nicht anspringen. Es folgten Augenblicke, die so lang waren wie die Ewigkeit; alle schrien auf ihn ein.

»Verdammt, bringst du das Ding jetzt endlich zum Laufen!«, brüllte Marcus mit puterrotem, schweißüberströmten Gesicht.

»Los doch! Schnell! O Gott, fahr endlich!«, schrie Joanna, die vor Erschöpfung und Angst ganz weiß um Augen und Mund war.

Krishna zitterte am ganzen Leib und plapperte unentwegt auf Urdu dazwischen, während Helen mit sich überschlagender Stimme immer wieder fragte, was denn los sei und ob alle unverletzt seien.

Endlich sprang der Wagen an und schoss los, und alle reckten die Hälse und sahen sich nach den Verfolgern um. Sekunden später erreichte einer den Weg und lief ihnen nach. Dann tauchte zu ihrem Entsetzen vor ihnen der Mann mit dem chinesischen Gesicht auf. Offenbar hatte er eine Abkürzung genommen. Ein Schuss knallte, und Krishna drückte Helen und Joanna nach unten.

Der Chinese, von drahtigem, geschmeidigem Körperbau, sprang bäuchlings auf die Kühlerhaube und suchte Halt an den Scheibenwischern. Sein grotesk verzerrtes Gesicht war direkt vor der Windschutzscheibe. Instinktiv trat der Fahrer aufs Gaspedal, so dass der Wagen einen Satz machte, der den Mann auf die Straße schleuderte. Sie waren in diesem Augenblick alle so schreckensstarr, dass niemand aufschrie. Als Joanna sich umdrehte, sah sie, wie der Mann sich aufrappelte und ihnen nachblickte. Dann rannte er los und nahm einen Seitenweg den Berg hinunter.

Wenn es nach dem gesunden Menschenverstand gegangen wäre, so hätten sie einfach weiterfahren müssen, bis sie in Sicherheit waren. Doch als sie sich dem Lager näherten, fing Krishna, dessen Bruder einer der beiden Boys war, immer lauter und panischer zu schreien an: »Halt, halt! Bruder mitnehmen! Böse Männer totschießen!« Seine Worte wurden durch die Aufregung eher noch unverständlicher.

Dann schrien wieder alle durcheinander. Wider alle Vernunft bestand Joanna lautstark darauf, ihr Tagebuch holen zu dürfen. »Da sind doch meine ganzen Aufzeichnungen drin«, plärrte sie.

Dazwischen ließ sich Helen immer wieder hören: »Was ist eigentlich los? Was sind das für Männer?«

»Keine Ahnung«, bellte Marcus zurück. Dann wurden sie in dem wild durch die Schlaglöcher rasenden Wagen so sehr hin und her geschleudert, dass an Sprechen nicht mehr zu denken war.

Kurz vor dem Lager entschied Marcus, dass man anhalten und die Boys warnen müsse. Die beiden Frauen stimmten zu; die Verfolger würden zu Fuß sicher eine Viertelstunde bis zum Lager brauchen. Sie hatten die Rechnung aber ohne den Fahrer gemacht, der überhaupt nicht ans Anhalten dachte und es völlig in Ordnung fand, seine Kameraden zu opfern. Als sie die Zelte passierten, musste Marcus zwischen den Sitzen nach vorn greifen, die Handbremse ziehen und das Lenkrad herumreißen, bis der Wagen endlich stand.

Die Boys suchten gerade am anderen Ende des Lagerplatzes nach Feuerholz. Krishna sprang aus dem Wagen und schrie und fuchtelte mit den Armen. Sie ließen das Holz fallen und rannten sofort zum Wagen.

Bei Helen wurden der Knoten im Bauch und der Kopfdruck immer schlimmer. Sie hatte sich nicht wie die anderen durch Laufen abreagieren können und war alldem hilflos ausgeliefert. Bis jetzt war noch keine einzige Erklärung abgegeben worden. Sie ertrug diese Ungewissheit nicht mehr. Joanna versuchte aus dem Wagen zu klettern, aber sie zitterte so sehr, dass sie sich kaum auf den Beinen halten konnte.

»Bleib hier, ich hole deine Sachen«, befahl Helen.

Sie sprang aus dem Wagen, gefolgt von Marcus.

»Lass doch das Gepäck, Helen!«, rief er ihr nach. Gerade wollte er sie aufhalten, doch dann sah er ihren entschlossenen Blick. Er sagte sich, dass es ja nur ein paar Sekunden dauern würde, und ging lieber mit, um ihr zu helfen. Schon hatte sie ihren eigenen Rucksack geschultert und den von Joanna mit der freien Hand gepackt; mit der Kraft, die das schiere Entsetzen ihr verlieh, schleppte sie beide zum Wagen. Marcus nahm sie ihr ab, worauf sie, er konnte es kaum fassen, in seinem Zelt verschwand und seinen Rucksack hervorzerrte. »Sie muss verrückt sein«, dachte er.

Auf dem Rückweg zum Wagen hörte er den Motor aufheulen. Der Fahrer machte sich ohne sie davon. Doch er hatte die Rechnung ohne Joanna gemacht, die augenblicklich wieder bei Kräften war und sich vom Rücksitz her über ihn warf; sie schlug auf ihn ein und würgte ihn. Etwas Derartiges hatte er in seinem ganzen Leben noch nicht erlebt, und so brachte er, schon halb bewusstlos, den Wagen wieder zum Stehen.

Im nächsten Augenblick war Marcus da, zerrte den Fahrer wortlos aus dem Wagen und ließ ihn ins Gras fallen. »Mistkerl«, fuhr er ihn an. Dann schob er Helen und das Gepäck in den Wagen und kletterte auf den Fahrersitz. Im Rückspiegel sah er noch, wie Krishna und die anderen in den zweiten Wagen sprangen und hinter ihnen herpreschten.

Jetzt fiel die Spannung ein wenig von Joanna ab. »Gute alte Mama«, sagte sie leise. »Hätten wir doch heute Morgen auf dich gehört.«

Sie erzählten Helen, was sich ereignet hatte. Sie war aschfahl, aber jetzt, da keine unmittelbare Gefahr mehr drohte, begann sie sofort wieder nach einem höheren Sinn in dem ganzen Vorfall zu suchen. »Es war Bestimmung. Du solltest dort sein, um die Schriftrolle zu retten, Marcus«, verkündete sie.

Marcus griff nach dem Paket unter seinem Anorak und dachte an die Worte des alten Mönchs. »Du von Gott geschickt.« Vielleicht hatte sich alles so ereignet, wie es sich ereignen sollte. Entschlossen presste er die Lippen zusammen und gelobte beim Tod dieses unschuldigen Mönchs, dass er alles in seiner Macht Stehende tun würde, um sein Versprechen zu erfüllen.

Einige Minuten später sah er im Rückspiegel einen dritten Wagen auftauchen. Alles zog sich in ihm zusammen, seine Hände wurden feucht: die Männer! Was zum Teufel waren das überhaupt für Leute? Joanna bemerkte seine Reaktion und sah nach hinten.

»O nein! Da sind sie wieder. Woher haben sie den Wagen?«, rief sie angstvoll.

»Gestohlen vermutlich«, knirschte Marcus.

Marcus fuhr mit äußerster Konzentration – mit Höchstgeschwindigkeit um die Kurven lenkend und immer wieder Schlaglöchern, Kindern, Hunden und anderen Hindernissen ausweichend. Er betete stumm, dass nichts ihnen den Weg verstellen möge.

Joanna konzentrierte sich ganz aufs Praktische. So hatte sie das Gefühl, dem allen nicht tatenlos ausgeliefert zu sein. »Wie viel Sprit haben wir noch?«, fragte sie.

Marcus wagte einen kurzen Blick auf die Anzeige und rief zurück: »Eine viertel Tankfüllung.« Sie nahmen gerade eine Kurve, am Straßenrand gähnte der Abgrund. »Ist hier irgendwo eine Straßenkarte?«

Joanna fand etwas. »Ja, aber sie ist total verdreckt und kaum noch zu lesen. Ist unser Wagen schneller als ihrer?«

»Keine Ahnung.« Er hatte das Gaspedal ganz durchgetreten und fuhr mit mörderischer Geschwindigkeit.

Die beiden Frauen krallten sich mit weiß hervortretenden Knöcheln irgendwo fest und riefen die Engel um Hilfe und Schutz an. Gleich darauf, gleichsam als Antwort, rollte der zweite Wagen mit Krishna und den anderen hinter ihnen aus und blieb mitten auf der Piste stehen. Wahrscheinlich war der Tank leer. Einen Augenblick lang empfanden sie Erleichterung. So würden sie Zeit gewinnen.

Dann sahen sie aber mit Schrecken, dass ihre Verfolger aus dem Wagen sprangen und Krishnas Auto mit den angststarren Indern darin einfach von der Straße schoben.

Sie sahen sie noch mit einem Rad über dem Abgrund hängen, bevor sie selbst die nächste Kurve nahmen. Würden sie abstürzen? Das Weitere konnten sie nicht mehr verfolgen, und so beteten sie, dass den Indern nichts geschehen möge. Was mochten das für Männer sein, die so etwas taten? Es gab nur eine Antwort: Es waren Männer, für die sehr, sehr viel auf dem Spiel stand und die vor nichts zurückschreckten. Diese Schriftrolle war offenbar wirklich sehr wichtig. Marcus biss die Zähne noch fester zusammen und umklammerte das Lenkrad mit eisernem Griff. Das Herz klopfte ihm bis zum Hals. »Ruhig Blut«, sagte er sich immer wieder. »Jetzt heißt es kühlen Kopf bewahren.«

»Gleich sind wir auf der Hauptstraße!«, schrie Joanna. »Du musst nach links abbiegen.« Sosehr sie auch durchgeschüttelt wurde, irgendwie gelang es ihr noch, den Weg einigermaßen auf der Karte zu verfolgen.

Ab und zu waren die Verfolger in der Ferne noch zu sehen, während sie in rasender Fahrt die Serpentinen nahmen. Wenn ihnen nur nichts in den Weg kam!

Nach stundenlanger Fahrt, so erschien es ihnen, war irgendwo mitten in einer Ortschaft der Tank leer. Marcus steuerte den Wagen noch an den Straßenrand; dann sprangen alle mit ihrem Gepäck heraus, um wie auf Verabredung in Richtung Bushaltestelle zu laufen.

Ein aus allen Nähten platzender Bus stand abfahrbereit da. Sie schoben und drängelten mit aller Kraft, aber es half nichts. Es war gerade noch Platz für einen von ihnen. Helen versuchte in der Aufrgeung einen klaren Gedanken zu fassen.

Sie überschrie den allgemeinen Lärm: »Ich nehme die Rolle. Mich kennen sie nicht.« Aber es war nicht zu übersehen, dass sie am ganzen Leib schlotterte.

Marcus überlegte. Sie hatte Recht. Die Männer würden nie auf den Gedanken kommen, die Schriftrolle bei einer Frau zu suchen, die sie noch nie gesehen hatten. Er übergab ihr das Päckchen. Für Sekunden ruhte sein Blick in ihrem und teilte ihr stumm mit, dass sie stark sein müsse. Hinter ihnen spuckte ein dicker Mann geräuschvoll aus.

»Ja, nimm sie. Steig irgendwo aus, von wo du nach Muniki-Reti zurückkommst«, flüsterte er ihr direkt ins Ohr. »Viel Glück«.

Sie nickte, und er drückte sie mit aller Kraft in den Bus. Sie stand derart eingequetscht in diesem Meer von Körpern, dass sie kaum noch atmen konnte. Sie wusste nicht, wohin der Bus fuhr und wann sie die anderen wiedersehen würde, aber sie hatte die Schriftrolle.

Durch das Fenster sah sie Joanna und Marcus in verschiedene Richtungen laufen. »O nein, sie trennen sich«, dachte sie erschrocken, und ihr Magen krampfte sich wieder zusammen. »Nein! Nein!«

Dieser unerträgliche Kopfschmerz! Sie konnte kaum einen Finger rühren, und Wellen einer furchtbaren Hitze schwappten durch ihren Körper. Sie fühlte sich sehr allein und sehr verloren.

7. Kapitel

Halb von Sinnen vor Angst hastete Joanna durch die Straßen der Ortschaft. Wie gern wäre sie unsichtbar gewesen. Ihr schwindelte, und sie wusste nur noch, dass sie irgendwie in der Menge untertauchen musste.

Plötzlich fiel ihr etwas aus einem Kriminalroman ein, den sie vor langer Zeit gelesen hatte. Die Einbrecher konnten einen Brief nicht finden, den sie suchten, weil er ganz offen neben anderen im Briefständer lag.

»Anpassung ist die beste Tarnung«, dachte sie. Aber natürlich – ein Sari musste her! Sie klammerte sich an diesen Gedanken, hatte für nichts anderes mehr Augen und stolperte in einen Wellblechschuppen, der sich »Sari Shop« nannte.

In dem halbdunklen Laden fing sie an, die Stoffe zu befingern. Der schwergewichtige Inhaber und seine Frau verfolgten jeden von Joannas Handgriffen mit jener leicht melodramatischen Teilnahmslosigkeit, die längst aufgehört hat, sich über das absonderliche Gebaren der Westler zu wundern. Das hielt allerdings nur so lange an, bis Joanna zu Boden sank. Da waren beide plötzlich ganz Mitgefühl und Besorgnis.

Sie wurde mit kühlen, feuchten Tüchern zurück ins Hier und Jetzt befördert. Ihre gehetzten Blicke zur Tür sagten den Leuten, dass ein Mann hinter ihr her sein musste. Dann entdeckten sie entsetzt die Blutflecken auf ihrer Kleidung. So schlimm war es also. Unter den Frauen in aller Welt gilt die stillschweigende Abmachung, dass verfolgte Schwestern gedeckt werden. Wie aus dem Nichts tauchten plötzlich kleine schmale Frauen auf, Schwestern, Cousinen, Mütter und Tanten, die das schwarze Haar zurückgebunden trugen und Ebenbilder der Frau hinter der Theke waren.

Sogleich verließ der Ladenbesitzer seinen Posten und ging hinaus auf die Straße. Dort starrte er Löcher in die Luft. Nach manchen Dingen fragen Männer, nach anderen besser nicht. Joanna wurde sehr zartfühlend von ihren Schwestern versorgt. Sie setzten sie auf den einzigen Stuhl im Raum und brachten ihr Chai. Als sie wieder zu einem schwachen Lächeln in der Lage war, strahlten die anderen vor Begeisterung. Sie bemerkte, dass sich immer zwei oder drei Frauen zwischen ihr und der Tür befanden, und fühlte eine eigentümliche Geborgenheit. Sie seufzte auf. Die Frauen sahen sie erwartungsvoll an und erwiderten Joannas mattes Lächeln, breit, herzlich und mit blitzenden Zähnen.

Dann fiel ihr ihre Mutter wieder ein. Und Marcus. Beide waren in Gefahr. Wieder fühlte sich Joanna von der Angst überwältigt. Sie schwankte, die Schwärze wollte sie erneut einhüllen. Sie schloss die Augen. Wie sagte ihre Mutter immer? »Angst zieht Gefahr an. Die unsichtbaren Kräfte können dir nicht helfen, wenn du Angst hast, also lass sie los. Umgib dich mit weißem Licht und bitte um Schutz.« Sie hörte Helens Stimme in ihrem Kopf.

Sie spürte, dass die Frauen sie besorgt beobachteten, und begann ganz bewusst zu atmen, bis sich die Spannung ein wenig löste. Das Zittern ließ nach, und sie bekam wieder Farbe. Sie visualisierte weißes Licht um sich herum und betete um alle spirituelle Hilfe, die sie nur bekommen konnte.

Als sie die Augen wieder aufschlug, konnte sie ihren Retterinnen danken, nicht gerade in heiterer Gelassenheit, doch immerhin gefasst. Als sie erklärte, dass sie einen Sari kaufen wolle, wunderten die Frauen sich zuerst, gingen aber entzückt darauf ein. Zunächst förderten sie einen Unterrock zu Tage, dann ein Oberteil, das man unter dem Sari trägt. Sie hielten eine Stoffbahn vor sie, damit sie sich ungestört umkleiden konnte.

Geduldig brachten die kleinen Frauen ihr bei, wie man einen Sari anlegt. Ihre Hände, zupackend und doch sanft wie Schmetterlingsflügel, strichen den Stoff zurecht. Joanna genoss die ungemeine Beruhigung, die von diesen Handgriffen ausging. Mit offensichtlichem Vergnügen brachten die Frauen überall da große Sicherheitsnadeln an, wo es Joanna nicht gelang, den Stoff richtig festzustecken. Joanna vergaß ihre Angst und lachte mit, während sie sich in dem halb blinden Spiegel betrachtete. Das tiefe Blau, das sie gewählt hatte, um in der Nacht unsichtbar zu sein, unterstrich ihre Schönheit. Aber das war ihr gleichgültig, ihr ging es nur darum, dass niemand sie als Westlerin erkannte. Sie fühlte sich sicher wie unter guten Freunden.

Kurz darauf fiel ein Schatten in den Eingang. Joanna erstarrte. Es war aber nur der Ladeninhaber, der sein Territorium wieder in Besitz nehmen wollte. Er sah sich kurz im Laden um und zog sich abermals zurück.

Die Frauen hatten Joannas Reaktion bemerkt und tauschten besorgte Blicke aus. Es war wohl an der Zeit für eine Erklärung.

»Problem?«, fragte die Frau des Ladeninhabers nach einigen Augenblicken des Schweigens.

Joanna nickte. Langsam und deutlich und mit ausholenden Gesten erklärte sie, was sich zugetragen hatte und wie sie von ihrer Mutter und ihrem Freund getrennt worden war. Die Frauen verstanden nicht alles, aber ihr Erschrecken war in dem langsam dunkler werdenden Laden deutlich zu spüren. Das Geschilderte überstieg ihr Vorstellungsvermögen. Sie tuschelten eine Weile in ihrer eigenen Sprache und holten dann den Herrn des Hauses herein. Dieser setzte eine würdevolle Miene auf und ließ Joanna ihre Geschichte wiederholen. Die Frauen standen da und starrten sie an.

Joanna erzählte die Geschichte noch einmal und fügte hinzu, einer der Mörder sei Inder, der andere vielleicht Chinese. Alle runzelten die Stirn.

»Ich weiß nicht, wo mein Freund ist«, sagte sie am Schluss mit brüchiger Stimme.

»Name?«, fragte der Mann. Es klang barsch, aber sie wusste, dass es nicht so gemeint war. Es war nur ein Zeichen dafür, dass auch er Angst hatte.

»Joanna.«

»Freund Name?«

Sie zögerte. Dann sagte sie: »Marcus.«

»Wie aussehen?«

Sie beschrieb ihn.

Er zweifelte nicht an ihrem Bericht und rollte die Augen. »Was tun?« Lange blickte er sie an. Dann kam er offenbar zu einem Entschluss.

»Warten«, befahl er knapp und verschwand nach draußen. Die Frauen blieben in banger Erwartung zurück. Sie spürten, dass auch sie in Gefahr waren.

Joanna wollte sich entschuldigen, aber sie legten ihr begütigend die Hand auf den Arm und gaben ihr zu verstehen, dass sie zu ihr halten würden. So saßen sie zusammen in endloser, angstvoller Stille, bis es so dunkel war, dass man eine Lampe hätte anzünden müssen. Doch sie zogen die Dunkelheit vor, die alles verbarg.

Plötzlich fuhr draußen ein Wagen vor, und eine Männerstimme wurde laut. Zwischen schnellen Wortwechseln auf Urdu hörte sie: »Schnell! Schnell!« Etliche Hände schoben und zogen Joanna zur Tür hinaus. »Geh. Geh.« Sie sträubte sich angstvoll. Der Sari behinderte sie.

Die Frau des Hauses blickte sie mit großen, schwimmenden Augen an und sagte: »Alles gut. Freund gefunden.«

Wie unpassend es in diesem Augenblick auch sein mochte, die runzlige alte Großmutter konnte sich eine Anzüglichkeit aus zahnlosem Mund nicht verkneifen. »Hübsches Mädchen, netter Mann«, gackerte sie, und die Spannung löste sich in allgemeinem Gekicher.

Joanna konnte gerade noch »Danke!« rufen, bevor man sie auf den Rücksitz des uralten Wagens schob. Dort saß Marcus schon, müde und abgekämpft, aber erleichtert und überglücklich.

Sie ließ sich einfach an seine Brust sinken, und sie umarmten einander mit aller Kraft.

»Alles in Ordnung? Ich bin so froh. Ich habe dich überall gesucht.«

»Ja, alles in Ordnung. Ich habe mich in diesem Sariladen versteckt. Und du?«

»Das erzähle ich dir später. Deine indische Familienmafia hat mich schnell gefunden. Die anderen Kerle haben sie auch aufgespürt. Sie suchen uns. Einer ist noch an der Bushaltestelle.«

»O nein. Was machen wir denn jetzt?« Schon wollte der Mut Joanna wieder verlassen.

»Keine Sorge, es ist alles schon arrangiert«, versicherte Marcus ihr. »Unsere Freunde bringen uns zur nächsten

Haltestelle außerhalb des Orts. Der Fahrer ist ein Vetter deines Ladenbesitzers. Ich habe ihnen Geld gegeben, und sie haben uns Fahrkarten nach Rishikesh besorgt.«

»Gott sei Dank.« Joanna seufzte. »Das sind ganz wunderbare Leute.«

»Ja, sie sind einfach fabelhaft. Alles war in kürzester Zeit eingefädelt. Ganz erstaunlich für indische Verhältnisse.«

»Anscheinend kümmert sich irgendwer da oben um uns.«

»Hoffentlich kümmert er sich auch um deine Mutter und sorgt dafür, dass sie mit der Schriftrolle sicher zum Gästehaus zurückkehrt.«

»O ja, bitte. Hoffentlich geht es ihr gut.«

8. Kapitel

Helen bekam kaum Luft in dem überfüllten Bus. Hätte sie sich doch nur nicht erboten, die Schriftrolle an sich zu nehmen! Sie hätte bei Joanna bleiben sollen. Dann rief sie sich jedoch mit Nachdruck ins Gedächtnis, dass Joanna eine sehr tüchtige junge Frau war. »Sie kann wahrscheinlich viel besser auf sich aufpassen als ich«, sagte sie sich kleinlaut. Außerdem hatte sie inzwischen sicher längst Marcus wiedergefunden. Sie musste sich eingestehen, dass sie gern bei ihnen gewesen wäre.

Aber jetzt hieß es, positiv zu denken. Sie imaginierte, wie die Schriftrolle am Tempel übergeben wurde und sie wieder mit Joanna und Marcus zusammen war. Immer wieder visualisierte sie diese Szene und bat die höheren Mächte, ihre Vision mit Kraft zu erfüllen. Sie durfte jetzt keinen anderen Gedanken zulassen. Auf gar keinen Fall.

Dann und wann setzte der Bus ein paar Leute mitten in der Einöde ab, so dass sie schließlich einen Sitzplatz bekam. Eine unerträglich heiße Stunde später hielt der Bus inmitten einer verschmutzten und übel riechenden Ansammlung von Holzhütten mit rostigen Blechdächern. An einer dieser Hütten hing ein Schild mit der Aufschrift »Reisebüro«. Das genügte ihr. Sie stieg aus und ging müde an zwei im Staub vor dem Eingang liegenden Straßenkötern vorbei in den Laden.

Drinnen saßen zwei Männer, die mit vornüber hängendem Kopf ein Nickerchen machten. Als sie eintrat, hoben sich die Köpfe ruckartig, und auf den Gesichtern breitete sich langsam Verblüffung über diese weiße Frau aus. Sie war verschwitzt, über die eine Wange zog sich eine Schmutzspur, und sie umklammerte ein arg in Mitleidenschaft gezogenes Päckchen, als hinge ihr Leben daran.

»Taxi nach Muniki-Reti«, sagte sie mit fester, klarer Stimme. »Wie viel?«

»Ja, ja.« Sie lächelten mit dem landesüblichen eilfertigen Kopfnicken. Sie berieten sich eine Weile, dann fragte einer nach: »Taxi … wohin?«

»Muniki-Reti.«

Wieder Palaver. Helen wurde klar, dass sie den Ort nicht kannten. »Bei Rishikesh«, ergänzte sie noch lauter.

»Ah, Rishikesh«, wiederholte einer. »Rishikesh«, sagte auch der andere. Sie lachten. Immer wieder sagten sie »Rishikesh« und lachten. Helen lachte mit, auch wenn sie keine Ahnung hatte, worüber.

Sie wurde ungeduldig, obwohl sie wusste, dass man sich das in Indien nicht erlauben kann. Sie wusste auch, dass sie verdreckt, müde und ängstlich und sicherlich recht merkwürdig wirkte, wie sie dieses schmutzige, verknitterte Päckchen an sich drückte.

»Wie viel?«, wiederholte sie, wobei ihre Stimme eine weitere Oktave nach oben hüpfte.

Wieder beratschlagten die beiden Männer. Einer ging den Boss holen und tauchte eine Viertelstunde später mit ihm auf.

»Morgen«, sagte der Boss.

»Morgen!«, schnaubte Helen verächtlich. »Jetzt!«, forderte sie mit aller Entschiedenheit, die ihr zu Gebote stand.

»Nein! Nein!« Sie lachten alle. »Dunkel, zu gefährlich«, grinste der Boss. Die anderen beiden nickten und lächelten dabei, als wäre Helens Ansinnen absolut abwegig.

So drehte sich die Diskussion eine halbe Stunde lang im Kreis, ohne dass sich die Positionen einander angenähert hätten. Man wurde sich zwar über den Preis einig, doch die Inder bestanden lächelnd darauf, dass die Fahrt erst am nächsten Tag stattfand.

Helen gab sich schließlich geschlagen und fragte nach einem Hotel.

Sie reagierten geradezu euphorisch. »Sehr gutes Hotel!«, riefen sie wie aus einem Mund und deuteten auf eine heruntergekommene, höchstwahrscheinlich wanzenverseuchte Absteige auf der anderen Straßenseite. »Gehört Bruder«, verkündete der Inhaber der Reiseagentur stolz. »Erstklassig, fünf Sterne!« Sein unverfrorenes Grinsen ließ seine Zähne aufblitzen.

»Okay«, sagte Helen. »Taxi morgen früh fünf Uhr.«

Sie schworen Stein und Bein, das Taxi werde um fünf bereitstehen, und eskortierten sie triumphierend in das schmutzigste, baufälligste Hotel, das sie je gesehen hatte. Von den einstmals cremefarbenen Wänden bröckelte der Putz, und Staub stieg ihr in die Nase, bis sie niesen musste. Der ganze Bau roch nach Moder und Latrine.

Sie sah sich in ihrem Zimmer um, und einen Moment lang verließ sie aller Mut. Hier konnte sie doch unmöglich bleiben. Aber wo sollte sie sonst hin? Sie riss sich also zusammen, ging noch einmal los und kaufte Wasser in Flaschen, schälbares Obst und eine Packung Kekse. Nachdem sie in ihr feudales Domizil zurückgekehrt war, schloss sie die Tür hinter sich ab und setzte sich ratlos auf das verstaubte Bett.

Es wurde eine der schlimmsten Nächte, die sie je erlebt hatte. Stunde für Stunde drehten sich ihre Gedanken im Kreis. Waren Joanna und Marcus in Sicherheit? Was hatte es mit dieser Schriftrolle auf sich? Welche Geheimnisse barg sie? Weshalb war sie so wichtig? Und diese Männer – wer waren sie, und weshalb wollten sie die Schriftrolle unbedingt haben? Dann nahm noch eine Frage Gestalt an: Stand am Ende eine Organisation hinter diesen Männern?

Sie träumte von etwas Großem, Namenlosem, das mit vielen dunklen Armen nach der Schriftrolle griff – und nach ihr. Sie erwachte wie gerädert und verließ das Hotel um halb fünf Uhr, um draußen in der Dunkelheit auf das Taxi zu warten. Zu ihrer Erleichterung kam es tatsächlich pünktlich.

Gewiss hätte sie sich weniger sicher gefühlt, wenn sie geahnt hätte, dass zwei Stunden später ein Chinese und ein Inder an diese Hoteltür klopfen würden.

Die ersten rötlichen Streifen zeichneten sich am Himmel ab. Helen saß hinten im Wagen. Sie sah die Sonne in ihrer ganzen Pracht zentimeterweise aufgehen und fühlte, wie sie im Lauf des Vormittags immer feuriger und heißer wurde. Sie sah die Menschen am frühen Morgen auf die Felder gehen, sie sah, wie die schläfrige Trägheit des Tages sich immer schwerer über sie legte und sie immer lustloser und langsamer werden ließ. Und die ganze Zeit hörte sie den beiden Männern zu, deren Gespräche wie fremdartiges Bienensummen in ihren Ohren klangen. Indien ist ein geselliges Land. Wenn jemand eine Fahrt antritt, dann kommt ein Freund oder ein Kind mit, um ihm Gesellschaft zu leisten.

Sie aber fühlte sich von allem abgeschnitten, isoliert, wie eine Beobachterin und Zuhörerin, ein Wesen zwischen zwei Welten – eine Touristin und zugleich eine Flüchtende mit einer Mission, die von ihren Gefährten getrennt worden war.

Spät am Tag, als der Nachmittag schon dämmerte, hieß der goldene Zeigefinger des Schicksals sie aufblicken. Auf einer Anhöhe über dem Ganges sah sie einen Tempel stehen. »Sieht wie ein buddhistischer Tempel aus«, ging es ihr durch den Kopf. Dann fiel ihr für Sekundenbruchteile ein verblasstes Schild am Straßenrand ins Auge: Tempel Mahathat.

Sie fuhr hoch. Es war kaum zu fassen. »Halt!«, rief sie. Der Fahrer war so überrascht, dass er abrupt auf die Bremse trat. »Anhalten!«, wiederholte sie und erkundigte sich, einer plötzlichen Ahnung nachgebend: »Ist das hier Joshipur?« Die beiden Männer sahen einander ratlos an. Entweder hatten sie ihre Frage nicht verstanden, oder sie wussten es nicht.

Wie überall in Indien fand sich auch hier ein kleines Stück weiter ein Chai-Stand. Helen gab dem Fahrer ein Zeichen, den Wagen dorthin zu lenken. Sie stieg aus und kaufte jedem der Männer eine Schale Chai. Das Mädchen am Stand konnte ein wenig Touristenenglisch.

Helen deutete zu dem Berg hinüber, auf dem man ein Tempeldach sah. Sie fragte: »Tempel Mahathat von Joshipur?«, und legte die Hände wie zum Beten zusammen. Das Mädchen nickte.

»Da möchte ich hin.« Helen brauchte einige Zeit, bis sie dem Mädchen klar gemacht hatte, was sie wollte. Als sie verstand, kicherte sie hinter vorgehaltener Hand und sagte etwas zu den Umstehenden, die allesamt losprusteten. Offenbar war Helens Vorhaben sehr belustigend.

Schließlich hatte sich die Chai-Verkäuferin so weit gefasst, dass sie sagen konnte: »Nur Männer. Frauen nein.«

Helen, mit ihrem Päckchen in Händen, blinzelte zu dem reich verzierten Tempeldach hinauf, das über den Baumkronen zu sehen war. In plötzlicher Entschlossenheit wies sie den Fahrer an: »Hier warten.«

Sie nahm ihre Tasche aus dem Wagen und schlug in der Nachmittagssonne festen Schrittes den Weg zum Tempel ein. Sie hörte die Leute um den Chai-Stand lachen und tuscheln, doch das bestärkte sie nur noch mehr.

Der Weg führte steil hinauf. Klettern war noch nie Helens Sache gewesen. Mit schweren Beinen und schmerzender Brust keuchte sie den steinigen Trampelpfad hinauf. An besonders steilen Stellen waren Stufen in den Hang gehauen, manchmal gab es sogar ein Geländer, was ihr sehr gelegen kam. Schwitzend, schnaufend und entschlossen durchzuhalten, wischte sie alle sorgenvollen Gedanken an Joanna und Marcus oder die finsteren Verfolger beiseite und hatte nur noch eines im Sinn: dem Lama die Schriftrolle auszuhändigen.

Als sie sich dem Tempel, dieser Festung männlicher spiritueller Energie, näherte, keimte doch wieder Zweifel in ihr auf. Der Tag neigte sich, und was im hellen Sonnenlicht so klar gewesen war, nahm sich nun, in der Zeit der Schatten, eher verworren aus. Würden sie sie überhaupt einlassen? Was, wenn es gar kein richtiger Tempel war, sondern irgendein Ort finsterer Machenschaften, der nur als Tempel getarnt war? Würden die Verfolger Joanna und Marcus schnappen? Was würden sie dann wohl mit ihnen anstellen? Der Pfad führte im Dunkel unter den

Bäumen dahin. Ein Nachtvogel krächzte. Als ein Blatt ihren Arm streifte, fuhr sie zusammen.

Sie blieb stehen und zwang sich, ruhig durchzuatmen. Sie durfte sich nicht selbst Angst einjagen. Hatte sie nicht gelernt, mit inneren Bildern ihre Gefühle zu beeinflussen? Sie stellte sich eine herzliche Aufnahme im Tempel vor und sah Marcus und Joanna wohlbehalten im Gästehaus. Gleich fühlte sie sich besser. Und dann strömte der tiefe, melodische Klang der Rezitationen vom Tempel zu ihr herab. Es war offenbar die Stunde der Andacht. Sie setzte sich auf einen Stein, um zuzuhören und sich zu sammeln.

Solchermaßen in den Klang der heiligen Rezitationen eingehüllt, wurde sie ruhig und still und fand zurück in die Geborgenheit der großen Einheit. »Alles ist gut«, dachte sie. Die Furcht schwand. Als die Stimmen verklangen, stand sie auf, ging ruhig auf die große, goldverzierte Pforte zu und zog an einem Glockenstrang. Der Ton klang in die Nacht hinaus.

Nach einer Zeit, die ihr wie eine Ewigkeit erschien, hörte sie drinnen schlurfende Schritte. Ein kleiner schmaler Mönch mit Brille öffnete die Pforte und sah sie entgeistert an. Sie legte die Hände zum Gruß zusammen. Dann hielt sie dem Mönch das Päckchen hin und zwang sich, in betont ruhigem Tonfall zu sagen: »Sehr wichtig. Sprechen Sie Englisch?«

Der Mönch lehnte die Tür an und verschwand. Helen stellte sich auf eine lange Wartezeit ein und setzte sich auf die Treppe. Sie hielt die Schriftrolle behutsam an sich gedrückt und sah zu, wie die Dunkelheit sich über das Land senkte.

Schneller als erwartet kam der kleine Mönch mit einem Bruder zurück. Helen äußerte die Bitte, mit dem leitenden Lama zu sprechen. Nun war sie sehr ruhig und gesammelt. Sie deutete auf die Schriftrolle und wiederholte: »Sehr wichtig.«

Die beiden Mönche begutachteten ausgiebig ihr recht derangiert wirkendes Äußeres, aber ihre ruhige Bestimmtheit schien ihnen Vertrauen erweckend, und sie verschwanden erneut. Bald sah Helen mehr und mehr Gesichter an den Fenstern erscheinen, dann versammelten sich auch um sie kleine Gruppen von Mönchen, die sie wie Kinder anstarrten und einander in die Seite zwickten. Sie schloss die Augen und blieb still sitzen, erfüllt von der Bedeutung ihrer Mission und von dem Frieden, der darin lag. Auch unter den Mönchen breitete sich eine erwartungsvolle Stille aus.

Als sich leise Schritte näherten, blickte sie auf. Der Mönch, der jetzt vor ihr stand, unterschied sich von den anderen – er war älter, würdevoll und still, die Hände zum Namaste-Gruß gefaltet. Gemessen hob auch sie die Hände und legte sie zusammen. Er gab ihr ein Zeichen, ihm zu folgen. Steif vom Sitzen auf dem harten Stein erhob sie sich so würdevoll wie möglich und ging ihm schweigend durch reich ausgeschmückte Gänge und über steinerne Treppen nach. Sie war vielleicht die erste Frau, die dieses Gebäude von innen sah. Vor einer Tür, an der ein wunderschöner, mit einem Fisch bestickter Vorhang angebracht war, blieb der Mönch stehen. Nach einem leisen Scharren mit dem Fuß ertönte von drinnen ein Glöckchen, das sie hineinrief.

Im Raum saßen etliche Mönche regungslos und mit untergeschlagenen Beinen in unergründlicher Würde. Helen fragte sich, ob wohl einer von ihnen Englisch sprach. Wie sollte sie sich verständlich machen? Wie würden sie reagieren?

Auf einer Matte auf einem niedrigen Podest saß in Lotoshaltung ein kleiner alter Mann, in dem Helen sofort den Lama erkannte, der diesem Tempel vorstand. Sie spürte seine unendliche Stille und Weisheit und nahm mit Erleichterung wahr, dass es sich um eine sehr alte Seele handeln musste.

Er erhob sich zur Begrüßung und legte die Hände zusammen. Ebenso still erwiderte sie den Gruß. Es war noch kein Wort gefallen. Helen kannte sich mit den Umgangsformen in einem Kloster nicht aus; sie wusste nur, dass sie nur dank ihrer schweigenden Bestimmtheit jetzt vor diesem Mann stand.

Sie hielt ihm ihr Päckchen hin, als handelte es sich um den kostbarsten Edelstein. Er nahm es mit fragendem Blick entgegen und legte es vor sich auf den Boden. Sie saßen einander jetzt gegenüber, zwischen sich die Schriftrolle. Passend zu diesem großen und feierlichen Augenblick begrüßte der Lama sie in gemessenem Englisch und forderte sie auf zu sprechen.

Der Raum war in eine dichte Atmosphäre von Gebet und Meditation getaucht, von deren tiefem Frieden Helen sich beim Erzählen ihrer Geschichte getragen fühlte. Nur einmal kam sie mit bebenden Lippen ins Stocken – das war, als sie berichtete, sie wisse nicht, wo ihre Tochter und Marcus jetzt waren. Als sie nur noch mühsam die Tränen zurückhielt und dem Lama in die Augen blickte, nahm sie das unendliche Mitgefühl wahr, mit dem er sie betrachtete.

»Ich hoffe, dass Ihre Tochter und der Freund in Sicherheit sind«, sagte er leise. Wie bewegend ihre Geschichte auch war und wie sehr sie gewiss alle darauf brannten, weitere Einzelheiten zu erfahren – der Lama ließ es sich doch nicht nehmen, sich erst einmal ihrem Schmerz zu widmen. Er war ganz offensichtlich ein Mann von Verstand und Herz. Sie nickte ihm dankbar zu.

»Bitte entschuldigen Sie uns einen Augenblick«, sagte er in vollendeter Höflichkeit. Dann besprachen sie sich kurz in ihrer eigenen Sprache.

Gleich darauf wandte der Lama sich ihr wieder zu. Er schien Geduld und Ruhe zu verströmen. »Das Wichtigste sind jetzt zunächst Gebete für unseren verstorbenen Brudermönch aus Tibet und für Ihre Tochter und den Freund. Dann muss das Siegel sehr behutsam und unter bestimmten Vorkehrungen erbrochen werden. Der Inhalt ist gewiss sehr empfindlich. Unser Tempel ist auf solche Arbeiten spezialisiert. Die Mönche hier studieren alte Manuskripte. Das ist sicher der Grund, weshalb die Schriftrolle hierher gebracht werden sollte.«

Jetzt spürte Helen ihre Erschöpfung. Es waren zwei sehr lange Tage gewesen. Sie wollte einfach nur noch schlafen. Sie fühlte alle Blicke auf sich ruhen – sie waren gütig, weise und nur darauf bedacht, das Bestmögliche zu tun.

»Ja«, nickte sie dankbar und erleichtert.

Zwei Mönche wurden abgestellt, sich um sie zu kümmern, während die älteren Mönche in die Meditationshalle gingen. Wieder hörte sie die Glocke. Sie spürte die Spannung, die im ganzen Gebäude herrschte, doch all das kam ihr jetzt schon sehr weit weg vor.

Die beiden Mönchen brachten ihr eine Mahlzeit aus Reis und Gemüse. Sie aß ein wenig und fühlte sich gleich etwas besser. Dann führten sie sie durch die Gänge zu einem kleinen Raum, legten ein Kissen auf eine Matte am Boden und bedeuteten ihr, sich hinzulegen. Sie war so müde, dass sie einfach nur gehorchte. Dass die umsichtigen Mönche jemanden in den Ort geschickt hatten, um den Taxifahrer und seinen Freund zu bitten, sich bis zum nächsten Tag zu gedulden, wusste sie nicht.

So verschlief sie die Zeremonie des Siegelbruchs, bei der auch der alte Lama zugegen war. Sie wusste nicht, dass es sich bei der Schriftrolle um ein uraltes Pergament handelte. Es war mit Schriftzeichen bedeckt, die nur eine Hand voll Menschen auf der ganzen Welt lesen konnte. Drei von ihnen, die ihr Leben dem Studium solcher alten Schriften gewidmet hatten, lebten im Kloster Mahathat, das dem Tempel angeschlossen war. Deshalb hatte der tibetische Mönch darauf gedrungen, dass die Schriftolle hierher gebracht wurde.

Helen wusste auch nicht, dass die Mönche in wachsender Erregung die ganze Nacht hindurch arbeiteten. Sie lichteten die Schriftrolle ab und begannen mit dem Kopieren und Übersetzen von Informationen, die die Welt verändern würden. Es war der bedeutendste Augenblick in der Geschichte des Tempels.

All das verschlief Helen.

9. Kapitel

Am Morgen erwachte sie steif und verschwitzt und fand sich nicht gleich zurecht. Schwere Träume hingen noch über ihr – Träume von Joanna als kleinem Mädchen, das sich verlaufen hatte. Sie suchte verzweifelt nach ihr, doch sie fand sie nicht. Sie stürzte in tiefe Abgründe und fand sich allein, vollkommen allein in einem großen Kochkessel wieder. Sie war mit hämmerndem Kopf und einem furchtbar dumpfen Unbehagen im Bauch aufgewacht. Plötzlich standen ihre schlimmsten Ängste wieder vor ihr.

Als sie die Augen aufschlug, bemerkte sie, dass jemand eine leichte Decke über sie gebreitet hatte, was in der Morgenkühle sehr angenehm war. Sie fühlte sich wie in einen dunkelgrünen Kokon eingesponnen, denn die so freundlich um ihr Wohl besorgten Mönche hatten grüne Seidenparavents um ihren Schlafplatz aufgestellt, da der Raum keine Tür besaß.

Sie mussten bemerkt haben, dass sie sich regte, denn als sie einen Paravent ein wenig zur Seite schob, wurde sie von etlichen lächelnden Gesichtern begrüßt.

Es war ihr, als würde sie ebenso höflich, aber noch ehrerbietiger als am Vorabend behandelt.

»Die Schriftrolle?«, fragte sie, und alle nickten mit dem

unvermeidlichen indischen Lächeln. Sie nahm an, dass keiner von ihnen Englisch sprach.

»Waschen«, sagte sie und deutete mit Gesten an, was sie meinte. Selbst eine kalte Dusche wäre ihr jetzt willkommen gewesen. Aber sie wurde angenehm überrascht. Man führte sie in einen Gemeinschaftswaschraum; ein junger Mönch brachte ihr einen Eimer warmes Wasser. Er stellte ihn in die Dusche, drehte das Wasser auf, um ihr zu zeigen, dass sie sich kalt abbrausen konnte, und drehte den Wasserhahn sorgsam wieder zu.

Er verneigte sich. »Namaste, ehrenwerter Gast.«

Sie lächelte. Er strahlte und entfernte sich. Ob er wohl wusste, was »ehrenwerter Gast« bedeutete? Vielleicht sprach er auch nur Worte nach, die man ihm aufgetragen hatte.

Sie hörte die Mönche draußen vor dem Waschraum schwatzen. Niemand würde jetzt hereinkommen. Sie duschte zuerst kalt und übergoss sich dann genießerisch mit dem warmen Wasser. Danach fühlte sie sich schon wieder wie eine englische Memsahib.

Die jungen Mönche führten sie direkt zum Lama, der wie am Vorabend in Gesellschaft etlicher älterer Mönche war. Es folgte die traditionelle Begrüßung; dann erkundigte sich der alte Lama, wie sie geschlafen habe und wie es ihr gehe. Mit keiner Silbe oder Geste ließ er erkennen, dass die Anwesenheit einer englischen Frau mittleren Alters ganz gegen die Regel war.

»Haben Sie die Schriftrolle geöffnet? Wie sieht sie aus? Was haben Sie herausgefunden?« Die Fragen brannten ihr auf der Zunge, doch sie beherrschte sich wie immer und wartete höflich die Eröffnung des Gesprächs durch den Lama ab.

Leider teilte er zunächst gar nichts mit, sondern bat sie, den ganzen Hergang noch einmal zu erzählen. Helen musste ein paar Mal schlucken und sich bewusst daran erinnern, dass sie sich hier in Geduld üben konnte. Also erzählte sie und teilte mehr Einzelheiten als am Vortag mit. Jetzt wurden auch gelegentlich Zwischenfragen gestellt, die sie nach bestem Wissen ausführlich beantwortete.

Mitten in ihrem Bericht wurde sie plötzlich durch lautes, wiederholtes Scheppern der Hauptglocke unterbrochen. Der Lärm störte auch die Zentriertheit der Mönche, die einander überrascht und sichtlich beunruhigt ansahen. Der Klang der Glocke hatte etwas Forderndes.

Bald tauchte ein Mönch auf, um dem Lama leise etwas mitzuteilen. Im Hintergrund waren aber schon Schritte und Stimmen zu hören. Dann stürmte rücksichtslos ein hoch gewachsener Europäer herein, der die kleinen Tibeter einfach beiseite schob. Es war Marcus!

Helen sprang auf. Sie lachte erleichtert. »Marcus! Wie kommst du denn hierher? Wo ist Joanna?«

Er packte sie und umarmte sie überglücklich. »Helen! Alles in Ordnung? Hast du ihnen die Schriftrolle gegeben?«

Sie nickte. Dann fragte sie wieder: »Wo ist Joanna?«

»Im Bus nach Muniki-Reti, wo sie eigentlich dich treffen wollte. Auf jeden Fall ist sie in Sicherheit, hoffe ich.«

»Gott sei Dank«, seufzte Helen. Ihr Kopfschmerz war wie weggeblasen.

»Wie hast du den Tempel gefunden?«, fragten sie beide gleichzeitig und lachten wieder.

Die Mönche waren angesichts dieser doch sehr westlichen Szene in leicht verwirrtes Schweigen gefallen. Aber die Augen des Lama lachten.

Er erhob sich und schüttelte Marcus wie ein waschechter englischer Gentleman die Hand. Es sah irgendwie bizarr aus, fand Helen. Die Mönche machten große Augen.

Ganz ohne Umschweife fragte Marcus: »Wo ist die Schriftrolle?«

»In Sicherheit«, erwiderte der Lama ruhig. Dann bot er seinem Gast einen Sitzplatz an.

Auch er ließ sich bedächtig nieder und wartete, bis Stille eingetreten war. Er wandte sich an Marcus: »Dieser Tempel, müssen Sie wissen, hat auf dem Gebiet der Erforschung alter Schriften einen Namen. Wir sind auf diese Arbeit spezialisiert, wie wir Ihrer verehrten Freundin bereits dargelegt haben.« Er nickte Helen zu. »Das dürfte für unseren Brudermönch der Grund gewesen sein, weshalb er das Dokument zu uns bringen wollte. Wir verfügen hier über Experten und sind in der Lage, alte Schriften unter optimalen Bedingungen zu untersuchen.«

Er hielt kurz inne und sagte dann zu beiden: »Wir halten die Schriftrolle für echt. Wir wissen aber noch nicht, wie alt sie ist, denn sie war in ein Gewebe versiegelt, das uns noch nie begegnet ist. Es gibt auf der ganzen Welt nichts Vergleichbares. Daher glauben wir, dass sich die Schriftrolle seit Jahrhunderten in der Obhut eines Tempels in Tibet befand.«

»Wovon handelt sie?«, wollte Marcus wissen. »Der Mönch sagte, sie könne die Welt retten.«

Der Lama blickte ihn einen Augenblick lang stumm an. Er nickte. »Ja, die Rolle enthält offenbar heilige und geheime Informationen, die gerade jetzt von großer Bedeutung sind. Ich werde es Ihnen berichten.« Er sah Markus mit festem Blick an. »Sie sind der Erwählte.«

Marcus erschauerte. Die Worte des sterbenden Tibeters fielen ihm ein: »Du von Gott geschickt. Schriftrolle Welt retten. Du gesegnet.« Er erinnerte sich auch an Helens Worte, an die Reaktion der Hellseherin. Verwirrt senkte er den Blick.

Der ehrwürdige Lama sah Helen an und verneigte sich. Für einen kurzen Augenblick befürchtete sie, er werde sie jetzt bitten zu gehen, doch er richtete ganz andere Worte an sie: »Sie sind die Weise.« Sie errötete lächelnd und empfand plötzliche tiefe Freude – wie damals in der Schule, als ihr mit dem Amt der Schulsprecherin besondere Verantwortung übertragen worden war.

Der Lama berichtete weiter, die Schriftrolle sei in einem alten tibetischen Dialekt abgefasst, mit dem sich einer der beiden Brüder im Tempel besonders gut auskannte. Dieser Bruder glaube nun, dass der Buddha ihn sein ganzes Leben lang auf diese heilige Aufgabe vorbereitet habe: die Schriftrolle zu übersetzen.

Helen und Marcus nickten. Nach all den seltsamen »Zufällen«, die sie im Zusammenhang mit dem Dokument bereits erlebt hatten, war das ein nahe liegender Gedanke.

»Die Schrift betont, dass diese wunderbare Erde ein heiliger Planet und etwas ganz Besonderes im Universum ist. Einzigartig ist sie auch darin, dass Gott seiner Schöpfung hier Entscheidungsfreiheit zugestand. Sie wissen doch, dass wir Menschen uns frei entscheiden können?«, fragte er. Als sie nickten, fuhr er fort: »Die Schrift sagt, dass unser Schöpfer alles verfolgt, aber nie aktiv eingreift.«

Wieder nickten sie, und Helen konnte nicht umhin, ein paar Worte anzufügen: »Nur dass wir Gott für Tragödien und Katastrophen verantwortlich machen, anstatt selbst die Verantwortung für ihre eigentlichen Ursachen zu übernehmen: unser Verhalten und unser Handeln.«

»Sehr richtig«, pflichtete der Lama ihr bei. »Aus der Schriftrolle geht hervor, dass Gott, als er die Menschen auf die Erde schickte, vier Portale schuf, durch die sie zu ihm und seinen Abgesandten Kontakt aufnehmen konnten. Über diese Portale – das sind ganz bestimmte Orte auf der Erde – konnte Gott uns auch höhere Energien senden, die den Menschen zu mehr Miteinander und Eintracht verhelfen würden.«

»Einen Augenblick«, unterbrach Marcus. »Das klingt ein bisschen nach Eltern, die ihre Kinder zum Campen auf eine Insel schicken, wo sie dann tun können, was sie wollen. Zugleich halten sie sich aber die Möglichkeit offen, immer mal wieder aufzutauchen, um nach dem Rechten zu sehen oder notfalls einzuspringen.«

»Genauso ist es«, bestätigte der Lama. Dann fuhr er fort: »Diese vier Portale wurden über ein Netz von Kommunikationslinien mit anderen Orten der Erde verbunden. Über diese ›Standleitungen‹ wurden höhere Informationen und Botschaften der Hoffnung und Inspiration übermittelt. Die Menschen konnten sich über das Netz mit energetischen Orten und mit Gott verbinden.«

»Verzeihen Sie, wenn ich schon wieder unterbreche«, meldete Marcus sich erneut zu Wort. »Wollen Sie damit sagen, dass die vier Portale so etwas wie Generatoren sind, die Strom durch ein Kabelnetz schicken?« Für ihn war es immer wichtig, alles in einleuchtende Bilder zu übersetzen.

»Und dass die Schwingungsfrequenz an diesen Portalen höher ist, so dass man leichter mit Gott kommunizieren kann?«, schaltete sich Helen ein.

»Ganz recht.« Der alte Lama nickte beiden zu. »Sehr gut. Weiter heißt es in der Schrift, es gäbe in diesem Netz viele Punkte, die wie Transformatoren wirkten und die

Energie auf ein für die Menschen handhabbares Maß reduzierten. Besondere Menschen, Heilige, kümmerten sich um die Portale und hielten sie mit Ritualen und Zeremonien instand. Sie weihten dieser Aufgabe ihr Leben.«

Helen und Marcus sahen einander an. Marcus fragte: »Aber es blieb doch nicht so. Woher kam das?«

»Zweierlei geschah. Die Menschen wurden materialistischer. Denken Sie sich die Energielinien als Telefonleitungen. Als immer mehr Menschen auf der Erde lebten, wurde es mit der Zeit schwierig, eine intakte Leitung zu finden. Es kam zu Rückkoppelungen und Störgeräuschen, der Austausch mit Gott wurde schwieriger. Viele versuchten es gar nicht mehr selbst und überließen den Austausch Zwischenträgern wie etwa den Priestern.

Noch wichtiger ist jedoch der zweite Punkt: Wer die Portale und das Energienetz kontrolliert, besitzt Macht über die ganze Erde. Und Macht und Geld wurden mit der Entwicklung von Technik und Industrie immer wichtiger.

Die dogmatischen Religionen gerieten zunehmend unter die Herrschaft von Menschen, deren spirituelle Orientierung sehr zweifelhaft war. Manche verfielen auf die Idee, ihren Anhängern den direkten Austausch mit Gott oder seinen Abgesandten auszureden. Die Priesterschaft verstünde sich viel besser auf den Umgang mit Gott – für diesen Mittlerdienst solle man die Priester entlohnen und ihnen gehorchen. Die Menschen glaubten ihnen, weil der ›direkte Draht‹ nicht mehr richtig funktionierte.«

Helen spann den Faden grimmig weiter: »Und dann waren da noch die Hexenjagden, die alle Medien und Heiler ausrotten sollten.«

Geduldig setzte der Lama seine Erläuterungen fort: »Als die Kirchen das Kommunikationsnetz unter ihre Kontrolle gebracht hatten, fingen sie an, die göttliche Wahrheit zu verdrehen, um den Menschen jeden letzten Rest von eigener Macht zu nehmen.«

»Aber doch sicher nicht absichtlich und gezielt!«

»In manchen Fällen wohl schon«, entgegnete der Lama in beinahe entschuldigendem Tonfall. »Nehmen Sie als Beispiel das Christentum. Als Jesus tot war, begannen seinen Anhänger den Leuten zu erzählen, die Nachfolge Christi könne nur darin bestehen, dass man seinem Reichtum entsage und den Priestern gehorche. Wer dazu nicht bereit sei, werde der Hölle anheim fallen.«

Auch das wusste Helen mit funkelnden Augen zu ergänzen: »Sie fingen sogar an, durch die Taufe das dritte Auge zu versiegeln.«

»Was ist eigentlich das dritte Auge?«, erkundigte sich Marcus.

»Es ist der spirituelle Punkt in der Mitte der Stirn. Das allsehende Auge. Es ist ein göttlicher Verbindungspunkt, den die Priester mit einem Kreuz aus Weihwasser versiegeln! Damit unterbrechen sie die Verbindung des Kindes zu Gott und können die Macht an sich reißen.«

»Oh!«, rief Marcus verstört. Er dachte über Helens Worte nach. »Aber das war doch sicher nicht die ursprüngliche Absicht.«

»Kann sein. Jedenfalls wollten sie, dass die Herde einigen wenigen Hirten folgte, und das ließ sich leichter erreichen, wenn das dritte Auge geschlossen war. Man musste natürlich außerdem glauben, was die Priester sagten. Heute glauben viel weniger Menschen daran, und deshalb schwindet die Macht der Priesterschaft.«

»Hmm«, machte Marcus und sah den Lama an, als wartete er auf eine Bestätigung.

Der alte Mann wählte seine Worte sorgfältig. »Die Schriftrolle berichtet, dass falsche Lehren verbreitet wurden. Sie spricht von ›Illusionen‹. Sie fügt aber hinzu, dass nicht nur die Kirchen nach Macht über die Energielinien strebten.

Ursprünglich war es so, dass Könige, Fürsten, Herzöge und andere Menschen von hoher Stellung im Dienst des Lichts standen. Es waren hoch entwickelte Seelen, die sich vor ihrer Inkarnation zu einer dem Wohle aller dienenden Ausübung der Macht verpflichteten. Inzucht führte aber im Laufe der Zeit zu Degenerationserscheinungen; eigene Interessen setzten sich gegen den Willen Gottes durch. Viele ließen sich auf unlautere Machenschaften ein, um ihre Position zu halten. Habgier und Bestechung behielten immer öfter die Oberhand.

Dann bildeten sich andere Gruppierungen und traten zum Kampf um Macht und materiellen Reichtum an. Die einstige Rolle der Eingeweihten übernahmen Regierungen, Banken und die Wirtschaft. Heute sind sie es, die über das Netz der Energielinien herrschen.«

»War das Absicht? Wissen sie, dass sie das damit bewirkt haben?«, fragte Marcus.

»Sehr selten. Ursprünglich wussten die Menschen des Hochadels alles über die Kraftorte und das Energienetz und bedienten sich ihrer sehr umsichtig. Schon damals konnte ein Schwarzmagier solch eine Linie für seine Zwecke missbrauchen, aber es gab relativ wenige solcher Menschen. Heutzutage ziehen große Unternehmen ihre Neubauten einfach auf den Linien hoch. Dabei geht es nur noch um Profit.«

»Woher wissen sie denn, wann sie, was weiß ich, eine Fabrik oder ein Kaufhaus auf eine Energielinie bauen?«, bohrte Marcus nach.

»Ach, das ist leicht herauszufinden«, warf Helen ein. »Früher wurden alle Dörfer, Ortschaften, Kirchen, Versammlungsorte und Ritualstätten auf diesen Linien angelegt oder erbaut. Wir nutzen dieselben Orte heute noch, weil wir sie unbewusst als Energiepunkte erkennen. Aber leider – wenn die Motivation nicht stimmt, verwandelt sich die lichte Energie in etwas Finsteres. Von den meisten Parlamentsgebäuden, Rathäusern und sogar Schulen strahlen heute dunkle Energielinien aus und übertragen Schwingungen der Angst, Habgier, Herrschsucht und Verblendung.«

Der Lama schürzte die Lippen und seufzte. »Kurzum«, fasste er zusammen, »rücksichtslose und habgierige Menschen haben einen Krieg um das feinstoffliche Kommunikationsgeflecht der Erde geführt und es jetzt fast vollständig unter ihre Kontrolle gebracht. Angst regiert heute die Welt.

Uns muss es jetzt darum gehen, das Netzwerk für das Licht zurückzuerobern.« Er erhob die Stimme. »Die Schriftrolle sagt uns, wie das zu bewerkstelligen ist. Natürlich werden all jene, die nur auf Geld und Macht aus sind, sich bedroht fühlen. Sie werden kämpfen und, wie wir bereits wissen, auch töten. Wer die Inhalte der Schriftrolle kennt, hält das Geheimnis unermesslicher Macht in Händen – von mehr Macht, als je einem Menschen verfügbar war. Diese Macht kann für böse Zwecke missbraucht werden oder der Verbreitung der Wahrheit dienen und allen auf dieser Erde Gesundheit und Reichtum bringen.«

Er sah Marcus direkt an. »Sie haben eine gewaltige Aufgabe vor sich.«

Etwas in Marcus fühlte sich erbärmlich und klein und hätte sich am liebsten taub gestellt. »Warum ich?«, lag ihm auf der Zunge. Ein anderer Teil war Feuer und Flamme und zu allem bereit.

Zu seiner tiefen Beschämung entrang sich doch dieses »Warum ich?« seinen Lippen. Er hätte sich am liebsten auf die Zunge gebissen.

In den Worten des Lama schwang Mitgefühl mit, als er antwortete: »Weil Sie auserwählt sind und schon vor Ihrer Geburt auf diese Aufgabe vorbereitet wurden. Sie werden nicht ohne Hilfe sein. Deshalb sind Sie dieser Dame begegnet.«

»Ich weiß«, seufzte Marcus. »Erzählen Sie uns mehr.«

Mit einem höflichen Lächeln wehrte der Lama ab: »Leider muss ich mich jetzt erst einmal anderen Pflichten widmen. Eines kann ich Ihnen aber noch sagen. Bei allem, was sich auf der Erde zugetragen hat, handelt es sich um eine vor vielen, vielen Jahren bereits vorausgesehene Möglichkeit. Die Schriftrolle ist jetzt wieder aufgetaucht, weil alles darangesetzt werden muss, das Anwachsen der Unmenschlichkeit zu verhindern.

Meine Schriftkundigen werden Wochen, Monate und vielleicht Jahre brauchen, bis alles entziffert ist. Weil wir jedoch wissen, dass die Zeit drängt, werden wir uns den ersten Abschnitt jetzt sofort vornehmen. Wenn Sie sich heute Nachmittag um drei Uhr wieder hier einfinden wollen, werde ich Ihnen mitteilen, was wir inzwischen herausgefunden haben.«

»Natürlich.«

»Wir werden da sein.«

Der Lama erhob sich, um den Raum zu verlassen. Plötzlich wandte er sich noch einmal um und sagte leise: »Übrigens bezeichnet die Schriftrolle das Wissen um die Portale und das Gitternetz als das erste Große Mysterium der Erde.«

10. Kapitel

Mit vor Aufregung glühenden Gesichtern wanderten Helen und Marcus durch das kühle Tempelgebäude und sprachen über das erste Große Mysterium.

»Mir war gar nicht klar, wie sehr wir alle kontrolliert werden«, sagte Marcus stirnrunzelnd. »Dann kam ich dahinter, dass es eigentlich ständig passiert. Durch die Banken beispielsweise, die uns alle an der kurzen Leine halten, indem sie imaginäres Geld ausleihen und dafür Zinsen nehmen.«

»Vor allem die Wucherzinsen, die sie für Kredite an Entwicklungsländer nehmen und so dafür sorgen, dass diese nie von ihren Schulden loskommen«, stimmte Helen zu. »Dann die Pharmaindustrie, die natürliche Heilmethoden systematisch blockiert, um Medikamente auf den Markt zu bringen, die nicht nur viel Schaden anrichten, sondern auch noch ein Vermögen kosten.«

»Und die Tabakindustrie und die Drogenmafia.«

»Und die Waffenlobby in Amerika.«

»Da ist England nicht viel besser. Bei uns starren zwar nicht die Privathaushalte von Waffen, aber unser Wohlstand hat sehr viel mit Waffenexporten zu tun.«

»Wir könnten ewig so weitermachen«, seufzte Helen. »Aber so versorgen wir die Finsternis mit Energie. Und es sieht ja so aus, als wüsste die Schriftrolle, wie die Macht in die Hände der Menschen zurückgelangen kann. Ich kann gut verstehen, dass es Leute gibt, die das wiederum verhindern wollen. Hast du übrigens eine Ahnung, wer diese Leute sein könnten?«

Wieder runzelte Marcus die Stirn. »Ehrlich gesagt, nein. Ich zermartere mir das Hirn, aber es kommt nichts.«

»Aber diese beiden arbeiten doch sicher für jemanden, vielleicht für eine ganze Organisation.«

»Natürlich. Das könnten die Drogenbarone sein, die Mafia, womöglich sogar die CIA.«

Helen zuckte zusammen. Gerade fiel ihr eine noch schlimmere Möglichkeit ein. »Es könnte die Elite sein«, flüsterte sie.

»Die Elite?« Marcus sah, wie blass Helen geworden war. Ein Schauer lief ihm den Rücken hinunter.

»Die Elite«, erklärte Helen, »kontrolliert die Leute, die an den Schalthebeln der Macht zu sitzen scheinen. Es handelt sich um eine Gruppe sehr mächtiger Schwarzmagier, angeführt von einem gewissen Sturov. Viele dieser Leute sind hinter den Kulissen als Berater von Entscheidungsträgern tätig, aber sie treten auch öffentlich in Erscheinung, als Ärzte, Geschäftsleute, Verkäufer und so weiter.«

»Und sie wissen, was sie da tun?«

»Manche schon. Die Mächtigsten ganz bestimmt. Aber die kleinen Lichter sind vielleicht nur verängstigte oder verärgerte Menschen, die nicht ahnen, dass sie für das Reich der Finsternis arbeiten. Ihre negativen Gefühle machen sie zur leichten Beute für Sturovs Leute, die die armen Tölpel in Positionen heben, in denen sie ernsthaft Schaden anrichten können. Du findest sie in den Medien, in den Regierungen, in den Kirchen – sogar in der New-Age-Bewegung. Hier sind es vielfach die Querulanten, die

Verwirrung stiften und alles, was andere zum Wohl aller aufzubauen versuchen, wieder zunichte machen.«

»Kannst du mir ein Beispiel nennen?«

»Ja. Nehmen wir einmal an, Sturovs Männer könnten einen Zeitungsredakteur so manipulieren, dass er die Wahrheit verbiegt und sich über Lichtmenschen lustig macht, die für den Frieden einstehen oder höhere Erkenntnisse zu erlangen versuchen.«

Marcus nickte finster.

»Sie wirken nach außen hin ganz normal«, fuhr Helen fort, »aber sie üben ihre Macht auf höheren Ebenen aus.«

»Ich kann dir nicht ganz folgen.«

Helen überlegte. »Ich weiß nicht, wie ich das erklären soll.« Marcus wartete in dem Gefühl, dass jetzt etwas Wichtiges kommen würde.

Sie holte tief Luft. »Wir leben in einer materiellen Welt, auf dieser stofflichen Ebene. Sie ist jedoch von anderen Schichten durchsetzt. Gespenster beispielsweise, also die orientierungslosen Geister Verstorbener, existieren auf einer anderen Ebene. Engel befinden sich wieder auf einer höheren Ebene.«

Marcus nickte.

»Lichtmenschen bemühen sich, anderen Licht, Liebe und heilende Energien zufließen zu lassen. Sie benutzen dazu göttliche Energien, die ihnen zugänglich sind, weil sie sich läutern, weil sie ihr Denken unter Kontrolle haben und nach einem höheren Bewusstsein streben. Wesen der Finsternis haben dagegen eigennützige oder auch direkt böse Absichten und verfügen ebenfalls über Energien, die sie zu ihren Zwecken nutzen können. Sie beziehen ihre Kräfte jedoch aus den Ängsten, sexuellen Energien und üblen Absichten der Menschen – und sie können anderen Energie abzapfen, vor allem den reinen und unschuldigen Seelen.«

»Ja, so weit verstehe ich es«, sagte Marcus.

»Für alles Lichte gibt es Gegenkräfte, die für die Finsternis arbeiten. Die dunklen Kräfte möchten alles auf der Erde durch Manipulation oder Gewalt ihrem Willen unterwerfen und sorgen deshalb für Chaos und Zerstörung. Ein auf den ersten Blick ganz normaler oder sogar guter Mensch kann unter der Herrschaft der dunklen Seite stehen. Ihr Anführer ist Sturov.«

»Und er und seine Handlanger wollen Unzufriedenheit und Chaos stiften und sind dafür auch bereit zu töten?«

»Ja.«

»Aber hast du nicht gesagt, dass wir alle Engel haben, die uns ständig mit leiser Stimme an das Gute erinnern, das in uns steckt?«

»Ja, die gibt es, und sie sind immer um uns. Aber es gibt eben auch Engel der Finsternis und dunkle Energien. Deshalb müssen wir unterscheiden lernen und ständig auf das Licht zustreben. Die Finsternis kann dem Licht nichts tun oder es gar auslöschen. Aber die dunklen Kräfte machen sich über unsere Angst und Verunsicherung an uns heran und versuchen uns auf diesem Wege zu entmutigen und abzuschrecken.«

»Was hätten sie davon?«

»In den inneren Bereichen: Chaos und Zerstörung, die Verdunkelung des Lichts der Menschheit. Dann könnten sie das Denken aller Menschen unter ihre Kontrolle bringen und erreichen, dass wir tun, was sie wollen. Sie sind nur auf Macht und Herrschaft aus. Sie möchten die Herren der Welt sein.«

»Und in der äußeren Wirklichkeit?«

»Da ist es dasselbe. Wenn sie genügend Kriege anzetteln und genügend Drogenabhängigkeit erzeugen können, fließen ihnen die Gewinne aus dem Waffen- und Drogenhandel zu. Geschickt nutzen sie das Chaos, um die Regierungen zum Erlass neuer Gesetze zu veranlassen, die unsere Freiheit beschneiden. Sie versuchen den Lebensmittelsektor, das Gesundheitswesen, die Wasserwirtschaft, das ganze Kreditwesen, die Sicherheitskräfte und alles andere in ihre Gewalt zu bringen und die Menschen vollkommen abhängig zu machen. Dann kann die Elite schließlich die Kommunikationsnetzwerke an sich reißen und beherrscht die ganze Welt. Sie wollen Geld und Macht. So verlangt es ihr Ego.«

»Ist es das, was man Armageddon nennt – den Kampf der Finsternis gegen das Licht?«

»Vermutlich. Alle, die für das Licht arbeiten, müssen jetzt mobilisiert werden. Die Schriftrolle soll uns anscheinend zeigen, wie dabei am besten vorzugehen ist. Deshalb wird Sturov vor nichts zurückschrecken, um uns aufzuhalten.«

Als sie aus der Kühle des Tempels traten, meinten sie, einen Backofen zu betreten. Es verschlug ihnen den Atem – und die Sprache erst recht.

Aber sie hatten das Gefühl, sie sollten zum Chai-Stand hinuntergehen und mit Helens Fahrer sprechen. Sie würden ihn bitten, noch bis zu ihrem nächsten Gespräch mit dem Lama zu warten. Danach wollten sie nach Muniki-Reti zurückfahren, wo sie Joanna anzutreffen hofften.

Sie huschten von einem Schattenfleckchen zum nächsten. Als sie wieder einmal keuchend unter einem Baum standen, fragte Helen: »Wie ging es eigentlich weiter, als ich in den Bus gestiegen war? Ich habe euch noch in verschiedene Richtungen davonlaufen sehen und war furchtbar erschrocken.«

Marcus erzählte ihr kurz, was sich zugetragen hatte. »Wir wussten ja nicht, dass die Männer uns so dicht auf den Fersen waren. Wir sahen sie, als du im Bus warst, und trennten uns dann einfach. Ich nahm an, dass sie zur Bahnstation gehen würden, also suchte ich mir ein schattiges Eckchen hinter einer Mauer und versteckte mich dort die nächsten Stunden. Mein Herz hämmerte so laut, dass ich Angst hatte, sie würden mich finden. Es war grauenhaft. Ich wusste nicht, wo Joanna war, ob sie sie erwischt hatten oder wo wir uns jemals wiedersehen würden.«

Ein Blick in Helens erschrockenes Gesicht sagte ihm, dass er besser daran tat, wenn er die Geschichte ein wenig auflockerte.

Er grinste und fuhr fort: »Typisch Frau. Wie sich später herausstellte, hatte sie einen Klamottenladen gefunden und sich einen Sari gekauft. Die Frauen zeigten ihr, wie man so etwas anzieht und trägt. Das hat anscheinend eineinhalb Stunden gedauert, weil die Frauen im Laden sich so über ihre zwei linken Hände amüsierten. Ich muss sagen, es sah nicht schlecht aus zu ihrem dunklen Haar.« Sein Gesichtsausdruck vermittelte Helen etwas von seinem eigenen Erstaunen beim Wiedersehen im Sari-Shop.

»O ja, ganz bestimmt sah sie toll aus«, erwiderte Helen versonnen und versuchte sich ihre Tochter im Sari vorzustellen. Es gelang ihr nicht besonders gut.

»Aber wie habt ihr euch überhaupt wiedergefunden?«, wollte sie dann wissen.

Marcus zwinkerte verschwörerisch. »Dafür haben wohl die höheren Mächte gesorgt. Die Lichtengel! Ich rappelte mich schließlich wieder auf und begann, nach Joanna zu suchen. Ich kenne in diesem Nest nun sicher jede Mauer und jeden Baum. Die Männer waren zum Glück nirgends zu sehen, aber Joanna leider auch nicht.

Mir war nicht sehr wohl dabei, das kann ich dir sagen.« Er seufzte tief.

Helen nickte.

»Dann fanden mich die Männer vom Sari-Shop und fuhren mich zum Shop. Mann, war ich froh, als ich sie dort sah! Und stell dir vor, sie hatte die Sarifrauen inzwischen nach dem Tempel Mahathat ausgequetscht. Die wussten zwar selbst nichts, hatten aber eine Cousine, die jemanden kannte, der jemanden kannte und so weiter, du kennst das ja – bis schließlich jemand sagte, der Tempel liege an der Straße nach Rishikesh. Man konnte ihr den Ort sogar ziemlich genau beschreiben – sie war sich ziemlich sicher, dass es der Tempel sein musste, den wir suchten. Ist das nicht unglaublich? Das Ding könnte irgendwo in Indien stehen, und wir stolpern gleich an der nächsten Ecke darüber! Ich dachte, wir würden eine Stecknadel im Heuhaufen suchen.«

»Aber nein!«, wies Helen ihn zurecht. »Vergiss nicht, es gibt keine Zufälle. Als dieser Mönch da oben im Schnee starb, warst du da vielleicht zufällig zur Stelle, um die Schriftrolle an dich zu nehmen?«

»Ich fange langsam an, es zu verstehen«, sagte Marcus nachdenklich.

»Und wenn die höheren Mächte wollten, dass wir die Schriftrolle *jetzt* abliefern, war es ihnen doch sicher ein Leichtes, alles so zu fügen, dass es wirklich dazu kommen musste. Übrigens enthält der Umstand, dass wir den Tempel so schnell gefunden haben, vermutlich die Botschaft, dass die Sache wirklich äußerst eilig ist.«

Marcus brachte nur ein »Oh!« heraus und wurde noch nachdenklicher. »Um schnell zu Ende zu erzählen: Sie setzten Joanna und mich in den Bus nach Rishikesh. Ich stieg beim Tempel aus, und Joanna fuhr weiter, weil wir ja annehmen mussten, dass du mit der Schriftrolle im Gästehaus bist. Wir kamen überhaupt nicht auf die Idee, dass du den Tempel finden könntest.«

»Da hast du es wieder«, warf Helen ein. »Ich wurde geführt.«

Etwas später fragte Marcus: »Wir haben die Schriftrolle abgeliefert. Glaubst du, dass unser Auftrag damit erledigt ist?«

Helen sah ihn mit einer skeptisch erhobenen Augenbraue an. »Es sieht nicht danach aus.«

Sie weckten den Taxifahrer, der unter einem Baum schlief, was zu dieser Tageszeit sicher das Klügste war. Er sah sie mit großen Augen an. Kein Inder wird je verstehen können, weshalb Europäer in der größten Tageshitze durch die Gegend laufen. Was sie antreibt, wird ihm auf ewig verschlossen bleiben.

Daher bereitete es ihnen keine große Mühe, ihn dazu zu überreden, noch ein paar Stunden zu warten. Eine kurze Verschnaufpause und einige kühle Getränke später kletterten sie schwitzend und keuchend wieder zum Tempel hinauf – da mochte er auch noch so ungläubig den Kopf darüber schütteln.

Sie hätten sich vermutlich weniger in Sicherheit gewiegt, wären sie noch bis zur Abenddämmerung dort unten geblieben. Denn dann hätten sie einen Wagen mit einem Chinesen und einem Inder in Richtung Muniki-Reti vorbeifahren sehen. Und sie hätten bemerkt, dass ihm ein zweites Auto folgte, in dem bewaffnete Männer saßen und das am Chai-Stand hielt.

So aber kehrten sie ahnungslos ins Heiligtum zurück und sahen den Lama wieder, ohne sich des Unheils bewusst zu sein, das am Horizont heraufzog.

11. Kapitel

Helen und Marcus saßen auf ihren Matten in der Halle des Lama, der wie immer von den ältesten Mönchen umgeben war. Nach der obligatorischen Begrüßung teilte der Lama ihnen mit, seine Schriftexperten hätten den ganzen Tag an dem alten Text gearbeitet. Was sie entzifferten, habe sich als außerordentlich wichtig erwiesen, wichtiger noch, als man bisher schon geahnt hatte. Der alte Meister glühte vor Erregung und Begeisterung, und auch die Augen der lächelnden Mönche funkelten.

Mit leiser Stimme berichtete der Lama: »Der Text eröffnet uns, dass die Erde sich nicht entwickeln kann, wenn unsaubere Energien die Portale und das Netz blockieren. Dies wird die Entwicklung des Universums verzögern. Deshalb wurde bestimmt, dass diese Schrift an einem bestimmten Punkt der Geschichte allen zugänglich gemacht wird – dann nämlich, wenn das in ihr enthaltene Wissen benötigt wird. Dies ist die Zeit des beginnenden Übergangs in eine neue Phase, das bevorstehende Goldene Zeitalter. Diese Zeit ist jetzt gekommen.«

Er sah beide über die Ränder seiner Brille hinweg an. »Sie wissen selbst, dass unsere Erde ganz und gar noch nicht bereit ist, vor allem wegen des schlechten Zustands des Energienetzes. Anscheinend haben die Machtbesessenen auch die Hauptportale schon in ihre Gewalt gebracht. Dem muss ein Ende bereitet werden, damit die Portale wieder der Übermittlung von Lichtenergie dienen. Dafür, sagt die Schriftrolle, ist es höchste Zeit. Die Menschheit liegt schon zu lange geknechtet in Ketten.«

»Ja«, sagte Marcus, »aber wie können wir das Gitternetz reinigen und wieder seiner Bestimmung zuführen?«

»Lassen Sie mich der Reihe nach berichten«, wies der Lama ihn sanft zurecht. »Wir entnehmen der Schriftrolle, dass die Erde als Mysterienschule gedacht war. Es gibt sieben Große Mysterien – das sind die Gesetze, die auf dieser irdischen Ebene gelten. Indem wir den Entschluss fassen, uns hier zu inkarnieren, schreiben wir uns sozusagen für diese Schule ein, doch unter der Geburt vergessen wir diese Gesetze und unser wahres Ich. Die Rede ist hier vom Schleier des Vergessens. Was wir zu lernen haben, wird uns nun in der großen Schule des Lebens als Lernstoff vorgelegt. Jeder Mensch, der uns begegnet, jede Situation, in der wir uns finden, ist eine Lektion.«

Helen nickte zustimmend, worauf ihr der Lama zulächelte. »Es überrascht Sie vielleicht, dass ich als Buddhist so spreche. Aber die Inhalte der Schriftrolle sind spiritueller Natur und für alle Religionen gültig. Ich würde sogar sagen, sie sind die Grundlage aller Religion. Der Text wird nicht müde zu wiederholen, dass es letztlich darauf ankommt, einander zu lieben.«

»Das sagen die Religionen auch, aber sie praktizieren es nicht«, pflichtete Helen bei. »Na ja, ich wohl auch nicht so oft.«

Der Lama warf ihr einen verständnisvollen Blick zu und fuhr fort: »In der Schriftrolle ist von sieben Großen Mysterien die Rede. Das erste besteht, wie ich Ihnen heute

Morgen schon erklärt habe, darin, dass es vier große Portale für die direkte Verbindung zu Gott gibt und darüber hinaus ein Gitternetz von Energielinien, die ebenfalls der göttlichen Kommunikation dienen.

Weiter heißt es: Wenn man die Schriftrolle entdeckt, wird man nach und nach der Illusionen des Lebens gewärtig. Das geschieht durch scheinbare Zufälle, aber in Wirklichkeit wird es durch unsere spirituellen Führer und Helfer in die Wege geleitet.«

»Was sind das für Illusionen?«

»Lauter Dinge, die wir als Wahrheiten akzeptieren, die aber falsch sind. Sie sorgen dafür, dass wir das Leben nicht so wahrnehmen, wie es ist.«

Darüber wollte Marcus später nachdenken. Im Augenblick war ihm die schon einmal gestellte Frage wichtiger: »Aber wie können wir das Gitternetz nur reinigen und wieder seiner Bestimmung zuführen? Und was wird geschehen, wenn es gelingt?«

Der Lama nickte. »Zum ersten Teil Ihrer Frage: Die Reinigung geschieht durch die Kraft des Geistes und durch den Gebrauch bestimmter Symbole. Außerdem gehören noch besondere Tonschwingungen dazu. Ganz spezifische Schwingungen brachten die Mauern von Jericho zum Einsturz, andere können Glas zersplittern lassen, und so gibt es auch Töne, die die Finsternis vertreiben. Wir glauben, dass die Schriftrolle genaue Anweisungen dafür enthält. Wir hoffen, die Symbole und Angaben zu Art und Frequenz der Töne zu finden.«

Es trat eine Stille ein, die von Staunen und Faszination getragen war.

Schließlich meldete Marcus sich wieder zu Wort. »Ich verstehe das noch nicht. Was können Geisteskraft und Töne zusammen ausrichten?«

Der Lama erklärte: »Wenn Sie einen Gedanken fassen, geht davon ein energetischer Impuls aus. Eine ausreichende Menge solcher Gedanken lässt etwas manifest werden. So wirkt die Kraft des Denkens für sich genommen. Sprechen Sie Ihren Gedanken jedoch aus, so bewirkt die Lautenergie zusammen mit dem Gedanken eine Beschleunigung der Manifestation. Schallwellen sind von außerordentlicher Kraft.«

»Heißt das also, dass man das Gitternetz reinigen kann, wenn man geeignete Laute und Gedanken über die Linien schickt?«

»Die Gedanken der meisten Menschen sind verworren und daher ungeeignet. Es gibt jedoch Gruppen besonders geschulter Menschen, die ihren Geist auf geeignete Gedanken und Intentionen einzustimmen vermögen. Zusammen mit den richtigen Tonschwingungen, so glauben wir, werden wir bald die Mittel in der Hand haben, mit denen wir die Schwingungsfrequenz der Erde anheben können.«

Marcus waren Zweifel und Enttäuschung anzusehen. Er hatte sich praktische Anweisungen erhofft.

Helen fiel zu den Ausführungen des Lama noch etwas ein. »Im Zeitalter von Atlantis sollen Tumoren durch Schallwellen aufgelöst worden sein. Es soll auch Fahrzeuge gegeben haben, die mit in Kristallen gespeicherten Schwingungen angetrieben wurden.«

Der Lama betrachtete sie mit einem Blick von unergründlicher Tiefe. Dann sagte er: »Wir haben Grund zu der Annahme, dass die Schriftrolle von Menschen stammt, die den Untergang von Atlantis überlebten und die es nach Tibet verschlug.«

Allen Anwesenden lief ein Schauer über den Rücken. Marcus spürte, wie sich seine Nackenhaare aufstellten. Auf Helens Armen war deutlich Gänsehaut zu sehen.

»In Tibet gibt es ein Portal von außerordentlicher Kraft, das den Tibetern immer heilig war. Trotzdem wurde es, wie Sie wissen, von negativen Kräften überschwemmt.« Der Lama spielte auf die Besetzung des Landes durch China an. »Manche unserer Mönche sind jedoch in der Disziplin des Geistes geschult. Sie werden die Töne erzeugen können, die uns hier mitgeteilt werden, um damit die Illusionen aufzuheben, von denen ebenfalls im Text die Rede ist.«

Er sah Marcus und Helen an. »Ich habe mit den anderen Lamas beratschlagt, und wir sind zu dem Schluss gekommen, dass Sie die Schriftrolle mit nach England nehmen müssen, um dort das große Portal von Stonehenge wieder instand zu setzen. Die alten Hüter des Henge hält man heute fern, so dass er praktisch den Kräften der Finsternis ausgeliefert ist.«

Beide horchten erstaunt auf. Dass Stonehenge eine so große Bedeutung besaß, hatten sie nicht gewusst. »Ist Stonehenge eines der vier Hauptportale?«, fragte Helen.

»Den Angaben der Schriftrolle zufolge, ja. Es muss zur Heilung der Erde dringend wiederhergestellt werden.«

»Wie aber können wir die Rolle mitnehmen? Sie sagten doch, dass Sie noch lange daran zu arbeiten haben werden!«

»Ach nein, ich meine natürlich nicht das Original«, erwiderte der Lama und schüttelte lächelnd den Kopf über sich selbst. »Sie nehmen die Kopie mit, die wir angefertigt haben und die Sie zu Hause Ihren Experten vorlegen können.«

»Wie haben Sie es denn geschafft, ein antikes Pergament zu kopieren?«, rief Marcus.

»Es handelt sich um kein gewöhnliches Pergament. Es besteht aus einem Material, das wir nicht kennen. Es muss in der Zeit von Atlantis Technologien gegeben haben, von denen wir uns noch keine Vorstellung machen können. Das Material ist flexibel und haltbar; es bröckelt nicht.«

Marcus staunte. Und doch rutschte er kurz ins alte Denken zurück. »Ich finde es sehr großzügig, dass Sie anderen Ihren Fund zeigen wollen, bevor er ganz erforscht ist.«

»Es ist das, was zum Wohl aller zu geschehen hat. Alle müssen Hand in Hand arbeiten, um die Schwingungsfrequenz der Erde anzuheben, bevor es zu spät ist.«

Marcus lief rot an und schämte sich ein wenig seiner unpassenden Frage. »Zu wem sollen wir das Dokument denn bringen?«, erkundigte er sich.

»Sie werden zu den richtigen Leuten geführt werden«, lautete die orakelhafte Antwort des Lama.

Helen nickte. Aus irgendeinem Grund kam wieder dieses bange Gefühl in ihr hoch. Das in den letzten Tagen so häufig auftretende Unbehagen meldete sich als quälender Druck in der Magengrube, dort wo das Sonnengeflecht saß. Marcus bemerkte, dass sie blass geworden war. Er legte ihr beruhigend seine große warme Hand auf den Arm. »Stimmt etwas nicht?«, flüsterte er besorgt.

»Ich habe wieder dieses Gefühl, dass irgendetwas Ungutes im Gange ist«, gab sie entschuldigend zurück. Noch vor einer Woche hätte Marcus nicht viel darauf gegeben. Diesmal nahm er es ernst. Er sah sich um.

»Entschuldigen Sie mich einen Augenblick«, wandte er sich an den Lama. Dann stand er auf, ging zum Fenster und sah hinaus. Draußen herrschte inzwischen undurchdringliche Dunkelheit, nichts war zu sehen.

Er bemerkte aber, dass er selbst auch immer unruhiger wurde. Hatte Helen ihn angesteckt?

»Wo ist die Schriftrolle?«, fragte er den Lama.

Der Lama und seine Mönche hatten Marcus besorgt beobachtet. »Im Skriptorium. Dort wird sie untersucht«, antwortete er.

»Ich würde mich gern davon überzeugen, dass alles in Ordnung ist«, sagte Marcus. Plötzlich hatte er es eilig. Auch die Mönche wirkten alarmiert. Auf ein Kopfnicken des Lama erhoben sich einige und gingen in Richtung Tür.

Marcus folgte ihnen; auch Helen entschuldigte sich beim Lama und schloss sich an. Die Mönche gingen ohne Hast den Gang entlang, dann die Treppe hinunter, gefolgt von den ungeduldigen Europäern.

Im Skriptorium studierten Schriftkundige die fremdartigen Zeichen der Schriftrolle. In diesem Raum war die Temperatur stets konstant, damit man die unschätzbar wertvollen alten Dokumente untersuchen konnte, die aus aller Welt hierher kamen. Entlang der Wände waren Bücher und Papiere in braunen Umschlägen gelagert. Man fühlte sich wie in einer alten Bibliothek – hier war es still, verstaubt und halb dunkel, abgesehen von den starken Strahlern, die in dieser Umgebung völlig deplatziert wirkten und auf einen Tisch in der Raummitte ausgerichtet waren. Dort lag die Schriftrolle.

Ihr Eintreten zerstörte die Atmosphäre vollkommener Konzentration. Die Schriftrolle entsprach ganz und gar nicht ihren Erwartungen. »Ich hatte mir wohl so etwas wie die Qumran-Rollen vorgestellt«, sagte Helen. »Bruchstücke von blätterndem braunem Pergament, die jeden Augenblick zu Staub zerfallen können.«

Einer der Mönche, der ausgezeichnet Englisch sprach, antwortete ihr, dieses Dokument sei offenbar viel älter als die Funde vom Toten Meer; sie wüssten noch nicht, aus welchem Material es bestehe oder womit es geschrieben worden sei. Es handle sich um einen noch unbekannten Stoff.

Ein anderer bestätigte mit ehrfürchtigem Staunen in der Stimme, er habe dergleichen noch nie gesehen. Die übrigen nickten zustimmend.

Das Pergament war in der Tat braun und rissig, aber es brach nicht und sah auch nicht so aus, als wollte es sich in Staub auflösen. Unerwartet trat jetzt auch der alte Lama an den Tisch. Er betrachtete die Schriftrolle, die auf so ungewöhnlichen Wegen in seinen Tempel gelangt war, mit Ehrfurcht. Dann sagte er etwas zu den Mönchen. Einer entfernte sich und holte eine kleine braune Papiertüte, die er dem Lama aushändigte.

Helen spürte erneut einen Schlag in die Magengrube. Was mochte das bedeuten? Sie versuchte alle ihre Sinne zu öffnen, spürte aber nur, dass höchste Eile geboten war. Sie mussten sofort das Kloster verlassen.

Das flüsterte sie Marcus zu.

»Okay«, nickte er. Er war hin und her gerissen. Einerseits hätte es noch so viele Fragen gegeben, aber auch er konnte jetzt diese merkwürdige ängstliche Spannung spüren.

»Ich glaube, wir müssen jetzt gehen«, sagte er leise zum Lama.

In diesem Augenblick hörten sie den ersten Schrei. Sekunden später war Rauch zu riechen.

Wieder Schreie und Rufe. Die gelehrten Mönche saßen wie versteinert da.

Der Lama drückte Marcus die Papiertüte in die Hand. »Die Schriftrolle auf Mikrofilm«, sagte er. »Nehmen Sie sie mit nach England, und hüten Sie sie.«

Dann ging alles sehr schnell. Einer der Mönche drehte gerade noch den großen Schlüssel im Türschlosses herum, da hämmerten fast im selben Augenblick die ersten Faustschläge an die Tür.

In das Gefühl von Verhängnis und Untergang, das sich des Raums bemächtigt hatte, hinein ertönte die ruhige Stimme des Lama: »Lieber vernichtet als in den falschen Händen.«

Marcus versuchte das Fenster zu öffnen. Dann nahm er einen Stuhl und schlug es ein.

Die Mönche fingen an, die Schriftrolle zu zerreißen. »Nein!«, schrie Helen entsetzt und raffte einige Fetzen an sich, um sie in ihre Tasche zu stopfen.

Die Tür begann zu splittern, offenbar wurden sie von außen mit einer Art Rammbock bearbeitet. Helen sah, wie der alte Lama, aschfahl im Gesicht, mit ausgestreckten Armen vor dieser Tür stand, als rufe er den Buddha an.

Marcus packte Helen an der Hand, riss sie herum und schob sie mit Gewalt durch das Fenster. Sie hatte ganz vergessen, dass junge Männer derartige Kräfte besaßen. Mit einem Ächzen fiel sie nach draußen; dabei schnitt sie sich an einer Scherbe ins Knie und schürfte es auch noch am Fenstersims auf.

Marcus sprang über sie hinweg und zerrte sie mit aller Kraft fort. Hinter sich hörten sie Schreie und das Prasseln des Feuers.

Adrenalin, Marcus' Entschlossenheit und der schraubstockartige Griff seiner Hand brachten Helen den steilen dunklen Weg zur Ortschaft hinunter. Sie selbst glaubte sich einem Herzanfall nahe, sagte aber nichts, sondern keuchte nur: »Geh ohne mich weiter.«

Seine Antwort lautete kurz und bündig: »Nein!«

Unten angekommen, sahen sie, dass der Tempel und die Bäume in seiner Umgebung in Flammen standen. Leuchtend orangefarbene Flammen loderten auf und warfen gespenstische Schatten, Funken stoben wie Feuerwerk in den Nachthimmel. Jetzt trug die Luft ihnen auch den Brandgeruch zu. Zu dieser Jahreszeit, in der alles zundertrocken war, konnte das Feuer sich durchaus den Hügel hinunter ausbreiten. Plötzlich war alles voller aufgeregt durcheinander laufender Leute – wie Ameisen aus einem Haufen, in den man hineingestochert hatte. Marcus bahnte ihnen den Weg zum wartenden Wagen.

Zum Glück waren der Fahrer und sein Freund ganz in der Nähe und liefen gleich herbei. Sie wären zwar gern geblieben, um sich das Schauspiel anzusehen, doch ein Blick in Marcus' Gesicht belehrte sie eines Besseren.

Sekunden später saßen alle im Wagen. Der Fahrer steuerte ihn vorsichtig durch die Menge, und dann waren sie auf der Straße, die sie nach Muniki-Reti führen würde – und zu Joanna. Sie beteten darum, dass sie in Sicherheit war.

12. Kapitel

Als Marcus in Joshipur unterhalb des Tempels aus dem Bus gestiegen war, überkam Joanna ein ungewohntes Gefühl der Verlassenheit. Sie hatte ein sonniges Gemüt und sich in jeder noch so unmöglichen Situation zurechtgefunden, doch die erschütternden Ereignisse der letzten Tage waren auch für sie ein wenig zu viel.

Sie war sich auch nicht bewusst gewesen, wie viel Sicherheit Marcus' Anwesenheit ihr gegeben hatte. Jetzt kam die Angst. Was war mit ihrer Mutter? Wohin hatte sie der Bus gebracht, in den sie eingestiegen war? Hatte sie die Schriftrolle noch bei sich? Oder hatten sie sie erwischt? Diese Sorgen, die sich in Marcus' Anwesenheit nur verschwommen und nebulös am Horizont abgezeichnet hatten, ballten sich jetzt zu einem düsteren Unwetter über ihr zusammen. Und in den zuckenden Blitzen ihrer Fantasiebilder leuchteten immer neue Ängste auf.

Was sich erst als so blendender Einfall dargestellt hatte – der Sari als Tarnung – kam ihr jetzt unangebracht und lächerlich vor. Außerdem erwies er sich im Bus als sehr hinderlich. Unter all den Stoffbahnen staute sich um die Beine die Hitze, was sie noch zusätzlich nervös machte. Und um nur ja nicht entdeckt zu werden, verhüllte sie zusätzlich ihren Kopf, was auch den letzten Rest von Luftzirkulation unterband. Doch irgendwann fiel sie in einen gnädigen Halbschlaf.

Der Tag neigte sich seinem Ende entgegen, als sie endlich den Pfad zum Gästehaus in Muniki-Reti hinaufstieg. Doch ihre Mutter war nicht da. Die Hoffnung, die ihr Halt gegeben hatte, fiel wie ein Kartenhaus in sich zusammen. Verunsichert und den Tränen nahe ging sie erst einmal unter die Dusche und zog sich um. Danach war ihr schon besser, aber Kopf und Nacken fühlten sich noch immer wie in einen Schraubstock gepresst an, und nichts beschwichtigte die vom Magen her aufsteigende panische Angst. Was mochte passiert sein? Sie spürte, dass etwas ganz und gar nicht in Ordnung war.

Abwarten war nicht Joannas Sache. Sie konnte nicht einmal ruhig sitzen, außer zur Meditation – und auch das nur, solange in ihrem Leben alles glatt ging. Aber glatt ging zur Zeit gar nichts. Ihre Gedanken schlugen Purzelbäume.

Sie wagte sich nicht weiter auszumalen, was mit ihrer Mutter – oder Marcus – geschehen sein mochte. Sie konzentrierte sich auf ein simples Mantra. *Alles ist gut.* Sie wiederholte es in einem fort. *Alles ist gut.* Sie stellte sich ihre Mutter lächelnd und mit der Schriftrolle vor, Marcus lächelnd und in Sicherheit. *Alles ist gut.* Sie rief es sich immer und immer wieder ins Gedächtnis. Keines der heiligen alten Mantras, die sie sonst gern sprach, konnte ihr jetzt helfen. Sie waren ihr alle zu schwammig. Sie brauchte eine Affirmation. *Alles ist gut.* Früher, als sie noch als Langstreckenschwimmerin angetreten war, hatte sie sich immer gesagt: *Ich habe Selbstvertrauen, und ich kann es.* Daher wusste sie, dass es funktionierte.

Alles ist gut.

Ein Abendessen mit Raj, Rima und ihrer Familie würde sie heute nicht ertragen. Sie sahen sie ohnehin mit großen Augen an und wollten wissen, weshalb ihre Mutter und Marcus nicht mit ihr zurückgekehrt waren. Und dabei fragten sie noch zurückhaltend, weil sie ihre Angst spürten. Nein, sie musste weg. Sie fand eine Ausrede, nahm ihre Taschenlampe und stapfte den Pfad hinunter, um irgendwo zu Abend zu essen.

Sie nahm eine Rikscha nach Rishikesh und schlenderte durch die Straßen, bis sie auf zwei Europäerinnen stieß. Die eine hatte sich Rastalocken gedreht, sprach mit Cockney-Akzent und trug ein löcheriges T-Shirt. Die andere gab sich betont adrett von Kopf bis Fuß mit ihrem akkuraten, glänzenden Bubikopf und der eleganten Bluse und Hose.

»Was für ein Gespann«, dachte Joanna und musste trotz ihrer Sorgen lächeln. Kontaktfreudig, wie sie war, kam sie schnell mit den beiden ins Gespräch und setzte sich zu einem indischen Curry an ihren Tisch. Sie ahnte nicht, dass ihr eine Aufklärung über die erste Illusion bevorstand. Der Prozess hatte auch für sie schon begonnen, obwohl sie noch nichts von den Inhalten der Schriftrolle wusste.

Das Gespräch drehte sich um Indien, dann um Geld und schließlich um Beziehungen. Alle drei erzählten von ihren schlimmsten Erlebnissen mit Männern und lachten zusammen darüber.

Joanna sagte: »Verliebt zu sein ist herrlich. Schwierig wird es erst, wenn der Alltag anfängt.«

Daph, das etwas abgerissene Mädchen aus dem Londoner Eastend, verzog das Gesicht ein wenig und sagte: »Das ist die eigentliche Illusion, finde ich.«

»Weshalb?«, fragte Joanna überrascht.

Daph wurde ein wenig rot und verlegen. »Ich weiß, das sagen alle – Verliebte leben in einer Fantasiewelt und sehen nur das Beste im anderen; die Wirklichkeit fängt erst da an, wo sie auch die Schattenseiten des anderen wahrnehmen. Für mich ist es genau anders herum. Das Verliebtsein ist die Wirklichkeit. Dann siehst du – wenn du willst –, wie wunderbar der Mensch im Kern ist. Die Illusion fängt erst dann an, wenn dein Ego mit seinem zusammenrasselt.«

Joanna war verblüfft. »Ja, stimmt«, sagte sie sehr leise.

»Na ja«, fuhr Daph fort, »uns ist eben eingetrichtert worden, dass Menschen schlecht sind. Deshalb suchen wir geradezu nach Schwachstellen im anderen, anstatt nach dem Ausschau zu halten, was wirklich schön, freundlich und liebenswert ist.«

Joanna rekapitulierte: »Also, wenn du verliebt bist, siehst du das Beste im anderen, und das ist auch das, was er im Grunde ist. Wirklichkeit nennen wir dagegen die Charakterzüge, die das wahre Wesen des anderen verdecken – und das ist die Illusion. Ja, das klingt sehr vernünftig.«

Daph fügte hinzu: »Die Wahrheit des anderen finden wir nur, wenn wir nach dem Besten in ihm Ausschau halten.«

Bruchstücke früherer Beziehungen blitzten in Joannas Erinnerung auf, und erst jetzt nahm sie erschrocken wahr, wie oft sie an unvereinbaren Ansprüchen der Egos gescheitert waren. Schon über ein Jahr hatte sie keinen Partner mehr gehabt, nur Freunde. »Ich muss mir wohl mein Ego mal genauer ansehen«, dachte sie. »Ich bin doch nicht etwa eine von denen, die den anderen immer nur nach ihrer Pfeife tanzen lassen wollen?«

Sie sah auf die Uhr. Sie saß schon länger hier, als sie vorgehabt hatte. Sie musste unbedingt noch zum Reisebüro, um zu sehen, ob Krishna und die Boys wieder da waren. Das war nicht gerade eine angenehme Aussicht. Was, wenn ihnen etwas zugestoßen war? Sie schüttelte den Gedanken ab und schob ihren Stuhl zurück.

»Ich muss jetzt los«, sagte sie. »War schön mit euch. Vielleicht trifft man sich ja mal wieder.«

In Muniki-Reti wollte sie auf Höhe des Reisebüros gerade die Straße überqueren, als ein eisiger Schreck sie durchfuhr. In der Agentur sah sie zwei Männer, einen Inder und einen Chinesen, die sich drohend über Rajs Bruder beugten und auf ihn einredeten.

Nur Krishna konnte sie hierher geführt haben. Sie hoffte daraus schließen zu können, dass er am Leben war.

Kalkweiß und mit heftig pochendem Herzen drückte sie sich in den Schatten der Häuser; ein Hund und ein kleiner Junge sahen sie an, der eine teilnahmslos, der andere mit lebhaftem Interesse. In Indien sind überall Augen. Würden die Augen den Männern verraten, wo sie war? Es schauderte ihr. Und waren ihre Mutter und Marcus womöglich angekommen, während sie beim Essen saß? Konnte sie die beiden noch warnen? Und was, wenn …?

Jetzt regte sich drüben etwas. Die beiden Männer verließen den Laden und sprangen in ihren Wagen. Dann erschien Rajs Bruder in der Tür und schrie ihnen etwas nach, in der Hand den Telefonhörer mit dem Rest der gekappten Leitung. Joanna war klar, dass die beiden zum Gästehaus unterwegs waren. »Nein! Nein! Nein!«, schrie sie innerlich. Was konnte sie noch tun? Verzweifelt sah sie sich nach Hilfe um.

Der kleine Junge stand immer noch da und starrte sie an. Sie hatte ihn schon früher einmal in der Nähe der Reiseagentur gesehen, vielleicht gehörte er zur Familie. Mit verschwitzten Händen wühlte sie in ihrer Tasche nach einem Stift und kritzelte dann auf eine Seite ihres Tagebuchs: »Mama, Marcus. Gefahr. Verschwindet. J.«

Sie riss das Blatt heraus und hielt es dem Jungen hin. Sie deutete hinauf zum Gästehaus, drückte ihm den Zettel und ein paar Rupien in die Hand und flüsterte drängend: »Schnell, schnell! Beeil dich!«

Der Wagen würde den langen Anfahrtsweg nehmen müssen; ihre ganze Hoffnung lag darin, dass der Junge über den direkten Anstieg früher beim Haus sein würde.

Immer Deckung suchend schlich sie zum Beginn des steilen Pfades, wo sie sich hinter einem Busch versteckte und wartete – doch sie wusste eigentlich selbst nicht, worauf.

Plötzlich durchfuhr sie ein weiterer Schreck. Wenn sie den Jungen erwischten und ihm etwas antaten, was dann? So etwas würden sie doch bestimmt nicht tun, oder? Ihre Gedankenlosigkeit machte ihr schwer zu schaffen, und so war es wohl ein Glück für sie, dass sie wenigstens nichts von den Vorgängen im Tempel wusste.

Eine Viertelstunde später war der Junge plötzlich wieder da und grinste sie an, als wollte er sagen: »Hast du etwa gedacht, du kannst dich verstecken?« Ein Stein fiel ihr vom Herzen.

»Nein«, sagte er, schüttelte den Kopf und gab ihr den Zettel zurück. Das war sicher sein ganzes Englisch. Hoffentlich bedeutete die Verneinung, dass Mama und Marcus noch nicht angekommen waren. Trotzdem wurde sie immer unruhiger. Immerhin konnte ja einer der beiden mit der Schriftrolle auftauchen, während die Männer noch oben waren.

Sie blieb im Gebüsch hocken, von Mücken, Sorgen und spitzen Zweigen geplagt. Sie wartete. Der Junge verschwand irgendwann – das Ganze wurde ihm wohl langweilig –, und dann kam die Nacht. Die Rikschafahrer fuhren nach Hause, und es wurde still. Im Gästehaus waren alle Lichter bis auf eines ausgegangen. Vielleicht befanden sich in diesem Zimmer die beiden Männer? Vielleicht trieben sie sich auch draußen herum und beobachteten das Haus? Hoffentlich hatten sie Rima und Raj und den anderen Angehörigen nichts angetan.

»Wenn ich mehr Mut hätte«, dachte sie, »würde ich hingehen und einen Blick durch das Fenster werfen.« Doch die Angst hielt sie zurück, und sicher war es auch vernünftiger, sich nicht zu rühren.

Stunden später, so schien es ihr, bog ein Wagen in die Auffahrt ein. Sie konnte nicht erkennen, wer am Steuer saß, aber etwas ließ sie aufspringen und auf den Fahrweg laufen. Erst jetzt merkte sie, dass ihre Beine völlig eingeschlafen waren. Sie stolperte und fiel in den Staub. Der Wagen konnte gerade noch anhalten, dann sprangen Helen und Marcus heraus.

»Ihr seid es, Gott sei Dank«, flüsterte Joanna. »Sie sind hier.«

Augenblicklich schoben sie sie in den Wagen, stiegen selbst ein und befahlen dem Fahrer zu wenden. Der murrte zwar, wie es seine Gewohnheit war, ließ den Wagen aber zurückrollen. Sie mussten annehmen, dass die Männer oben im Gästehaus das Scheinwerferlicht gesehen und den Motor gehört hatten. Jetzt hieß es schneller sein. Sie fuhren die ganze Nacht hindurch, immer mit der bangen Frage im Nacken, ob es sich bei hinter ihnen fahrenden Wagen um harmlose Reisende oder um die Verfolger handelte.

Am frühen Morgen erreichten sie den Flughafen von Delhi. Alle Schlagzeilen kündeten von dem Blutbad im Tempel. Elf Mönche, darunter auch der Lama, hatten ihr Leben verloren. Das Gebäude war völlig abgebrannt. Niemand wusste ein Motiv für den Überfall.

Die erschöpften Flüchtlinge waren wie vernichtet. Mit versteinerten Mienen versuchten sie ihre Tickets auf einen früheren Flug umzubuchen. Der Morgenflug nach Heathrow war zwar ausgebucht, doch drei Passagiere erschienen nicht. Helen, Joanna und Marcus bedankten sich bei allen spirituellen Wesen, die ihnen nur einfielen. Doch erst als das Flugzeug abhob, fühlten sie sich wirklich in Sicherheit.

13. Kapitel

Jeder weiß es: Wenn man ein himmelblaues Auto kauft, sieht man plötzlich überall himmelblaue Autos. Unterhält man sich über eine seltene Hunderasse, so stolpert man an der nächsten Straßenecke über ein Exemplar ebendieser Rasse. Oder noch besser: Man stellt fest, dass es in der Nachbarschaft seit Jahren solch einen Hund gibt, der einem nur nie aufgefallen ist.

Marcus, der diese Dinge zu verstehen begann, war nicht allzu überrascht, als er seine Sitznachbarn, ein junges Paar, über heilende Klänge sprechen hörte.

Sie stellten sich ihm als Bill und Jill vor, was in Marcus' Ohren nicht sehr verheißungsvoll klang. Sie fanden es schön.

Als er sie bat, ihn über das Heilen mit Klängen aufzuklären, erzählten sie ihm von ihrer Arbeit mit Klangschalen, Becken und Gongs, durch die sich Störungen im Energiefeld eines Menschen beheben ließen.

»Was heißt das? Wie wird das gemacht?«, fragte er nach. Die ganze Terminologie war ihm fremd.

Lächelnd erklärte der junge Mann, sie tasteten das Energiefeld der betreffenden Person mit den Händen ab, und wenn sich dabei Schwachstellen zeigten, würden sie die Energie mit geeigneten Klängen auffüllen.

»Fangen wir lieber bei Adam und Eva an«, schlug Marcus vor. »Ich bin mir nicht einmal sicher, ob ich weiß, was ein Energiefeld ist.«

»Einverstanden. Jeder lebendige Organismus strahlt seine ganz eigene Energie ab. Bei uns Menschen besteht sie aus Gedanken, Überzeugungen, Ängsten und anderen Gefühlen, dann aber auch aus Energien, die wir durch Lesen, Fernsehen und sogar durch Gespräche aufnehmen. Man spricht hier von der Aura. Die Aura ist unser persönliches elektromagnetisches Feld.« Bill unterbrach sich und suchte nach geeigneten Worten, mit denen er Marcus diese Vorstellung veranschaulichen konnte. »Wenn jemand eine gute Ausstrahlung hat, dann ist das die Aura, die Sie spüren. Ist das so weit klar?«

»Ja.«

»Wenn jemand sehr materialistisch oder im Stress ist, wird man in der Aura viel Rot antreffen. Das ist die Farbe mit der größten Wellenlänge und niedrigsten Frequenz. Bei sehr spirituellen Menschen liegen die Farben höher im Spektrum, bei Blau und Violett. Violett hat die kleinste Wellenlänge und daher die höchste Schwingungsfrequenz des sichtbaren Lichts.«

»Woher kennt man die Aurafarben?«

»Hellsichtige Menschen haben schon immer von Farben um die Menschen herum berichtet. Heilige werden mit einem goldenen Heiligenschein dargestellt, weil das die Farbe ist, die Hellseher um ihren Kopf herum wahrnahmen. Gold ist übrigens die Farbe der Weisheit. Heutzutage haben wir Aurakameras, mit denen wir unser Energiefeld fotografieren können.«

»Tatsächlich? Wie geht das?«

»Wie es funktioniert, weiß ich nicht so genau. Die

Kamera ist empfindlich für Wärmestrahlung, glaube ich. Ich weiß nur, dass es funktioniert.«

»Das genügt ja auch.« Marcus wusste, dass er keine wissenschaftliche Erklärung bekommen würde. Und er brauchte sie auch nicht. »Erzählen Sie mir noch mehr von der Aura.«

Der junge Mann lehnte sich zurück. »Wenn jemand selbstsicher und stark ist, hat er auch eine starke Aura. Sie bildet eine Art Pufferzone, die ihn gegen die Energien anderer abschirmt und bei guter Gesundheit hält. Bei Schwäche oder nach einem Schock, aber auch bei sehr negativer Einstellung oder nach einer Krankheit kann die Aura dünn und durchlässig oder regelrecht brüchig werden. Sie fühlt sich dann kalt an. Solche Menschen sind leicht zu beeinflussen. Sie fangen sich ständig eine Krankheit ein, weil ihre körpereigene Abwehr nicht funktioniert. Unterdrückte Wut andererseits staut die Aura an und macht sie heiß und klumpig. Dann muss sie geläutert werden. Wir überprüfen bei den Leuten also zuerst das Energiefeld, und dann bringen wir es mit geeigneten Klängen wieder auf Vordermann.«

»Woran erkennt ihr, dass es wirkt?«, fragte Marcus, der immer noch nicht ganz überzeugt war.

Jetzt schaltete sich Jill ein, die aufmerksam zugehört und immer wieder beipflichtend genickt hatte: »Zuerst natürlich daran, dass der Betreffende sich besser fühlt. Außerdem können wir Veränderungen der Aura mit den Händen ertasten. Und dann haben wir Vorher-Nachher-Bilder, die wir mit der Aurakamera machen. Das ist wirklich interessant.«

Das fand Marcus auch. Fotos, dachte er, sind doch wenigstens etwas halbwegs Objektives. »Wie sieht denn so etwas aus?«

»Wir können Ihnen ein paar Aurabilder zeigen«, sagte der junge Mann, stand auf, nahm eine Tasche aus dem Gepäckfach und öffnete den Reißverschluss. Er zog ein Päckchen hervor und reichte Marcus nacheinander einige Fotos.

»Hier«, sagte er und zeigte das Foto eines Mannes in einer trüben Wolke von weißlicher, grauer und roter Farbe. »Das ist das Vorher-Bild. Jetzt nach der Heilanwendung.« Das nächste Foto zeigte denselben Mann von einem hellen Blau umgeben. Die Wolke hatte sich von ihm gelöst; nahe bei seinem Kopf sah man einströmendes Gold und Grün.

»Ziemlich beeindruckend«, nickte Marcus anerkennend, als er das Bild zurückgab. Sie zeigten ihm noch weitere, zum Beispiel von einer Frau mit einem dunklen Klecks über dem Kopf. Nach der Klangbehandlung war dieser Klecks weg; an seiner Stelle sah Marcus ein tiefgrünes Licht. »Sie war sehr krank. Nach der Behandlung erholte sie sich schnell«, sagte Jill mit ihrem erfrischenden Lachen.

»Oder das hier.« Bill zeigte Marcus das Foto einer fast ganz in eine braunrote Aura eingehüllten Frau. »Was halten Sie davon?«

Marcus verzog das Gesicht. »Sieht nicht sehr gesund aus.«

»Das kann man wohl sagen. Sie war völlig entkräftet und voller Angst. Ihr Mann hatte sie verlassen und lebte mit einer anderen Frau zusammen. Sie konnte einfach an nichts anderes denken und war wie besessen davon. Hier, schauen Sie mal – das war nach der Klangbehandlung.« Jetzt zeigte die immer noch verschmutzt wirkende Aura bereits Stellen von reiner Farbe.

»Besonders faszinierend finde ich, was passierte, als ihr Energiefeld stärker wurde. Sie löste sich innerlich von ihrem Mann und begann wieder, ihr eigenes Leben zu führen.«

»Das scheint eine wirklich gute Sache zu sein«, sagte Marcus.

»Wir arbeiten nicht nur mit Menschen. Wir untersuchen auch Häuser mit der Rute und klären Ley-Linien«, erklärte Bill beiläufig.

»Hoppla«, dachte Marcus. Laut fragte er: »Was ist denn eine Ley-Linie?«

»Eine energetische Verbindung zwischen zwei Orten. Früher wanderten viele Pilger von einer heiligen Stätte zur nächsten. Der Pfad, der mit der Zeit dabei entstand, bildete eine Ley-Linie, an der entlang hochfrequente Energie floss. Versammlungsorte wie zum Beispiel Marktplätze waren immer Stellen, an denen Linien aus verschiedenen Richtungen zusammentrafen.«

»Und wo Linien sich überschneiden, bilden sich Energiewirbel.«

»Ja, und alles, was dort stattfindet – vor allem Rituale und Zeremonien –, wird mit Energie aufgeladen. Solche Orte verströmen wirklich Kraft.«

»Leider sind viele Linien inzwischen blockiert oder funktionieren nicht mehr richtig«, seufzte Jill.

»Oder sie sind in die Gewalt dunkler Mächte gefallen«, ergänzte Bill.

»Wie meinen Sie das?«

»Anfangs wurden die Linien mit Symbolen und Kristallen gekennzeichnet und standen im Dienste des Lichts. Was da im Einzelnen verwendet wurde, spielte keine so große Rolle – wichtiger war die gute Absicht, denn damit wurden die Linien für klare Energie durchlässig gehalten.«

Obwohl Marcus die Antwort schon ahnte, fragte er nach: »Wer könnte ein Interesse daran haben, solch eine Linie zu blockieren?«

»Das hat etwas mit dem Kampf des Dunklen gegen das Licht zu tun. Wir haben zum Beispiel Ley-Linie an Stellen gefunden, an denen der Hexensabbat abgehalten wurde.«

»Hexen?« Marcus wurde hellhörig. »Ich habe das Gerede von Hexen und Hexensabbat immer für Hokuspokus gehalten.«

»Von wegen! Die meisten Hexen sind natürlich weiß. Es sind die Heilerinnen und andere Frauen, die auf der Seite des Lichts stehen. Aber es gibt auch schwarze, und die sind ganz schön rührig, allein wie auch im Verbund. Mehr, als Sie sich vorstellen können. Man sollte eigentlich gar nicht über sie sprechen. Damit kann man nämlich ihre bösen Absichten auf sich ziehen.«

Obwohl Marcus sich nur schwer dazu durchringen konnte, etwas davon zu glauben, durchlief ihn ein Schauer. Automatisch zog er die dünne Decke ein wenig höher.

Bill fuhr fort: »Wenn jemand böse Absichten hat oder habgierig ist, kann er eine Energielinie blockieren oder anzapfen und die Energie zu seinen eigenen Zwecken missbrauchen.«

»Geschieht das immer mit Absicht?«

»Wer gemeinsame Sache mit den dunklen Kräften macht, benutzt die Energielinien ganz gezielt. Das gilt vor allem für die Vereinigungen der Hexen und Hexer. Aber die meisten Schwarzmagier wissen gar nicht, dass sie Schwarzmagier sind. Sie spüren nur, dass sie irgendwie Einfluss auf die Dinge haben. Sie spüren einfach die Energie und nutzen sie, aber das geschieht größtenteils unbewusst.«

»Was können sie mit der Energie anstellen?«

»Sie können zum Beispiel den Bebauungsplan durchsetzen, den sie für ihr Vorhaben brauchen; oder sich die Lizenz für irgendetwas verschaffen, das die Allgemeinheit schädigt. Auf den inneren Ebenen arbeiten die Vertreter des Dunklen Hand in Hand und helfen sich gegenseitig. Die Rückeroberung dieser Linien ist gefährlich, aber es gibt auch Gruppen, die sich das zur Aufgabe gemacht haben.«

»Augenblick. Was sind die inneren Ebenen?«

Bill lachte gutmütig. »Die äußere Welt, die man fühlen, sehen, hören, berühren kann, ist die äußere Ebene. Aber wir haben alle auch noch eine Innenwelt, die aus unseren Gedanken, Gefühlen und Vorstellungen besteht. Das ist die innere Ebene. Wenn jemand finstere, zornige Gedanken hat, entsteht dadurch eine entsprechende Energiewolke auf der inneren Ebene. Für sich allein wird sie vielleicht niemanden behindern und niemandem schaden. Aber wenn mehrere Leute solche Energiewolken erzeugen und sich vereinigen, können sie damit einiges Ungute in Bewegung setzen.«

»Was könnte zum Beispiel passieren?« Marcus war ebenso neugierig wie skeptisch.

»Nehmen wir einen Menschen, der verwirrt ist und sich nicht in der Gewalt hat. In irgendeinen Winkel seines Gehirns könnte eine Zornwolke eindringen und ihn etwas ganz Schreckliches tun lassen.«

Jill gab ein weiteres Beispiel. »Wenn jemand furchtbare Angst vor etwas hat, könnten Freunde ihm positive Gedanken schicken, die es ihm ermöglichen, sich zusammenzureißen und diese Sache in Angriff zu nehmen. Wenn sich andererseits viele Leute Sorgen um diesen Menschen machen, könnte dadurch ein negatives Energiefeld entstehen, das dazu führt, dass er versagt.«

Marcus fragte: »Verstehe ich das richtig: Wenn manche sich beispielsweise für eine saubere Umwelt einsetzen, andere sie aber aus Profitgier verschmutzen, prallen gegensätzliche Intentionen aufeinander. Das spielt sich in der stofflichen Welt ab. Zugleich erzeugen die Gedanken und Gefühle dieser Menschen Energien, die die dunklen Kräfte für ihre Zwecke manipulieren können?«

»Ja, aber das geschieht unbewusst. Wir wissen nicht immer um unsere Schattenseite, wenn wir uns noch nicht mit ihr beschäftigt haben.«

»Oh!«, rief Marcus.

Jill spann den Faden weiter: »Ein gemeinsamer Freund ist die Umgebung unserer regionalen Verwaltungsbehörde mit der Rute abgegangen und hat festgestellt, dass alle von den Gebäuden ausgehenden Linien schwarz waren.«

»Und was genau bedeutet das?«

»Korruption. In der Verwaltung sitzen offenbar Leute, die die Bürger zu täuschen und übers Ohr zu hauen versuchen. Es gibt Fälle, in denen die Endlagerung von nuklearem Material oder einfach hässliche Neubauten genehmigt wurden – das bringt Geld. Und es gibt noch viel schlimmere Dinge.«

»Supermärkte zum Beispiel«, sagte Bill. »Sie nehmen große Mengen ab und gestehen den Erzeugern nur wenig Gewinn zu; außerdem zahlen sie miserable Löhne und Gehälter, um billig anbieten und die kleinen Läden ruinieren zu können. Dann haben sie ein lokales Monopol und können die Preise wieder hochschrauben.«

Jill war ganz aufgeregt und musste dringend auch noch etwas loswerden. »An schwarzen Ley-Linien gibt es außerdem viel mehr Krankheiten, vor allem Krebs«, ereiferte sie sich wütend. »Die dunklen Kräfte sind daran interessiert, die Leute krank zu halten, denn man braucht ja schließlich einen Markt für seine Medikamente. Kein Mensch hört mehr auf seinen eigenen Körper. Wir treten alles, was die Gesundheit betrifft, einfach an die Ärzte ab. Die Pharmaindustrie übt ihrerseits wieder einen mehr oder weniger subtilen Einfluss auf die Ärzte aus. Daher die immer wieder neu aufgelegte Kampagne gegen die Naturheilkunde.«

In Marcus' Kopf begannen sich die Dinge allmählich zu drehen. Der Zorn der jungen Frau brachte ihn ganz durcheinander. Um wieder in ruhigeres Fahrwasser zu kommen, fragte er: »Und ihr benutzt Klänge, um Energielinien wieder für klare Energie durchlässig zu machen?«

Sie nickten beide. Es stellte sich heraus, dass sie in der Nähe von Avebury wohnten. »Das ist eine wirklich spirituelle Gegend«, sagte Jill.

Marcus' Gedanken schweiften ab, während sie die Kraft und Schönheit von Avebury pries, doch er war sofort wieder ganz präsent, als sie die Verbundenheit des Orts mit Stonehenge und Glastonbury erwähnte.

»Wart ihr schon mal in Stonehenge?«

Sie nickten beide. »Natürlich. Das ist ein alter Kraftort. Die Energie hat dort etwas sehr Heiliges.«

»Stonehenge ist doch so etwas wie eine alte Sonnenuhr, nicht?«

»Wir glauben, dass es eine Eintrittspforte für Wesen von anderen Planeten ist«, sagte Jill.

Und Bill ergänzte: »Unser Freund Tim kennt sich mit diesen Dingen aus. Er sagt, dass Stonehenge uns mit anderen Galaxien verbindet.«

Wieder musste Marcus staunen. Das klang alles sehr nach dem, was auch in der Schriftrolle stand.

»Wie mag der Steinkreis erbaut worden sein?«

»Ganz bestimmt wurden die Steine nicht von Menschenhand aufgerichtet«, lachte Jill. »Das wäre unmöglich. Wir glauben, dass es Telekinese in Verbindung mit Klängen war.«

»Was ist Telekinese?«

»Die Beeinflussung von Materie durch mentale Kräfte«, kam es prompt von Jill zurück. Hier wurden ihm doch wahrhaftig die Inhalte der Schriftrolle von zwei New-Age-Hippies aufgetischt! Allmählich fragte er sich, ob vielleicht alle außer ihm schon Bescheid wussten. Er sagte: »So sonderbar das klingt, aber ich habe unlängst erst etwas ganz Ähnliches gehört.«

»Dann soll es wohl einfach so sein, dass Sie es hören«, lächelte Bill. »Überall öffnet sich in den Menschen etwas wie Blüten und wird empfänglich für höhere Wahrheiten. Trotzdem haben wir alle noch einiges vor uns.«

»Wirklich ein glücklicher Zufall, dass ich ausgerechnet den Platz neben euch bekommen habe«, sagte Marcus.

»Das ist eine Illusion«, kam es wie aus der Pistole geschossen von Jill. Marcus fuhr hoch.

»Was?«

»Glück« – Bill wurde ganz ernst –, »so etwas wie Glück oder Zufall gibt es nicht. Alles, was uns begegnet, ist eine Reaktion auf unsere Energie und entspricht genau dem, was wir gerade wissen oder erleben müssen.«

»Ich stelle mir das so vor«, sagte Jill mit ihren großen unschuldigen, alles sehenden, alles erkennenden Augen. »Wir Menschen sind wie Schauspieler auf der Bühne des Lebens. Die spirituelle Welt – unsere unsichtbaren Engel und Geistführer – bereiten die Bühne vor und halten die Requisiten für den richtigen Zeitpunkt bereit. Wir sprechen dann von Synchronizität oder glücklichem Zusammentreffen, von Zufall.«

»Engel und Geistführer«, dachte Marcus versonnen. »Welche Rolle die wohl spielen?« Er musste unbedingt Helen fragen. Weshalb hatte er das nicht längst getan? Er spürte ein seltsames Widerstreben, als beträte er da eine geheimnisvolle Welt, in der er sich irgendwie ausgeliefert fühlte.

»Sind Sie Heiler?«, unterbrach Bill seine Gedanken und brachte ihn ganz aus der Fassung.

Jill nutzte sein Zögern und schob nach: »Und wenn nicht, warum nicht?« Sie lachten beide.

»Nein«, sagte Marcus. »Aber was ist daran so komisch?« Im fiel ein, dass Helen gesagt hatte, er könne ein Medium für Heilenergien sein.

»Nur, dass Sie ganz offenbar ein Heiler mit besonderem Auftrag sind, aber es wohl einfach noch nicht erfasst haben.«

Wieder diese Botschaft. Marcus schwieg ratlos. Sie landeten gerade in Abu Dhabi; hier mussten sie umsteigen. Er hatte nicht einmal den Landeanflug bemerkt.

»He, gebt mir noch eure Namen und Telefonnummern«, bat er die beiden, als Bill aufsprang und das Handgepäck zusammensuchte.

Jill fand ein zerknittertes Stück Papier und notierte das Gewünschte in eigenartig kindlicher Handschrift.

»Machen Sie's gut«, sagte sie. »Wir sehen uns, denke ich.«

Was mochte das nun wieder bedeuten? Marcus überlegte. Wenn das Universum wirklich so funktioniert, dachte er, dann bin ich gespannt, neben wem Helen und Joanna gesessen haben.

14. Kapitel

Nach der Zwischenlandung in Abu Dhabi gab es nur zwei Sitzplätze nebeneinander und einen Einzelplatz. Helen war darüber ganz froh, denn sie wollte gern schlafen und ihrem Bein vollkommene Ruhe gönnen, damit die Schnittverletzung, die sie sich bei der Flucht aus dem Tempel zugezogen hatte, heilen konnte.

So saß Marcus also neben Joanna – und das war gut so, denn sie geriet ein wenig in Panik, als ein orientalisch aussehender Mann den Mittelgang herunterkam. Sie senkte sofort den Kopf, um ihr Gesicht zu verbergen. Für einen Augenblick wirkte sie wie ein verschrecktes, zitterndes Vögelchen. Marcus wusste, was in ihr vorging, und gleich regte sich der Beschützerinstinkt in ihm. Er fasste ihre Hand und hielt sie ganz fest. Im Augenblick ihrer Schwäche fühlte er sich umso stärker.

»Schon gut«, flüsterte er. »Das sind sie nicht. Du bist in Sicherheit.«

Sie hob den Kopf und kam sich ein bisschen albern vor. Sie entzog ihm ihre Hand mit einem verlegenen Lachen. »Puh, hab ich mich erschreckt.« Dann atmete sie ein paar Mal ruhig und tief durch. »Ich zittere immer noch«, sagte sie und demonstrierte es ihm an ihrer ausgestreckten Hand. »Danke für deine Hilfe.«

Bald hatte sie sich wieder in der Gewalt und war ganz die unbeschwerte, lachende, coole junge Frau, die er in Rishikesh kennen gelernt hatte. Irgendwie frustrierten ihn Joannas unsichtbare Schutzmauern, und plötzlich hatte er den Wunsch, sie noch einmal zu durchbrechen und die wahre Joanna dahinter zu erleben. Er hatte sich immer auf seine Menschenkenntnis verlassen können, doch jetzt kam ihm der Verdacht, Joanna sei womöglich empfindsamer und komplizierter, als er bisher gedacht hatte.

Er berichtete ihr von seinem Gespräch mit Jill und Bill; sie lachte darüber, wie er die beiden schilderte. Sie sagte, sie könne sich kaum vorstellen, dass diese beiden langhaarigen Hippies in ihren farblich aufeinander abgestimmten Batik-T-Shirts einen solchen Eindruck auf ihn gemacht hatten.

»Ich dachte, für dich zählt nur, was logisch stimmig und wissenschaftlich stichhaltig ist«, neckte sie ihn mit spitzbübischem Zwinkern.

»Jetzt komm«, schmollte er. »So schlimm bin ich doch auch wieder nicht. Und diese Aurafotos hatten schon was.«

Joanna erwiderte lachend: »Du besserst dich. Wer so gut jonglieren kann wie du, muss schon in Ordnung sein.«

Das hörte er gern, und seine Augen leuchteten. Sie sorgte immer wieder dafür, dass es ihm gut ging.

»Ich glaube, es war vor allem diese merkwürdige Übereinstimmung mit den Aussagen der Schriftrolle. Ist das nicht allerhand, dass die Bestätigungen so schnell kommen?«

»Das Universum muss gewusst haben, dass du genau das brauchst«, lächelte Joanna. »Also wurde es in die Wege geleitet, dass du den Platz neben den beiden bekamst. Mama und mich hätte das alles nicht so sehr beeindruckt, weil wir schon einiges darüber wissen.«

»Ach ja, außerdem haben sie uns eine weitere Illusion geliefert.«

»Und – wie lautet sie?« Joanna wirkte plötzlich hellwach.

»Bill hat etwas gesagt, was ich von dir und deiner Mutter auch schon gehört habe. Dass es so etwas wie Glück oder Zufall nicht gibt. In Wirklichkeit reagieren die so genannten Umstände auf unsere Energie und liefern uns die Erkenntnisse oder Erlebnisse, die wir gerade brauchen.«

»Allerdings«, bestätigte Joanna. »Wir müssen die Illusionen aufschreiben.« Sie holte ihr Tagebuch heraus und notierte die beiden, die sie schon empfangen hatten, wobei sie laut mitsprach.

»Die Wahrheit ist: verliebt sein und das Beste im anderen sehen. Die Illusion ist das Einsetzen der Wirklichkeit und der Konflikt zweier Egos. – Das hat mich ziemlich nachdenklich gemacht«, sagte sie. »Wenn ich es recht bedenke, sind die meisten meiner Beziehungen am Ende auf einen Machtkampf hinausgelaufen.«

»Ach wirklich?«, fasste er nach, um ihr Gelegenheit zu weiteren Enthüllungen zu geben, aber sie ging nicht darauf ein, sondern notierte die nächste Illusion. »Die Wahrheit ist: Glück und Zufall sind das Wirken des Geistes. Zu glauben, dass Glück und Pech und das merkwürdige Zusammentreffen von Dingen Zufall sind, ist Illusion.«

»Das ist nicht genau das, was er sagte«, widersprach Marcus. »Er sagte, Glück, Zufall und Zusammentreffen seien Antworten auf unsere Energie und unseren Erfahrungsbedarf.«

»Das ist dasselbe«, sagte sie mit einer Kopfbewegung und einem breiten Grinsen, die er allmählich zu deuten verstand. Sie bedeutete ihm damit: »Fang gar nicht erst an, mit mir zu streiten. Ich habe Recht und fertig.« Für diesmal würde er es ihr durchgehen lassen. Außerdem mochte er es, wie er sich eingestehen musste.

Joanna wechselte abrupt das Thema. »Wir müssen uns überlegen, wie es in England weitergeht. Was werden wir unternehmen?«

Immerhin hat sie »wir« gesagt, freute Marcus sich insgeheim. Jedenfalls wollte er gern bei allem dabei sein, was weiterhin passieren mochte. Er hatte nur sehr vage Vorstellungen, aber es würde sicher einige Arbeit geben, vermutlich auch gefährliche Arbeit. Natürlich konnte er nicht ahnen, wie viel Arbeit, Abenteuer und Gefahr noch vor ihnen lagen.

»Wo wirst du wohnen?«, fragte Joanna. »Deine Bude hast du ja vermietet, oder?«

»Ja. Ich wollte ja eigentlich ein halbes Jahr wegbleiben. Aber die Schriftrolle« – er klopfte ganz automatisch auf seinen Geldgürtel – »hatte anderes im Sinn.«

»Und sie wird dich wohl noch eine ganze Weile herumschubsen, bis alles getan ist, wozu du dich verpflichtet hast.«

»Wie meinst du das?«

»Du weißt schon. Du hast dir für dieses Leben etwas vorgenommen. Darunter auch einiges, was mit dieser Schriftrolle zu tun hat. Vermutlich warst du in einem früheren Leben einer von diesen Atlantis-Bewohnern, die nach Tibet entkamen. Jetzt bist du hier, um diese Arbeit fortzusetzen.«

Marcus kam allmählich auf den Geschmack. »Und du? Wenn du jetzt mit von der Partie bist, warst du es damals sicher auch.«

Sie strahlte ihn an. »Ja, ich war bestimmt deine böse Stiefmutter oder der grausame Onkel.«

»Nein, dafür kommen wir jetzt zu gut miteinander aus«, konterte er.

Doch auch darauf ließ Joanna sich nicht ein, sondern sagte: »Ich wohne jedenfalls bei meiner Mutter in Surrey. Wenn deine Wohnung belegt ist, kannst du sicher auch eine Weile bei uns bleiben.«

»Deiner Mutter macht das nichts aus?«

»Aber nein. Es ist meistens irgendwer da. Wir haben allerdings nicht viel Platz, es ist sogar ein bisschen beengt. Aber das Haus steht allen offen.«

Es entstand eine kleine Pause. Dann sprach Marcus ihre schlimmste Befürchtung aus. »Was glaubst du, können sie uns dort aufspüren?«

Joanna starrte ihn an, und er starrte zurück – ein Blick aus braunen Augen in einen Blick aus grauen Augen verschlungen, Rückhalt suchend, forschend, was im anderen wirklich vorging. Sie seufzte. »Ich hatte gehofft, du würdest das nicht sagen.«

Er nahm ihre Hand, und sie ließ es zu. Gegenseitiger Trost. Was sollten sie Helen sagen? »Wir glauben nicht, dass wir zu Hause sicher sind«?

Aber sie hatten sie wieder einmal unterschätzt. Joanna und Marcus kamen zerzaust und übernächtigt und in seinem Fall auch noch unrasiert in Heathrow an; Helen, die geschlafen hatte, wirkte zwar auch ein wenig zerknittert, war aber ansonsten hellwach und präsent.

»Ich habe nachgedacht«, verkündete sie, während sie sich durch die Hallen und Korridore der Zivilisation ihren Weg suchten und nur noch die Kleidung, die sie seit Tagen trugen, an Indien erinnerte. »Wir wären in meinem Haus wahrscheinlich nicht wirklich sicher. Eine meiner Freundinnen besitzt ein Ferienhaus im New Forest. Das wird sie uns sicher gern für eine Weile überlassen. Wir fahren nur kurz heim, um ein paar Sachen zu holen.«

»Und deine Arbeit, Mama?«, fragte Joanna.

Helen warf ihr einen erstaunten Blick zu. »Also, es gibt doch wohl eine eindeutige Priorität. Die Schriftrolle ist wichtiger als meine Arbeit. Sie könnte die Welt verändern.«

»Du weißt aber, dass Gefahren damit verbunden sind«, warnte Marcus. »Du könntest bei dieser Sache sogar umkommen, wie wir inzwischen sehr gut wissen.«

»Der Tod ist eine Illusion.«

»Nummer drei«, prustete Joanna.

»Was soll das heißen – der Tod ist eine Illusion?«, wollte Marcus wissen.

»Es bedeutet einfach nur, dass es für den Geist keinen Tod gibt. Im Tod lassen wir lediglich den physischen Körper los, der unserem Geist als Hülle dient. Es ist wie der Kokon, in den die Raupe sich eingesponnen hat und den sie irgendwann wieder verlässt, um als Schmetterling davonzufliegen.«

»Manche Leute«, schaltete sich Joanna ein, »halten den Tod für etwas Endgültiges. Sie wissen nicht, dass er nur wie der Übergang von einem Zimmer zum nächsten ist.«

»Verstehe«, sagte Marcus. »Aber ihr wart doch beide ziemlich verstört in Indien – ich übrigens auch, vor allem, als sie uns verfolgten.«

»Das ist doch nur das kleine Ich, das sich vor dem Unbekannten ängstigt«, fiel Helen ein. »Unser höheres Selbst wusste zu jeder Zeit, dass alles gut ist, egal was passiert, egal ob wir leben oder sterben.«

»Ja«, sagte Marcus, »so kann ich das unterschreiben.«

Inzwischen hatte Joanna wieder ihr Tagebuch gezückt und notierte, während sie für die Passkontrolle anstanden: »Der Tod ist eine Illusion. Die Wahrheit lautet, dass unser Geist ewig ist.«

Da ihr ganzes Hab und Gut noch im Gästehaus in Muniki-Reti stand, brauchten sie nicht auf ihr Reisegepäck zu warten. Sie nahmen ein Taxi zu Helens Haus, und bevor auch nur der Teekessel aufgesetzt wurde, rief Helen ihre Freundin an, die ihr mit Freuden das Ferienhaus für ein paar Wochen überließ. Sie würden schon am nächsten Tag aufbrechen können.

Helen meldete sich bei ein paar weiteren Freunden und erzählte ihnen in aller Kürze von der Schriftrolle und ihrem Inhalt. Vielleicht wusste einer von ihnen jemanden, dem man die restliche Entzifferung des Dokuments anvertrauen konnte. Doch sie hatte kein Glück.

Dass sie schließlich doch jemanden für diese Aufgabe fanden, war einem jener »Zufälle« zu verdanken, vor denen der Verstand kapituliert. Es rief nämlich eine Tante Helens an, eine sehr alte Dame, die schon vergessen hatte, dass ihre Nichte eigentlich auf Urlaub in Indien war.

Das Gespräch gestaltete sich mühsam und sehr laut, denn die alte Dame war so gut wie taub, und es drehte sich um alle nur erdenklichen Themen, vom Befinden der Kinder bis Indien und Tibet. Tante Peggy hatte die Neigung, vom Hundertsten ins Tausendste zu kommen. »Ich hatte mal einen wunderbaren Freund, der Chinese war. Er wurde Professor. Sein Fachgebiet war Tibetologie. Seltsame Art, sein Geld zu verdienen. Na, jedenfalls wollte er eine Beziehung mit mir eingehen – aber da wäre ich eingegangen.« Sie lachte über ihr Wortspiel, und Helen dachte bei sich, dass sie mit neunzig gern auch noch so auf Draht sein würde.

Gleichzeitig überlegte sie jedoch angestrengt, ob in diesem scheinbar so belanglosen Geplauder nicht doch eine Botschaft für sie steckte.

»Lebt er noch?«, erkundigte sie sich.

»Nein. Wo denkst du hin? Er ist schon vor Jahren gestorben.« Das hatte Helen erwartet.

»Aber seine Witwe lebt noch. Zäher alter Knochen. Exiltibeterin. Könnte mir vorstellen, dass sie hundert wird.«

Nun wurde es interessant. Ein Chinese und eine Tibeterin als Ehepaar. Da musste man einfach aufhorchen. Helen wollte jedoch nicht, dass die alte Dame etwas merkte, und so tastete sie sich vorsichtig heran: »Das wird sie wohl, und du auch. Du bekommst sicher noch dein Telegramm von der Queen. Hast du denn noch Kontakt zu dieser Witwe?«

»Nur Weihnachtsgrüße und so. Sie ist mit ihrem Sohn nach Hampshire gezogen, als er in Pension ging. Der war übrigens auch Tibetologe, wie sein Vater. Staubtrocken war er.«

»Aha.« Helen überlegte fieberhaft. »Du hast nicht zufällig die Telefonnummer der beiden, Tante Peggy?«, fragte sie.

»Doch, hab ich, aber ohne Lupe kann ich sie nicht lesen, und ich weiß im Moment nicht, wo die Lupe ist.«

Betont ruhig sagte Helen: »Bitte, Tante, vielleicht kannst du die Lupe und auch die Nummer suchen. Ich rufe dich dann nachher zurück.«

»Mit ihnen telefonieren? Das kannst du vergessen, Liebes. Beide stocktaub.«

Helen biss die Zähne zusammen und redete noch ruhiger. »Ja, gut, aber es wäre trotzdem schön, wenn du mir die Adresse und Telefonnummer durchgeben könntest. Ich rufe in zehn Minuten zurück.«

»Kann mir nicht vorstellen, was du damit anfangen willst. Sie war ihm sowieso nie gut genug.«

»Wir reden gleich weiter, Tante Peggy«, sagte Helen und legte entschlossen auf.

Joanna und Marcus hatten das Gespräch teils amüsiert, teils ungeduldig und gespannt verfolgt. Jetzt konnten sie endlich herausplatzen vor Lachen.

Zehn Minuten später kannten sie die Adresse und Telefonnummer eines Mannes, der möglicherweise den Schlüssel zu den Geheimnissen der Schriftrolle besaß.

15. Kapitel

Helen hatte ihr kleines Cottage mit seinem hübschen Garten schon immer geliebt. Sie kümmerte sich, sooft sie Zeit hatte, um die Pflanzen und hielt strikt alle Chemie von ihnen fern. Fragte man sie nach dem Grund, so antwortete sie augenzwinkernd: »Es bringt die Feen um.« Dabei wusste man nie so recht, ob sie das ernst meinte oder nicht.

Sie liebte auch das winterliche Kaminfeuer im Wohnzimmer, das hereinflutende Sonnenlicht am Morgen, wenn Klienten zur Beratung oder zu Heilsitzungen kamen. Sie hatte dieses Haus am Ende einer Sackgasse vor sieben Jahren gekauft, als ihr Mann sie verließ, und es war immer ein fröhliches Haus gewesen. Wenn sie heimkam, fühlte sie schon von weitem, dass es ihr zulächelte und sie willkommen hieß.

Diese erste Nacht nach der Heimkehr aus Indien war – jedenfalls soweit sie sich erinnerte – die einzige Nacht, die sie hier jemals schlaflos verbracht hatte. Sie schliefen alle nicht gut und waren dank der Zeitverschiebung schon um vier Uhr früh wieder wach, allesamt missmutig und gereizt. Streit lag in der Luft.

Helen fuhr Joanna an, weil sie ihren Tee zu laut schlürfte. Joanna beschwerte sich bei ihrer Mutter, dass sie das Bad nicht ordentlich geputzt habe. Auch Marcus spürte die geladene Atmosphäre und fand, dass die beiden sich durchaus ein wenig zusammennehmen könnten. Als er mit dem vernünftigen Hinweis einlenken wollte, dass sie alle müde seien, fielen sie gemeinsam über ihn her.

Er hatte zwei Möglichkeiten: zurückschlagen oder die Wogen zu glätten versuchen. Wie es seine Art war, atmete er tief durch und entschied sich für Letzteres. Er breitete seine Arme aus, drückte sie beide in einer großen, liebevollen Umarmung an sich und sagte ihnen, nicht ohne Ironie in der Stimme, sie seien einfach wunderbar.

Helen schmolz dahin, ob sie wollte oder nicht. »Bist du ganz sicher, dass du kein Ire bist?«

Joanna fiel mit gespieltem Entsetzen ein: »Bestimmt haben die Hexen die Ley-Linien unter seinem Haus verzaubert.« Dann brachen sie alle zusammen in Gelächter aus und waren wieder dicke Freunde.

Sie duschten – in Marcus' Fall kam noch eine Rasur dazu –, packten und waren um sechs bereit zum Aufbruch in den New Forest. Es regnete Bindfäden und war so kalt und trübsinnig, wie es nur in England sein kann.

»Ach, Indien, komm zurück, und verzeih mir alle meine Klagen über die Hitze«, seufzte Joanna.

Das Ferienhaus erwies sich als eine einsam am Ende eines ausgetretenen Pfades gelegene Hütte unter Bäumen, die einen ziemlich heruntergekommenen Eindruck machte und nicht gerade sehr einladend aussah. Drinnen empfanden sie die Atmosphäre als feuchtkalt und bedrückend. Sie taten ihr Bestes, um es ein wenig gemütlicher zu machen; allerdings war der Wasserhahn in der Küche eingerostet, die Hälfte der Lampen funktionierte nicht, und den Gasherd brachten sie auch nicht in Gang.

Joanna entwickelte hektische Betriebsamkeit. Sie rannte hin und her und suchte nach Schraubenschlüsseln und Glühbirnen. Tatsächlich förderte sie aus einem verstaubten, mit Spinnweben verhangenen Schrank ein paar Birnen zu Tage und versuchte mittels eines wackeligen Hockers die Fassung zu erreichen. Marcus hob sie einfach wieder herunter und schraubte die Birnen ohne jede Mühe selbst ein.

Dann versuchte sie sich mit ein paar zusammengesuchten Werkzeugen an dem Wasserhahn in der Küche, damit sie endlich einen Tee aufbrühen konnten. Wie geschickt sie in solchen Dingen normalerweise auch war, diesmal brachte sie nur einen Springbrunnen zu Wege, der die ganze Küche zu überfluten drohte.

Marcus stoppte die Fluten und reparierte den Wasserhahn. Joanna musste augenzwinkernd eingestehen: »Okay, dieser Punkt geht an dich. Du stellst dich gar nicht so dumm an, wie man es von einem Absolventen des öffentlichen Schulsystems erwarten könnte.«

»Dann habe ich jetzt schon zwei Punkte, oder?«, frotzelte Marcus. »Erstens: Ich kann jonglieren. Zweitens: Ich kann einen Wasserhahn reparieren.«

Sie warf das Haar zurück und parierte grinsend: »Wenn du mir ein bisschen Zeit lässt, fällt mir bestimmt noch was ein.«

Helen hatte inzwischen einen Eimer unter den leckenden Hahn im Bad gestellt. Sie sah sich in der verwohnten, ganz und gar nicht behaglichen Küche um und seufzte dankbar: »Zumindest sind wir in Sicherheit. Keiner wird uns hier finden.«

Etwas später sagte sie: »Jetzt rufe ich mal bei der Frau und dem Sohn des Professors an.« Sie drängten sich um das Telefon und klammerten sich an die schwache

Hoffnung, dass zumindest einer von beiden noch genug hörte, um abzunehmen. Helen ließ es läuten und läuten und läuten. Als sie eben auflegen wollte, meldete sich eine verschlafene männliche Stimme. Helen bemerkte peinlich berührt, dass sie ihn aus dem Bett geholt hatte.

Es war der Sohn des alten Professors. Er hieß Tony und sprach ein makelloses Englisch. Seine Stimme klang viel jünger, als Helen erwartet hätte, und er war trotz der frühen Stunde von vollendeter Liebenswürdigkeit.

Helen teilte ihm die Kurzversion der Schriftrollengeschichte mit und versuchte sich mehr auf den Inhalt als auf die dramatischen Ereignisse zu konzentrieren. Tony schien interessiert und lud sie zum Mittagessen ein. Er wohnte nur eine halbe Autostunde entfernt. So ein Glück, hätte Helen beinahe gesagt.

Sie hatten noch Zeit, um für Marcus, der bisher in seiner indischen Baumwollhose und einem von Helens Freundin geborgten Pullover herumlief, ein paar warme Kleidungsstücke zu besorgen und andere notwendige Dinge einzukaufen.

Natürlich kam wieder einmal alles anders, als sie es geplant hatten. Tante Peggys Gedächtnis ließ offenbar allmählich ebenso zu wünschen übrig wie ihr Gehör. Tony war ein gut aussehender Geschäftsmann, der nach Helens Schätzung auf die sechzig zuging. Seine haselnussbraunen Augen mochten einen ganz leichten tibetischen Einschlag haben, aber sein graues Haar war so englisch, wie graues Haar nur sein kann. Er war die Freundlichkeit in Person, er hatte sogar etwas von einem gütigen Onkel. »Im Geschäft wahrscheinlich knallhart«, dachte Marcus in Erinnerung an frühere Zeiten.

Tony empfing sie sehr zuvorkommend in seinem geschmackvollen, von einem gepflegten Rasen umgebenen Tudor-Haus. Eine Frau mittleren Alters, ganz offensichtlich eine Hausangestellte, brachte Kaffee. Es waren etliche Fotos eines Mädchens in verschiedenen Altersstufen zu sehen – wohl seine Tochter –, und über dem Kamin hing das Ölporträt einer durchaus schönen Frau, die vermutlich seine Ehefrau gewesen war.

Helen gab eine entschärfte Fassung dessen wieder, was Tante Peggy ihnen über ihn und seine Familie erzählt hatte.

»Nein, tut mir Leid«, erwiderte er schmunzelnd, »es ist nicht annähernd so romantisch. Meine Großmutter kam zwar aus Tibet, aber mein Großvater war schon Engländer, und meine Eltern gehörten zu den langweiligsten Briten, die man sich vorstellen kann.«

»Dann war Ihr Vater also kein Tibetologe?«, fragte Joanna enttäuscht.

»Doch, das war er. Er ist vor ein paar Jahren gestorben. Ich bin leider nicht in seine Fußstapfen getreten. Allerdings unterhalte ich immer noch enge Beziehungen zur akademischen Welt und werde wohl jemanden auftreiben können, der Ihnen weiterhilft.«

Sie strahlten ihn an, halb enttäuscht darüber, dass der Weg nicht so geradlinig wie erhofft verlief, auf der anderen Seite aber glücklich, dass es doch irgendwie weitergehen würde. Alle fanden ihn so vertrauenswürdig, dass sie ihm beim Essen die ganze Geschichte erzählten. Er schien von esoterischen Dingen durchaus etwas zu verstehen, betrachtete sie wohl aber bevorzugt von einem intellektuellen Standpunkt aus. Entscheidend war jedoch, dass er ihnen seine Unterstützung zusagte.

Nach dem Essen ging er zum Telefonieren in sein Arbeitszimmer und kehrte nach einiger Zeit mit der Nachricht zurück, einer seiner Freunde, Professor Smith, werde sie am Nachmittag in London empfangen. Er verfügte über die nötige Ausrüstung, um den Mikrofilm anzusehen und den Fetzen des Originals zu untersuchen, den Helen an sich gerafft hatte, bevor Marcus sie durch das Fenster des Tempels bugsierte.

Sie besprachen das weitere Vorgehen. Helen und Joanna würden ins Ferienhaus zurückfahren, während Tony und Marcus nach London aufbrachen. Es kam für Marcus nicht in Frage, sich von der Filmrolle zu trennen – er spürte, dass er zum Hüter der Schriftrolle auserkoren war. Sie machten sich in Tonys Wagen auf den Weg. Marcus verschlief den größten Teil der Fahrt.

Professor Smith war genauso, wie sie sich eigentlich Tony vorgestellt hatten – der sprichwörtliche Gelehrte und Bücherwurm, staubtrocken, wortkarg und hinter dicken Brillengläsern hervorblinzelnd. Er ließ durchblicken, dass allein Tonys Vertrauenswürdigkeit als Sohn seines Vaters ihnen die Audienz bei ihm verschafft hatte.

Doch kaum hatte er sich eine Stunde mit der Schriftrolle befasst, kam Leben in ihn, und er wurde geradezu redselig. »Wenn das hier echt ist«, sagte er, »dann gibt es auf der Welt nichts Vergleichbares. Es wäre die Entdeckung des Jahrhunderts. Einfach unglaublich.« Leichte Röte überzog seine sonst grauen Wangen.

Professor Smith zog weitere Kollegen hinzu, die sich das Fragment des Originals ansehen sollten. Es erschienen bald immer mehr Wissenschaftler, um das unglaubliche Fundstück in Augenschein zu nehmen. Marcus hatte den Eindruck, sie interessierten sich mehr für das Material als für den Inhalt, und entsprechend ungeduldig wurde er.

Leise raunte er Tony zu, die Leute hätten wohl noch nicht verstanden, worum es hier ging. Dann sagte er lauter, als er eigentlich wollte: »Wir möchten einfach wissen, was da steht. Nur eine Übersetzung.«

Pikiertes Schweigen. Übersetzen? Nein, das konnte keiner so ohne weiteres. Alles musste erst einmal sehr sorgfältig studiert werden. Die Experten würden Wochen und Monate, wenn nicht Jahre brauchen, um den Text zu verstehen.

Professor Smith hatte sich unterdessen bestimmte Textstellen sehr genau angesehen. Er wirkte vollkommen versunken in seine tiefe Konzentration. Als Marcus eben der Mut sinken wollte, begann der Professor langsam zu sprechen. Soweit er sehen könne, sagte er, sei in der Schriftrolle von einer esoterischen Gesellschaft die Rede, deren Mitglieder mittels spiritueller Unterweisung Materie durch Töne und Klänge zu beeinflussen lernten. Beim Wiederauftauchen der Schriftrolle würden auch diese Menschen bereitstehen und für die Umsetzung der Informationen aus dem Text sorgen.

Marcus war sprachlos angesichts des Netzes von universalen Energien, die offenbar so fein miteinander verwoben waren.

Den Professor fragte er: »Wird diese Geheimgesellschaft beim Namen genannt?«

»Die Schriftzeichen lassen sich als *Kumeka* lesen. Es heißt hier, das sei eine neue Energie, die eben jetzt die Erde erreiche.«

»Wow!« Marcus kam aus dem Staunen nicht mehr heraus. Er saß die nächste Stunde über schweigend da und wälzte diese ungeheuerlichen Offenbarungen in sich um. Wie sollten sie die Gesellschaft aufspüren? Wo mochte sie sich befinden? Würde das Universum ihnen wie schon so oft die richtige Richtung weisen? Es blieb ihm nichts anderes übrig, als fest darauf zu vertrauen.

Dann sprach Professor Smith wieder in seiner ruhigen, präzisen Art: »Hier stehen offenbar auch Symbole und Anweisungen für bestimmte Tonkombinationen, mit denen man die Schwingungsfrequenzen von Materie verändern kann.« Sein Gesicht verzog sich, während sich sein Blick geradezu in den Text bohrte. »Hier steht auch noch, dass diese Informationen auf keinen Fall in die falschen Hände geraten dürfen.«

Alle nickten mit ernster Miene.

Tony fragte: »Wann werden Sie uns die Übersetzung zur Verfügung stellen können?«

Der Professor ließ sich nicht festnageln. Er sagte mit Nachdruck: »Das ist bis jetzt eine sehr vorläufige und ungenaue Übersetzung. Ich teile sie Ihnen nur mit, weil Sie es so eilig haben. Wir wissen ja noch nicht einmal, ob die Rolle überhaupt echt ist. Wir werden Ihnen die Ergebnisse übergeben, sobald wir sie haben.« Er fügte hinzu: »Das Dokument scheint in verschiedene Abschnitte aufgeteilt zu sein. Einer davon enthält mathematische Formeln.« Wieder kniff er die Augen zusammen und las mit äußerster Konzentration. »Dann habe ich hier einen, der mit ›Die Großen Mysterien‹ oder so ähnlich überschrieben ist, und einen anderen mit dem Titel ›Die Schlüssel zur Macht‹. Über die anderen kann ich noch nichts sagen. Morgen nehme ich mir die Großen Mysterien vor.«

Tony und Marcus verließen das Gebäude erst nach Mitternacht. Die Aufregung hatte Marcus bisher wach gehalten. Als sie jedoch in die Nachtluft hinaustraten, holten ihn jäh der Jetlag und die schlaflosen Nächte ein. Ihm dröhnte der Kopf, und die Lider wollten über den brennenden Augen zufallen. Er fühlte sich wie in Watte gepackt und schwankte leicht.

»He, langsam«, sagte Tony besorgt und fasste ihn schnell am Arm.

Marcus hatte vorgehabt, bei einem Freund zu übernachten, aber jetzt war es zu spät, ihn noch anzurufen. Tony besaß eine kleine Zweitwohnung in der Stadt und bot Marcus, der dankbar annahm, die Couch an. Doch wie erschöpft er auch war, er wollte trotz der späten Stunde noch Helen und Joanna anrufen, um ihnen von den neuesten Entdeckungen zu berichten. Er ließ lange läuten. Niemand nahm ab.

16. Kapitel

Wirklich Sorgen machte er sich aber erst am nächsten Morgen, als er es um acht, neun und zehn Uhr wieder versuchte und sich immer noch niemand meldete. Bis dahin hatte er sich einzureden versucht, sie schliefen einfach tief und fest. Jetzt beschlich ihn ein sehr ungutes Gefühl.

Tony wollte sich an diesem Tag mit einem früheren Geschäftspartner in London treffen und am Nachmittag mit Marcus nach Hampshire zurückfahren. Tony war ein sehr erfolgreicher Geschäftsmann und führte seinen Erfolg auf zwei Dinge zurück: Er folgte seiner Intuition, und er war flexibel. Und so bemerkte er Marcus' wachsende Unruhe – was nicht weiter schwierig war, da Marcus nervös auf und ab ging und bei jedem Telefonläuten heftig zusammenzuckte – und sagte seinen Termin ab.

Tony war ein Mann von tiefer Herzensgüte. Er mochte diesen jungen Mann mit dem offenen Gesicht, der sein Sohn hätte sein können – der Sohn, den er nie gehabt hatte. Bis zum Tod seiner Frau vor drei Jahren und der Hochzeit seiner Tochter hatte er nie bedauert, dass er nicht mehr Kinder hatte. Er verlor jedes Interesse am Geldverdienen und ging so früh wie möglich in den Ruhestand, um ein Buch zu schreiben, das ihm schon seit Jahren im Kopf herumspukte.

Äußerlich wirkte er ruhig und sicher, war charmant und von unaufdringlicher Großzügigkeit, ließ aber nur wenige Menschen wirklich an sich heran. Kaum jemand wusste, wie allein er sich in den letzten Jahren gefühlt hatte. Jetzt schlug er Marcus vor, sofort nach Hampshire zurückzufahren. Marcus' erleichterter Blick bestätigte ihm, dass er das Richtige gesagt hatte. »Es wird schon nichts sein. Ganz bestimmt gibt es eine ganz simple Erklärung«, sagte er aufmunternd.

Marcus spielte mit: »Ja, natürlich. Ganz bestimmt.«

Trotzdem fuhr Tony erheblich schneller als gewöhnlich, während Marcus' Fantasie wilde Kapriolen schlug. Am Ende war er davon überzeugt, dass die Verfolger sie aufgespürt hatten.

»Ich bringe sie um, wenn sie Joanna oder Helen was tun!«, brach es aus ihm heraus. »Das würden sie mir teuer bezahlen.« Er ballte die Fäuste, und Tony fand es angeraten, ihn auf andere Gedanken zu bringen.

»Ich halte es für eine Illusion, dass irgendwer jemals davonkommt, ohne zu bezahlen.«

Marcus horchte auf. »Was sagen Sie da?«

»Ich glaube nicht, dass jemand ungeschoren davonkommt. Für alles gibt es so eine Art Aufrechnung, die irgendwann kommt.«

»Ist das eine der Illusionen?«, überlegte Marcus laut.

»Ah, ja, ich verstehe, was Sie meinen«, sagte Tony. »Es wird wohl so sein, sonst hätte ich es nicht gesagt.«

Marcus wurde von seinen Sorgen abgelenkt und fand zu seiner Mitte zurück. »Sie glauben, dass alles auf der spirituellen Ebene ausgeglichen wird? Heißt das, Sie glauben an Reinkarnation?«

Toni spitzte den Mund. »Sagen wir so: Ich lehne diese Vorstellung nicht ab. Ich kann jedenfalls nicht sagen, dass ich nicht daran glaube. Und selbst wenn man sich nicht neu inkarniert, um ein Unrecht aus der Welt zu schaffen, könnte es ja sein, dass der spirituelle Ausgleich auf einer anderen Seinsebene stattfindet. Jedenfalls glaube ich nicht, dass der Geist mit dem Körper stirbt. Und ich weiß ganz sicher, dass diese Schöpfung sehr viel mehr und noch viel unbegreiflicher ist, als wir auch nur ahnen. Diese Erde ist ein so winziger und unbedeutender Teil des Ganzen – und wir bilden uns ein, wir seien so ungeheuer wichtig.« Er hob die Schultern, als wäre diese Überheblichkeit wirklich nicht zu fassen.

»Was halten Sie von der Schriftrolle?«

Tony wählte seine Worte sehr sorgfältig: »Sie könnte aus meiner Sicht die größte und wichtigste Entdeckung sein, die je gemacht wurde.«

Marcus schwieg betroffen. Er fragte: »Sie halten sie für echt?«

»Ich habe keinerlei Zweifel an ihrer Echtheit«, erhielt er zur Antwort. »Deshalb werde ich alles tun, was ich kann, um euch zu helfen.«

Marcus seufzte erleichtert. »Also, es ist eine Illusion zu glauben, dass wir mit irgendetwas davonkommen. In Wahrheit wird alles am Ende irgendwie ausgeglichen.«

»Trotzdem haben wir in diesem körperlichen Dasein alles uns Mögliche zu tun, um die Dinge zu bereinigen«, warf Tony mahnend ein.

»Das sehe ich auch so«, stimmte Marcus zu. »Aber es ist doch gut zu wissen, dass es höhere Kräfte gibt, die alles im Auge behalten.«

»Haben Sie übrigens bemerkt, wie ich über die Rolle des Menschen auf der Erde gesprochen habe?«

»Ja, was ist damit?«

»Das war einfach plötzlich da. Dieser Glaube, dass wir so wichtig seien, ist Illusion.« Tony schüttelte mit einem erstaunten Lächeln den Kopf. »Wirklich seltsam, wie das abläuft. Ich habe mich das plötzlich sagen hören.«

»Ja, stimmt. Jetzt kommt es mir wieder. Wie war das noch? Dass Menschen im Plan der Dinge so überaus wichtig seien, ist eine Illusion. Die Wahrheit ist … was?« Er sah Tony an.

»Die Wahrheit ist, glaube ich, dass alles göttlich ist und es uns Menschen zufällt, dies alles zu hüten.«

»Für Gott sind wir also nichts Besseres als die Tiere, nur anders?«

Tony nickte. »Wir sind höher entwickelt, aber deswegen sind wir nicht wichtiger oder werden mehr von ihm geliebt. Sie lieben ein Kind nicht weniger oder halten es für weniger wichtig als seine älteren Geschwister. Kurzum, ich bin mir ziemlich sicher, dass Gott uns Menschen nicht als besonders wichtig in seinem Plan ansieht.«

»Der Vergleich gefällt mir«, sagte Marcus. »Tiere sind demnach unsere kleinen Geschwister, um die wir uns zu kümmern haben.«

»So sehe ich es.«

»Helen sagt, Delfine seien höher entwickelt als der Mensch«, wandte Marcus ein, um Tonys Ansichten darüber zu erfahren.

»Da wird sie wohl Recht haben«, antwortete Tony eher mechanisch, da er sich gerade auf ein Überholmanöver konzentrierte.

Als sie das Haus erreichten, deutete nichts auf die Anwesenheit von Menschen hin. Alles war abgeschlossen, die Betten wirkten unbenutzt. Die Männer durchsuchten das Haus mit wachsender Sorge.

Nach wenigen Minuten läutete das Telefon. Marcus riss den Hörer vom Apparat und hörte Joanna in sehr aufgeräumtem Tonfall sagen: »Hallo, ich bin's.«

»Wie geht es euch? Wir sind schon halb wahnsinnig vor Sorge. Alles in Ordnung? Wo steckt ihr denn?«

»Ja, alles bestens. Mir hat so gegraut vor dem Gedanken, dass Mama und ich allein in diesem Haus schlafen sollten. Also haben wir uns ein Hotelzimmer genommen. Leider hatten wir eure Nummer nicht, aber wir haben alle halbe Stunde im Haus angerufen.«

Marcus spürte Wut aufsteigen, auch wenn er natürlich froh war, die beiden Frauen in Sicherheit zu wissen. Wie hatten sie ihm das antun können! Und dann klang sie auch noch so vergnügt!

»Ach, sieh an. Und wir rasen von London hierher und befürchten schon das Schlimmste«, erwiderte er frostig.

»Das ist sehr unangenehm, ich weiß. Es tut uns wirklich Leid. Aber wir haben beschlossen, unserer Intuition zu folgen. Was hast du herausgefunden?«

»Das erzähle ich euch später, wenn ihr wieder hier seid.«

»Hast du mich nicht verstanden? Wir wollen da nicht sein. Dieses Haus hat für uns eine ganz schlechte Schwingung. Kannst du bitte unsere Taschen mitbringen und uns hier abholen?«

»Was? Machst du Witze?« Marcus dachte nicht mehr daran, als wie wertvoll sich die Intuition der beiden Frauen schon früher erwiesen hatte. Er verspürte wenig Neigung, sich dieser neuerlichen »Laune« zu beugen.

Joanna ließ sich durch seinen Missmut nicht beeindrucken. »Hör mal, wenn du sauer bist, ist das deine Sache. Du brauchst das nicht bei mir abzuladen. Wir haben nur auf unsere Gefühle gehört.«

Wie immer bewunderte er, wenn auch etwas widerwillig, Joannas Ehrlichkeit und entschuldigte sich. Sie erklärte ihm den Weg zum Hotel.

Tony betrachtete ihn mit fragendem Gesichtsausdruck. »Dieses Haus hat wirklich etwas Unheimliches«, bemerkte er schließlich. »Wenn ich erlebt hätte, was ihr durchgemacht habt, würde ich hier vermutlich auch nicht gern schlafen.«

»Nicht?« Marcus sah ihn erstaunt an. Dann lachte er. »Sie haben Recht. Hier stimmt etwas nicht. Also, ich hole die Sachen, und dann nichts wie weg hier.«

Als sie das Gepäck in den Wagen luden, klingelte das Telefon erneut. Marcus nahm ab und sagte nur »Hallo«, weil er dachte, es sei wieder Joanna.

Am anderen Ende wurde jedoch gleich wieder aufgelegt. Marcus spürte das ihm inzwischen mehr als vertraute Prickeln seiner Nackenhaare.

»Keiner dran«, sagte er zu Tony. »Einfach aufgelegt.«

Tony gab ihm die Nummer der Telefonüberwachung an. »Schnell, wählen Sie.« Sie mussten sich aber sagen lassen, dass der Anruf zu kurz war, als dass man ihn hätte zurückverfolgen können.

»Schnell in den Wagen. Sie haben uns gefunden.« Sie warfen das Gepäck in den Wagen und rasten die Auffahrt hinunter, immer in der Erwartung, jeden Augenblick überfallen zu werden.

Joanna und Helen warteten bereits in der Hotelhalle. Sie brannten darauf zu erfahren, was Professor Smith an Neuem über die Schriftrolle beizutragen gewusst hatte. Marcus brachte sie auf den neuesten Stand. Als er über die Kumeka-Energie sprach, sahen die beiden Frauen einander betroffen an.

»So viel Zufall gibt es nicht«, ächzte Helen.

Joanna staunte mit offenem Mund und rief dann: »Das ist ja nicht zu glauben!«

»Was denn?«

»Wir sind heute Abend eingeladen, und zwar im ... Kumeka House.« Joannas Stimme war plötzlich sehr schrill.

Alle redeten wie in einem Tollhaus durcheinander, und erst allmählich kehrte wieder so etwas wie Ruhe ein. »Wir haben auf dem Rückweg zum Ferienhaus einen Abstecher nach Stonehenge gemacht, den Wagen abgestellt und Eintrittskarten gekauft«, erzählte Helen. »Dann unterhielten wir uns mit ein paar Leuten, die gerade über Ley-Linien und Energiepunkte und den Bau des Henge sprachen. Wirklich nette und interessante Leute. Sie wussten einiges.«

»Ja«, fiel Joanna ein. »Einer davon war ein Arzt, der von der Schulmedizin zur Naturheilkunde gewechselt ist. Er interessiert sich vor allem für Biofeedback-Techniken, mit denen man die Gehirnwellen auf eine für die Selbstheilung günstige Frequenz bringen kann. Seine Frau unterrichtet Meditation und Yoga, und die dritte, eine zierliche Irin – wie hieß sie doch gleich? –, schreibt Bücher über die Beziehung zwischen Geist und Körper.«

»Ein ungewöhnlicher Name ... Mairaed, glaube ich«, sagte ihre Mutter.

»Ja, ich glaube, das war es«, stimmte Joanna zu. »Jedenfalls sprachen sie über dieses Kumeka House. Anscheinend lebt dort eine Gemeinschaft von Männern, die ihr Leben der Vermehrung des Lichts in der Welt gewidmet haben. Sie leben nach einer sehr strengen Regel und meditieren täglich. Außerdem üben sie sich in der Kontrolle des Bewusstseins, feiern heilige Zeremonien und führen ein einfaches, Gott geweihtes Leben. Anscheinend war es bisher eine geschlossene Gemeinschaft, die kaum Verbindung zur Außenwelt hatte. Kürzlich erhielten sie jedoch gechannelte Botschaften.« Joanna sah Tony und Marcus an. »Mitteilungen aus höheren spirituellen Quellen, die durch Medien empfangen werden, wie ihr vielleicht wisst.« Sie ermunterten sie fortzufahren. »Darin war die Anweisung enthalten, Kumeka House zu öffnen, denn es werde bald Wichtiges für sie zu tun geben. Der Anstoß dazu werde von außen kommen. Sie glauben, dass alles Bisherige für sie nur die Vorbereitung auf eine besondere Aufgabe war, über die sie bald Näheres erfahren werden.«

»Die Schriftrolle«, sagten Tony und Marcus wie aus einem Mund.

»Natürlich, die Schriftrolle«, echote Joanna triumphierend.

17. Kapitel

Am Abend saßen sie alle voll gespannter Erwartung in Tonys Wagen und folgten dem langen, von Bäumen gesäumten Kiesweg nach Kumeka House. Ein sommerlichsüßer Duft von frisch gemähtem Gras und Flieder lag in der Luft, gelegentlich wehte auch ein Hauch von Lavendel durch die offenen Wagenfenster herein. Sie spürten alle, dass Entscheidendes bevorstand.

Helen und Joanna waren sich vollkommen sicher, dass hier die Menschen lebten, die mit den Informationen aus der Schriftrolle etwas anfangen konnten.

Hinter der nächsten Kurve erblickten sie das große rechteckige Gebäude, das ewige Sicherheit ausstrahlte. Die Abendsonne spiegelte sich in den Fenstern wider und umgab das Haus wie zur Begrüßung mit einem orangeroten Leuchten. Es besaß etwas ungemein Ansprechendes, das man sich nicht gleich erklären konnte. Später erfuhren sie, dass es nach einer heiligen Geometrie erbaut worden war, die unmittelbar das menschliche Bewusstsein zu beeinflussen vermag.

Ein junger Mann mit rasiertem Kopf und unergründlichen, tiefschwarzen Augen öffnete ihnen die Tür. Er begrüßte sie mit herzlichem Lächeln und führte sie in einen großen hellen Raum, in dem sich nichts weiter befand als einige entlang der Wände aufgestellte Stühle und ein herrliches Blumenarrangement zwischen Kerzen auf einem niedrigen Tisch. Der Duft von Räucherstäbchen und wunderbar getragene Musik schufen eine Atmosphäre von Frieden und heiterer Gelassenheit.

Die Bewohner des Hauses gesellten sich nach und nach zu ihnen und begrüßten sie so ungezwungen, dass sie sich sofort wohl fühlten in dieser neuen Umgebung. Marcus fiel auf, dass alle leise sprachen. Jeder der Männer war von ungekünstelter Würde und unaufdringlichem Selbstbewusstsein. Er fühlte sich in ihrer Anwesenheit wohl und entspannt.

Helen, Marcus und Tony nahmen auf den Stühlen Platz. Joanna setzte sich wie die etwa fünfzehn Männer, die hier lebten, mit überkreuzten Beinen auf eines der am Boden liegenden Kissen. Der Jüngste von ihnen mochte um die zwanzig sein, der Älteste ging wohl auf die siebzig zu. Alle besaßen die stille, gesammelte Gelassenheit von Menschen, die ein kontemplatives Leben führen. Man spürte, dass sie zwar um ihrer Besucher willen gern bereit waren zu sprechen, im Übrigen aber keinerlei Probleme mit dem Schweigen hatten.

Die einzigen anderen Gäste kamen einige Minuten später. Es waren die drei Personen, mit denen Helen und Joanna in Stonehenge gesprochen hatten: der Arzt, seine Frau und ihre irische Freundin, die Schriftstellerin.

Der Leiter der kleinen Gemeinschaft war ein Mann von wuchtiger Gestalt und mit klaren blauen Augen, dem die Kraft ins Gesicht geschrieben stand. Der rasierte Kopf verlieh ihm das Aussehen eines Mönchs. Er stellte sich mit dem Namen Zoranda vor und hieß die Besucher mit ruhiger Stimme willkommen. Dann sprach er über die Visionen und Ziele der Gemeinschaft. Ihre Angehörigen, so viel wurde deutlich, hatten sich dem Dienen und dem geistigen Wachstum verschrieben.

Es machte einen tiefen Eindruck auf Marcus, dass diese Männer ein mönchisches Leben führten, aber ohne die Geborgenheit und materielle Sicherheit eines religiösen Ordens. Sie arbeiteten ganz offensichtlich in dem vollkommenen Vertrauen, dass Gott für sie sorgen und ihnen sagen werde, was er von ihnen wollte. Außerdem spürte er, dass sie sowohl als Einzelne wie auch als Gemeinschaft äußerste Selbstdisziplin besaßen. Ihr ganzes Sinnen und Trachten lag offenbar darin, den Menschen und Gott zu dienen. Sie strahlten echten Frieden und echte Freude aus. Marcus fühlte sich in ihrer Gegenwart inspiriert und zugleich seltsam demütig.

Nach seinen einführenden Worten schlug Zoranda eine zehnminütige Schweigemeditation vor, damit sich alle auf den Zweck ihres Zusammenseins konzentrieren konnten. In diesen wenigen Minuten empfand Marcus tiefen Frieden. Er fühlte sich auf sonderbare Weise getragen und gehalten.

Danach entspann sich eine etwas umständliche, eher intellektuelle Diskussion, die aber größtenteils von dem Arzt bestritten wurde. Marcus merkte, wie er ungeduldig wurde. Er sah, dass Tony sich zurückzog und die Dinge nur noch als Beobachter verfolgte; auch Helen schien ihren eigenen Gedanken nachzuhängen. Joannas Gesicht konnte er hinter ihrem Haar nicht erkennen.

Dann platzte er plötzlich heraus: »Ich denke doch, dass wir alle wegen der Schriftrolle hier sind.« Mit einer Geste bedeutete Zoranda ihm fortzufahren.

Marcus erzählte von Anfang an und freiheraus die ganze Geschichte. Entweder konnten sie etwas damit anfangen – oder aber sie waren angesichts der drohenden Gefahr so entsetzt, dass sie ihn hinauswerfen würden. Dann wüsste er wenigstens, woran er war.

Als er endete, trat eine Stille von kristallener Klarheit ein. Zoranda sagte einfach nur: »Das ist es, worauf wir uns vorbereitet haben.«

Marcus war zutiefst erleichtert. Plötzlich wollten alle etwas sagen und Fragen stellen. Helen und Joanna berichteten, was aus ihrer Sicht wichtig war. Allen Anwesenden musste allmählich dämmern, dass es sehr gefährlich war, die Botschaft der Schriftrolle in die Welt zu tragen.

Tony bestätigte, dass eine reale Gefährdung gegeben war – nicht nur durch bewaffnete Männer, die offenbar von den Chinesen beauftragt worden waren, die Schriftrolle in ihren Besitz zu bringen, sondern auch durch all jene, die die Macht und Herrschaft an sich reißen wollten.

In dem Blick, mit dem Zoranda ihn ansah, war überhaupt nichts von Furcht zu lesen. In seinem ruhigen und bestimmten Tonfall sagte er: »Wir glauben, dass wir aus eigenem freiem Entschluss zu einem ganz bestimmten Zweck auf die Erde gekommen sind und uns im Laufe vieler Leben auf diese Aufgabe vorbereitet haben. Wir wissen, dass wir eine Seelenfamilie sind und uns viele Male für bestimmte Aufgaben gemeinsam inkarniert haben. Und hier sind wir jetzt wieder zusammen.« Die anderen Männer nickten. Zoranda fuhr fort: »Wir fürchten die Gefahr nicht. Weshalb auch? Wenn wir sterben sollen, kann nichts uns den Tod ersparen, und außerdem ist es eine Ehre, unser Leben für diesen Dienst an der ganzen Erde zu geben. Aber wenn wir an der Befreiung der Portale und an der Reinigung der Energielinien mitarbeiten sollen, werden wir unter einem größeren Schutz stehen.

Es wird darum gehen, dass wir gesammelt und gelassen bleiben, denn nur dann können wir mit Gott in Verbindung bleiben und von seinem Willen geleitet werden. Wir üben uns darin, Freundlichkeit und Liebe zu allen Lebewesen auszustrahlen, so dass keines sich von uns bedroht fühlt oder uns Schaden zufügen möchte.«

»Das allein wird meines Erachtens nicht reichen, um Leute wie *die* aufzuhalten«, warf Tony skeptisch ein.

Ein jüngeres Mitglied der Gemeinschaft antwortete mit einem leichten Kopfschütteln: »Wir glauben, dass Gelassenheit und gute Absichten der beste Schutz sind. Mit der Kraft des Geistes haben wir Kumeka House mit weißem Licht umgeben. Solange wir dieses Licht aufrechterhalten, können Menschen mit bösen Absichten nicht eindringen.«

Einer seiner Brüder bestätigte: »Wir sind von einem undurchdringlichen Kraftfeld umgeben.«

Das wollte Joanna jetzt ganz genau wissen: »Das klingt ganz gut. Vom Kopf her weiß ich es – aber funktioniert es auch im Ernstfall?«

»Ich habe das Gefühl, wir werden es bald herausfinden«, erwiderte Zoranda ruhig. Seinen Worte folgte tiefe Stille.

Marcus lenkte das Gespräch auf die Praxis zurück: »Was können Sie konkret zur Reinigung der Energielinien unternehmen? Wenden Sie Töne an?«

»Es gibt bestimmte Laute, die bewirken, dass etwas sich manifestiert. Einer dieser Laute ist *Ah*. Wenn Sie sich auf etwas sammeln, das geschehen soll, und dann das *Ah* anstimmen, wird es sich schneller manifestieren. In der Bibel heißt es: ›Im Anfang war das Wort.‹ Diese Übersetzung des in seiner Urform auf Sanskrit abgefassten Satzes ist aber nicht ganz zutreffend. Sie müsste lauten: ›Im Anfang war der Ton.‹ Mit anderen Worten: Die Schöpfung beruht auf Tonschwingungen. Den altindischen Texten zufolge ist der Urlaut, von dem alles ausgeht, *Om*. Sie haben vermutlich schon Rezitationen des *Om* gehört oder es selbst als Mantra gesprochen.«

Alle nickten.

»Immer, wenn Sie es rezitieren, vergrößern Sie Ihre Fähigkeit, etwas zu manifestieren. Wenn Sie zerstreut oder innerlich leer sind, können Sie natürlich allenfalls Verwirrung erzeugen. Sammeln Sie sich aber auf etwas, das sich manifestieren soll, so vergrößern Sie damit Ihre Kraft, es tatsächlich geschehen zu lassen.«

»Wow!«, sagte Joanna und sah ihre Mutter an, die gedankenverloren nickte.

»Ich entnehme Ihrer Darstellung«, fuhr Zoranda fort, »dass die Schriftrolle auch von bestimmten Tönen oder Klängen handelt, mit denen man etwas materialisieren oder dematerialisieren, aber auch die Portale und Ley-Linien reinigen und wieder durchlässig machen kann. Außerdem enthält sie wohl Symbole, die die Kraft der Klänge verstärken.

Sobald uns diese Informationen zur Verfügung stehen, werden wir Stonehenge wohl in seinen ursprünglichen Zustand zurückversetzen können, um es wieder als Tor zu den Sphären des Geistes zu nutzen.«

»Sprechen Sie jetzt von Telekinese?«, wollte Joanna wissen. »Beherrschen Sie sie?«

Zoranda sah sie an und ließ ein paar Augenblicke verstreichen. »Ja, das ist eine unserer Kräfte, aber wir wenden sie nur auf göttlichen Auftrag hin an.«

Joanna blickte etwas verlegen drein. Offenbar hatte er geahnt, dass sie ihn um eine Demonstration bitten wollte. Dann lächelte sie und nickte, denn natürlich hatte er Recht. Ihre Reaktion gefiel ihm ganz offensichtlich.

»Wann werden uns die Inhalte der Schriftrolle zugänglich sein, so dass wir mit der Arbeit beginnen können?«, erkundigte sich der Arzt.

»Ich hoffe, bald«, antwortete Marcus.

»Wenn es Gott beliebt«, korrigierte Zoranda. »Zu glauben, dass man den Fluss schneller fließen lassen kann, ist eine Illusion. Alles geschieht zu einem göttlichen Zeitpunkt.«

Erstaunt sah er vier seiner Besucher in Gelächter ausbrechen. Joanna zückte ihr Tagebuch und notierte, was sie in feierlichem Tonfall intonierte: »Illusion: Wir haben die zeitlichen Abläufe in der Hand. Wahrheit: Alle Dinge ereignen sich in der Zeit Gottes.«

Helen wollte noch deutlicher hervorheben, welche segensreichen Auswirkungen die Inhalte der Schriftrolle auf alle Menschen haben würden. »Wenn wir erst einmal die richtigen Töne kennen, werden wir Menschen eher mit Hilfe von Frequenzen als mit Hilfe von chemischen Medikamenten heilen«, äußerte sie.

»Es gibt bereits Tongeneratoren, die so etwas können«, antwortete der Arzt. Er berichtete von einem gewissen Reif, der schon vor vielen Jahren solch eine Maschine entwickelt hatte. Er hatte auch herausgefunden, mit welcher Frequenz man welche Krankheit »knacken« konnte. »Ein paar Ärzte haben die Methode bereits angewendet und bei allen möglichen Krankheiten, von der Nebenhöhlenentzündung bis zum Krebs, erstaunliche Erfolge erzielt. Aber die Tongeneratoren wurden zerstört und einige dieser Ärzte sogar ermordet, vermutlich von Leuten, die um ihre Macht fürchteten. Jetzt kehrt die Methode allmählich wieder ins öffentliche Bewusstsein zurück, doch gegen das Bollwerk der Pharmaindustrie hat sie natürliche einen schweren Stand.«

»Könnte man die Methode auch zum Beispiel bei Menschen mit schweren Verbrennungen anwenden, um sie frei schweben zu lassen, so dass die Haut besser heilen kann?«, fragte Joanna.

»Interessante Idee«, nickte der Arzt. Er sah Zoranda an, der ebenfalls nickte. »All das wird es bald geben.«

»Wie ist es mit Autos? Könnten sie nicht ganz anders angetrieben werden als heute? Und Bauarbeiten ließen sich auf diese Weise um ein Vielfaches beschleunigen.«

Die Frau des Arztes interessierte die Frage, ob man mit Tönen wohl auch verschmutztes Wasser reinigen könne.

»Könnte ich mir gut vorstellen«, sagte Zoranda.

Als genügend dieser Fragen erörtert waren, schnitt der Arzt ein weiteres wichtiges Thema an. Er erklärte, dass er und seine Begleiterinnen einer Gruppe angehörten, die den Steinkreis von Stonehenge abends nach Schließung der Stätte betreten durfte. »Einmal im Monat betreten wir den Kreis und beten für den Weltfrieden«, erzählte er. »Diesen Monat haben wir am Mittwoch Zutritt, das ist der Tag vor Vollmond.«

»Und Sie dürfen wirklich direkt zwischen die Steine gehen?«, fragte Helen nach.

»Ja. Manchmal steht einer der Wächter gleich beim Kreis. Aber sie kennen uns und lassen uns meist in Ruhe.«

»Wie fühlt sich das an, wenn man da drinnen ist?«, fragte Joanna.

»Wenn Sie sich uns anschließen möchten, können Sie das selbst herausfinden. Leider ist es ziemlich teuer, weil wir für den Zutritt zahlen müssen. Die Erlaubnis ist außerdem auf dreißig Personen beschränkt, aber normalerweise sind wir sowieso nur etwa zwanzig.«

»Ich würde gern mitgehen, wenn es möglich ist«, sagte Helen.

»Ich auch – ich auch«, kam es von den Übrigen, die ebenfalls erleben wollten, wie man sich in diesem uralten Steinkreis fühlte. Man verabredete sich für sechs Uhr abends am kommenden Mittwoch vor dem Eingang von Stonehenge.

Die Aussicht, sich unter dem Vollmond bei den heiligen Steinen aufhalten zu können, war so aufregend, dass sofort wieder ein sehr lebendiges Gespräch begann.

Dann erklang eine Glocke. Zoranda erklärte, es sei Zeit für die abendliche Meditation, die immer um zehn Uhr begann. Marcus hatte sich gerade mit einem der jüngeren Männer unterhalten. Er rechnete fest mit einer Absage, fragte ihn aber doch, ob es möglich sei, ein paar Tage als Besucher in Kumeka House zu bleiben. Überraschenderweise erklärte der junge Mann, die Bewohner des Hauses würden sich geehrt fühlen. So kam man überein, dass Marcus eine Woche bleiben und am normalen Leben im Haus teilnehmen würde, sofern ihm die Schriftrolle nicht andere Pflichten auferlegte.

Auf Tony machte die Aufrichtigkeit, Liebe und der Gemeinschaftssinn in Kumeka House einen tiefen Eindruck. Er hatte sich zwar ein wenig abseits gehalten und nicht viel zum Gespräch beigetragen, aber er fühlte sich hier so gut aufgehoben wie kaum jemals zuvor. Es war ihm ganz warm ums Herz geworden, und dieses Gefühl wollte er sich möglichst lange bewahren.

Außerdem fiel ihm auf, dass er Marcus vermissen würde. Wie seltsam, da er ihn doch gerade erst kennen gelernt hatte. Marcus hatte so echt und ehrlich Anteil an seiner schriftstellerischen Arbeit genommen, dass Tony sich offener gezeigt hatte als sonst. Er seufzte ganz leise. Helen hörte es trotzdem und legte ihm begütigend eine Hand auf den Arm. Er lächelte dankbar.

Er sollte Helen und Joanna ins Hotel zurückfahren. Plötzlich fragte er, und es überraschte ihn selbst: »Möchten Sie beide nicht bei mir übernachten?« Dann fiel ihm auf, dass seine Worte falsch gedeutet werden könnten, und er fügte hastig hinzu: »Platz habe ich genug, und vielleicht sind Sie ja bei mir sicherer.«

Sie nahmen nur zu gern an.

»Morgen bringe ich Sie ins Hotel, damit Sie Ihre Sachen holen können«, sagte Tony.

»Wie lieb von Ihnen«, sagte Helen. »Macht es Ihnen wirklich nichts aus?«

»Aber nein, gar nichts.«

»Wir werden Ihr Haus mit weißem Licht umgeben«, sagte Helen. »Dann sind wir in Sicherheit.«

18. Kapitel

Daheim fand sich eine Nachricht von Professor Smith auf Tonys Anrufbeantworter.

Es war elf Uhr, und laut Tony und Helen war es viel zu spät für einen Rückruf. Joanna stichelte schmunzelnd, sie gehörten eben noch einer Generation an, für die sich Anrufe nach halb zehn Uhr abends nicht gehörten. »Tatsache ist aber«, erklärte sie, »dass Akademiker sowieso spät ins Bett gehen, weil ein Gehirn nicht so viel Schlaf braucht. Was dagegen wirklich müde macht, ist körperliche und emotionale Anstrengung.« Angesichts dieser unleugbaren Logik gaben sie sich geschlagen.

»Hoffentlich haben Sie Recht«, lachte Tony und wählte trotz seiner Bedenken die Nummer. Wenn er lachte, zuckte es um seine braunen Augen, und die Linien auf seinen Wangen vertieften sich, was ihm einen jungenhaften Ausdruck verlieh.

Aber Joanna behielt Recht. Die trockene Stimme des Professors meldete sich. Er hatte mit Tonys Anruf gerechnet und konnte über die Bedenken wegen der späten Stunde nur staunen.

Er legte ihnen sehr vorsichtig dar, dass die Schriftrolle nach seiner Einschätzung etwas ganz Einzigartiges war. Etliche seiner Kollegen, sämtlich Experten auf diesem Gebiet, hatten das Pergament untersucht und waren geneigt, es für echt zu halten. Das war bei allen schon der erste Eindruck gewesen. Zusätzlich hatte sich herausgestellt, dass das Dokument aus einem bisher nirgends dokumentierten Material bestand. Und das Wenige, das bisher entziffert worden war, ließ wahrlich aufhorchen.

Der Monolog des Professors war voller Ausdrücke wie »vorläufig«, »nur ein erster Eindruck«, »unter Vorbehalt«, »erst nach weiterer Prüfung« und »einmal angenommen«. Eines der Symbole, sagte er jedoch, sei offenbar ein sechsstrahliger Stern; die übrigen seien komplexer.

»Und welche Funktion haben die Symbole?«, fragte Tony.

»Anscheinend sollen sie in Verbindung mit bestimmten Tönen angewendet werden, und zwar um das erdumspannende Netz der Energielinien zu säubern – aber das ist nur mein erster, vorläufiger Eindruck.«

»Wunderbar«, sagte Tony. »Gibt es noch etwas?«

»Allerdings.« Der sonst so vergeistigt wirkende Professor machte eine geradezu theatralische Pause. Tony meinte sogar, einen Hauch von Erregung in seiner Stimme zu hören. Jetzt war auch er aufs Höchste gespannt. Er zeigte Helen und Joanna, die von einem anderen Apparat aus das Gespräch verfolgten, den erhobenen Daumen.

Der Professor fuhr fort: »Sie haben doch von den Großen Mysterien gesprochen. Ich bin jetzt auf eine Stelle gestoßen, die offenbar Einzelheiten dazu enthält. Das Erste Mysterium besagt, dass alles Energie ist. Ein Mensch ist von relativ niedriger Schwingung oder relativ hoher Dichte, ein Baum ist noch dichter. Dagegen besitzt ein Gedanke eine eher flüchtige Schwingung – es sei denn, er wäre mit starken Emotionen behaftet. Jedenfalls schwimmt oder schwebt alles in einem Meer von Energie.

Und alle Dinge stehen miteinander in Wechselwirkung. In dieser kosmischen Suppe ineinander greifender Energien entwickeln sich alle Dinge auf ihre ganz eigene Weise.« Er hüstelte. »Das könnte Ihnen natürlich auch jeder Physiker sagen. Dann heißt es weiter: ›Der Mensch ist mit einem freien Willen begabt, woraus sich besondere Entwicklungschancen, aber je nach Umständen auch die Gefahr der Regression ergeben. Mit dieser Entscheidungsfreiheit geht die Verantwortung für das eigene Denken und Fühlen einher.‹ Darin, so hält die Schriftrolle fest, unterscheidet sich der Mensch von der übrigen Schöpfung, und darin liegt seine Entwicklungschance.

Jede Schwingung, die ein Mensch aussendet, ruft eine Reaktion in der kosmischen Suppe hervor und wirkt sich auf alles andere aus. Deshalb kehrt jede von ihm ausgesendete Schwingung am Ende wieder zu ihm selbst zurück. Jeder kann also an den Vorkommnissen in seinem Leben abmessen, wie weit er schon entwickelt ist.

Ein sehr negativ eingestellter Mensch wird in die langsamsten und trägsten Schwingungsbereiche der kosmischen Suppe absinken. Böse Taten entsenden entsprechende Schwingungen in die kosmische Suppe. Da hier alles so dicht und zäh ist, kann es viele Inkarnationen lang dauern, bis die negativen Schwingungen zu ihm zurückkehren.«

Hier zögerte der Professor einen Augenblick, als wollte er etwas anmerken. Dann überlegte er es sich anscheinend anders und fuhr fort: »Solch ein Mensch wird in Finsternis leben, bis er wieder auf seine Seele zu hören lernt und die Sehnsucht nach dem Licht sich in ihm regt. Entscheidet er sich jetzt für das bessere Handeln, so werden die ausgesandten Schwingungen immer reiner, so dass er in lichtere Bereiche der kosmischen Suppe aufsteigt und sein Schicksal sich zum Besseren wendet.«

»Das klingt nach Karma«, sagte Helen.

»Ja«, hauchte Joanna.

Tony verzog ärgerlich das Gesicht und wedelte mit der Hand, um sie zum Schweigen zu bringen.

Helen entschuldigte sich wortlos und verlegen. Sie ließ sich nicht gern zurechtweisen.

Joanna zuckte nur mit den Schultern. Sie gehörte einer anderen Generation an und konnte über solche kleinen Macken nur lachen.

Professor Smith sprach weiter, als hätte er von dem kleinen Zwischenspiel nichts mitbekommen. »Zur Zeit der Niederschrift unseres Textes wurde offenbar prophezeit, dass die Energie auf der Erde auf Grund von Habgier und Materialismus sehr dicht und trüb werden würde. Die Schriftrolle würde dann wieder auftauchen, um der Menschheit die Chance zur Umkehr zu geben.«

Der Professor räusperte sich. »Man darf wohl annehmen, dass wir jetzt an diesem Punkt angelangt sind.«

»Das denke ich auch«, stimmte Tony zu.

Professor Smith referierte weiter: »Die Schriftrolle wird auftauchen, wenn es Zeit ist, das goldene Zeitalter anzukündigen. Das kann nämlich erst anbrechen, wenn die dicke Suppe aus Angst und Gier mehr und mehr vom reinen Wasser des Geistes erleuchtet wird.«

Wieder hielt er kurz inne. Um den Professor zum Weitersprechen zu ermuntern, bemerkte Tony: »Dann muss sich offensichtlich die Energie des gesamten Planeten ändern.«

Helen und Joanna nickten stumm.

»Ja, ja. Darauf wollte ich eben kommen. Und das ist wirklich allerhand.« Seine Stimme klang jetzt anders aus dem Hörer. Offenbar studierte er seine Notizen. »Wenn die vorausgesagte Verdichtung der Schwingungen auf der

Erde tatsächlich eintritt, werden sich zu Beginn des goldenen Zeitalters viele hoch entwickelte Seelen – Seelen von hoher Schwingungsfrequenz also – auf der Erde inkarnieren. Sie bieten sich an, um mehr Licht in die Energie der Erde zu bringen.

Höchstwahrscheinlich werden aber die meisten dieser ...« Er unterbrach sich, und sie sahen ihn förmlich vor sich, wie er über den Rand der Brille hinweg etwas in seinen Aufzeichnungen suchte. »... die Schriftrolle bezeichnet diese hoch entwickelten Wesen als Sternenkinder. Also, die meisten dieser Sternenkinder werden nicht um ihr wahres spirituelles Wesen wissen. Sie müssen sich erst daran erinnern, wer sie eigentlich sind. Die höhere Energie, die jetzt im Netz der Energielinien zu pulsieren beginnt, wird ihnen dabei helfen, damit sie mit der Arbeit beginnen können.«

Tony, Helen und Joanna hielten den Atem an und lauschten den Worten des Professors.

»Wenn ein Mensch sich im dichteren Teil der Energiesuppe befindet – anders gesagt, wenn er sehr materialistisch und negativ eingestellt ist –, sind die Schwingungen, die zu ihm zurückkehren, von gleicher Art und Intensität. Entwickelt er sich jedoch im spirituellen Sinne weiter und sendet höhere Frequenzen aus, so werden sie dreifach verstärkt zu ihm zurückkommen. Bei einem durch und durch vergeistigten Menschen kommen sie zehnfach verstärkt zurück.

Die Erwachten sind so etwas wie Lichtwirbel mit einer höheren Umdrehungszahl als bei durchschnittlichen Menschen. Ihre Ausstrahlung durchdringt die Materie leichter und kommt schneller zurück.«

Er schwieg einen Augenblick. »Mehr kann ich Ihnen jetzt nicht sagen. Ich habe Ihnen hier nur meine vorläufigen Notizen vorgetragen. Normalerweise würde ich solche ersten vagen Befunde erst einmal für mich behalten. Es wird sicher Feinheiten geben, die mir jetzt noch entgangen sind.«

Wieder schwieg er einen Augenblick, um dann mit einem beinahe verlegen wirkenden Hüsteln anzufügen: »Mir ist bei der Arbeit an diesem Text etwas sehr Merkwürdiges aufgefallen, nämlich dass das etwas ganz anderes ist als alles, was mir bisher untergekommen ist. Ich finde kaum Worte dafür. Es ist, als würden mir Wortlaut und Gestalt der Übersetzung einfach zufallen, während ich den Text studiere.« Es folgte ein kaum hörbarer Seufzer. »Und noch etwas: Mir kommt es so vor, als wäre ich genau auf diese Arbeit vorbereitet worden. Ich muss eigentlich sehr wenig nachsehen und recherchieren, denn die meisten Begriffe kenne ich bereits von meinen anderen Arbeiten aus der letzten Zeit, wenn auch natürlich in anderen Zusammenhängen. Es wimmelt hier von für mich höchst erstaunlichen Zufällen, und deshalb möchte ich Ihnen meine Ergebnisse nicht vorenthalten, wie vorläufig sie auch sein mögen.«

Wieder hüstelte er und wechselte schnell Thema und Tonfall: »Ich werde Ihnen morgen früh alles zufaxen. Sobald ich etwas Neues weiß, werde ich es Ihnen mitteilen.«

»Wunderbar, herzlichen Dank«, sagte Tony. »Sie können sich kaum vorstellen, wie dankbar wir sind. Mein Gott, Sie müssen ja ununterbrochen gearbeitet haben!«

»Ja, habe ich. Es ist so unglaublich spannend. Die Chance, an einem solchen Dokument zu arbeiten, bekommt man bestimmt nur einmal im Leben.«

»Also nochmals vielen Dank.«

»Eines wäre noch wichtig – eine Warnung. Wenn die Schriftrolle zerstört wird oder die Arbeit daran aus irgendeinem Grund unterbleibt, wird eine Finsternis eintreten, wie die Erde sie noch nicht erlebt hat, Äonen eines Leidens, dem niemand wird entgehen können.«

Professor Smith hielt inne, doch die einzige Antwort, die er von Tony bekam, war Schweigen.

»Wir reden morgen weiter. Gute Nacht.«

»Gute Nacht.« Tony legte auf und sah die beiden Frauen an.

»Wir müssen es einfach schaffen«, sagte Joanna.

»Das werden wir auch.« Helens Antwort ließ keinen Zweifel an ihrer Entschlossenheit. »Fangen wir gleich damit an, indem wir weißes Licht um das Haus und die Schriftrolle visualisieren. Und bitten wir die höheren Mächte, sie zu beschützen.«

19. Kapitel

Am nächsten Vormittag erschienen Helen, Joanna und Tony sehr früh in Kumeka House, das Fax in der Hand und voller mühsam beherrschter Aufregung. Sie brannten darauf, ihre Neuigkeiten mitzuteilen, verabredeten aber, dass sie erst sprechen würden, wenn alle zusammengekommen waren.

Der Mann, der ihnen die Tür öffnete, musste lächeln, als er ihre glühenden Gesichter sah. Marcus war gleich hinter ihm.

»Na, wie lebt es sich im Kloster?«, fragte Joanna mit breitem Grinsen.

»Ein bisschen still hier, aber wirklich interessant«, sagte Marcus eher ernst, aber doch mit einem Anflug von Lachen im Blick. »Ich lerne eine Menge.«

»Ich beneide dich«, gab Joanna zu. »Ich würde auch gern mal in einer so schönen Umgebung leben.«

Tonys Blick verriet, dass Joanna und das stille Leben für ihn nicht so recht zusammenpassten. Es würde ihr doch sicher sehr schnell langweilig werden. Das sagte er zwar nicht, aber als er Helen ansah und ein verräterisches Zucken um ihre Lippen spielte, wusste er, dass sie ähnlich dachte. Eigentlich wunderte es ihn sogar, dass Marcus – der ja auch nicht gerade die Ruhe in Person war – hier bleiben wollte. Aber vielleicht würde es ihm gut tun.

»Wir sind gerade mitten im *Sava*«, sagte der Mann, der ihnen geöffnet hatte. »Das ist das selbstlose Dienen. Jeder leistet zwei bis drei Stunden Arbeit pro Tag, damit hier alles reibungslos abläuft.«

»Da können wir doch helfen«, brach es aus Joanna. »Was sollen wir tun? Wir haben nämlich ein Fax mit Neuigkeiten über die Schriftrolle. Je schneller wir mit der Arbeit fertig sind, desto früher können wir uns damit befassen.«

»Ein Fax über die Schriftrolle!«, wiederholte der Mann.

»Her damit.« Marcus wurde ganz aufgeregt. »Was steht denn drin? Wann habt ihr es bekommen? Gibt es …?«

»Halt, halt«, versuchte Tony beruhigend auf die Gemüter einzuwirken. »Es war abgesprochen, dass wir nichts sagen, bis alle versammelt sind.«

»Oh, tut mir Leid.« Joanna ärgerte sich über sich selbst. »Das ist mir einfach so rausgerutscht. Es ist ja auch alles so unglaublich, ich würde am liebsten sofort jedem alles erzählen.«

»Entschuldigen Sie mich einen Augenblick«, sagte der Mann von Kumeka House leise und entfernte sich.

Marcus lächelte Joanna an. Er wollte nicht, dass sie ein schlechtes Gewissen hatte. Tony entdeckte in diesem Blick noch etwas, das nichts mit diesem Vorfall zu tun hatte. Joanna war immer noch wütend auf sich selbst und biss sich auf die Lippen. Sie entfernte sich ein paar Schritte, um an einer gelben Rose zu schnuppern. Helen ging ihr nach.

Mit einem Seitenblick auf Joanna sagte Tony leise zu Marcus: »Die Tür ist noch nicht offen.«

Marcus seufzte. »Wie bekomme ich die wohl auf?«

Tony wollte sich schon darauf herausreden, dass er von Beziehungen nicht allzu viel verstehe. So hatte er es in der Vergangenheit stets gehalten – mit dem Ergebnis freilich, dass das Gespräch dann erstarb und beide Seiten sich unbehaglich fühlten.

Stattdessen sagte er zu seiner eigenen Überraschung: »Mit beständiger Freundlichkeit und Zugewandtheit, denke ich. Hinter all dem Selbstbewusstsein und der Abgebrühtheit sehe ich manchmal ein leicht verschrecktes und immer fluchtbereites Reh.« Er blickte ein wenig bestürzt drein. Offenbar zeigte die Schriftrolle auch bei ihm erste Wirkung.

Marcus sagte einfach: »Danke.«

Gleich darauf kam der Mann zurück, der sie in Empfang genommen hatte, und sagte, Zoranda sei der Meinung, das Sava könne für eine halbe Stunde unterbrochen werden. Bevor sie etwas antworten konnten, schlug er dreimal den Gong, so dass es durch das ganze Haus hallte. Sogar der Gong besaß in Kumeka House einen melodischen Klang.

Sofort strömten von überall her die Bewohner des Hauses leise und würdevoll im Versammlungsraum zusammen. Dort war die Luft erfüllt vom Duft weiß-orangefarbener Narzissen, die in einer breiten Schale standen. Doch noch etwas lag in der Luft: gespannte Erwartung.

Alle hörten Tony wie gebannt zu, als er das Fax vorlas.

Danach herrschte eine ganze Weile Stille, bis Marcus sagte: »Das ist fast mehr, als man auf einmal fassen kann. Also besitzen alle Menschen eine Schwingung, die sich auf andere auswirkt und die eigene Zukunft mitbestimmt, weil alles, was wir aussenden, zu uns zurückkommt.«

»Und je lichtvoller wir sind, desto schneller kommen die Dinge zu uns zurück.«

»Interessant ist auch die Stelle über die Sternenkinder, die sich inkarnieren, um zu helfen, aber bisher geschlafen haben. Sie werden jetzt durch Lichtimpulse geweckt, die das Energienetz aussendet.«

Zoranda fügte hinzu: »Das zweite der in der Schriftrolle genannten Großen Mysterien scheint dem heiligen Karma-Gesetz zu entsprechen.«

Helen fragte: »Inwieweit deckt sich Ihr Verständnis des Karma-Gesetzes mit dem, was die Schriftrolle sagt?«

Zoranda überlegte kurz und antwortete: »Aus unserer Sicht kehrt alles, was materialistisch ausgerichtete Menschen aussenden – ob Gedanke, Wort oder Tat –, unweigerlich zu ihnen zurück. Das kann unter Umständen erst nach mehreren weiteren Leben der Fall sein. Je spiritueller die Menschen dann aber werden, desto schneller werden ausgesandte Schwingungen zu ihnen zurückreflektiert.«

»Das klingt für mich ganz ähnlich wie das, was die Schriftrolle sagt«, meinte Tony.

Zoranda und die meisten anderen Männer nickten schweigend.

»Handelt es sich also um das Gesetz von Ursache und Wirkung?«, fragte Marcus nach.

»Ja, so kann man es auch betrachten«, bestätigte Zoranda. »Wenn die Menschen das nur erkennen wollten, würden sie mehr auf das achten, was sie tun oder auch nur denken. Wenn durch die Schriftrolle nur zu erreichen wäre, dass die Menschheit darauf aufmerksam wird, wäre schon sehr viel gewonnen.«

Marcus überlegte, wie unter diesen Gesichtspunkten der gemeinsame Betrug seiner früheren Freundin und seines

Chefs zu beurteilen war. War er die Folge von Gedanken, die er in diesem Leben gehabt hatte, oder die Konsequenz von Taten in früheren Existenzen? Sofort spürte er, wie die Wut wieder in ihm hochkochte, doch er drängte das Gefühl zurück. Laut sagte er: »Weshalb dauert es so lange, bis die Resultate sich zeigen? Es ist doch dumm, dass man keine Verbindung zwischen dem Vergehen und der Vergeltung sehen kann.«

Er spürte ein leichtes Befremden in seiner Umgebung und wurde rot. »Gut, gut, ich weiß, dass es hier nicht um Strafe und Vergeltung geht. Die Seele möchte etwas wieder in Ordnung bringen. Also lasst es mich vielleicht besser so ausdrücken: Ich finde es nicht gerade förderlich, wenn zwischen Ursache und Wirkung so viel Zeit vergeht.«

»Es ist dann für die Menschen keine Verbindung zwischen ihrem Handeln und den karmischen Folgen zu sehen«, ergänzte Helen. »Sie erleben den gerechten karmischen Ausgleich dann zwangsläufig als unverdienten Schicksalsschlag.«

»So ist es«, pflichtete Zoranda bei. »Die ursprüngliche Absicht war eine andere. Es war klar, dass die Menschheit bis zu einem gewissen Grade dem Materialismus verfallen würde, aber das Ausmaß der Finsternis, in die unsere Erde gesunken ist, war nicht vorherzusehen. Und doch ist alles ganz einfach eine Frage der Schwingung. Karma bedeutet ›Tat‹; die alten Sanskrittexte sprechen auch vom Rad des Karma: Was wir in Gang setzen, dreht sich mit dem Rad, bis es zu uns zurückkommt.«

»Ein Bumerang«, warf einer der Männer ein.

»Ganz recht. Wenn ein Gedanke oder eine Tat von dunkler und schwerer Schwingung ist, fliegt er wie ein Bumerang von Ihnen zu dem anderen Menschen hin und muss sich auch noch durch dessen Schwingung hindurcharbeiten, bevor er zu ihnen zurückkommt.«

»Können Sie das noch einmal erklären?«, fragte Marcus. »Ich weiß nicht, ob ich das mit der Schwingung des anderen verstanden habe, durch die der Bumerang sich hindurcharbeitet.«

Helen lachte, so dass Zoranda die Frage mit einem Blick an sie weiterreichte.

»Ich kann es vielleicht an einem Beispiel erklären«, sagte sie. »Du wirfst jemandem einen bösen Gedanken zu, und der wird zum Bumerang. Er kommt zu dir zurück. Das heißt, dass dir irgendwann etwas Unangenehmes widerfahren wird. Das geschieht relativ schnell, wenn die Sache in aller Offenheit abläuft. Wenn aber der Mensch, dem dein Gedanke gilt, eine sehr negative Energie hat, kann man sich den Ablauf etwa so vorstellen: Es ist so, als würde er mitten im Wald sitzen, von Bäumen und dichtem Unterholz umgeben. Der Bumerang soll ihn treffen und dann zu dir zurückfliegen, also muss er sich zuvor durch das Dickicht um diesen Menschen hindurcharbeiten.«

»Ach so! In dem Fall braucht das Karma lange, bis es dich wieder erreicht!«, rief Joanna. »Danke, Mama. Ich habe auch nie so ganz verstanden, weshalb es manchmal ganz schnell geht und in anderen Fällen so lange dauert. Es hängt nicht nur von deiner eigenen Schwingung und Situation ab, sondern auch von der des anderen.«

»Und wie gesagt«, ergänzte ein Brille tragender, pickliger und schüchtern wirkender junger Mann namens Peter mit einem Blick voller Tiefe und Eindringlichkeit, »manchmal kommt der Bumerang nicht einmal im selben Leben zu einem zurück.«

Zoranda schloss mit ruhiger Stimme: »Da ist es wirklich schade, dass die Menschen nichts mehr von Reinkarnation wissen, denn dadurch scheint die Wirkung für sie in keiner Beziehung mehr zu einer Ursache zu stehen.«

Stummes Nicken ringsum.

Joanna hatte noch eine Frage: »Wie kann es dann aber sein, dass die karmische Wirkung umso schneller zu einem zurückkehrt, je höher die eigene Schwingungsfrequenz ist?«

Tony setzte die Brille auf und las aus dem Fax vor: »Die Erwachten werden Lichtwirbel sein, die sich schneller drehen, weshalb ihre Strahlung die Materie leichter durchdringt und schneller zurückkehrt.«

»Ja, das kann ich mir vorstellen«, sagte Marcus.

Tony ergänzte mit einem Lächeln zu Joanna hin: »Bei hoher spiritueller Entwicklung wird Ihre Schwingung lichtvoller, und Sie bekommen die Folgen Ihres Handelns augenblicklich zu spüren. Dieses Augenblickskarma erleben Sie, wenn Sie das Gefühl haben, dass Sie bei allem immer sofort die Rechnung präsentiert bekommen. Das ist ein sehr gutes Zeichen.«

»Und was bedeutet es, dass die Wirkungen dreifach zurückkommen, wenn man spirituell ein wenig weiter entwickelt ist, und zehnfach, wenn man hoch entwickelt ist?«

Diesmal antwortete Zoranda. »Wenn Sie materialistisch sind und spirituelle Dinge Sie nicht interessieren, kommt alles, was Sie aussenden, genauso zu Ihnen zurück, wie Sie es losgeschickt haben – nicht mehr und nicht weniger. Sind Sie aber aufgeschlossen für die Dinge des Geistes, so ändert sich etwas. Sie werden ein schnellerer Energiewirbel, und alles Ausgesandte – Gutes wie Schlechtes – kehrt verdreifacht zu Ihnen zurück. Auch Ihre Chancen zur spirituellen Entwicklung verbessern sich dann rapide. Wenn Sie schließlich ein ganz und gar spirituelles

Leben führen, multipliziert sich alles mit dem Faktor zehn. Gutes und Schlechtes kehrt zehnfach zu Ihnen zurück.«

»Woher wissen Sie das?«, forschte Tony. »Es sieht so aus, als hätten Sie das alles auch ohne die Schriftrolle schon gewusst.«

Zoranda nickte. »Wir alle in dieser Gemeinschaft waren einmal in Atlantis inkarniert. Ich vermute, dass auch Sie alle als Eingeweihte dort gelebt haben. Es war anfangs eine großartige Zivilisation, nicht nur spirituell hoch entwickelt, sondern auch im Besitz sehr fortschrittlicher Technologien, von denen heute nicht mehr viel bekannt ist. Sie waren damals zu Leistungen im Stande, die uns heute unvorstellbar sind. Leider wurde diese Kultur nach und nach immer materialistischer und wissenschaftlicher. Es ging immer mehr um die Herrschaft über andere. Sie machten die Technik zum Götzen, die spirituellen Werte gingen verloren. So kam es schließlich auf Grund der ungeheuren negativen Energien zur Katastrophe. Der Kontinent Atlantis versank im Meer.

Es gab jedoch Eingeweihte, die überlebten, und mit ihnen überlebten die esoterischen Geheimnisse. Sie bildeten zwölf Gruppen, die sich über die übrige Welt verstreut niederließen. Eine dieser Gruppen lebte in Tibet. Es ist anzunehmen, dass diese überlebenden Priester das heilige Wissen in der Schriftrolle niederlegten und es mit besonderen Hinweisen und Anleitungen für die Endzeit versahen.

Wir in Kumeka House sind auch Teil einer Gruppe, die vor dem Untergang entkam. Wir machten uns damals nach Avalon auf, dem heutigen Somerset. Von hier aus sollten die wahren spirituellen Energien weiterhin ausstrahlen. Manche von uns haben noch Erinnerungen an diese Zeit.«

Ehrfurcht lag in dem Blick, mit dem Joanna und Helen ihn jetzt betrachteten. »Wow!«, rief Joanna. »Das ist ja unglaublich!«

Helen fragte: »Was bedeutet der sechsstrahlige Stern?«

»Der sechsstrahlige Stern besteht aus zwei ineinander geschobenen Dreiecken: Das eine weist nach unten, das andere nach oben. Hier sind das Herableiten des Geistes in die Materie und die Erhebung der Materie zum Geist symbolisch dargestellt.«

»Ist dieses Symbol dann auch eine Hilfe bei der Reinigung und Klärung der Energielinien?«

»Ja, zweifellos. Wir werden heute anfangen, uns auf das Symbol zu konzentrieren. Aber um Stonehenge wieder in seinen ursprünglichen Zustand zurückzuversetzen, brauchen wir natürlich auch noch die anderen Symbole und Anweisungen für die richtigen Töne. Das ist unsere erste Aufgabe. Ich bin ganz sicher, dass wir sie bewältigen werden.«

20. Kapitel

Die gemeinschaftliche Arbeit in Kumeka House ging normalerweise schweigend vonstatten, manchmal auch unter Rezitationen oder zu den Klängen sakraler Musik. Aber nach diesen ersten Eröffnungen der Schriftrolle wollten alle darüber sprechen.

Die Besucher saßen mit etlichen Bewohnern des Hauses um den großen Küchentisch und bereiteten das Gemüse für die Abendmahlzeit vor – die denkbar beste Gemeinschaftsarbeit, dachte Helen, während sie Karotten schnitt und dem Verlauf des Gesprächs über die Großen Mysterien folgte.

Alle achteten ganz bewusst auf ihre Gedanken und Worte.

»Irgendwie bekomme ich es nicht zusammen«, seufzte Joanna. »Spreche ich mich aus, so habe ich das Gefühl, dass ich Karma erzeuge, aber wenn ich etwas verschweige, erzeugt das offenbar auch negative Energien.«

»Ich bin in manchem auch eher eine Verschweigerin«, gab Helen zu; die anderen lächelten mitfühlend. »Am schlimmsten ist es wohl, wenn man etwas bei sich wälzt und äußerlich so tut, als wäre nichts. Das verbreitet eine wirklich üble Energie. Einer meiner größten Fehler.«

Einer der Männer bemerkte sehr verständnisvoll: »Es ist aber auch nicht immer leicht zu wissen, wie viel von den Gefühlsströmungen, die einem bewusst werden, man nach außen tragen kann.«

Ein anderer pflichtete bei: »Ich rede mir auch immer gern ein, dass ich mit einer Sache ganz einverstanden bin, und dann stellt sich heraus, dass das gar nicht stimmt.«

»Ich nehme an, dass die Gedanken einem Anhaltspunkte geben, was innerlich wirklich vor sich geht«, spann Helen den Faden weiter. »Und dann hat man die Chance, wirklich aufrichtig zu sein – falls man den Mut dazu hat.«

Joanna konnte sich nicht verkneifen zu sagen: »Du hast dich aber schon ganz schön gebessert, Mama. Liegt wohl daran, dass ich immer alles gleich auf den Tisch bringe.«

Helen verzog den Mund. »Vielen Dank«, sagte sie mit einem Anflug von Sarkasmus. »Wie komme ich bloß zu so einer Tochter?«

Marcus grinste. »Meine Mutter sagte gern, dass man sich seine Familie nicht aussuchen kann, die Freunde dagegen schon.«

»Illusion!«, kam es von Mutter und Tochter gleichzeitig.

»Ach!« Marcus machte große Augen.

»Man kann sich alles selbst aussuchen«, sagte Joanna. »Ich bin mir tief drinnen ganz sicher, dass meine Seele sich meine Eltern ausgesucht hat, bevor ich geboren wurde. Ich weiß zwar nicht immer, warum«, fügte sie mit einem schelmischen Lächeln zu Helen hinzu, »aber jedenfalls ist es so. Und die Schriftrolle sagt ja auch, dass alles selbst gewählt ist.«

»Das stimmt«, führte Helen den Gedanken fort. »Ich glaube, unser höheres Selbst wählt unsere Eltern nach dem Gesichtspunkt aus, wer am besten geeignet ist, uns auf den Weg zu unserer Bestimmung zu bringen und uns das zu vermitteln, was wir zu lernen haben.«

»So ein Unsinn!«, polterte Tony so unvermittelt los, dass alle aufblickten. Seine übliche Gefasstheit hatte ihn verlassen, er war rot und aufgewühlt. »Das habe ich schon einmal gehört«, fuhr er ein wenig leiser fort, »aber ich weigere mich immer noch zu glauben, dass ich mir meine Eltern ausgesucht habe.« Um seinen Mund zeigte sich ein Zug von Bitterkeit, und zu seinen Worte trommelte er mit den Händen auf den Tisch.

Joanna warf ihrer Mutter einen kurzen Blick zu. Helen hatte verständnisvolle, tröstende Worte für ihn: »Das klingt nicht so, als hätten Sie es mit Ihren Eltern sehr leicht gehabt.«

»Kann man wohl sagen«, lautete die knappe Antwort.

Helen fühlte nach: »Wir suchen uns nicht immer den leichtesten Weg aus, und ein Weg der Entwicklung verlangt uns meist einiges ab.«

Tony quittierte ihre Worte mit einem sarkastischen Knurren.

»Ich wüsste wirklich gern, weshalb ich mir meine Eltern ausgesucht haben sollte.« Marcus fand das Thema interessant und wollte nicht, dass es fallen gelassen wurde.

Helen wandte sich ihm nur zu gern zu und versuchte, nicht an Tony zu denken, denn sie ertrug zornige Menschen nur schwer. »Das kann man sich ganz einfach so erklären: Du hast die Aufgabe, ihre schlechtesten Eigenschaften in dir zu überwinden und dir ihre besten zu Eigen zu machen. Wie war denn dein Vater?«

»Gute Eigenschaften: charmant, guter Gesprächspartner, freundlich. Schlechte Eigenschaften ...« Er dachte einen Augenblick nach. »Stur und unflexibel, autoritär, dogmatisch, denke ich.«

»Na also«, lächelte Joanna. »Charmant bist du zweifellos. Und als guten Gesprächspartner kenne ich dich auch, oder?« Sie sah sich um. Die anderen nickten. »Das ist sicher die Eigenschaft, die du dir für deine jetzigen Aufgaben zu Eigen gemacht hast. Du wirst sicher in irgendeiner Hinsicht etwas mitzuteilen haben.« Wieder nickten alle zustimmend.

»Und was die Freundlichkeit angeht«, fuhr sie mit ihrem typischen Funkeln in den Augen fort, »wie wäre es, wenn du uns einen Tee aufgießen würdest?«

»Das nennt man Einschmeicheln, nicht Freundlichkeit«, grinste er zurück. Dann erhob er sich und füllte den Wasserkessel.

»Und was ist mit den Zügen, vor denen du dich in Acht nehmen musst?«, fragte Helen.

»Stur, unflexibel, autoritär, dogmatisch – ja, ich glaube, ich habe von allem ein bisschen.«

»Wenn jemand autoritär ist«, antwortete Helen, »dann deutet das darauf hin, dass er die große böse Welt da draußen fürchtet. Er ist sehr auf Sicherheit bedacht und möchte alles unter Kontrolle haben. Ich vermute, dass es bei deiner selbst gewählten Aufgabe darum geht, dich deinen Ängsten zu stellen und darauf zu vertrauen, dass das Universum dich schon unterstützen wird.«

»Hast du manchmal einen steifen Hals?«, erkundigte sich Joanna.

»Ja, das kommt vor.«

»Na, da haben wir doch schon die Unflexibilität, die Halsstarrigkeit. Ich kenne das an mir auch. Ich versuche dann loszulassen und mit dem Strom zu schwimmen.«

»Aber dass du dogmatisch bist, finde ich eigentlich nicht«, sagte Helen.

»Ja«, stimmte Marcus nachdenklich zu. »Eigentlich bin ich sogar ziemlich aufgeschlossen. Jedenfalls hoffe ich das.«

Wieder dachte er nach, und Helen machte ihn darauf aufmerksam, dass Sturheit auch etwas Positives haben könne. »Wenn du dich zu etwas entschlossen hast, kann nichts und niemand dich aufhalten. Du bist dann wie ein abgeschossener Pfeil. Sturheit kann also ein wunderbares Erbe sein. Es wird allerdings zum Fallstrick, wenn du in die falsche Richtung gehst.«

Marcus lachte ein wenig verlegen. »Ja, stimmt, wenn ich mich einmal zu etwas durchgerungen habe – egal ob richtig oder falsch –, kann mich nichts davon abbringen. Aber wie ist es mit meiner Mutter? Sie ist wirklich nett und bei allen beliebt, aber sie ist zu sehr darauf fixiert, es anderen recht zu machen. Deshalb lässt sie sich auch von anderen überfahren, besonders von meinem Vater. Ich glaube, sie hat früher einmal ziemlich viel Mut gehabt, aber er hat sie verschlissen und ihr Selbstvertrauen untergraben.«

»Na bitte, da hast du deine Lektion«, hakte Helen ein. »Leute, die es allen recht machen wollen, geben ihre eigene Macht ab und sind dann entsprechend verärgert darüber. Deine Aufgabe ist es, charmant und liebenswürdig zu sein, dabei aber du selbst zu bleiben und das zu tun, was für dich das Richtige ist.«

»Verstehe«, stimmte Marcus nachdenklich zu. »Mich von niemandem überfahren und mir mein Selbstvertrauen nicht nehmen zu lassen, richtig?«

»Richtig!«

»Aber meine Mutter hat auch viele gute Eigenschaften.«

»Na wunderbar. Schreib sie auf. Das sind die Eigenschaften, die du in dir fördern musst.«

»Danke, das ist wirklich interessant.« Marcus war sichtlich froh.

»Meine Mutter starb, als ich drei Jahre alt war«, meldete sich einer der Männer zu Wort. »Sie war nicht da, was konnte ich also von ihr lernen?«

»Oh, wie furchtbar, das ist wirklich schlimm«, sagte Helen mit echtem Mitgefühl. »Aber auch aus der Abwesenheit eines Elternteils – sei es durch Tod, arbeits- oder krankheitsbedingt oder nach einer Scheidung – kann man etwas lernen. Das Lernziel für die Seele heißt Selbstständigkeit, Unabhängigkeit. Ähnliches gilt, wenn ein Elternteil physisch anwesend, aber innerlich abwesend ist.«

»Wie ist es bei Geisteskrankheit?«

»Ja, da ist man sicher innerlich abwesend. Wieder dieselbe Lektion: auf eigenen Beinen stehen. Wer sich das vornimmt, hat wahrlich eine schwierige Lektion gewählt.«

Jetzt wagte sich auch ein bis dahin ganz unauffälliger und eher schüchtern wirkender junger Mann vor. »Mein Vater war ein Ehrgeizling. Wir sollten immer Klassenbeste und überhaupt in allem erfolgreich sein. Ich hielt das nicht aus, und so ging ich so früh wie möglich von zu Hause weg.«

»Auch wieder eine schwierige Lektion für die Seele«, warf Helen ein. »Wenn man sich solch einen Vater wählt, heißt das meist, dass man ihn braucht, um alles in einem Angelegte zu verwirklichen. Vielleicht würden Sie ohne diesen Anstoß einfach dasitzen und Däumchen drehen. Es kann natürlich sein, dass Sie sich der Lektion widersetzen. Das ist die Gefahr. Wichtig ist außerdem, dass Sie einmal aus der Distanz betrachten, was eigentlich Ihr Ziel ist.«

Er nickte nachdenklich.

»Und vergessen Sie seine guten Eigenschaften nicht«, lächelte Helen. »Ihre Seele möchte, dass Sie sich diese Qualitäten zu Eigen machen.«

»Oh, er stand immer zu mir, er war stark, und im Grunde wusste ich, dass er mich liebte und an mich glaubte. Ich fühlte mich nur einfach zu sehr unter Druck gesetzt.«

Helen nickte. »Großartig. Dann eignen Sie sich auch diese Eigenschaften an, und Ihnen wird in diesem Leben keine Grenze gesetzt sein.«

Er lächelte errötend. Man sah, dass er über das Gesagte nachdachte.

Peter hatte auch etwas beizusteuern: »Meine Mutter war Bibliothekarin, mein Vater Dozent. Da gab es natürlich immer tief schürfende Gespräche.«

»Und wie gingen sie mit ihren Gefühlen um?«, wollte Helen wissen.

»Gefühle? Was denn für Gefühle?«

»Na bitte. Wenn ein Elternteil alles rationalisiert, stellt sich für Sie die Aufgabe, den Kopf Kopf sein zu lassen und wieder zu Ihren Gefühlen Verbindung aufzunehmen. Sind beide Eltern so, dann haben Sie natürlich ein Päckchen von doppelter Größe zu tragen. Ihre Seele möchte, dass Sie in diesem Leben Ihren Gefühlen auf die Spur kommen.«

»Huaaa!« Er schüttelte sich in gespieltem Entsetzen, und alle lachten.

»Wenn ein Elternteil Alkoholiker ist, was dann?«, fragte Tony hinter seiner Deckung aus verschränkten Armen, überkreuzten Beinen und einem finsteren Stirnrunzeln hervor.

»Aha, das ist es also«, dachte Helen und sah ihn mit einem Blick an, der tiefes Mitgefühl verriet. Laut, aber sehr weich sagte sie: »Auch das ist eine sehr schwierige

Lektion, weil so schlimme Verletzungen damit verbunden sind. Ein alkoholsüchtiger Elternteil ist praktisch abwesend, also besteht ein Teil der Lektion darin, dass man selbstständig werden und für sich selbst sorgen muss. Aber das ist noch längst nicht alles. Man trinkt ja, weil man seelische Schmerzen betäuben will und weil man nicht die Verantwortung für das eigene Leben tragen möchte. Außerdem ist ein Alkoholiker schwach und hat weder Rückhalt noch Fürsorge zu bieten. Das Kind eines Alkoholikers hat demnach auf der Seelenebene eine komplexe Aufgabe voller Tücken zu bewältigen: Verantwortung für das eigene Leben zu übernehmen. Sich selbst Rückhalt und Fürsorge angedeihen zu lassen. Stark zu sein. Sich den eigenen Schmerz anzusehen und ihn zu bewältigen, anstatt ihn zu vergraben oder emotional ganz aus dem Ruder zu laufen.«

»Interessant«, kommentierte Tony tonlos. Man sah ihm an, dass er noch nicht bereit war, etwas an sich heranzulassen.

»Die probateste Methode, sich unangenehme Gefühle vom Leib zu halten, ist zwanghaftes Verhalten – Arbeitswut, Bulimie, Geschwätzigkeit, Fitnesswahn. Alles Maßlose also.«

»Oh.« Jetzt stand Tony die Bestürzung ins Gesicht geschrieben. »Ich war, glaube ich, ein ziemlicher Workaholic«, gab er zu. »Aber ich verstehe immer noch nicht, weshalb ein Kind sich Eltern aussucht, von denen es so verletzt wird.«

»Nicht das Kind. Die Seele oder das höhere Selbst trifft diese Wahl, weil es genau das ist, was die Seele während dieser Inkarnation erfahren muss. Aber ich stimme Ihnen zu, dass man sich mit dieser Wahl eine fast übermenschliche Aufgabe stellt.

Es könnte hier natürlich einfach ein karmischer Zusammenhang bestehen. Die Abmachung lautet dann: Ich habe dich verletzt, also werde ich jetzt als dein Kind geboren, und wahrscheinlich wirst du mich verletzen, damit ich selbst erlebe, was ich dir angetan habe. Das tiefere Ziel besteht natürlich darin, dass Sie es danach nie wieder tun. Aber unter Menschen läuft das leider nur selten so ab.

Ein zweiter Grund für solch eine Wahl ist dieser – und er ist nach meiner Einschätzung dafür verantwortlich, dass so viele alte Seelen eine schwierige Kindheit haben: Wir leben in der Endzeit vor dem Anbruch des goldenen Zeitalters, wie die Schriftrolle es nennt. Die letzte oder, wenn Sie so wollen, die höchste Lektion, die wir auf der Erde zu lernen haben, ist die bedingungslose Liebe. Aber wie wollen Sie bedingungslose Liebe und vollkommenes Verzeihen lernen, wenn es nichts zu verzeihen gibt? Wenn Sie sich diese Lektion vorgenommen haben, wäre es dann nicht kontraproduktiv, sich ausgeglichene, herzliche, liebevolle Eltern zu suchen? Eltern zu haben, die Sie verletzen und misshandeln, und das so zu bewältigen, dass Sie von Herzen verzeihen können und Ihr Geist vom Handeln Ihrer Eltern ungetrübt bleibt – das ist das Größte, was Sie hier lernen können.«

Es trat Stille ein, während der alle damit beschäftigt waren, diese Worte zu verarbeiten. Nach einer Weile seufzte Joanna: »Aber sollte man nicht denken, dass eine Seele sich zumindest *einen* Elternteil sucht, der ihr Rückhalt bietet?«

»Das hängt davon ab, was sie lernen will«, erwiderte Helen nüchtern. »Die Erde kann eine harte Schule sein.«

»Dacht ich's mir doch«, grinste Joanna. Schon blitzte es wieder spitzbübisch in ihren Augen. »Seht euch an, was für eine Mutter ich mir ausgesucht habe. Störrisch, schwierig, neurotisch und immer das Heft in der Hand.«

Helen war um eine bissige Antwort nicht verlegen: »Pass bloß auf – das hört sich an, als wärst du ein Abziehbild von mir.«

Joanna lachte. »Ich weiß, ich kann dich einfach nur lieb haben, so klug und liebevoll und fürsorglich, wie du bist … Außerdem hast du oft auch noch Recht. Aber ich bin trotzdem froh, dass ich dich ausgesucht habe.« Sie winkte ihrer Mutter mit einer Rote-Bete-Hand zu.

Helen winkte mit einer Karotte zurück. Dann schnitt sie sie klein; es war die letzte. Sie stand auf und wusch sich die Hände. Anschließend stellte sie sich hinter Tony und legte ihm ihre warmen, heilenden Hände auf die Schultern.

21. *Kapitel*

Es gibt Abende, da würde man am liebsten daheim vor dem Kamin oder zumindest in der guten warmen Stube bleiben. Der Wind heult wie ein Unhold ums Haus und jagt schwarze Wolken über den Mond, während die Bäume in der Dunkelheit ächzen und knarren.

So war der Mittwochabend. Der Mond blickte wie ein kühler, distanzierter Verwandter zur Erde herab und hüllte sich dann und wann in Nebel, nur um dann noch eisiger und unheilvoller zurückzukehren.

»Das ist ja richtig gruselig da draußen«, flüsterte Joanna Marcus zu, als sie in Kumeka House durch ein Fenster nach draußen sahen.

»Ja«, gab er leise zurück. »Ich habe mich wirklich auf Stonehenge gefreut, aber bei diesem Wetter …«

Helen trat zu den beiden, eingepackt wie eine Mumie. In schamhaftem Einverständnis flüsterte sie: »Ich bin schon fast so weit, darauf zu hoffen, dass die Sache abgeblasen wird. Das ist ja ein grässliches Wetter.«

Sie schreckten wie ertappte Verschwörer auf, als einer der im Haus lebenden Männer sich näherte und fragte, ob sie noch etwas brauchten.

»Nein, danke. Wir sind versorgt«, antwortete Helen in normalem Tonfall, der laut und fremd klang.

»Unser Kleinbus wartet auf Sie. Drei von uns fahren mit.«

»Gut«, lächelte Joanna.

»Tony schafft es anscheinend nicht«, bemerkte Marcus. »Er dachte, er würde rechtzeitig aus London zurück sein.«

»Vielleicht fährt er direkt nach Stonehenge«, rief Helen, als sie sich draußen durch den schneidenden Wind kämpften.

»Er wollte doch unbedingt dabei sein, also wird er auch kommen, wenn es sich irgendwie machen lässt«, antwortete Joanna. »Vielleicht wird er durch Neuigkeiten von der Schriftrolle aufgehalten.«

»Ja«, pflichtete Marcus bei, »so wird es wohl sein.« Es gab eigentlich keinen Grund, sich Sorgen zu machen.

Der Arzt und seine Gruppe warteten schon am Eingang von Stonehenge; man wurde einander flüchtig vorgestellt. Der muntere Wärter zählte sie nachlässig, weil die meisten ohnehin immer dabei waren. Dann passierten sie die Sperre und stiegen die Stufen zum Steinkreis hinauf.

Eine schattenhafte Gestalt folgte ihnen. Es war Tony, wie sich herausstellte. Marcus war froh, ihn zu sehen. Er arbeitete sich bis zu Helen und ihm vor.

»Wie ist es in London gelaufen?«, fragte Marcus leise.

»Gut«, bedeutete Tony mit stummem Nicken. Damit musste Marcus sich zufrieden geben, denn sie hatten Anweisung, der Laterne an der Spitze des Zuges schweigend zu folgen.

Die Steine waren im gedämpften Mondlicht von undurchdringlicher Schwärze. Helen erschauerte unwillkürlich. Doch als sie über die Absperrung stieg, fühlte sie sich wie in eine Zauberwelt versetzt. Der Wind störte nicht mehr; man hätte meinen können, er habe sich gelegt. Sie berührte einen der riesenhaften Steine. Er fühlte sich kalt und abweisend an. Sie legte den Stirn an den Stein und überließ sich der Berührung. Da löste sich die feuchte Härte nach und nach, und sie spürte eine bebende Lebendigkeit, ja eine Bereitschaft zu antworten. Etwas Vibrierendes ging von dem Stein aus. Sie legte Liebe in ihre Berührung, und das Vibrieren nahm zu. Es war eine Art Austausch.

Ringsum hörte sie die anderen mit der Rezitation des *Om* beginnen und wusste, dass sie nun ihr drittes Auge an einen der Steine legten. Auch sie begann leise das heilige Mantra zu intonieren. Sie visualisierte Stonehenge in seiner wiederhergestellten Form und die weltumspannenden Energielinien als ein goldenes Netz, durch das Licht und Frieden strömten. Ihr drittes Auge pulsierte.

Als das *Om* verebbte, empfand sie Wärme und Frieden. Sie öffnete die Augen und sah sich um. Der Kreis war wie in weißes Licht getaucht. In der Mitte stand ein Wesen von gewaltiger Größe, etwa sechs Meter hoch. Es wandte für einen Augenblick den Kopf und lächelte. Dann war die Erscheinung plötzlich verschwunden.

Licht kam nur noch von den Taschenlampen der anderen, die jetzt zu einer Zeremonie für Frieden und Licht in der Welt einen Kreis in der Mitte des heiligen Raums bildeten. Für einen Augenblick überlegte Helen, ob sie sich die Erscheinung vielleicht nur eingebildet hatte. Doch der Zweifel verließ sie wieder. Jetzt war sie sich ihrer Sache sicher. Sie wusste tief drinnen, dass sie dieses Werk fortsetzen mussten, koste es, was es wolle. Sie stolperte auf dem schlüpfrigen Grasboden, als sie sich den anderen anschloss und in die heiligen Gesänge einstimmte.

Zoranda und die anderen Bewohner von Kumeka House wollten rechtzeitig zur Zehn-Uhr-Meditation zurück sein. Marcus dachte, dass er sich ihnen eigentlich anschließen müsse, doch der Abend zwischen den Steinen hatte ihn tief berührt, so dass er gern mit jemandem über seine Erfahrung gesprochen hätte. Er fühlte sich seltsam benommen, wie entrückt – ein Zustand, den er sonst überhaupt nicht kannte.

»Komm doch mit uns ins Jester's Arms«, versuchte Joanna ihn zu überreden. »Es gibt so viel zu reden. Tony kann dich später bestimmt in Kumeka House absetzen.«

»Aber sicher«, stimmte Tony bereitwillig zu. »Wir nehmen Sie mit, wenn wir selbst zurückfahren.«

Mehr Überredung war nicht nötig. Marcus informierte Zoranda, dass er später nachkommen werde, und stieg mit Helen und Joanna in Tonys Wagen ein. Sie fuhren hinter dem Arzt, seiner Frau und der irischen Freundin her zu dem ruhigen Pub, in dem sie sich wie Verschwörer um einen Tisch drängten und leise unterhielten.

Joanna hatte deutlich Geistwesen wahrgenommen, die am Werk der Menschen beteiligt waren, und wie ihre Mutter hatte auch sie das Vibrieren der Steine gespürt. Dazu war so etwas wie eine ungeheure Liebe langsam über sie gekommen.

Der Arzt hatte die von den Steinen ausstrahlenden Ley-Linien wahrgenommen, während seine Frau sich des Hinausströmens dieser Linien ins All und zu anderen Planeten hin bewusst gewesen war. Beide hatten sie Liebe und die Visualisation des sechsstrahligen Sterns durch die Linien geschickt.

Marcus hatte nie zuvor etwas Vergleichbares erlebt. Er sagte, er habe sich in den Steinen vollkommen eins mit dem Universum gefühlt.

»Anders kann ich es nicht beschreiben«, sagte er. »Es hat sich angefühlt, als wäre ich schon viele Male zwischen den Steinen gewesen und könnte sie in ihrer ganzen Herrlichkeit und Kraft sehen, wie sie ursprünglich gestanden haben. Einfach unglaublich.« Er erschauerte leicht beim Gedanken an diesen atemberaubenden Anblick und war erleichtert, unter Gleichgesinnten zu sein, die ihm aufmerksam und verstehend zuhörten. Er sagte es sogar, wenn auch mit einem verlegenen Lachen: »Bin ich froh, dass ich euch jetzt um mich habe! Wäre mir so etwas vor ein paar Monaten passiert, dann wäre ich jetzt in höchster Sorge um meinen Verstand. Und ich würde mich ganz schön hüten, auch nur ein Wörtchen über die Sache auszuplaudern, das kann ich euch sagen.«

Schmunzeln ringsum.

»Das kennen wir alle«, tröstete Helen ihn. Dann erzählte sie von dem Lichtwesen, das sie gesehen hatte.

Nur die Schriftstellerfreundin des Arztes und Tony hatten gar nichts wahrgenommen. Sie war sichtlich enttäuscht, während Tony den Aufenthalt zwischen den Steinen offenbar trotzdem genossen hatte. Er wusste sogar etwas zu berichten, was alle ringsum in mildes Erstaunen versetzte. »Ich stand einfach da und dachte an die Illusionen. Dann habe ich mich darauf konzentriert, die Wahrheiten auszustrahlen. Hat sich gut angefühlt.«

Als alle von ihren Erlebnissen berichtet hatten, ließ Tony durchblicken, dass es von Professor Smith Neuigkeiten über die Schriftrolle gab. »Ich denke, das wird euch interessieren«, sagte er mit seiner typischen Art der Untertreibung, als er seine Notizen aus der Tasche zog.

Er berichtete, dass Professor Smith und sein Team mit immer größerer Spannung die Schriftrolle erforschten und immer mehr von ihrer Echtheit überzeugt seien.

»Aber das ist doch klar.« Joanna war etwas ungeduldig. »Was haben sie denn herausgefunden?«

Helen versuchte sie mit einem Blick zu bremsen, doch der prallte von ihrer Tochter einfach ab wie Hagelkörner von einem Regenschirm.

Tony ließ sich nicht aus dem Konzept bringen. Er tat so, als habe er nichts bemerkt. Er wusste nicht, wie er mit Joannas Direktheit umgehen sollte, deshalb ignorierte er sie einfach.

»Sie haben sich weiter den Großen Mysterien gewidmet und sind auf noch ein Symbol gestoßen. Anscheinend sind diese Symbole äußerst wichtig.« Er breitete eine Papierserviette aus und zeichnete eine Spirale, deren aufstrebendes Ende in einer dreieckigen Pfeilspitze auslief.

Alle kramten plötzlich nach Kugelschreibern, um die Vorlage auf Servietten und auf Notizblättern aus Joannas Notizbuch abzuzeichnen. »Da scheint sehr viel Kraft drinzustecken«, murmelte die Frau des Arztes, die das Symbol mehrmals schwungvoll nachzog.

»Auf mich wirkt es wie eine Weiterführung des sechsstrahligen Sterns«, sagte Joanna, während sie das Symbol eingehend betrachtete.

»Wie kommen Sie denn darauf?«, ereiferte sich die Schriftstellerin. »Es sieht doch eher aus wie so ein Feuerrad zu Silvester!«

»Ja, da haben Sie wohl Recht«, lachte Joanna.

»Weshalb sind die Symbole so wichtig?«, wollte Marcus wissen.

»Symbole sind Schlüssel«, erklärte Helen. »Sie erschließen bestimmte Energien. Manche öffnen Türen zu unserem persönlichen Bewusstsein, andere machen uns spirituelle Energien zugänglich.«

»Wie im Reiki«, ergänzte Joanna.

»Ja, diese Heilmethode ist ein Beispiel für die Anwendung von Symbolen zur Erschließung von Heilenergien, die in der Sphäre des Geistes zur Verfügung stehen.«

Joanna fragte weiter: »Was haben sie über das nächste Große Mysterium herausgefunden?«

Tony lächelte. »Gut, kommen wir dazu. Aber ich möchte später noch mehr über Symbole wissen.« Er sah Helen fragend an. Sie nickte.

»Im Dritten Großen Mysterium geht es um Sammlung oder Aufmerksamkeit. Die Schriftrolle sagt, die Menschen hätten ihr Leben ganz und gar selbst in der Hand, weil sie frei seien, selbst über ihr Denken und Fühlen zu herrschen. Leider hätten sie das aber vergessen und verzettelten sich ständig mit anderen Dingen. Den alten Mysterienschulen war es dagegen um geistige Sammlung und die Beherrschung des Denkens zu tun. Und genau darum, nehme ich an, geht es heute in Kumeka House.«

Hier konnte Marcus seine Erfahrungen einbringen: »Ja, sie verwenden zwei Stunden des Tages auf bestimmte Konzentrations- oder Sammlungsübungen. Ihrer Meinung nach bedeutet vollständige Beherrschung des Denkens und Fühlens, dass man sein Leben vollkommen in der Hand hat.«

»Das ist in Grundzügen das, was die Schriftrolle sagt«, stimmte Tony zu. »Es heißt dort, dieses Universum bestehe eigentlich aus Bewusstsein. Jeder einzelne Gedanke stellt einen elektromagnetischen Impuls dar, eine Energie, die wir ausstrahlen und die etwas entstehen lässt. Worte und Laute sind darin noch wirksamer als Gedanken. Die größte schöpferische Kraft aber haben unsere Taten.

Dieses Mysterium wird von der Schriftrolle wieder in Beziehung zur energetischen Ursuppe gesetzt. Sehr viele

Menschen schwimmen darin wie Treibgut ohne eigene Richtung umher. Ihr Bewusstsein ist ohne eigene Inhalte und lässt sich von allem mitziehen, während andere Menschen sich innerlich unter Kontrolle haben. Sobald wir begreifen, dass wir uns nur sammeln müssen, um uns in Richtung eines ins Auge gefassten Ziels zu bewegen, bekommen wir unser Leben in den Griff. Dann kann uns nichts mehr aus der Bahn werfen.«

»Positives Denken«, warf der Arzt ein.

»Ja. Und dazu gehört noch etwas: Wenn jemand seine gesamte Energie auf ein Ziel ausrichtet, bewegt er sich wie gesagt in diese Richtung, aber zusätzlich werden sich andere auf seine Energie einschwingen und ihn in seinem Streben unterstützen.«

Helen wollte es genauer wissen: »Könnte man das so sehen, dass man zum Beispiel mit aller Entschlossenheit in eine bestimmte Richtung schwimmt und andere sich dadurch angeregt fühlen, auch in diese Richtung zu schwimmen und zu helfen?«

»Genau das. Aber – und das ist jetzt ganz wichtig, weil wir ja alle mit Willensfreiheit begabt sind – man kann sich nicht nur zum Licht hin, sondern auch in Richtung Dunkelheit bewegen und andere mitziehen.«

»Steht da wirklich, dass ich mich nur auf etwas konzentrieren muss, um zu erreichen, dass es tatsächlich eintritt?«, fragte Marcus ungläubig nach.

Tony nickte. »Mit gewissen Einschränkungen. Wenn Sie in Ihrem Denken, Sprechen und Handeln klar und gesammelt sind, werden Sie in der gewünschten Richtung vorankommen. Aber es gibt hier nach Auskunft der Schriftrolle drei Ebenen, wie beim Zweiten Großen Mysterium. Auf der untersten Ebene denkt man nur an Geld, Sex und alles, was man sonst noch für sich selbst haben will. Wenn Angst einen treibt und man nicht von Missgunst, Zorn, Gier und all den anderen negativen Seelenregungen lassen kann, befindet man sich im Bodensatz der Energiesuppe. Auch hier kann man sich bewegen, aber nur wie in zähem Schlamm. Man braucht viel länger und muss sich furchtbar anstrengen. Aber irgendwann wird man doch ankommen.«

»Das erklärt, weshalb das Geschäft meines Bruders nie richtig lief«, erzählte die Frau des Arztes. »Er hatte wirklich den brennenden Wunsch, mit seinem Geschäft Erfolg zu haben, war aber im Einzelnen unglaublich pessimistisch. Wie sieht es auf der nächsten Ebene aus?«

»Hier haben die Menschen ihr Bewusstsein schon ein wenig erweitert, sind etwas spiritueller und weniger materialistisch geworden. Folglich schwimmen sie in einem schon etwas klareren Bereich der Energiesuppe.

Um Helens Bumerang-Beispiel aufzugreifen: Wenn man sich auf einer niederen Bewusstseinsstufe befindet und aus dem Wald herausmöchte, muss man sich einen Weg durchs Dickicht bahnen. Hat man sich schon etwas in Richtung Liebe und Licht bewegt, so wird das Unterholz lichter. Man kommt dann in der Richtung, die man sich vorgenommen hat, leichter voran.

Schließlich folgt die höchste Stufe, auf der man in Güte und Wahrheit lebt, sich für sein Leben selbst verantwortlich fühlt und das Wohl aller im Auge hat. Die Aura solcher Menschen ist klar, und so bewegen sie sich auch in klaren Bereichen der Energiesuppe. Um bei unserem Bild zu bleiben: Man schlägt sich jetzt nicht mehr durch den Wald, sondern durchquert offene Fluren. Man erreicht sein Ziel schneller. Oder in den Worten der Schriftrolle: Die Gedanken solcher Menschen übersetzen sich augenblicklich in konkrete Formen.«

Marcus wollte sich vergewissern: »Je höher wir also unser Bewusstsein entwickeln, desto schneller können wir unsere Ziele durch geistige Disziplin und richtiges Handeln erreichen?«

»Verkürzt gesagt, ja«, nickte Tony.

»Das klingt so einfach.«

»Nach den Worten der Schriftrolle ist es einfach.« Er suchte eine Stelle in seinen Notizen und las vor: »Wessen Denken verwirrt ist, der wird in seinem Leben Verwirrung stiften, denn die Mysterien, denen diese Welt untersteht, sind exakt. Alles ist Energie.«

»Faszinierend«, sagte Joanna. »Und so einleuchtend.«

Dieser Meinung war der Arzt ebenfalls. »Die meisten Menschen neigen ja dazu, sich auf das zu konzentrieren, was sie fürchten oder nicht wollen. Sie wollen zum Beispiel nicht arbeitslos werden, denken aber ständig an die Möglichkeit ihrer Entlassung und reden darüber – bis sie es durch diese energetische Orientierung tatsächlich auch werden.«

»Das können Sie bestimmt auch bei Krankheiten verfolgen, nicht wahr?«, fragte Helen. »Wenn Leute ganz auf eine Krankheit fixiert sind, die sie fürchten.«

Der Arzt nickte. »Ja. Die Menschen haben leider keine Ahnung von der Kraft ihres Bewusstseins, sich selbst krank zu machen. Das ist einer der Gründe, weshalb ich zur Naturheilkunde gewechselt bin. Ich wollte den Menschen helfen, sich innerlich auf Gesundheit auszurichten und ihr Denken und Fühlen in den Dienst der Selbstheilung zu stellen.«

»Fassen wir noch mal zusammen«, schlug Tony vor. »Das Erste Große Mysterium spricht von bestimmten hochfrequenten Energieportalen, durch die eine direkte Verbindung zu Gott möglich ist. Von ihnen strahlt ein

Netz kommunizierender Linien aus, die als Leitbahnen für spirituelle Schwingungen und Prinzipien dienen.«

»Sie sind aber inzwischen durch negative Absichten besetzt, durch materielle Interessen und Machtinteressen«, unterbrach Joanna.

»Genau. Das Zweite Mysterium besagt, dass alles, was wir aussenden, in entsprechender Weise zu uns zurückkommt, unter Umständen erst etliche Inkarnationen später. Je spiritueller wir werden, desto schneller stellen sich die Folgen ein, und desto mehr werden sie verstärkt.«

Tony hielt inne, und alle nickten. Er fuhr fort: »Nach dem Dritten Großen Mysterium steht es in unserer Macht, uns auf ein Ziel auszurichten und unser Leben damit selbst zu gestalten. Tun wir es in der richtigen Absicht, wird uns Hilfe zuteil.«

»Ja, solange wir nicht schwanken und unsere Intentionen entsprechend gemischt sind.«

»Richtig.«

»Wenn das bekannt wird, was würde das eurer Meinung nach für die Menschheit bedeuten?

»Wenn wir alle uns für unser eigenes Leben verantwortlich fühlen, werden wir glücklicher und gesünder sein.«

»Wenn wir miteinander und nicht mehr gegeneinander arbeiten, wird genug für alle da sein.«

»Wenn wir uns nicht länger von den Kirchen entmündigen lassen, sondern uns in spirituellen Dingen direkt mit Gott in Verbindung setzen, muss doch wohl die ganze Heuchelei endlich ein Ende haben.«

»Das könnte wirklich ein gewaltiger Fortschritt sein!«

»Und etwas noch Wichtigeres: Wenn wir es den Regierungen nicht mehr überlassen, sich um unser Leben zu kümmern, sondern uns für ein Leben in Liebe entscheiden, wird es keine Kriege mehr geben.«

»Ob wir das wohl noch erleben?«

»Die Hoffnung habe ich«, sagte Helen.

Und Joanna verkündete: »Ich auch, und deshalb werde ich mich jetzt jeden Tag auf die Befreiung der Energielinien und Portale konzentrieren. Die Erde soll ins goldene Zeitalter eintreten.«

»Das werden wir alle tun«, sagte Tony. Ringsum erhob sich zustimmendes Gemurmel.

»Aber zurück zu den Symbolen. Helen, können Sie uns ein bisschen über ihre besondere Kraft erzählen?«

Helen nickte. »Ich erkläre es vielleicht am besten an einem Beispiel. Es gibt heute viele Reiki-Therapeuten. Habt ihr davon schon gehört?« Alle nickten. »Wisst ihr, wo Reiki herkommt?«

»Jetzt erzähl schon, Mama«, grinste Joanna. »Das hattest du doch sowieso vor.«

Helen lächelte zurück. »Vor Tausenden von Jahren, in den glorreichen Tagen von Atlantis, waren alle Menschen medial begabt und spirituell orientiert. Viele verloren ihre höheren Begabungen, als der Niedergang ihrer Gesellschaft begann. Sie galten fortan als Menschen zweiter Klasse und wurden ausgestoßen oder als Sklaven gehalten – und das ist vollkommen gegen das göttliche Gesetz.

Es gab jedoch Hohepriester und Hohepriesterinnen, die an den ursprünglichen spirituellen Werten festhielten und um ein Ende dieses menschenverachtenden Treibens beteten. Es wurden ihnen Engel mit Symbolen gesandt. Symbole sind, wie ich schon gesagt habe, energetische Schlüssel. Mit diesen Schlüsseln konnte man die Energiekörper der Ausgestoßenen und Sklaven behandeln und sie dadurch wieder auf höhere Schwingungen einstimmen, so dass sie auch ihre höheren Fähigkeiten zurückbekamen.«

»Davon habe ich noch nie gehört«, schaltete sich die Frau des Arztes ein. »Ich dachte immer, die Reiki-Symbole stammen aus Tibet.«

Helen betonte jedes Wort: »Es muss, soweit ich sehe, ungefähr Folgendes passiert sein. Beim Untergang von Atlantis flohen die Priester und Priesterinnen, denen die Symbole gesandt worden waren, nach Tibet. Sie benutzten die Symbole weiterhin zum Heilen und um die Menschen auf höhere Schwingungen einzustimmen. Es gab jedoch unter diesen Menschen, die sie mit den Symbolen vertraut machten, einige, die sie nicht zu göttlichen Zwecken gebrauchten. Schließlich wurde beschlossen, dass man den Menschen die Kraft der Symbole nicht länger anvertrauen könne, und sie wurden zurückgezogen.

Jahrtausende später wurden einige Symbole erneut einem Menschen anvertraut, Dr. Usui in Tibet. Er sollte Menschen einweihen, die für die Anwendung des Reiki weit genug entwickelt waren.«

»Kann man daraus schließen, dass wir Menschen unsere Schwingungsebene erhöht haben und die heilenden Symbole uns wieder anvertraut werden können?«

»Das hoffe ich. Ich habe das Gefühl, dass wir sehr genau beobachtet werden«, antwortete Helen.

Ein wenig überrascht war sie, als Tony jetzt fragte: »Kornkreise sind doch auch Symbole, oder? Wofür sind sie der Schlüssel?«

»Ja, sie sind Symbole. Soweit ich sehe, handelt es sich um energetische Schlüssel, die strategisch platziert werden, um verschollene Erinnerungen und uraltes vergessenes Wissen neu zu beleben. Wenn wir solch einen Kreis sehen oder ihn sogar begehen, wird eine Tür in uns einen Spaltbreit geöffnet.«

»Faszinierend«, sagte Marcus. »Ich wollte immer schon mal einen Kornkreis abgehen.«

»Bitte die höheren Mächte, und warte ab, was passiert«, gab Helen lächelnd zurück.

»Gut, mach ich.« Seine Bereitschaft trug ihm ein strahlendes Lächeln von Joanna ein, das ihm seltsam wohl tat.

»Wollen wir noch etwas bestellen, oder sollen wir uns allmählich auf den Weg machen?«, fragte Tony.

»Gehen wir lieber«, antwortete der Arzt.

Joanna fiel noch etwas ein. »Wisst ihr was, ich habe allmählich das Gefühl, dass die Gefahr vorbei ist. Alles ist so still geworden.«

»Sprich lieber nicht davon«, sagte Marcus. »Du richtest dich damit nur auf Gefahr aus.«

»Stimmt, Sie schicken ihr Energie«, mahnte die Frau des Arztes.

»Sorry«, sagte Joanna schnell.

Bald sollte sie Gelegenheit haben, sich an dieses Gespräch zu erinnern.

22. *Kapitel*

Das englische Wetter ist so wechselhaft wie die Launen eines Kleinkindes – eben noch wütendes Toben, dann ganz unvermittelt wieder eitel Freude und Sonnenschein. Ein paar Tage nach den beißenden Winden des zunehmenden Mondes brannte die Sonne vom ungetrübt heiteren Himmel herab.

Helen und Joanna räkelten sich in Gartenstühlen auf Tonys akkurat geschnittenem Rasen, bestaunten die bunten Blumenbeete und genossen die herrliche Wärme. Üppiger Vogelgesang und ein gelegentliches Platschen vom Goldfischteich her rundeten die Idylle ab.

Doch Helen fand trotzdem keine Ruhe, nicht einmal, als Tonys Haushälterin Bridget mit Kaffee, selbst gebackenen Keksen und einem mütterlichen Lächeln auftauchte.

»Ich würde wirklich gern noch ein paar Sachen holen und nachsehen, ob zu Hause alles in Ordnung ist«, vertraute sie ihrer Tochter an.

Joanna war gerade in ein Buch vertieft. Ihre gleichgültige Zustimmung fand nicht gerade Helens Beifall. Sie versuchte es anders: »Bei diesem Wetter könntest du auch gut noch ein paar andere Sachen brauchen.«

Jetzt blickte Joanna endlich auf und grinste. »Mama.

Irre ich mich, oder klingt da ein bisschen Heimweh durch und der Wunsch, dass ich mitkomme?«

»Könnte schon sein.«

»Dann drück dich doch klarer aus«, mahnte Joanna betont schulmeisterlich. »Wie lange wird es denn dauern?«

»Hin- und Rückweg jeweils höchstens zwei Stunden. Dann noch ein paar Sachen zusammensuchen. Ich möchte auch noch bei Miranda vorbeischauen, und bei Tante Peggy sollten wir uns wohl auch sehen lassen.«

»Also könnten wir um sechs wieder hier sein. Niemand hält uns auf – niemand weiß auch nur, dass wir weg sind«, fügte Joanna verschmitzt hinzu.

»Aber wir sollten Tony doch lieber eine Nachricht hinterlassen.« Helen sprang auf. »Ach, jetzt geht's mir gleich besser. Wir gehen bestimmt kein Risiko ein. Sie können uns ja nicht ständig überwachen.«

»Natürlich nicht. Sie haben unsere Spur längst verloren, so viel ist klar. Wir haben von ihnen keinen Pieps mehr gehört, seit wir aus dem Ferienhaus weg sind.«

Sie bedankten sich bei Bridget für die köstlichen Kekse. Als sie ihr scherzhaft eröffneten, sie sei ganz allein für eventuelle Gewichtszunahmen verantwortlich, strahlte sie. Es lag in ihrer Natur, sich um Menschen zu kümmern, die sich gern von ihr verwöhnen ließen. Als sie jedoch hörte, dass die beiden das Haus verlassen wollten, blickte sie sehr besorgt drein.

»Tony hat doch gesagt, Sie sollen nicht ausgehen«, wandte sie ein.

»Das geht schon in Ordnung«, lachte Joanna. »Mama und ich schauen nur schnell mal zu Hause vorbei, um ein paar Sachen zu holen. Dauert nicht lange.«

Für Tony schrieb Helen etwas auf einen Zettel und sagte zu Bridget: »Das geben Sie ihm bitte, falls er zurückkommt, bevor wir wieder da sind.« Bridget nahm den Zettel widerwillig an.

Sie sprangen ins Auto und fühlten sich wie zwei unartige Mädchen, die die Schule schwänzten. Es hätte ihnen gewiss die Laune verdorben, hätten sie gewusst, dass Bridget gleich darauf Tony anrief, um ihm mitzuteilen, dass und wohin sie ausgeflogen waren.

Unbeschwert genossen sie den lauen Fahrtwind im Gesicht. Schlüsselblumen winkten zwischen Gräsern von der Böschung herab. Lämmer tollten auf den Weiden um ihre wohl genährten Elternschafe herum. Vögel flatterten mit Nistmaterial im Schnabel geschäftig hierhin und dorthin. Ein Fuchs trottete jetzt, am helllichten Tage, die Straße entlang und würdigte einen kläffenden Hund hinter einem Tor keines Blickes. In dieser köstlichen Freiheit erschien ihnen alles so leicht.

Als sie in die Sackgasse einbogen, in der Helens Haus lag, stand das hübsche Anwesen wie mit einem Willkommenslächeln da. Nirgends lauerten finstere Asiaten. Alles war friedlich. Beide atmeten innerlich auf und verschwanden schnell im Haus, um ein paar Kleidungsstücke, ein sommerliches Parfüm und ein bisschen Lektüre zusammenzusuchen. Vor allem genossen sie das lang entbehrte Gefühl, zu Hause zu sein.

Helen hörte den Anrufbeantworter ab und nahm die Post an sich. Sie hielten sich kaum eine halbe Stunde im Haus auf. Dann stiegen sie lachend wieder in den Wagen und schauten bei Helens alter Freundin Miranda vorbei.

Sie erzählten einer völlig perplexen Miranda die Geschichte von der Schriftrolle. »Mein Gott, das ist ja nicht zu glauben!« Miranda hatte beide Hände an den Kopf gelegt und war ganz außer sich. »Seid ihr in Gefahr?«

»Wir glauben, dass sie unsere Spur verloren haben«, antwortete Joanna. Aber das Gespräch machte sie doch nervös.

»Außerdem ist die Arbeit wichtiger als die Gefahr«, schob Helen nach, wie immer bemüht, sich derlei Gefühle vom Leib zu halten.

Miranda sprang auf. »Ich muss euch unbedingt einen von meinen Kristallen geben. Den habe ich schon ewig. Ich habe ihn damals beim Mount Shasta in Kalifornien gekauft. Das ist ein ganz unwahrscheinlicher Kraftort, kann ich euch sagen. Wirklich ein Erlebnis! Vielleicht könnt ihr den Kristall irgendwo auf eine Ley-Linie legen und damit die Reinigung unterstützen.«

Hastig ging sie nach nebenan und kehrte mit einem Quarzkristall zurück, den sie Helen gab. »Du wirst schon wissen, wo er am besten einzusetzen ist«, sagte sie.

Helen nahm den Kristall entgegen. »Ich werde mein Bestes tun«, versprach sie. »Ich sage dir dann, wo ich ihn platziert habe.« Sie wickelte ihn in eine Serviette ein und legte ihn behutsam in ihre Tasche.

Nach einer Dreiviertelstunde rissen sie sich, wenn auch ungern, wieder los und brachen zu Tante Peggy auf. Sie hofften, dass sie einen guten Tag hatte und man sich ihr verständlich machen konnte. An schlechten Tagen war sie nämlich taub.

Sie plauderten eine Weile über das Wetter und die Familie, bis die alte Dame ganz nebenbei etwas höchst Alarmierendes mitteilte: »Da steht schon die ganze Woche ein seltsamer Wagen ein Stück weiter unten an der Straße. Mary von nebenan und Mr Douglas von gegenüber beobachten ihn. Es sind ein paar Ausländer. Sitzen einfach nur da.«

Helen und Joanna sprangen in eisigem Schreck auf. »Tut uns Leid, Tante Peggy. Wir müssen los.« Sie ließen die alte Dame ohne jeden Abschied stehen und rannten zum Wagen.

Unter dem Wagen war eine Katze. Zufall? Als Joanna sich bückte, um sie zu verscheuchen, sah sie, dass Drähte aus dem Wagenboden führten; die Drähte endeten in einem Kasten.

»Mama, halt, nicht einsteigen!«, schrie sie, als Helen eben die Fernbedienung für die Zentralverriegelung betätigte. Joanna warf sich instinktiv mit aller Kraft gegen ihre Mutter, dass beide nur so über die Straße purzelten. Im gleichen Augenblick flog der Wagen in die Luft.

Die Detonation war ungeheuerlich. Glassplitter spritzten nach allen Seiten weg, gefolgt von einer Stichflamme und beißendem Qualm. Einen Augenblick lang lagen sie im Schock regungslos da, dann kamen auch schon die ersten Nachbarn herbeigerannt. Helfende Hände zogen sie aus dem Gefahrenbereich. Beide Frauen hatten Schrammen und kleine Schnitte, waren aber ansonsten unverletzt. Helen sah Tante Peggys fassungsloses Gesicht im Wohnzimmerfenster. Sicher war die Polizei schon benachrichtigt und würde jeden Augenblick eintreffen.

Jemand redete begütigend auf sie ein: »Ganz ruhig bleiben, der Krankenwagen wird gleich da sein.«

»Ich brauche keinen Krankenwagen«, protestierte Joanna.

»Ich auch nicht«, flüsterte Helen, die sich scheußlich fühlte, weil sie es war, die beide in Gefahr gebracht hatte. »Mir fehlt nichts.« Sie spürte noch die Gluthitze der Explosion im Gesicht.

»Mir fehlt auch nichts«, sagte Joanna, die das Blut an ihrem Arm noch nicht bemerkt hatte.

Sie konnten an nichts anderes denken, als vor der Ankunft der Polizei zu verschwinden. Plötzlich hielt neben ihnen ein dunkelblauer Wagen, am Steuer mit finster entschlossenem Blick – Tony. »Seid ihr unverletzt?«, rief er heraus.

Sie nickten.

»Dann rein mit euch.«

Schaulustige und Helfer staunten nicht schlecht, als die beiden Frauen sich tatsächlich aufrappelten und durch die Rauchschwaden zum Wagen gingen.

»He, halt!«, rief jemand.

»Wo wollen Sie denn hin?«

»Kommen Sie zurück!«

Sie hörten das Stimmengewirr, aber es berührte sie nicht. Sie stiegen in den Wagen, der sofort anfuhr.

»Woher wussten Sie, wo wir waren?«, fragte Joanna.

»Meine Haushälterin hat mich gleich nach eurer Abfahrt angerufen – und das war gut so, wie wir jetzt wissen. Ich habe alles stehen und liegen lassen und bin zu eurem Haus gefahren. Eine Nachbarin sagte, ihr wärt schon wieder weg, und beschrieb mir den Weg zu eurer Tante.« Seine Stimme klang hart wie Stahl.

Gleich darauf hörten sie Polizeisirene – ein furchtbares Geräusch, das sie noch mehr verstörte. Helen berichtete – auch wenn sie unter Schock stand – in nüchternem Tonfall, dass die Tonfrequenz der englischen Polizeisirenen genau den Klang erzeuge, der bei Menschen die größten Ängste auslöse. »Das ist eigentlich der Alarmruf des Universums und dient in dieser Anwendung nur dazu, noch mehr Angst und Chaos zu verbreiten.«

Zwei Polizeiwagen rasten mit Blaulicht und Sirene an ihnen vorbei in Richtung Tatort. Gleich dahinter folgte die Feuerwehr.

Jetzt begann Helen sich richtig elend zu fühlen. »Warum?«, fragte sie immer wieder und schüttelte den Kopf. »Warum nur? Sie hätten uns umbringen können.«

»Das dürfte ihre Absicht gewesen sein«, gab Tony kühl zurück.

Bei Joanna schlug der Schock wie immer allmählich in Zorn um. Sie redete von hinten auf die beiden ein. »Wir hätten nicht weglaufen sollen. Kehren wir lieber um und erzählen der Polizei alles über diese Männer.«

Keine Antwort.

»Es tut mir so Leid. Es war meine Schuld«, stöhnte Helen.

Joanna wusste kaum noch, was sie redete. »Wie können sie so was tun, Mama? Du hattest deine besten Kassetten im Wagen.«

Tony versuchte sie zu beruhigen, erreichte damit aber nur das Gegenteil. Er begriff, dass die Wut ihr am ehesten half, sich wieder zu fangen. Da er selbst nicht damit umgehen konnte, beschloss er, sie lieber in Ruhe zu lassen.

»Wie haben sie uns gefunden?«, flüsterte Helen.

»Sie haben Ihr Haus überwacht«, raunzte Tony. »Anscheinend hatten sie da aber keine Gelegenheit, die Bombe anzubringen. Zu auffällig in einer Sackgasse. Bei Ihrer Freundin wird es ähnlich gewesen sein. Sie sind euch einfach gefolgt, bis sich eine Gelegenheit bot.«

»Und wenn wir nicht zu Tante Peggy gefahren wären?«

»Dann wäre es eben irgendwo anders passiert«, knurrte Tony.

»Wahrscheinlich sind sie schon hinter uns her!« Joannas Stimme wurde schrill.

Tony überlegte kurz. Er fand, dass diese Möglichkeit nicht ganz auszuschließen sei, und riss urplötzlich das Steuer herum. Er war sein Leben lang ein umsichtiger, gesetzestreuer, stets auf Sicherheit bedachter Fahrer gewesen, doch jetzt legte er eine ganze Reihe haarsträubender Manöver hin, die er sich selbst gar nicht zugetraut hätte.

Helen wurde immer bleicher, dann aschfahl. Aus dem Augenwinkel bemerkte Tony, wie fertig sie war. Joanna sah es auch und schimpfte auf ihn ein, er solle anständig fahren. Tony hatte alle Mühe, kühl und ruhig zu bleiben. Zum ersten Mal fühlte er sich jetzt auch persönlich von der Gefahr betroffen und ahnte, was die beiden Frauen und Marcus durchgemacht hatten.

Er steuerte den Wagen so schnell wie möglich nach Kumeka House, dem einzigen sicheren Ort, der ihm einfiel. Auch dort gab er sich ruhig und distanziert, während Joanna Marcus und den bestürzten Männern erzählte, was geschehen war.

Aus Marcus' Gesicht wich alle Farbe; seine Augen wurden ganz dunkel. Er legte einen Arm um Joanna. »Du Ärmste. Das muss ja furchtbar gewesen sein.« Sie ließ es geschehen. Der ganze Zorn verpuffte, und sie sank in sich zusammen.

Einer der anderen Männer brachte süßen Tee und sagte: »Jetzt seid ihr in Sicherheit, und das ist die Hauptsache.«

»Ich weiß.« Helen versuchte zu lächeln. »Es ist ja nicht der Wagen, sondern der Gedanke, dass sie uns beinahe gehabt hätten.«

Er nickte. »Haben sie aber nicht. Man hat euch beschützt.«

Joanna hatte sich etwas beruhigt und sagte entschuldigend zu Tony: »Tut mir Leid, dass ich im Wagen so ekelhaft war. Danke, dass Sie gekommen sind.«

»Das macht doch nichts«, nahm Tony die Entschuldigung an und klopfte ihr sanft – väterlich, wie er hoffte –

auf die Schulter. Die zornige Joanna verunsicherte ihn ganz entschieden.

»Wütend warst du jedenfalls für zwei«, meinte Helen.

»Und du hattest Angst für zwei«, gab Joanna zurück. Sie fingen an zu kichern.

Lachen steckt an. Über alle Gesichter breitete sich ein Lächeln, nur über das von Tony nicht.

»Die Polizei wird meinen Wagen bald identifiziert haben«, sagte er stirnrunzelnd. »Wahrscheinlich warten sie schon auf mich, wenn ich nach Hause komme. Und wenn die Polizei meinen Wagen findet, können die anderen das auch.« Er sah Marcus, Helen und Joanna an. »Ihr müsst hier verschwinden.«

Jäh war die ganze Spannung wieder da. Marcus wandte ein: »Was wird aus der Arbeit in Stonehenge? Und die Schriftrolle? Ich kann doch nicht einfach alles hinwerfen und abhauen!«

»Helen und Joanna haben uns alle in Gefahr gebracht«, gab Tony schneidend zurück. »Wenn ihr tot seid, könnt ihr die Botschaft der Schriftrolle ganz bestimmt nicht verbreiten.«

Marcus erschauerte, die Gesichter im Raum verschwammen vor seinen Augen. Er bemerkte nicht einmal, dass Zoranda zu ihnen trat.

Tony sprach weiter. Er wirkte sehr beherrscht und präsent. »Meine Schwester lebt in Kalifornien und wird sich um euch kümmern. Ich werde sie jetzt anrufen. Marcus, packen Sie bitte ganz schnell Ihre Sachen.« Zu Helen und Joanna gewandt fuhr er fort: »Ich lasse euch von meiner Haushälterin ein paar Sachen und die Pässe einpacken. Dann buche ich euch den ersten Flug nach San Francisco.«

»Aber …« Joanna wollte etwas einwenden.

Da sprach Zoranda mit ruhiger Stimme, die keinen Widerspruch duldete. »Das Allerwichtigste ist, dass die Energielinien der Erde wieder klar und die Portale wieder durchlässig für das Licht werden. Sie drei sind offenbar wichtige Werkzeuge für dieses Werk. Ihre Sicherheit geht vor.«

»Aber ...«, versuchte Joanna sich wieder einzuschalten.

Er brachte sie mit erhobener Hand zum Schweigen und sprach mit fester Stimme weiter, während seine Augen Milde und Mitgefühl ausstrahlten. »Wir in Kumeka House werden uns ganz auf die Befreiung von Stonehenge konzentrieren. Tony wird Sie sicher auf dem Laufenden halten darüber, was weiterhin entziffert wird. Gehen Sie nach Amerika, bringen Sie sich in Sicherheit.«

»Es tut mir wirklich Leid«, sagte Helen wieder und fühlte sich wie ein ungezogenes Mädchen. »Es war meine Schuld. Ich wollte wirklich nicht, dass so etwas passiert.«

»Natürlich nicht«, nickte Zoranda begütigend.

Tony war schon am Telefon. Sie hörten seine präzisen Anweisungen, als er seine Schwester und die Haushälterin instruierte und die Tickets bestellte.

»Die Polizei war schon bei mir zu Hause. Ich soll schnellstens Kontakt mit ihnen aufnehmen. Bridget wird Ihre Pässe und ein paar Kleidungsstücke ins Haus ihrer Schwester bringen. Wir werden das Gepäck dort abholen.«

»Es tut mir Leid«, flüsterte Helen noch einmal. Es kam ihr allmählich so vor, als erschöpfte sich ihr ganzes Vokabular in diesem einen Satz.

23. *Kapitel*

John, einer der jüngeren Männer des Hauses, mit dem Marcus sich besonders angefreundet hatte, chauffierte sie im Kleinbus zum Flughafen. Das schien sicherer, falls die Polizei oder die Bombenleger auf der Suche nach Tonys Wagen waren. Das kostete allerdings Zeit, und Zeit hatten sie nicht. Tony hatte unbedingt mitkommen wollen. Er war immer noch ärgerlich, wie seine zusammengepressten Lippen zeigten. Die Frauen wirkten bedrückt, Marcus verwirrt und reizbar.

Sie hielten ganz kurz bei Bridgets Schwester. Es blieb keine Zeit für Erklärungen und Abschiedsworte, ein kurzer Dank musste einstweilen genügen.

»Meine Schwester heißt Boa«, informierte Tony die drei. »Sie ist in jeder Hinsicht völlig anders als ich – Aussehen, Charakter, alles. Sie holt euch am Flughafen ab und wird nicht zu übersehen sein. Sie hat strohblondes Haar und wird ein wenig extravagant gekleidet sein. Und sie ist ein Schwergewicht.«

Er gab ihnen einen Zettel mit Namen und Adresse. »Sie bringt euch in ihre Wohnung in San Francisco und wird dort hoffentlich für eure Sicherheit sorgen.«

»Das ist sehr lieb von Ihnen beiden«, sagte Helen leise. Die anderen pflichteten ihr bei.

Eine Weile herrschte Schweigen, das nur gelegentlich von ein paar Worten unterbrochen wurde. Dann stellte Marcus die Frage, die wohl alle beschäftigte: »Weshalb haben sie wohl den Wagen in die Luft gejagt? Was glaubt ihr?«

»Eine Warnung. Sie wollten erreichen, dass wir uns aus der Sache zurückziehen«, antwortete Joanna schnell. Das war es wohl, was sie gern glauben wollte.

»Von wegen«, fuhr Marcus dazwischen. »Hättest du dich nicht gebückt, um die Katze zu verscheuchen, wäre der Wagen beim Einsteigen explodiert. Sie wollten euch aus dem Weg räumen!«

»Wozu? Was hätten sie davon? An die Schriftrolle würden sie dadurch ja doch nicht kommen!« Joanna wollte es einfach nicht glauben.

»Entweder denken sie, dass ihr sie versteckt habt und sie nach eurem Tod in Ruhe danach suchen können, oder sie sind darauf aus, alle Beteiligten zu beseitigen, damit der Inhalt der Schriftrolle nie bekannt wird.« Marcus konnte kaum noch an sich halten vor lauter Wut und Angst.

»Ich könnte mir eher vorstellen, dass sie euch beide umbringen oder verletzen wollten, um alle anderen aus ihren Verstecken zu treiben«, knurrte Tony. »Dann hätten sie wieder gewusst, wo die Schriftrolle ist. Sie werden sich denken, dass ihr eine Kopie besitzt oder genug vom Original gerettet habt.«

John, der Fahrer, sagte mit der ruhigen Gelassenheit, die sie an ihm so bewunderten: »Man sollte doch meinen, dass das Universum euch bis hierher beschützt hat. Ich glaube fest daran, dass es auch weiterhin so sein wird. Wir müssen einfach wachsam und vorsichtig bleiben, damit die Lichtwesen uns leichter helfen können.«

Seine Gefasstheit übertrug sich auf die anderen. Marcus bedauerte seinen Ausbruch. »Ich hab einfach eine Wahnsinnsangst«, gab er zu.

Joanna schüttelte sich. »Die haben wir alle.«

»Wenn wir doch nur eine Ahnung hätten, wer sie sind. Wissen nur die Chinesen von der Schriftrolle?«

»Vielleicht wissen im Moment nur die Chinesen Bescheid. Aber letztlich sind es die Kräfte der Finsternis, die hinter der Schriftrolle her sind.« Helens nüchterner Tonfall stand in krassem Gegensatz zu der Ungeheuerlichkeit ihrer Worte.

»Was???«

»Ja. Die Finsternis besteht aus all denen, die ein Interesse an der Unterjochung der Erde haben. Ich vermute, dass sie sich alle auf der astralen Ebene zusammengerottet haben, um die Schriftrolle abzufangen und damit den Weg zur Freiheit zu blockieren. Später werden sie dann um die Vormachtstellung kämpfen.«

»Die astrale Ebene?«, fragte Tony ratlos.

»Ja, auf der astralen Ebene versammeln sich die niederen Wesenheiten, wenn sie außerhalb ihres Körpers sind.«

»Gespenster?«

»Auch. Aber ich denke eher an lebendige Menschen. Ihr Geist reist dorthin, wenn sie schlafen. Und Wolken finsterer Emotionen ballen sich dort. Bösewichte wie Sturov können diese Energien für ihre Zwecke manipulieren.«

»Starker Tobak!« Marcus rechnete damit, dass John diese Darstellung als wilde Fantasie abtun würde, aber er nickte. Volle zwei Minuten blieb Marcus sprachlos. Dann sagte er: »Du meinst, es spielt keine Rolle, wer im Einzelnen hinter uns und der Schriftrolle her ist, weil sie auf einer anderen Ebene sowieso alle Hand in Hand arbeiten, um uns an der Verbreitung der Informationen zu hindern?«

Helen und John nickten.

»Wer ist eigentlich dieser Sturov?«

»Nach außen hin tritt er anscheinend als großer Menschenfreund auf, aber sein Herz ist schwarz. Und seine Macht ist gewaltig«, mahnte John. »Wir müssen uns schon wirklich mit Gewalt daran erinnern, dass das Licht stärker ist als die Dunkelheit.«

Der Verkehr stockte, sie kamen nur noch im Schneckentempo voran. Tony, der sich persönlich für die Sicherheit der drei verantwortlich fühlte, wurde sichtlich nervös. »Wir werden noch den Flug verpassen. Kann dieser Karren denn nicht schneller fahren?«

»Nicht im Stau«, erwiderte John so ungerührt, dass Joanna ein Glucksen unterdrücken musste. Tony verzog das Gesicht und trommelte mit den Fingern auf die Knie. Und auch als der Verkehr wieder floss, blieb er angespannt und wachsam.

Dann waren sie endlich in Heathrow. Im Laufschritt ging es mit dem Gepäck durch die Gänge zu dem Schalter, an dem ihre Tickets bereitlagen. »Bitte beeilen Sie sich, der Check-in wird geschlossen«, drängte die junge Frau, als Marcus die Tickets an sich raffte.

Tony redete derweil schon auf die Frau am Check-in ein, sie möge noch einen Augenblick warten. Sie quittierte sein Bitten und Drohen mit einem Kopfschütteln. »Zu spät. Das Boarding ist schon abgeschlossen.«

Marcus, der mit den Tickets wedelte, stieß dazu und setzte sein strahlendstes Lächeln auf. »Wir haben nur Handgepäck, und wir sind verdammt schnell.« Seine blitzenden grauen Augen verliehen seinen Worten ungeahnte

Überzeugungskraft, und sie schmolz dahin. »Gut, in Ordnung, aber keinen Umweg mehr über den Dutyfreeshop, okay? Gleich durch.«

»Versprochen«, kam es im Chor.

Während sie mit flinken Händen die Tickets bearbeitete, fiel Marcus eine Geschichte ein, die seine Mutter gern erzählt hatte. Es ging darin um ein Kräftemessen zwischen Wind und Sonne. Der Wind prahlte, er sei stärker als die Sonne: Er könne Häuser abdecken, Bäume entwurzeln und Springfluten auslösen. Er forderte die Sonne zum Wettstreit heraus. Die Sonne lächelte nur. Erbost deutete der Wind auf einen alten Mann, der in seinem Mantel daherkam. Wer ihm seinen Mantel nehmen könne, der solle Sieger sein, forderte er.

Er blies mächtig und kalt auf den alten Mann ein, doch je mehr er tobte und heulte, desto fester hüllte sich dieser in seinen Mantel. Schließlich musste der Wind aufgeben und überließ verärgert der Sonne das Feld. Die Sonne trat hervor und tauchte den Mann liebevoll in Licht und Wärme. Nicht lange, und er zog seinen Mantel aus.

Diese Geschichte hatte Marcus nie vergessen. Sie erinnerte ihn immer wieder daran, dass man durch Wut die Abwehr der Menschen nur noch erhöht, während Freundlichkeit sie erweicht. Er warf einen Blick auf Tony. Wie seltsam, dass viele meinten, sie könnten andere gewaltsam umstimmen. Was für eine Illusion! Liebe ist immer stärker als Aggression. Er musste lachen. Schon wieder eine Illusion. Er durfte nicht vergessen, sie Joanna mitzuteilen.

Dann kam der Abschied. Es brach Helen das Herz, Tony so grimmig und unnachgiebig zu sehen. Sie wusste aber nicht, wie sie es hätte ändern können. Joanna, die Unverbesserliche, schlug ihm einfach grinsend auf die Schulter.

»Das hat man davon, wenn man sich mit Frauen abgibt. Nichts als Ärger, hm?«

Da musste er selber lächeln. »Sorry. Ich bin wirklich in Sorge um Ihre Sicherheit.«

»Ich weiß. Wir werden es uns in Amerika gut gehen lassen, und Sie kümmern sich hier um das Kopfzerbrechen.« Joanna grinste noch breiter.

»Sie sind unmöglich«, schmunzelte Tony. Die Mauern schwankten.

Er und John sahen ihnen am Abflugausgang nach, bis sie um eine Ecke verschwanden. Tony lächelte noch. Zum ersten Mal seit der Explosion entspannte er sich ein wenig.

Die beiden Männer schlenderten zur Rolltreppe zurück. »He, Moment.« Tony packte John am Arm. Sein Blick war starr auf den Schalter gerichtet, an dem die anderen eben eingecheckt hatten. Die Angestellte hatte ihn inzwischen geschlossen. Drei Männer standen da und redeten alle zugleich. Ein Chinese, ein Inder, ein Weißer. Die ersten beiden wollten offenbar unbedingt noch in dieses Flugzeug, doch die Frau blieb bei ihrem Nein.

Ein eisiger Schauer durchfuhr Tony. Das konnten nur *die* sein. Er und John beobachteten, wie die drei sich in eine ruhigere Ecke zurückzogen und mehrmals mit dem Handy telefonierten. Dann gingen sie zum Schalter einer anderen Fluglinie und kauften offenbar zwei Tickets für einen Flug nach San Francisco, der in drei Stunden starten würde.

»O Gott«, flüsterte Tony, »was habe ich getan?«

»Woher wissen die …?«, fragte John mit erstickter Stimme. »Und wer sind sie überhaupt?«

24. *Kapitel*

Erschöpft und ahnungslos stolperten Marcus, Joanna und Helen in San Francisco durch die Passkontrolle und hielten nach einer gewichtigen, blonden Dame Ausschau, die wie ein exotischer Vogel gekleidet war. Sie erkannten sie sofort.

Ein Traum in Purpur – wallender purpurner Kaftan, purpurnes Haarband, mit dem sie sich das blonde Haar zu einem Turm hochgebunden hatte, purpurne Ohrgehänge, purpurner Nagellack und zur Abrundung eine Brille mit purpurnem Gestell.

»Hallo!«, begrüßte sie die drei mit dem zu Gebote stehenden Überschwang, indem sie alle umarmte und in eine Wolke von Moschusparfüm einhüllte.

»Das nehme ich«, sagte sie, packte den Gepäckkarren und schob ihn energisch Richtung Aufzug.

»Hattet ihr einen angenehmen Flug? Ich fliege ja immer mit Virgin. Richard Branso ist einfach umwerfend, findet ihr nicht? Ich habe ihn mal auf einem Flug kennen gelernt. Stellt euch vor, er ging herum und hat allen Passagieren die Hand geschüttelt. Was für ein toller Mann.«

So ging es wasserfallartig weiter. Sie legte einen Schritt vor, bei dem nur Marcus mithalten konnte, ohne in Trab zu fallen. Sie warf das Gepäck in den gigantischen Kofferraum ihres Wagens und redete auch auf dem Weg aus dem Parkhaus ununterbrochen.

Erst als sie über den Highway schwebten, wie es nur in einem amerikanischen Automobil möglich ist, schlug sie einen anderen Tonfall an. Das Überdrehte in ihrer Stimme war wie weggeblasen, und sie wurde sehr ernst.

»Tony hat mich noch einmal angerufen. Da waren ein paar Männer, Asiaten, die unbedingt noch in euer Flugzeug wollten. Zum Glück waren sie viel zu spät dran.«

Erschrocken hielten sie den Atem an. Schon war es wieder vorbei mit der gerade erst aufkommenden Erleichterung.

»Keine Panik, meine Engelchen. Tony hat gesagt, ich soll euch einfach nicht in meine Wohnung bringen. Diese Typen haben ihre Antennen anscheinend überall. Wir machen es uns irgendwo im Hotel gemütlich, da können sie uns nicht finden.« Boa tätschelte beruhigend Helens Hand.

»Aber Tony hat mir auch die unwahrscheinlichste Geschichte angedeutet, die ich je gehört habe. Das müsst ihr mir jetzt alles ganz genau erzählen.«

So waren die nächsten drei Stunden einem lückenlosen Bericht der bisherigen Ereignisse gewidmet. Boa äußerte zuweilen ihr Erstaunen oder ihre Entrüstung und sparte auch nicht mit spitzen Entsetzensschreien. Im Verlauf des Berichts wurde sie jedoch immer stiller, hörte gespannt zu und fragte gelegentlich nach. Das sah ihr gar nicht ähnlich, wie sie jetzt schon ahnten. Normalerweise redete sie nämlich ohne Punkt und Komma.

Helen stellte mit einem Seitenblick auf Boa fest, dass unter der weißen Haut des weichen Doppelkinns etwas Entschlossenes lag. Sie fühlte sich an Boas Bruder erinnert.

Inzwischen hatten sie die Schnellstraße verlassen und fuhren auf kleinen Landstraßen durch Kleinstädte und Dörfer. Bei einer Raststätte hielt Boa an.

»Ich könnte jetzt ein Klo und ein Häppchen zu essen vertragen.« Sie gähnte und rieb sich die Beine, als sie sich mühsam vom Fahrersitz erhob. »Du meine Güte, dieses Sitzen im Wagen tut meinem Ischias nicht gerade gut.«

Doch gleich kam wieder Leben in ihre Augen, als sie an einem Ständer vor einem Shop ein paar Kleider hängen sah. »Oh, sind die hübsch. Die muss ich gleich anprobieren.«

Vergessen die leiblichen Bedürfnisse. Boa stürzte sich auf den Kleiderständer und hielt sich mit ausladender Gebärde dieses und jenes Outfit an.

»Oh, das hier ist toll«, jubelte sie und hielt sich ein schwarzes trägerloses Kleid vor ihre weiße Haut. »Das würde zu meiner Gagatkette einfach göttlich aussehen.« Sekundenbruchteile später war sie in der Umkleide verschwunden. Als sie mit dem schwarzen Fummel wieder auftauchte, war ihr die atemlose Aufmerksamkeit des ganzen Ladens sicher, denn das Kleid vermochte ihre Massen nur annähernd zu fassen. Trotzdem kramte sie aus dem Schmuckdisplay ungerührt ein Paar gewaltige schwarze Ohrringe hervor und legte sie an. »Das könnte ich doch bei meinen kleinen Dinnerpartys tragen. Oh, wie ich Dinnerpartys liebe! Sie auch?«, plapperte sie aufgeregt auf Helen ein, die zwar gutmütig mitspielte, aber nicht recht verstand, wie Boa sich unter solchen Umständen mit Kleidern beschäftigen konnte.

Jedenfalls handelte es sich um eine rhetorische Frage. Helen hatte schon herausgefunden, dass Boa nur selten Antworten abwartete.

»Nein, doch nicht«, entschied Boa, zog sich in die Kabine zurück und erschien mit einem lächerlich teuren, perlenbesetzten Rock und Oberteil. Dazu wählte sie einen faustdicken Turmalinring. Nach langem Drehen und Wenden kaufte sie nichts davon, ersatzweise jedoch ein Paar opulente Bernsteinohrringe.

»Jetzt war ich aber wirklich in Versuchung, Schätzchen, Sie nicht?« Sie hakte sich bei Helen unter, und so betraten sie die Raststätte, wo Joanna und Marcus an einem Tisch saßen und die Speisekarte studierten.

»Wir könnten eigentlich einen Urlaub daraus machen«, schlug Boa aufgeräumt vor. »Ich würde euch so gern die Küste zeigen. Die Landschaft ist einmalig schön, berührt mich ganz tief.« Sie presste sich mit inniger Geste die Hand aufs Herz. »Gibt es etwas, das ihr gern sehen würdet?«

»Ist der Mount Shasta hier in der Nähe?«, fragte Helen, die nur über vage geographische Vorstellungen verfügte.

»Oh, wir können uns in diese Richtung halten, kein Problem«, erwiderte Boa munter.

»Wunderbar.« Diese Aussicht begeisterte Helen. »Da können wir unseren Kristall aufstellen und mit dem Reinigen der Ley-Linien anfangen.«

Aus Boas Augen schwand das Glitzern. Mit Ley-Linien und Portalen konnte sie nicht viel anfangen. Ihre Begeisterung galt Kleidern, Essen, schönen Landschaften und, wenn es sein musste, auch schöner Musik.

»Wir können hier übernachten, wenn ihr möchtet. Der niedliche kleine Bach da murmelt so verträumt, und einen Pool gibt es auch. Ihr seht müde aus. Ich stelle den Wagen hinter den Blockhütten ab, dann wird uns niemand hier finden.«

Sie sahen einander an. Jeder dachte: Amerika ist so riesig. Hier konnte gewiss niemand mehr ihre Spur verfolgen.

»Einverstanden«, stimmte Marcus für alle zu.

»Gut, abgemacht«, erklärte Boa und ging zu den wirklich wichtigen Dingen wie dem Studium der Speisekarte über. Sie war von hinreißender Leutseligkeit und hatte in ihrem Kopf offenbar keinen Platz für Gefahr.

Marcus betrachtete sie. Strohblondes Haar und alabasterweiße Haut. Die weichen Züge und der etwas kurzsichtige Blick gaben ihr einen leicht verwunderten, ja kindlichen Ausdruck. Ihre dicken Arme wirkten noch weißer vor dem Dunkelblau ihres Kleides.

»Tony hat gesagt, ihr seid Vegetarier«, wandte Boa sich an Helen und Joanna. »Ich auch.« Sie bestellte Krabbencocktail und danach Hühnchen in Weißweinsoße. Offensichtlich gehörte sie zu der Sorte Vegetarier, für die Meerestiere und Hühner nicht unter die Kategorie Tiere fallen. Darüber ließ sie sich auch von Joanna nicht eines Besseren belehren. Sie machte sich mit Begeisterung über ihr Essen her und genoss es sichtlich. Ihre Welt schien völlig in Ordnung.

25. Kapitel

Am Abend fanden sie sich alle heiter und gelöst in der Hotelbar zusammen. Boa schwelgte in kulinarischen Genüssen; diesmal war es die Sahnehaube auf ihrem Kaffee. »Aaah, köstlich – auch wenn ich es bereuen werde«, seufzte sie. Plötzlich fuhr sie hoch.

»Ach du meine Güte, das hab ich ja ganz vergessen. Einen Augenblick …« Sie kramte in ihrer geräumigen Tasche und förderte ein etwas zerknittertes Fax zu Tage, das verräterische Schokoladespuren trug. »Das kam heute Morgen noch von meinem Bruder. Ein Fax für euch. Ich habe es gerade noch eingesteckt, bevor ich losmusste, um euch vom Flughafen abzuholen. Tony hat mir am Telefon gesagt, dass er euch zwei weitere Große Mysterien schickt. So hieß das, glaube ich.«

»Was?« Marcus riss ihr fast das Papier aus der Hand.

»Jetzt schon!«, rief Helen.

»Wahnsinn!« Joanna sprang auf und sah Marcus über die Schulter. »Lies vor! Lies vor!«

Marcus verschaffte sich einen kurzen Überblick. »Sie haben ein weiteres Symbol gefunden«, verkündete er freudestrahlend. »Und … he, Donnerwetter! Sie haben die Klangschlüssel gefunden … und hört euch das an:

›Wir wussten in Atlantis um das große Geheimnis der Materialisation und Dematerialisation. Es wurde uns von den Engeln Gottes übermittelt und sollte der Menschheit zu Heilung, Trost und Entwicklung dienen. Dieses heilige Wissen darf nur in der Gnade Gottes und zu seiner Ehre für das höchste Gute eingesetzt werden.

Doch seid gewarnt. Den Untergang von Atlantis haben jene verursacht, die mit Hilfe dieses Wissens selbst zu Ruhm und Macht zu kommen trachteten. Sie haben dafür mit vielen Leben des Leidens und Dienens zu sühnen, bis ihr Wunsch, dem Licht zu dienen, sie einer erneuten Prüfung würdig macht. Erst dann wird ihnen wieder Zugang zu diesem Wissen gewährt.

Viele von Atlantis, die ihre Lektion auch weiterhin nicht lernen wollen, werden sich vor dem Anbruch des goldenen Zeitalters erneut inkarnieren. Ihr erkennt sie daran, dass sie Wissenschaft und Technik über den Geist stellen. Sie werden die alten Experimente zu wiederholen versuchen und dabei nur Selbstverherrlichung und die Herrschaft über die Erde im Sinn haben.‹«

Marcus sah Helen an, die gespannt zuhörte.

»Sie meinen wohl das Klonen, die Tierversuche und die Verpflanzung tierischer Organe auf Menschen«, sagte sie. »Außerdem genmanipulierte Lebensmittel. Das alles ist die atlantische Finsternis.«

»Und die Wasserstoffbombe, die Weltraum-Müllhalden, biologische Kriegsführung«, ergänzte Joanna.

»Könnten Viren wie das HIV nicht gezielt gezüchtet werden, um die Menschen durch Krankheiten unter Kontrolle zu bringen?«, fragte Marcus.

Sie sahen einander an. »Da gibt es bestimmt noch einiges mehr.«

»Kein Wunder, dass die Schriftrolle ständig wiederholt, sie dürfe nicht in die falschen Hände gelangen, weil die Folgen katastrophal wären.«

»Wir sollten das Negative nicht noch weiter mit Energie aufladen«, mahnte Helen.

Sie nickten, und Joanna fragte: »Steht etwas über die Klänge drin?«

Marcus studierte das Fax. »Hier steht etwas von bestimmten Tonkombinationen, die gespielt oder gesungen werden müssen, um die Schwingungen zu erzeugen, mit denen Atome freigesetzt werden können. Aber das muss in Verbindung mit den Symbolen und mit gesammelter Geisteskraft geschehen.«

Er blickte auf, glühend vor Begeisterung. »Zoranda hat mir während meiner Zeit in Kumeka House gesagt, sie seien jetzt in der Lage, sich wie damals in der Bauzeit von Stonehenge auf das Bewegen von Materie zu konzentrieren.«

»Boah!«, machte Joanna.

»Boah!«, echote Boa.

»Irgendetwas über die Großen Mysterien?«

Marcus las vor: »›Die Großen Mysterien sind die auf der Erde wirkenden heiligen Energien. Sie sind sakrosankt, vom Schöpfer selbst eingesetzt. Sie können nicht einmal von Gott selbst außer Kraft gesetzt werden. Sie sind absolut. Wer sie verstehen will, muss das Wesen der Energie erfassen. Alles ist Energie.‹«

»Das hatten wir schon mal«, unterbrach Joanna ungeduldig.

»Pst!« Ihre Mutter runzelte die Stirn. »Ups«, machte Joanna und grinste hinter vorgehaltener Hand.

Marcus fuhr im gleichen Atemzug fort: »›Ein Mensch ist Energie. Ein Gas, ein Baum, ein Vogel ist Energie. Sie alle bestehen aus Atomen, die bei manchen so dicht gepackt sind, dass sie uns als feste Körper erscheinen, bei anderen lockerer, so dass wir sie als Flüssigkeit oder Gas wahrnehmen.‹«

»Aha«, sagte Helen. »Dann machen sie also Schweres wie zum Beispiel einen Stein dadurch leichter, dass sie mit geeigneten Klängen den Atomverband lockern. Dann können sie den Stein bewegen. Ist das so?«

»Offenbar.«

»Ich kann mir das vorstellen«, sagte Joanna.

Marcus las weiter: »›In der ursprünglichen Energiesuppe ist alles in Bewegung, jedoch nicht chaotisch, sondern den Gesetzen der Großen Mysterien folgend.

Jeder Gedanke, jede Gefühlsregung und jedes Wort ist eine Kraft, die entweder anzieht oder abstößt. Gedanken und Handlungen der Schönheit, Freude, Liebe, Hoffnung‹ – hier folgt eine ganze Liste – ›sind leicht und tragen eine magnetische Ladung. Sie ziehen ähnliche Energien an.

Gedanken und Handlungen der Lüsternheit, Machtgier, Verärgerung, Zerstörungswut, Bedürftigkeit‹ – wieder eine ganze Liste – ›sind schwer und tragen eine abstoßende Ladung. Gleiches zieht Gleiches an.

Menschen ziehen unweigerlich Energien an, die ihren eigenen ähnlich sind. Dies ist ein vom Schöpfer eingesetztes Lernverfahren, das das größtmögliche Wachstum gewährleistet. Alles ist der Spiegel des eigenen Ich. Wer das leugnet, zerbricht den Spiegel und weist das Große Mysterium zurück.‹«

Marcus schwieg einen Augenblick. »Jetzt kommt das Fünfte Große Mysterium. Soll ich weiterlesen?«

»Augenblick mal«, unterbrach Boa, die ja noch in der Überzeugung lebte, dass alles im Universum zufällig geschah. »Könntet ihr das bitte mal übersetzen?«

Diese Aufgabe übernahm Helen. »Gleiches zieht Gleiches an. Nehmen wir einmal die Ehrlichkeit. Wenn Sie zu siebzig Prozent ehrlich und zu dreißig Prozent unehrlich sind, ziehen Sie Umstände und Menschen an, die genau diesen Prozentsätzen entsprechen. Ein Beispiel für Unehrlichkeit kann sein, dass Sie jemandem erzählen, Sie wären in Ihrer Beziehung glücklich, es aber in Wirklichkeit nicht sind.«

»Und wenn man selbst gar nicht weiß, dass es so ist?«

»Genau das steht in der Schriftrolle. Auch wenn Ihnen nicht bewusst ist, was Sie fühlen und weshalb Sie tun, was Sie tun, ziehen Sie damit ebendiese Unehrlichkeit in Ihr Leben, damit Sie einen Spiegel haben, in dem Sie sich erkennen können.«

Boa sah sie ratlos an.

Joanna sprang ein. »Vielleicht hilft ein konkretes Beispiel weiter. Wenn Sie immer nett zu sein und es anderen recht zu machen versuchen, in Wirklichkeit aber wütend sind und sich ungeliebt fühlen, werden Sie Menschen anziehen, die Sie weder schätzen noch achten. Sie reflektieren Ihren eigenen Frust zurück auf Sie.«

»Ja, ich glaube, das verstehe ich«, nickte Boa. »Da erkenne ich mich wieder. Aber woher wisst ihr das alles überhaupt?«

»Die Schriftrolle bestätigt offenbar viele Einsichten, die bereits aufgetaucht sind«, erklärte Helen. »Ich könnte mir denken, dass sie einfach auf die flächendeckende Verbreitung dieses Wissens aus ist.«

»Also, ich möchte sichergehen, dass ich das wirklich verstanden habe«, sagte Marcus. »Wenn jemand vordergründig liebenswürdig zu dir ist, hinter deinem Rücken aber schlecht über dich spricht, würde dieser Mensch dann Leute anziehen, die ihn ebenfalls hintergehen?«

»Genau das«, nickte Helen.

»Und das läuft manchmal so unbewusst ab, dass wir überhaupt nicht merken, was wir da tun?«

»Allerdings. Von Kindheit an setzen sich Muster in uns fest, die unser Leben schwierig machen, also ziehen wir immer und immer wieder ähnliche Situationen und Umstände an, bis wir endlich dazulernen.«

Damit konnte Boa etwas anfangen. »Also wie meine Ehemänner zum Beispiel, die ganz verschieden wirkten, als ich sie kennen lernte, die sich dann aber alle als Weiberhelden und Flaschen entpuppten?«

Sie lachten alle über ihren angewiderten Gesichtsausdruck.

»Jetzt haben Sie es«, lobte Marcus. »Aber sehen wir uns noch das Fünfte Große Mysterium an.«

Helen und Joanna stimmten eifrig zu.

Er räusperte sich und las vor: »›Energie ist ständig im Fluss, das ist das Fünfte Große Mysterium. In der energetischen Ursuppe gibt es keinen leeren Raum. Stockt irgendwo der Fluss, so strömt etwas aus einer anderen Richtung ein und füllt den Raum. Wo etwas im Kreis strömt oder auf ein Hindernis stößt, entsteht Stillstand.‹« Marcus unterbrach sich und sah Helen an.

Joanna erläuterte es für sie: »Wenn unser Denken sich im Kreis dreht, kommen wir in unserem Leben nicht weiter, sondern treten auf der Stelle. Zum Beispiel wenn man nichts anderes im Kopf hat als Geld und materielle Dinge.«

Ihre Mutter nickte. »Oder wenn man an toten Beziehungen und langweiligen Jobs festhält. Da kann keine neue Form einströmen.«

»Wir haben eben gehört«, rekapitulierte Joanna, »dass etwas aus einer anderen Richtung einströmt, sobald der

Fluss irgendwo ins Stocken gerät. Wenn wir loslassen, können wir dann ganz sicher sein, dass sich etwas Neues einstellt?«

»Ich glaube schon – wenn du es zulässt. Aber negative Überzeugungen und Erwartungen würden den Zustrom blockieren, und dann dringt nichts zu dir durch.«

Boa sah sie groß an. »Also, ich war viermal verheiratet. Mir kann keiner vorwerfen, ich hätte geklammert. Die Kerle machten sich dünn, so schnell sie konnten, und dann stand auch schon der nächste da. Bei Männern war ich anscheinend ganz gut im Fluss.«

Sie lachten.

26. *Kapitel*

Am nächsten Vormittag schlenderten Joanna und Helen zum Pool und unterhielten sich angeregt über die Schriftrolle. Ihnen folgte Boa, die einen Badeanzug mit Leopardenmuster, einen passenden, gekonnt drapierten Sarong und hochhackige Sandalen trug, dazu eine schwarze Tasche und eine Aufsehen erregende Sonnenbrille. Sie musste sich beim Aufbruch von zu Hause für alle Eventualitäten gerüstet haben.

Kaum hatte Marcus die Frauen gesehen, verließ er den Pool, weil er unbedingt weiter über die Großen Mysterien sprechen wollte. Boa verbreitete sich jedoch gerade über das Thema Verdauung, das ihr ganz besonders und leider auch ständig am Herzen lag. Hier konnte es nach ihrer Auffassung gar nicht banal oder persönlich genug zugehen.

»Tony habe ich noch nie über seine Verdauung reden hören«, flüsterte Joanna ihrer Mutter zu.

»Er hat ja, soweit ich mich erinnere, auch erwähnt, dass seine Schwester ganz anders ist als er«, raunte Helen zurück. Sie hatten große Mühe, nicht loszuprusten.

Boa merkte entweder nichts von der Ungeduld der anderen oder ignorierte sie, jedenfalls setze sie ihren Monolog volle fünf Minuten ohne Punkt und Komma fort.

Als sie einmal zu lange Luft holte, nutzte Marcus die Chance und überlegte laut: »Wie lange sie wohl brauchen werden, um die Kräfte, von der die Schriftrolle spricht, zu mobilisieren?«

Boa wechselte mühelos das Thema: »Wer hätte gedacht, dass dieser kleine Planet von Großen Mysterien regiert wird? Ich habe mich immer schon gefragt, wie das alles so funktioniert, konnte mir aber nie einen Reim auf dieses Leben machen und bin zu dem Schluss gekommen, dass ich es wohl einfach nur genießen sollte.«

»Aber Sie sind nie unfreundlich oder grausam gewesen, oder?«, fragte Helen ernst. »Also sind Sie auf der spirituellen Leiter sicher schon ein gutes Stück aufgestiegen.«

»Und ich kann wohl sagen«, fuhr Boa fort, als hätte sie Helen gar nicht gehört, »dass ich meinem Körper schon einiges Gute getan habe, und das nicht nur beim Essen.« Sie zwinkerte vertraulich, und da mussten sie mit ihr lachen, ob sie wollten oder nicht.

»Also«, wandte sich Marcus Helen zu, »ich verstehe noch nicht ganz, wie diese magnetische Anziehung funktioniert. Ich treffe eine Menge Leute, die völlig anders sind als ich. Und überhaupt«, fügte er düster hinzu, »wie komme ich dazu, jemanden wie meine frühere Freundin anzuziehen?«

»In diesem Punkt«, antwortete Helen, »verstehe ich die Schriftrolle so: Wir Menschen sind in mancher Hinsicht Computern ähnlich. Unsere Erfahrungen, Überzeugungen und so weiter werden uns sozusagen einprogrammiert. Was wir nach außen tragen, ist zwangsläufig von diesen Programmen geprägt. Eine negative Programmierung, zum Beispiel geringes Selbstwertgefühl, zeigt sich in unserem Verhalten. Eine gute Programmierung wie etwa der Glaube an unsere Fähigkeiten wirkt sich entsprechend positiv aus. Drücke ich mich verständlich aus?«

»So weit ja. Aber wie läuft das Anziehen oder Abstoßen konkret ab?«

»Sagen wir, mein Programm lautet: ›Man kann keinem Menschen über den Weg trauen.‹ Jetzt wird mein Computer die Computer jener Menschen anzapfen, die mir begegnen – bis er jemanden findet, der tatsächlich mein Vertrauen missbraucht. In diesem Fall liegt eine Anziehung vor.«

»Huaaa. Das ist ja richtig gemein.« Boa verzog das Gesicht.

»Und anders herum funktioniert es auch«, fuhr Helen fort. »Positive Überzeugungen und Energien loggen sich bei anderen Leuten ein und ziehen positive Dinge und Menschen an.«

»Redest du etwa von mir?«, fragte Marcus sarkastisch. »Aber ich war immer der Meinung, dass ich Frauen durchaus vertrauen kann.«

»Die Schriftrolle sagt aber, dass alles auf Energieaustausch beruht und dieser Austausch immer stattfindet«, erläuterte Joanna. »Also hast du den Frauen unbewusst doch nicht wirklich vertraut. Deine Erfahrungen mit ihnen geben dir Gelegenheit, dich mit deinen wirklichen Glaubenssätzen zu befassen und sie zu korrigieren.«

»Na klar«, sagte Marcus. Er sah ein wenig verstimmt aus. »Vielen Dank für dein Mitgefühl.«

»Wir reden über spirituelle Ebenen«, lächelte Helen. »Auf der emotionalen Ebene hast du selbstverständlich unser ganzes Mitgefühl. Wir haben alle schon einiges durchgemacht, was uns Gelegenheit gegeben hat, zu lernen und spirituell zu wachsen.«

Marcus nickte und überlegte weiter: »Wenn ich zu neunundneunzig Prozent ehrlich und zu einem Prozent unehrlich bin, dann macht das auf den niederen Ebenen nicht viel aus. Aber je weiter ich mich entwickle, desto mehr unehrliche Menschen werde ich mit diesem einen Prozent anziehen, damit ich endlich in den Spiegel sehe, den sie mir vorhalten. Ist das so?«

»Ja. Man könnte solche Menschen als Geschenke betrachten. Ohne sie tun wir uns schwer mit dem Lernen.«

»Danke. Warum ist aber dein Wagen gesprengt worden?«

Helen dachte nach. »Vielleicht haben wir so viel Zorn und Angst um uns verbreitet, dass einfach etwas explodieren *musste.*«

»Weißt du, Mama, ich glaube, da ist noch mehr. Es könnte auch eine kollektive Zorn- und Angstenergie dahinter stecken. Denk nur an die Menschen in Indien, die in die Sache mit der Schriftrolle verwickelt waren. Vielleicht spielen sogar die Tibeter eine Rolle, die unter den Chinesen zu leiden hatten.«

»Das könnte sein«, erwiderte ihre Mutter nachdenklich. »Wir wissen nur, dass die Energiegleichung immer stimmen muss. Und wer weiß, was in früheren Leben vorgegangen ist? Auch diese Energien könnten noch aktiv sein.«

»Kompliziert, kompliziert«, seufzte Boa, der allmählich langweilig wurde. »Wisst ihr was, ich muss jetzt einfach mal in den Pool.« Sie stand auf und schritt hoch erhobenen Hauptes ins Wasser. So schwamm sie dann auch, ohne dass ein einziges Har auf ihrem Kopf nass wurde.

Helen führte das Thema weiter. »Die Schriftrolle vergleicht das Universum mit so etwas wie einem gigantischen Computer, der alles verfolgt und alles speichert. Er sorgt auch dafür, dass unser Leben so abläuft, wie es in der vor unserer Inkarnation getroffenen Abmachung festgesetzt wurde.«

»Erstaunlich«, sagte Marcus. »Mir leuchtet es ein, das Universum als eine Art Computer zu sehen. Als Kind habe ich gedacht, dass irgendwo auf einer Wolke ein kleiner alter Mann sitzt, der Recht spricht.« Sie lachten.

»Man bekommt Ehrfurcht«, stimmte Joanna zu. »Dieser Gedanke, dass jede noch so kleine Einzelheit in eine exakte Gleichung Eingang findet. Und dann kommt noch hinzu, dass sich die Dinge mit unserem spirituellen Wachstum verstärken und vervielfältigen.«

»Das erinnert mich an das Im-Fluss-Sein«, warf Marcus ein. »Muss ich das so verstehen, dass ich nicht einmal Ersparnisse haben dürfte?«

Helen lachte. »Auf der höchsten Ebene wäre es so. Da würdest du tatsächlich keine Ersparnisse brauchen, denn wer wirklich ganz im Fluss ist, der wird jeden Augenblick mit allem Notwendigen versorgt. Das Universum wäre dann eine Art unerschöpfliches Konto für dich. Aber das setzt wirklich vollkommenes Vertrauen voraus.

Sogar Joseph hat in Ägypten während der sieben fetten Jahre Kornspeicher anlegen lassen, weil er wusste, dass sieben magere Jahre kommen würden. Im Fluss zu sein heißt aber zumindest, dass du nicht mehr aufbewahrst, als du wirklich benötigst. Was darüber hinausgeht, das gib weg.«

Dazu fiel Joanna etwas ein. »Das ist ähnlich wie im Feng Shui: ausmisten – nur das behalten, was man wirklich braucht. Das gibt der Energie die Möglichkeit, frei zu fließen. Letztlich ebnet es den Weg für Neues und Besseres, das in unser Leben kommen möchte.«

Helen führte das Prinzip noch weiter aus: »Das gilt auch für das Festhalten an altem Groll. Das schädigt den Körper und macht ihn krank. Außerdem findest du keinen Spaß mehr am Leben. Kaum lässt du den alten Groll ziehen, schon fühlst du dich besser. Dein Leben wird wieder lebenswert, weil die festgehaltene Energie jetzt fließt und etwas Neues einströmen kann.

Nach meiner Auffassung sagt die Schriftrolle, dass wir alle im Überfluss leben könnten, weil uns alles unmittelbar von Gott zuströmt. Wenn wir nicht alles bekommen – Liebe, Geld, Erfolg und so weiter –, liegt es nur daran, dass wir selbst diesen Strom blockieren.«

Sie dachten schweigend darüber nach.

Am nächsten Morgen stand Marcus früh auf, setzte sich an den Bach und ließ die Füße ins eiskalte Wasser hängen. Er genoss den Frieden und die milde Morgensonne.

Bald schloss sich ihm jedoch Boa an, aufgekratzt wie immer. Sie ließ sich neben ihn fallen, sog die Luft tief ein und verkündete: »Wie ich die Stille liebe.« Das hielt sie jedoch nicht davon ab, die Stille mit Reden zu füllen. Sie redete und redete zwanzig Minuten lang, bis Helen und Joanna erschienen.

Sie sahen müde aus. Boa überfuhr sie förmlich mit ihrer guten Laune. »Hallo, ihr zwei, wie geht's, wie steht's? Was seht ihr so gerädert aus? Ich hoffe nicht, dass euch mein Schnarchen gestört hat?«

»Ich fürchte doch«, erwiderte Helen kurz und frostig. Joanna zog nur ein muffiges Gesicht.

Es tat Boa so Leid. Sie schob es auf die Getreide- und Milchprodukte des Vortags.

»Heute lege ich einen Obsttag ein«, begann sie, und Helen beeilte sich, auf einen schönen Vogel aufmerksam zu machen, um vielleicht noch abwenden zu können, was jetzt folgen musste: ein Gespräch über Boas Verdauung.

Nach dem Frühstück nutzte Boa die Gelegenheit, um noch schnell im Shop zu verschwinden und einen prächtigen Topasring zu erwerben. »Ich brauche einfach meine Shopping-Therapie«, erzählte sie munter, während sie sich hinters Lenkrad zwängte. Sie hatte allen unmissverständlich klar gemacht, dass sie am liebsten selbst fuhr und sich höchst ungern chauffieren ließ.

»Kontrollzwang«, flüsterte Joanna ihrer Mutter mit einer erhobenen Augenbraue zu.

»Wirst du wohl still sein!«, zischte Helen grinsend zurück.

Helen, Joanna und Marcus hatten nur zwei Dinge im Sinn: die Schriftrolle und die unmittelbare Gefahr. Für Boa war das ganz anders. Sie verbreitete sich während der Fahrt endlos über Belanglosigkeiten und erstickte jede Unterhaltung über die Schriftrolle im Keim. Anfangs gaben sie sich alle Mühe, ihr höflich zuzuhören und zu antworten. Dann zeigte sich aber, dass sie eigentlich gar keine Gesprächspartner brauchte. Es war, als sähe man einem Tennisspieler beim Training an der Wand zu. Sie brauchte niemanden, der die Bälle zurückschlug. Sie war sich selbst absolut genug.

Da schalteten sie auf Durchzug und sahen aus dem Fenster. Boa war wie viele redselige Menschen daran gewöhnt und bemerkte es kaum. Zwei ihrer Ehemänner waren auf einem Ohr ertaubt, um ihr stets zuhören zu können, ohne Schaden zu nehmen.

Die Küstenlandschaft war atemberaubend schön mit ihren Ausblicken auf das glitzernde blaue Meer, das immer wieder von herrlichen Bäumen und Blumen in allen nur erdenklichen Farben eingerahmt wurde.

Irgendwie kam Boa auf die Idee, in einer kleinen Ortschaft anzuhalten. Vordergründig ging es ums Mittagessen, in Wahrheit jedoch um eine weitere Einkaufstherapie-»Sitzung«. Zum namenlosen Entsetzen der anderen verschwand sie in einem Laden und nahm sich endlos Zeit für die Anprobe weiterer Kleider.

»Das könnte selbst einen Heiligen auf die Palme bringen«, schnaubte Joanna. Ihre Mutter hätte eine andere Formulierung gewählt, aber verärgert war sie auch. Marcus erspähte einen Buchladen und nahm sich vor, dort ein wenig zu stöbern. Joanna war nicht in der Stimmung dazu.

»Ich kann nicht lesen, wenn ich so unruhig bin«, sagte sie zu ihm. »Außerdem bin ich hundemüde von letzter Nacht. Ich ertrage das ewige Gerede dieser Frau einfach nicht. Am Mount Shasta wird bestimmt alles besser. Wenn sie sich doch nur mal beeilen würde.«

Boa jedoch hatte sich in den Kopf gesetzt, ihnen einen Urlaub zu bescheren. Sie war überzeugt, dass sie ihnen wirklich einiges von Kalifornien bot. Das war auch so, nur bemerkte sie eben nicht, dass es nicht der rechte Augenblick war.

Sie fuhr sie eine schmale Straße zu einer wunderschönen kleinen Bucht hinunter und war ganz stolz über die Ausrufe des Entzückens, die von den anderen kamen. Strahlend und sehr amerikanisch verkündete sie, es gebe doch nichts Schöneres, als anderen eine Freude zu machen.

Als sie von der Hauptstraße abbogen, hatten sich alle wie auf Verabredung entspannt. Erst jetzt merkten sie, das sie sich auf dem Highway wie auf dem Präsentierteller gefühlt hatten. Auf dieser kleinen Nebenstraße würde ganz gewiss niemand nach ihnen suchen.

Jetzt erst nahm Marcus den azurblauen Himmel und die goldene Sonne wirklich wahr. Es war alles so klar, so einfach wie von einem Kind gemalt. Sie stiegen aus, um die munteren kleinen Erdhörnchen zu füttern, die sich überall auf den Felsen tummelten. Sie warfen den Möwen Brotstückchen zu und staunten über deren präzise Flugmanöver beim Aufschnappen der Brocken. Sie plantschten im weiß bekrönten Meer und räkelten sich auf den Felsen. Joanna fühlte sich so gelöst wie lange nicht mehr. Sie war wieder zu Scherzen aufgelegt und lachte wie früher. Es war ihnen zu Mute, als sei eine schwere Last von ihnen abgefallen.

Am Abend fanden sie ein kleines, abseits gelegenes Hotel, wo sie endlich einmal wieder tief und fest schliefen – Boa hatte ein Einzelzimmer genommen.

Am Morgen waren sie ganz erfrischt. Sie konnten sogar wieder grinsen, als sie im Frühstücksraum saßen und Boa schon von weitem tönte: »Mein Gott, die Modepolizei wird mich verhaften, das Grün beißt sich ja.« Und als sie wie eine riesige Raupe zur Tür hereinkam – grüne Shorts, grünes Top, grüne Sandalen, grüne Ohrringe, grünes Brillengestell –, lachten sie einfach los. Und Boa lachte mit.

27. *Kapitel*

Der Nachmittag hielt einen Schock für sie bereit. Boa musste unbedingt noch in einen Laden, in dem es »einfach göttliches Glas« gab, und die anderen warteten in einem reizenden, blumengeschmückten kleinen Café auf sie. Bald kamen sie mit einem Pärchen am Nebentisch ins Gespräch, zwei jungen Leuten, die eifrig mitteilten, dass sie in England eine Cousine hatten.

Für das Reden war offenbar hauptsächlich die junge Frau zuständig. Ihr Partner, ließ sie sehr bald durchblicken, gehörte der Spezies »neuer Mann« an. »Er macht immer den Abwasch«, erzählte sie stolz.

»Ich dachte, in Amerika haben sie alle Geschirrspülmaschinen«, flüsterte Joanna ihrer Mutter zu. Die verzog keine Miene.

Die junge Frau erzählte weiter, sie seien mit dem Zelt unterwegs, weil sie der Natur näher sein wollten. »Freddie liebt die Berge ja so. Er hat sogar geweint, als ich meinte, wir könnten mal in die Stadt gehen.« Zärtlich betrachtete sie ihren Partner.

Der junge Mann nickte glücklich mit seinem blonden Lockenkopf, und da wurden ihm auch schon wieder die sanften blauen Augen feucht. »Die Berge berühren mich irgendwo ganz in der Tiefe«, sagte er und tätschelte sich inbrünstig die Herzgegend.

»Mhm«, machte Marcus, dem diese Geste irgendwie bekannt vorkam.

»Wir wollen zum Mount Shasta«, erzählte Joanna.

»Mount Shasta!«, juchzten die beiden einstimmig. »Oh, das wird euch gefallen. Eine Power ist da!«

»Ich kann mich dort kaum aufrecht halten«, vertraute Freddie den anderen an. »Da herrscht eine dermaßen hohe Schwingung.«

»Du bist eben sehr sensibel«, sagte seine Partnerin mitfühlend.

In diesem Augenblick fand geräuschvoll wie immer Boas Auftritt statt: »Ach, da seid ihr ja. Ihr müsst unbedingt diese absolut göttlichen, niedlichen kleinen Gläser sehen, die ich gekauft habe. Oh, und wenn mir dann noch jemand eine heiße Schokolade mit Schlagsahne bringen würde …«

Als sie sich setzte, purzelten ihr etliche der vielen kleinen Päckchen von den Armen. Marcus und der junge Mann erwiesen sich als wahre Gentlemen und klaubten sie wieder auf. Die junge Frau starrte Boa mit großen Augen an.

»Ich kenne Sie doch. Ich habe Sie schon mal irgendwo gesehen.«

Boa sah sie an. »Ich wüsste nicht, wo.«

»Doch, ich kenne Ihr Gesicht«, beharrte die junge Frau. Freddie sah vom Boden auf.

»Ja. Das war das Foto, das dem Mann hingefallen ist …«

Gleich unterbrach ihn seine Freundin triumphierend. »Na klar! Diese Typen da, gerade eben erst. Sie saßen an eurem Tisch, bevor ihr kamt. Sie haben sich Fotos angesehen, und dem Chinesen ist eines runtergefallen. Freddie hat es aufgehoben. *Sie* waren darauf. Der Typ war ganz schön grob. Hat es ihm einfach aus der Hand gerissen …«

»Ohne danke zu sagen«, beklagte Freddie sich.

Ein eisiger Schreck durchfuhr alle vier.

»Was für Männer?«, fragte Helen mit bebender Stimme.

»Was waren das für Leute, was haben sie gesagt?«, wollte Marcus wissen, während Joanna schon aufspringen wollte.

»Der eine sah indisch aus, der andere chinesisch oder so.«

»Ja, reißt mir das Foto aus der Hand, steckt den Stapel in die Tasche, und dann sind sie beide raus«, sagte Freddie.

Sie blickten einander entsetzt an. Wie hatten die Männer sie gefunden? Und woher hatten sie Fotos von ihnen?

Boa wollte eben etwas sagen, doch Marcus packte sie gerade noch fest am Arm, und sie machte den Mund wieder zu. Pragmatisch dachte er, dass er sie nicht unbedingt um sich haben wollte, wenn es hart auf hart kam.

»Müssen Freunde gewesen sein«, sagte er so locker wie möglich zu den beiden jungen Leuten. »Wir müssen jetzt los. War nett, euch getroffen zu haben.«

Freddie rief ihnen nach: »He, da ist noch was. Das ist mit dem Foto runtergefallen. Euer Freund hat es anscheinend nicht gemerkt.« Er hielt ihnen eine weiße Karte hin.

Helen lief zurück, nahm sie ihm aus der Hand, blieb dann aber stehen und bedankte sich artig, bevor sie den anderen nachlief.

In eine Ecke der Karte waren in kleinen schwarzen Lettern die Buchstaben St V eingedruckt. »Wer um alles in der Welt ist St V?«, überlegte sie.

So massig Boa äußerlich erschien, sie konnte sich geschmeidig wie eine Raubkatze bewegen und saß schon im Wagen, den Zündschlüssel im Schloss, als Helen angelaufen kam. Sie hatte die Lage augenblicklich erfasst. »Ich weiß *den* Platz für uns«, verkündete sie. »Da finden sie uns nie im Leben. Ein kleines Hotel in den Bergen. Kenne ich gut. Los geht's!«

Helen reichte die Karte herum.

»St V«, las Joanna vor. »Sagt mir gar nichts.«

»Könnte eine Firma sein«, mutmaßte Marcus.

»Ich hab's!«, rief Helen plötzlich. »St V steht für Sturov, Anfang und Ende des Namens. Mein Gott! Jetzt klingt es auch noch so, als wäre er ein Heiliger. So machen es die dunklen Mächte.«

»Also arbeiten diese Männer für ihn«, sagte Marcus.

»Ja. Die Finstersten der Finsternis sind hinter uns her!«

Boa fuhr so schnell, wie es auf amerikanischen Landstraßen gerade noch erlaubt ist, durch weite Landschaften und dann wieder lang gestreckte Ortschaften. Von Verfolgern war bis jetzt noch nichts zu sehen.

»Wohin bringen Sie uns?«, fragte Joanna.

»Zu den Blue Jay Hot Springs, einem Thermalbad in den Bergen. Außer dem Thermalbad haben sie da auch noch großartige Massagen zu bieten. Kein Mensch findet uns dort. Ach, ist das schön, einen Vorwand zu haben, wieder einmal dort hinzufahren.« Sie lachte in kindlicher Freude, als wäre das Ganze ein zu ihrem Vergnügen inszeniertes Schauspiel.

Marcus beschloss bei sich, dass er sie entweder stark unterschätzt hatte oder sie die Situation überhaupt nicht begriff. Ihre Seelenruhe und die Tatsache, dass sie nicht verfolgt wurden, wirkten jedoch ein wenig beruhigend auf dieser langen Fahrt.

Boa saß ununterbrochen plaudernd bis zum frühen Abend am Steuer. Um sechs Uhr legten sie einen Tankstopp ein und holten sich etwas zu essen, bevor sie noch einmal eilig die Toilette aufsuchten. Marcus sah, wie Boa aus der Damentoilette kam und um eine Ecke verschwand. Überrascht ging er ihr nach und beobachtete, dass sie mit dem Rücken zu ihm über Handy ein Telefonat führte. Etwas daran erschien ihm nicht geheuer. Er ging zum Wagen zurück, sagte aber nichts.

Etwas später erschien Boa mit zufriedenem Lächeln und ein paar Süßigkeiten für unterwegs. Marcus' Angebot, eine Weile das Steuer zu übernehmen, lehnte sie ab. »Ich bin zwar ein bisschen steif, aber sonst ganz fit«, sagte sie. »Meinem Darm wird es allerdings gar nicht gut tun, dass er die ganze Zeit so eingeklemmt ist. Dafür wird er sich morgen rächen, das kenne ich schon.«

Während Boa fuhr, dösten die anderen immer wieder mal, doch die meiste Zeit überlegten sie immer und immer wieder, woher die Männer gewusst haben konnten, wo sie waren. Von Sturov sprachen sie lieber nicht mehr. Damit würden sie nur seine Energie auf sich ziehen.

In der Morgendämmerung konnten sie die Schönheit des Naptha Valley bewundern. Weiter führte die Straße mit vielen Haarnadelkurven, auf die hier und da die Sonne ihre ersten Strahlen warf. Von Verfolgern war nach wie vor nichts zu sehen. Es war eine lange und bange Fahrt gewesen, doch jetzt näherten sie sich ihrem Ziel.

Überraschend hielt Boa an einer Raststätte. »Es ist noch zu früh, in den Hot Springs einzuchecken. Ihr besorgt am besten einen Kaffee. Ich muss erst mal um die Ecke; mein Darm spielt nicht mehr mit. Dann stelle ich den Wagen ab und stoße zu euch.«

Sie setzte die anderen am Eingang ab und fuhr zum Parkplatz. Helen und Joanna gingen mit steifen Schritten hinein. Hätte der rosarote Morgenhimmel Marcus nicht noch einen Augenblick gefesselt, so wäre ihm entgangen, dass Boa ihr Handy am Ohr hatte. Dann stieg sie, ohne sich auch nur einmal umzublicken, wieder in den Wagen ein, wendete und fuhr in die Richtung zurück, aus der sie gekommen waren.

28. *Kapitel*

Marcus lief höchst alarmiert zu den beiden Frauen hinein, die bereits an einem Tisch saßen. Er spürte einen entsetzlichen Knoten in seinem Inneren und wusste nicht, wie er ihnen die Neuigkeit beibringen sollte.

»Ich möchte mal wissen, wie Boa das alles schafft«, sagte Joanna gerade. »Ich bin fix und fertig und musste ja nicht einmal fahren.«

»Sie ist wirklich erstaunlich«, antwortete Helen und gähnte.

Dann bemerkte Joanna Marcus' angespannten Gesichtsausdruck. »Was ist denn los?«, fragte sie beunruhigt.

Er berichtete, dass Boa eben telefoniert hatte und dann weggefahren sei. Jetzt erzählte er auch, dass er sie beim vorigen Halt bereits hatte telefonieren sehen. Helen und Joanna starrten ihn ungläubig an.

»Du meinst, sie ist weg?«, fragte Helen.

»Ja.«

»Aber wohin denn?«

»Was glaubst du?« Joanna war entsetzt.

»Ich weiß nicht«, gab er langsam zurück. »Mir ist einfach nach wie vor unerklärlich, wie diese Männer ins gleiche Café gekommen sind.«

»Aber sie ist die Nacht durchgefahren, um uns in Sicherheit zu bringen«, wandte Joanna sehr entschieden ein.

»Und woher wollt ihr so genau wissen, dass das hier keine Falle ist?«, brauste er auf. »Ist sie denn auch die, für die sie sich ausgibt? Sie stand da, um uns abzuholen, und sagte, ihr Bruder habe sie angerufen. Mehr wissen wir doch nicht.«

»Jetzt warte mal. Wir hatten Tonys Beschreibung von ihr, und sie ist ja nun wirklich nicht gerade der Durchschnittstyp.«

Helen schwieg und runzelte besorgt die Stirn. Jetzt sagte sie sehr ruhig: »Für mein Gefühl ist sie in Ordnung. Natürlich gebe ich zu, dass ihr Verhalten jetzt ziemlich rätselhaft ist. Das gilt auch für die Telefonate. Wenn es sich um persönliche Dinge handelt, wozu dann die Geheimniskrämerei? Und wen könnte sie zu dieser nachtschlafenden Zeit anrufen?«

»Ich rufe jetzt Tony an«, sagte Joanna entschlossen. »Marcus, kann ich mal dein Handy haben?«

»Na klar.«

»Nein, das tust du nicht«, wehrte Helen entgeistert ab. »Was willst du ihm denn sagen?«

»Die Wahrheit!«, schnappte Joanna trotzig. »Wir müssen uns doch vergewissern.«

»Jetzt komm, lass uns erst einmal frühstücken. Das Ganze hat doch sicher eine ganz einfache Erklärung.«

»Zum Beispiel?«

Marcus schaltete sich ein. »Vielleicht sind wir in Lebensgefahr.«

Helen antwortete ruhig und fest. »Das glaube ich nicht. Ich vertraue Boa. Was ist schlimmer als ein völlig übernächtigter Mensch mit Verfolgungswahn? Drei Menschen mit Verfolgungswahn. Kommt, frühstücken wir lieber. Dann sieht alles gleich wieder anders aus.«

Joanna blickte einen Augenblick ungläubig drein. Dann hob sie ratlos die Schultern und sagte: »Mama hat wahrscheinlich Recht. Komm, essen wir was.«

Marcus, der sich einiges auf seine Menschenkenntnis zu Gute hielt, wirkte verwirrt und machte ein mürrisches Gesicht. Einerseits hielt er seine Zweifel für angebracht, andererseits hatte er keinen Grund, nicht auf Helens Urteil zu vertrauen. »Also, wenn sie nicht bald wieder da ist, rufe ich Tony an«, knurrte er finster.

»Jawohl«, stimmte Joanna ihm bei.

»Einverstanden«, sagte Helen. »Wir müssen ja auch nicht alle Vorsichtsmaßnahmen außer Acht lassen. Setzen wir uns ans Fenster, dann sehen wir, wer kommt.«

Das Frühstück verlief in nervösem Schweigen und unter vielen Blicken auf den Parkplatz. Einmal brummte Marcus: »Wenn es etwas gibt, das ich hasse, dann sind es Leute, die ein falsches Spiel mit mir treiben.«

Eine halbe Stunde verging, und noch immer war nichts von Boa zu sehen. Marcus fingerte nervös an seinem Handy herum. Endlich hielt er es nicht länger aus. Er wählte Tonys Nummer und hinterließ auf Band die Nachricht, er möge schnellstens zurückrufen. Danach tat endlich das warme Essen seine Wirkung, und er entspannte sich. Es musste einfach eine plausible Erklärung geben. Aber er blieb wachsam.

Dann glitt das vertraute violette Auto auf den Parkplatz. Boa saß am Steuer; außer ihr war niemand zu sehen. Sie strahlte Genugtuung aus, wie nur sie das konnte.

Marcus sagte: »Ihr bleibt hier, während ich mit ihr rede. Du nimmst das Handy.« Er schob es Helen zu.

Sie sahen ihn mit festem Schritt vor die Tür gehen. In

seiner Stimme lag etwas Metallisches, als er zu Boa hinüberrief.

»Huhu!«, rief sie zurück, als wäre es die selbstverständlichste Sache der Welt, sich einfach allein auf und davon zu machen.

»Ist das nicht ein herrlicher Sonnenaufgang?« Alles schien für sie in bester Ordnung zu sein. »Oh, wie ich den Morgen liebe!« Sie drückte gerade die Zentralverriegelung, als Marcus sie erreichte.

Marcus, schmallippig wie ein versetzter Liebhaber, fauchte sie an: »Wo waren Sie?«

Sie lachte und antwortete leise, wenn auch mit hörbarer Aufregung in der Stimme: »Das raten Sie nie. Kommen Sie mit, die anderen sollen es auch gleich hören.«

Er verstellte ihr den Weg. »Nein. Erst erzählen Sie es mir.«

Verblüfft nahm sie seinen Argwohn und seine Entschlossenheit wahr. Das war offenbar nicht der Augenblick, sich ihm zu widersetzen. »Wie Sie wollen«, sagte sie. Dann berichtete sie ganz ohne Dramatik: »Der Wagen war verwanzt. Ich habe sie eben entfernen lassen. Jetzt finden sie uns bestimmt nicht mehr.«

»Was?«, rief Marcus aus.

Sein Erstaunen machte Boa offensichtlich Spaß. »Ich hatte mir schon gedacht, dass etwas nicht in Ordnung sein konnte. Diese Männer da im Café – so viel Zufall kann es einfach nicht geben. Das ging mir immer wieder durch den Kopf. Im letzten Dorf fiel mir dann mein Freund Sebastian ein, der hier wohnt. Er ist bei der Polizei, irgendeine Spezialeinheit. Ich habe ihn angerufen, und er sagte, ich sollte gleich vorbeikommen.« Sie breitete ihre Arme zu einer alles umfangenden Geste aus und lachte ebenso erleichtert wie begeistert.

Marcus schämte sich zu Tode. Wie peinlich! Er konnte Boa kaum noch in die Augen sehen. Sie schob sich an ihm vorbei und ging hinein zu Helen und Joanna, die ihr argwöhnisch entgegenblickten.

»Was ist denn, habe ich etwa die Pest?«, frotzelte sie gutmütig.

»Erzählen Sie es ihnen«, sagte Marcus.

»Sie erzählen, ich bin fix und fertig.« Sie ließ sich auf einen Stuhl fallen.

Marcus berichtete knapp: »Wir hatten eine Wanze im Wagen. Deshalb wussten sie so genau, wo wir waren. Boa hat Verdacht geschöpft und einen Freund von der Polizei angerufen. *Deshalb* ist sie vorhin weggefahren.«

»Wir sind im letzten Dorf an seinem Haus vorbeigekommen«, ergänzte Boa. »Deshalb fiel er mir ein. Das Ganze hatte doch etwas von einem James-Bond-Film. Wie konnten die uns so genau verfolgen? Ich bekam das einfach nicht aus dem Kopf, und plötzlich hatte ich eine Idee: Frag Sebastian. Der kennt sich damit aus. Also legte ich hier einen Zwischenstopp ein und rief ihn an. Er sagte, ich solle sofort kommen. Also bin ich los.«

Helen und Joanna starrten sie an. »Aber wieso haben Sie uns denn nichts gesagt?«, fragte Helen.

»Das klingt jetzt vielleicht blöd. Erstens, weil ich dachte, es wird schon nichts sein, und zweitens, weil ... na ja, es hätte ja wieder eine Bombe unter dem Wagen sein können, mit Zeitzünder und so. Ich dachte, ich halte euch da besser raus.«

Joanna klappte den Mund auf und wieder zu.

»Mein Gott, Boa, Sie verrückte, wunderbare ...«, setzte Helen an, aber dann fehlten ihr die Worte.

Boa grinste. »Könnte mir jemand einen Kaffee besorgen?«

»Ist schon fast da«, erwiderte Marcus. »Mit Sahne und zwei Stück Zucker. Aber ich hole einen zum Mitnehmen. Noch wissen sie ja, wo wir sind. Sie werden bald merken, dass ihre Wanze nicht mehr funktioniert, und uns suchen. Je schneller wir also von hier verschwinden, desto besser.«

Minuten später saßen sie wieder im Wagen. Boa, sichtlich erschöpft, ließ sich immer noch nicht vom Fahrersitz verdrängen. Sie wurde mit Fragen bestürmt. »Was hat Sebastian gesagt? Wann ist die Wanze angebracht worden? Und wie? Woher wussten sie überhaupt, dass das Ihr Wagen ist?«

»Ja, das ist wirklich unheimlich«, gab Boa zu. »Es kann nur zu Hause gewesen sein, bevor ich losfuhr, um euch vom Flughafen abzuholen. Oder es war im Parkhaus am Flughafen.«

»Aber woher wussten sie denn, dass Sie uns abholen? Das passt doch nicht zusammen«, wandte Joanna ein.

»Es sei denn ...«, sagte Marcus und brach ab.

Boa nickte. »Ja. Es sei denn, sie hätten Tonys Telefon angezapft und längst gewusst, wer euch abholt.«

Mutter und Tochter stand der Schreck ins Gesicht geschrieben.

»Es gibt noch etwas, das ich euch noch nicht erzählt habe«, fuhr Boa fort. »In Tonys Haus ist eingebrochen worden, während er euch zum Flughafen begleitete.«

»Sie haben die ganze Zeit über gewusst, wo wir waren!«

»Anzunehmen.«

Es wurde ganz still im Wagen.

»Sie hätten uns jederzeit umbringen können.«

»Ja. Anscheinend hoffen sie, dass wir sie zu der Schriftrolle führen.«

»Aber sie nehmen doch an, dass sie verbrannt ist?«

»Wenn sie Tonys Telefon abhören, wissen sie, dass es einen Mikrofilm gibt.«

»Vielleicht warten sie nur darauf, dass man uns die Schlüssel zur Macht schickt. Dieser Teil wird nämlich nach den Großen Mysterien als Nächstes übersetzt.«

»Dann könnten sie sofort Gebrauch davon machen.«

»Und uns als Geiseln für den Rest nehmen?«

Wieder schwiegen alle betroffen. Jetzt gab es nur noch eines: sich bei den Blue Jay Hot Springs zu verstecken.

29. *Kapitel*

Die heißen Quellen lagen versteckt zwischen zwei Hügeln am Ende eines bewaldeten Tals. Sie hielten am Empfangsgebäude und marschierten hinein. Die Empfangsdame war neu, und das kam ihnen gelegen. Wer Boadicea auch nur einmal gesehen hatte, vergaß sie oder ihren Namen nie wieder. Ohne mit der Wimper zu zucken, trug Boa sich als Zelda Zimmerman ein und gab zu verstehen, dass Helen ihre Schwester und Marcus Joannas Freund sei. Außerdem trug sie ein falsches Autokennzeichen ein. Dann erkundigte sie sich, ob es abschließbare Garagen gab, und erhielt einen Schlüssel.

Ihr Chalet mit drei Schlafzimmern stand auf einem sehr gepflegten smaragdgrünen Rasen zwischen tropischen Blumen und Bäumen. Alles schien im hellen Sonnenschein zu summen.

»Hier finden sie uns nicht, keine Frage«, jubelte Boa. Die Müdigkeit war wie weggeblasen, sie bekam wieder ihren alten Überschwang. »Soll ich euch verraten, wen ich letzte Nacht angerufen habe?« Ihre Augen blitzten vor Wonne, und Marcus tat ihr den Gefallen, ein wenig rot anzulaufen.

»Na, wen denn?«

»Ich habe für euch alle eine Massage gebucht… mein Überraschungsgeschenk. Zwei von uns kommen um elf dran, die anderen beiden um zwölf. Um mich kümmert sich Chiwawa. Er ist einfach göttlich. Mary-Lou ist auch ganz wunderbar, aber Chiwawa – himmlisch, zum Dahinschmelzen, sag ich euch.«

Sie nahm die Ausrufe der Begeisterung huldvoll entgegen.

Joanna warf Boa grinsend einen Seitenblick zu. »Das ist hier doch ganz entschieden der Ort für eine diamantenbesetzte Sonnenbrille zu einem purpurnen Kaftan.«

Boa gab zurück: »Damit kann ich mich vielleicht nicht mehr so ausgiebig befassen, wie ich sollte. Hier gibt es nämlich eine ganz unwahrscheinlich gute Schokolade, wirklich, da werden einem die Knie weich. Sie ist nur leider nicht gerade gut für meine ...«

»... Verdauung!«, johlten sie einstimmig, und Boa sah von einem zum anderen, als wüsste sie nicht, was daran so komisch war.

Marcus warf seine Tasche aufs Bett und blickte aus dem Fenster. Draußen lag der dicht bewaldete Hang, auf den die Sonne Millionen von Grüntönen zauberte.

Er dachte an schöne Waldspaziergänge und ertappte sich plötzlich dabei, wie er sich Joanna im Bikini vorstellte. Als er eben dabei war, in männliche Träumereien zu entschweben, hörte er ihre Stimme aus dem Zimmer, das sie mit ihrer Mutter teilte. »Ich kann meine Massage kaum noch abwarten. Und sieh dir diesen Ausblick an. Ist das nicht herrlich?«

Helens leisere Antwort verstand er nicht. Aber aus dem dritten Zimmer kam Boas Stimme. »Oh, jetzt habe ich mir den Zehennagel eingerissen. Das muss ich gleich reparieren.«

Marcus lächelte in sich hinein und schüttelte amüsiert den Kopf. Nach kurzem Schweigen war wieder Boa zu hören, wie sie laut überlegte: »Also, was ziehen wir denn an? Blau oder Orange?«

Sie erschien in wallendem orangefarbenem Sarong, dazu passenden Sandalen, Tasche und Sonnenhut und cremte ihre weiße Haut genüsslich ein. »Ah, wie ich mich auf das Thermalwasser freue!«, verkündete sie.

»Wollen Sie nicht erst einmal schlafen, nachdem Sie die ganze Nacht am Steuer gesessen haben?«, fragte Helen besorgt.

»Ganz bestimmt nicht. Ich kann da draußen ein bisschen Siesta machen. Wir haben ja gerade noch Zeit für einen kurzen Plantscher vor der Massage. Los, kommt.«

Gemeinsam gingen sie zu dem türkis glitzernden Pool. »Seht euch das an.« Boa machte eine Handbewegung über all die Herrlichkeiten hin. »Ist das nicht einfach toll? Ach, wie ich das liebe! Also, da ist das Kaltwasserbecken zum Schwimmen. In Wirklichkeit ist es angenehm warm. Der kleine runde Pool ist wunderbar, Badewannentemperatur. Im heißen Pool ist es echt heiß, und da drüben ist noch ein ganz heißer mit kaltem Tauchbecken.«

Überall lagen Hotelgäste jeden Alters. Alle wirkten gelöst und unbeschwert. Boa rieb sich vergnügt die Hände. »Wie schön, wieder mal hier zu sein.« Sie ließ ihre Handtasche fallen und legte mit schwungvoller Bewegung ihren Sarong ab. Darunter kam ihr orange-weiß gestreifter Bikini zum Vorschein. Sie trug ihre Leibesfülle überaus selbstbewusst zur Schau – üppig, sinnlich, immer auf Genuss aus.

Sie stieg vorsichtig die flachen Stufen ins blaue Wasser des Thermalbeckens hinunter. Dort lehnte sie sich zurück und bot ihr Gesicht der Sonne dar – ein wahrhaft leuchtender Anblick unter ihrem orangefarbenen Sonnenhut mit farblich abgestimmtem Lippenstift und Ohrgehänge.

Unter anderen Umständen, dachte Marcus, könnte das ein idyllischer Tag sein. Er war gemächlich vom kühlen Becken zum warmen und schließlich zum heißen geschlendert und hatte sich bei der von kundiger Hand durchgeführten Massage entspannt. Er hatte im Moment nichts Schwerwiegenderes zu entscheiden, als welchen Sonnenschutzfaktor er wählen und ob er etwas essen sollte. Dennoch fand er keine Ruhe.

Eine Weile war er abgelenkt, denn Joanna und er spielten mit zwei kleinen Mädchen im Pool. Er hatte schon immer ganz besonders auf Kinder gewirkt, doch diese beiden Zwillingsschwestern schienen überhaupt nicht mehr von ihm ablassen zu wollen.

Kinder waren in dieser Anlage zwar geduldet, aber eigentlich kamen mehr Geschäftsleute zum Entspannen hierher. Die beiden Zwillinge sorgten nun dafür, dass ein wenig Leben in die Sache kam. Kreischend vor Vergnügen, wollten sie immer wieder auf seinem Rücken reiten, weil er stärker und schneller als Joanna war, und wenn er sie ins Wasser warf, quietschten sie in den höchsten Tönen. Er hatte so viel Spaß dabei, dass er sogar die Schriftrolle vergaß und sich ganz dem Spiel überließ. Als die Mädchen von ihrer Mutter gerufen wurden, fanden Marcus und Joanna es beide schade.

Nach dem Mittagessen spazierten sie einen sonnengesprenkelten Waldweg entlang und genossen den herrlichen Duft der Kiefern. Aber da die Hitze um diese Tageszeit noch zu groß war, kehrten sie an die Pools zurück. Bald hatte Marcus jedoch auch vom Sonnenbaden genug.

»Ich hole mir mein Buch aus dem Chalet«, sagte er zu Joanna.

»Aber sieh zu, dass du Mama nicht störst. Sie hat sich ein bisschen hingelegt.«

Auf dem Weg über den Rasen zum Chalet versuchte Marcus sich das erdumspannende Energienetz frei und lichtdurchströmt vorzustellen. Er wollte sich auf dieses Bild konzentrieren, wurde aber von dem Gedanken gestört, er könne sich vielleicht auch darauf konzentrieren, dass sich Joanna auf *ihn* konzentrierte. Nein, lieber nicht. Er wollte nicht, dass sie seine Gedanken aufschnappte und dadurch verprellt wurde. Mit gemischten Gefühlen dachte er bei sich, dass er sich offenbar verändert hatte.

Auf der Eingangstreppe beschäftigte ihn wieder einmal der Gedanke, wodurch er wohl den Verrat seiner früheren Freundin und seines Chefs auf sich gezogen hatte. Auch jetzt noch stellte sich bei diesem Gedanken ein unbehagliches Gefühl in der Magengrube ein.

Er traf Helen im kühlen Wohnzimmer an, wo sie sich ausruhte. Da bat er sie um Rat in dieser Frage.

Sie lächelte. »Ich habe mich schon gewundert, dass du nicht danach fragst. Das ist sehr einfach: Du glaubst an Betrug und Verrat.«

»Was?«, fragte er entgeistert. Er überlegte mit angestrengter Miene. »Wie meinst du das?«

»Du rechnest unbewusst immer mit Verrat. Sieh dir die Sache mit Boa an. Du bist gar nicht auf die Idee gekommen, dass es eine simple Erklärung geben könnte. Die Sache hat für dich gleich nach Verrat gerochen, und zwar deshalb, weil du unbewusst davon ausgehst, dass jeder ein falsches Spiel mit dir treibt. Du hast es sogar ausgesprochen.«

Marcus schwieg einen Augenblick, um ihre Worte zu verarbeiten. »Und du meinst, das genügt schon, um Leute in mein Leben zu ziehen, die mich tatsächlich hintergehen?«

»Allerdings. So funktioniert das. Erinnerst du dich an die Aussagen der Schriftrolle? Wenn du etwas fürchtest, wird es in dein Leben kommen, damit du es dir ansehen kannst.«

»Muss so etwas dann nicht schlimmer und schlimmer werden?«

»Das kommt vor, ja. Deine Angst vor Verrat beispielsweise. Sie wird schlimmer werden und dir das Leben sauer machen, bis du bereit bist, sie dir wirklich anzusehen.«

»Aber es war doch wirklich so: Das Mädchen hatte heimlich nebenher einen anderen, und mein Chef hat mich auf die mieseste Art in die Pfanne gehauen.« Marcus wurde ärgerlich. »Außerdem ist mir so etwas früher nicht passiert. Ich kann da kein Muster erkennen.«

Helen blieb ganz ruhig. »So etwas hat es vorher noch nie gegeben?«

»Nein.« Dann dachte er nach. Und es fielen ihm nach und nach zu seinem Leidwesen doch ein paar kleine Hinterhältigkeiten ein. Dass er nie darauf vertrauen konnte, von seiner Schwester nicht verpetzt zu werden. Eine andere Freundin war mit einem guten Freund auf und davon. Er hatte sich immer zu sagen versucht, dergleichen berühre ihn nicht sonderlich, weil es ihm nicht so wichtig sei. Das Match seiner Mannschaft in der Schule, das seine Mutter sich ansehen wollte; aber dann war sie nicht erschienen.

Helen beobachtete ihn. Er erzählte ihr von seinen Erinnerungen, und es wurden noch mehr, während er berichtete.

»Siehst du, es war eine Zeitbombe, die nur auf den günstigsten Augenblick für eine wirklich große Explosion gewartet hat, um dich auf deine Glaubenssätze aufmerksam zu machen.«

Marcus nickte. »Aber woher kommt so etwas?«

»Du weißt ja: Alles, was in einem früheren Leben unerledigt blieb, stellt sich im nächsten Leben wieder als Problem.«

»Heißt das, ich bin in einem früheren Leben verraten worden?«

»Gut möglich. Und weil es so tief sitzt, war es wahrscheinlich in mehr als einem Leben. Vielleicht hast *du* auch jemanden verraten, und das Karma holt dich jetzt ein.«

»Wie kann ich das feststellen und wie kann ich es loswerden?«

»Zunächst einmal ist es zwar nützlich, aber nicht gar so wichtig, die Ereignisse aus früheren Leben zu kennen, die sich jetzt auf unser Leben auswirken. Wenn das nicht möglich ist, wird deine Seele zu gegebener Zeit andere Wege finden, dich auf alte Überzeugungen aufmerksam zu machen.«

Plötzlich sagte er: »Könntest du mir nicht helfen? Du kannst das doch, oder?«

»Aber ja«, lächelte Helen. »Jetzt?«

Er nickte.

»Gut. Schließ die Augen, und atme tief ein.« Sie gab ihm weitere Anleitungen zur Atmung und half ihm, sich zu entspannen. Dann beugte sie sich vor und berührte sein drittes Auge, die Stelle zwischen den Augenbrauen, ganz leicht mit den Fingern.

»Geh zurück zum Ursprung des Verrats, und lass ein Bild oder Gefühl in dir aufsteigen«, wies sie ihn an.

Marcus empfand eine Art Wirbeln in der Stirn. Dann begann sich das Bild eines Mannes auf einem Kamel immer klarer und deutlicher vor ihm abzuzeichnen. Er beschrieb es Helen.

»Erkennst du den Mann?«, fragte sie.

»Ja. Ich bin das. Ein Araber. Da ist noch ein Mann. Mein Bruder. Wir sind in der Wüste. Auf Kamelen. Er nähert sich von hinten. Oh! Nein!«

Marcus war offensichtlich in großer Not. Er griff sich an die Brust.

»Was passiert?« Helens ruhige Stimme schwebte in seine Vision hinein.

»Er hat mich erstochen. Wie kann er so etwas tun? Er ruft nach mir, ich drehe mich um, und er stößt mir das Messer in die Brust. Blut. Ich blute. Es tut weh. Er hat mich umgebracht.« Marcus stöhnte.

»Weißt du, warum?«

»Ich bin der Ältere. Er will alles erben.«

»Ist er in deinem jetzigen Leben ein Mensch, den du kennst?«

»Meine frühere Freundin. Dieses Miststück!«

Helen beruhigte ihn. Sie half ihm, das Gesehene zu verstehen und zu verarbeiten. Dann sagte sie: »Jetzt geh noch weiter zurück. Da muss noch mehr sein.«

Diesmal war das Bild nicht so klar. Er nahm sich selbst vage als junge Frau wahr. »Ich glaube, ich habe zwei jüngere Geschwister, einen Bruder und eine Schwester. Wir sind in einem Boot auf einem See, einem schottischen Loch. Ich hätte nicht so weit hinausrudern sollen. Sturm kommt auf. Das Boot schlägt um. Ich versuche meine Geschwister zu retten, aber es gelingt mir nicht. Sie ertrinken. Es ist meine Schuld.«

Marcus öffnete die Augen. Die Erschütterung war ihm anzusehen. Seine damalige kleine Schwester, sagte er zu Helen, sei auch in diesem Leben seine Schwester. »Ich habe sie an den Augen erkannt.«

Helen nickte.

»Kein Wunder, dass sie immer böse auf mich war und ich ihr nicht trauen konnte.«

»Oder warst du vielleicht selbst derjenige, dem du nicht trauen konntest?«

Marcus nickte nachdenklich.

»Und der Bruder aus diesem früheren Leben? Erkennst du ihn auch in diesem Leben wieder?«

Es dauerte eine Weile, bis Marcus sagte: »Ja, ich glaube er ist auch wieder meine frühere Freundin.«

»Na, dann hattet ihr ja wirklich einiges miteinander auszumachen.«

Helen bat ihn, die Augen noch einmal zu schließen. Dann führte sie eine Übung des Verzeihens mit ihm durch.

Danach sagte er staunend: »Das ist ja nicht zu glauben. Ich fühle mich viel, viel besser.«

»Wenn du ihr – und dir – wirklich verzeihst, ist das Karma damit bereinigt. Du brauchst dann keinen Verrat mehr zu fürchten.«

»Oh, wunderbar«, antwortete Marcus. »Was für ein Segen. Das war wirklich unglaublich. Ich bin zwar noch ein bisschen durcheinander, aber ich fühle mich wie von einer schweren Last befreit. Aber wie ist es mit anderen Menschen? Du warst jetzt für mich da – habe ich da nicht einfach Glück gehabt?«

Sie hob eine Augenbraue, und Marcus errötete schuldbewusst.

»Ach ja. Ich habe dich ja angezogen.«

»Das gilt überall und für alle gleich, Marcus. Du warst einfach so weit. Wenn der Schüler bereit ist, erscheint der Lehrer. Komm, gehen wir wieder zu den anderen.«

Auf dem Weg zum Pool sagte Marcus: »Jetzt kommt es mir so vor, als hätte ich mir das alles nur eingebildet.«

»Bilder kommen aus der Seele«, erklärte Helen. »Und vergiss nicht, was deine frühere Freundin für dich getan hat. Sie hat dich auf deine Glaubenssätze aufmerksam gemacht, und dadurch konntest du sie endlich sehen und loslassen.«

»Machst du Witze?«

»Nein, gar nicht. Was zwischen euch vorgefallen ist, war vermutlich eine Abmachung zwischen euren Seelen vor dieser Inkarnation – und dazu da, dass du lernen und dich entwickeln konntest.«

»So habe ich es noch nie betrachtet«, sagte Marcus.

30. Kapitel

In dieser Nacht schlief Marcus so tief und fest wie noch nie. Im Traum saß er auf einem Felsen; Ketten und große Kugeln waren an ihm befestigt. Eine Frau kam und hieb sie mit einem Schwert durch. Als sie in die Hände klatschte, erschienen Sklaven und trugen die Kugeln und Ketten weg. Plötzlich verschwand der Felsen, und Marcus wuchs zu doppelter Größe an. Dann erwachte er.

Joanna und Helen lachten, als er beim Frühstück davon erzählte.

»Gestern muss sich ja bei deiner Rückführung mit Mama eine ganze Menge geklärt haben«, sagte Joanna.

»Der Traum sagt, dass du jetzt frei bist, um zu wachsen«, bestätigte Helen.

»Haben alle Träume eine Bedeutung?«, fragte Marcus.

»Ja. Träume sind verschlüsselte Botschaften.«

»In meinem Traum waren Soldaten hinter mir her«, jammerte Joanna. »Das war ganz furchtbar. Ich konnte mich zwar in einer Höhle verstecken – wirklich schön war es da, alles blau und grün –, aber in Sicherheit war ich trotzdem nicht. Ich bin aufgewacht mit dem Gefühl, dass ich fliehen musste, aber ich wusste nicht, wohin ich mich wenden sollte.«

Helens Miene wurde sehr ernst.

Boa, die halbwegs begriff, versuchte zu beschwichtigen. »Also, die miesen Typen waren ja nun wirklich hinter Ihnen her, Engelchen. Aber hier sind Sie in Sicherheit.«

Helen sagte nichts, doch der Traum ihrer Tochter beunruhigte sie. Joanna war so intuitiv veranlagt, dass sie häufiger Träume hatte, in denen sie die Zukunft sah. Die schöne blaugrüne Höhle konnte durchaus das Blue Jay sein. Aber war es überhaupt denkbar, dass sie hier aufgespürt würden? Brachte der Traum also einfach Joannas Ängste zum Ausdruck, oder handelte es sich um eine Botschaft aus einer anderen Dimension? Helen spürte, wie Angst sich in ihrem Bauch regte.

»Ich hatte immer gedacht, Träume sind bloß unverständlicher Quark«, sagte Boa. »In meinen geht es darum, dass ich irgendwelche großen Brocken durch unterirdische Gänge schieben muss.«

Joanna konnte ihren Lachanfall gerade noch als Husten tarnen und röchelte: »Dabei dürfte es sich um eine Botschaft Ihrer Verdauungsorgane handeln.«

»Meinen Sie wirklich?« Boa stürzte sich begierig auf diesen unwahrscheinlich interessanten Gedanken. »Das wäre ja allerhand. Mir ist auch manchmal so zu Mute.«

Sie hing einen Augenblick ihren Gedanken nach, so dass Marcus die Chance bekam, etwas anzubringen: »Mein Vater hat immer gesagt: ›Träume sind Schäume.‹«

Helen sagte: »Da irrt er sich aber. Das ist eine ganz verbreitete Illusion. Die Weisen der Welt haben schon immer gewusst, dass Träume meistens direkte Botschaften unseres höheren Selbst sind, Aussagen darüber, wie weit wir mit unseren Lektionen in der Schule des Lebens sind.«

»Aber …«, wollte Marcus gerade einwenden, als er durch ein Klopfen an der Tür unterbrochen wurde. Sie erstarrten. Plötzlich erschien das Ticken der Uhr sehr laut.

Marcus erhob sich langsam. Seine Hände wurden feucht, als er leise die Kette vorhängte und die Tür einen Spaltbreit öffnete, immer bereit, sie sofort wieder zuzuschlagen. Es standen aber nur die beiden fünfjährigen Zwillinge da und grinsten wie Kobolde. »Hallo, Marcus«, krähten sie. »Kannst du nicht mit Joanna zum Spielen kommen? Bitte.« Wie staunten sie, als Marcus die Kette löste und die Tür weit öffnete. Sie blickten in ein Zimmer voller lachender Leute. Sekunden später stand auch ihre Mutter außer Atem und Entschuldigungen keuchend vor der Tür.

»Ach, bitte, entschuldigen Sie. Haben die beiden Sie gestört? Ich weiß gar nicht, was in sie gefahren ist.« Sie beugte sich zu den Kindern hinab. »Das ist aber gar nicht schön von euch, dass ihr diese netten Leute hier stört.«

Zu Joanna und Marcus gewandt erklärte sie: »Sie waren gestern so froh, mit Ihnen beiden spielen zu können, sie reden von überhaupt nichts anderem mehr. Für Kinder ist hier einfach nicht viel geboten. Wir kommen auch nur her, weil meine Eltern Mitbesitzer sind; da müssen wir nichts zahlen, und meine Eltern freuen sich, wenn sie die Kinder sehen können. Außerdem bin ich auch noch so mit den Kleinen beschäftigt, dass ich für die zwei hier kaum Zeit finde.«

»Ja, ich habe Sie schon mit den beiden Babys gesehen«, sagte Joanna. »Auch wieder Zwillinge?«

Die Mutter lachte. »Ja, elf Monate alt, und sie kosten mich wirklich meine ganze Zeit und Energie.«

»Zweimal Zwillinge!«, rief Helen entgeistert. »Ich würde kaum mit einem Paar zu Rande kommen.«

»Ja, es ist auch Schwerarbeit. Mein Mann kümmert sich im Moment um die Kleinen, aber die beiden hier sind mir trotzdem entwischt.«

»Wir sind gleich mit dem Frühstück fertig«, sagte Joanna. »Noch zehn Minuten, dann sind wir am Pool und spielen mit euch. Wär das was?«

»Au ja«, strahlten die beiden.

»Komme ich zuerst dran mit Huckepack, Marcus?«, quiekte Amanda.

Lachend versprach er es.

»Also, bis gleich.« Und schon liefen sie fromm wie zwei Lämmchen hinter ihrer Mutter den Pfad entlang.

Boa kündigte an, sie werde sich ein Salzpeeling genehmigen, das sei absolut göttlich. »Sie reiben dich am ganzen Körper mit Salz ein. Es wird dann mit warmem Wasser abgespült und zieht alle Gifte heraus. Nachher fühlt man sich einfach großartig«, klärte sie Helen auf. »Wollen Sie so was nicht auch?«

»Doch, schon«, sagte Helen. »Noch lieber wäre mir allerdings das Schlammbad. Das scheint wirklich lustig zu sein.«

»Oh, das ist einfach wahnsinnig gut«, stimmte Boa zu. Niemand erwartete etwas anderes von ihr.

»Aber doch nicht ganz so gut wie Schokolade«, stichelte Joanna mit einem schelmischen Seitenblick. Boa lachte.

»Da fällt mir ein, Mama, hast du gemerkt, dass eine weitere Illusion aufgetaucht ist?«

»Ah, richtig«, sagte Helen. »Über Träume.«

»Mhm. Illusion: Träume sind bedeutungsloser Unsinn. Wahrheit: Träume sind Botschaften der Seele.« Sie schrieb gleich mit, während sie sprach.

»Wie ist es mit wiederkehrenden Träumen?«, forschte Marcus.

»Ein Traum enthält eine Botschaft, und wenn du sie nicht aufnimmst, wird sie wieder gesendet, bis du sie begreifst«, antwortete Helen.

»Ich habe früher öfters von einem kleinen Mädchen geträumt«, erzählte Boa, »das in einem leeren Zimmer mit einem Telefon eingeschlossen war und immerzu wählte, damit man ihm half, aber es hat sich nie jemand gemeldet. Manchmal kommt dieser Traum heute noch. Hat das etwas zu bedeuten?«

»Ja, sicher«, nickte Helen. »Träume sind Symbole. Sie sagen uns etwas über Gefühle, zu denen wir keinen Kontakt mehr haben. Ihren Traum können letzten Endes nur Sie selbst wirklich deuten, Boa. Als Außenstehende höre ich allerdings heraus, dass ein Teil von Ihnen sich in einer Situation gefangen sieht, aus der Sie sich nicht befreien können. Es ist ein Gefühl der Leere. Sie rufen um Hilfe, aber niemand reagiert.«

Eine Träne kullerte Boa über die Wange. Wer hätte gedacht, dass sie auch traurig sein konnte?

»Wissen Sie«, sprach Helen mit sanfter Stimme weiter, »als Sie klein waren, konnten Sie vielleicht wirklich überhaupt nichts tun, wenn Ihre Bedürfnisse nicht gehört wurden. Aber jetzt sind Sie erwachsen und können etwas unternehmen.«

»Meinen Sie wirklich?« Boa beugte sich vor. »Ich hasse nämlich dieses Gefühl der Hilflosigkeit.«

»Ja, Ihr erwachsenes Ich kann auf die Anrufe des kleinen Mädchens antworten. Es ist nämlich nach wie vor in Ihnen eingesperrt und wartet darauf, dass Sie seinen Hilferuf hören.«

»Das klingt gut!«

»Und es wird allmählich Zeit, oder?«

Boa nickte.

»Warum werden Träume so verschlüsselt?«, fragte Marcus. »Könnten sie nicht einfach, klar und direkt sagen, was Sache ist?«

Helen und Joanna lachten.

»Das passt dir überhaupt nicht, hm?«, stichelte Joanna.

»Nein. Ich meine: Was für ein Blödsinn. Wenn deine Seele dir etwas mitzuteilen hat, warum dann nicht gleich so, dass du es verstehst?«

»Betrachte es einmal so: Träume erzählen dir von Gefühlen, mit denen du dich noch nicht abgegeben hast. Und du gibst dich nicht mit ihnen ab, weil sie dir Angst machen oder weil du nicht weißt, wie du es anpacken sollst. Die meisten Menschen wollen ihre Angst, ihre Wut, ihre Gier oder was auch immer es ist, gar nicht sehen, also schieben sie das Gefühl beiseite – sie verdrängen es, und es wird unbewusst. Sie bringen es in irgendeinem Kabuff unter, verriegeln die Tür – und dann, meinen sie, müssten sie sich nicht mehr darum kümmern.

Andererseits gab es eine Zeit, in der du wirklich nicht mit diesem Gefühl umgehen konntest, sonst hättest du es ja getan. Deine Seele möchte, dass du dich dem weggeschlossenen Gefühl widmest. Aber wenn sie dir eine klare Botschaft senden würde, würdest du nur noch mehr Riegel an der Tür anbringen.

Folglich schickt deine Seele – du kannst auch sagen: der innere Computer – dir in Träumen verschlüsselte Botschaften über das, was du innerlich weggeschlossen hast. Sie hofft einfach, dass etwas davon in dein Bewusstsein einsickert, ohne dass du wieder abwehrend reagierst.«

»Faszinierend!«, staunte Marcus.

»Wie entschlüsselt man die Symbole?«, wollte Boa wissen. »Was Sie über meinen Traum sagen, ist sonnenklar, wenn ich es höre, aber ich wäre nie von selbst darauf gekommen.«

»Wenn der Wunsch, sich selbst zu verstehen, in Ihnen wach wird, lernen Sie bald mehr über die Kraft der Träume. Es gibt da eine einfache Regel: Schreiben Sie Ihren Traum auf, und versetzen Sie sich in die Symbole hinein. Sagen wir, in Ihrem Traum wäre ein brechender Ast vorgekommen. Sie notieren den Traum, und dann machen Sie die Augen zu und stellen sich vor, dass *Sie* dieser brechende Ast sind. Das führt Sie an die Gefühle heran, für die das Symbol steht.«

Boa sah sie ratlos an.

»Seien Sie es einfach. Seien Sie der brechende Ast. Wie fühlt sich das an?«

Joanna schloss die Augen, um es vorzumachen. »Ich habe Schmerzen.«

Marcus sagte: »Ah, ich verstehe. Als der Ast fühle ich mich machtlos und bin wütend.«

»Jetzt Sie, Boa«, drängte Helen. Doch Boa konnte damit nichts anfangen.

»Jedenfalls wird daran deutlich«, fuhr Helen fort, »dass wir die Traumsymbole anderer eigentlich nicht deuten können, auch wenn sie uns manchmal sofort etwas sagen.«

Joanna blickte auf das Blatt Papier, das sie noch vor sich liegen hatte. »Die Illusion sollte vielleicht anders lauten: ›Illusion: Träume sind bedeutungslos. Wahrheit: Träume sind verschlüsselte Botschaften unserer Seele.‹«

»Du hast Recht«, sagte Helen. »Das ist viel besser. Und mir wäre jetzt nach Schwimmen zu Mute.«

Joanna sprang mit schlechtem Gewissen auf. »Die Mädchen werden sich schon fragen, was mit uns ist. Los, Marcus, komm.«

Sie tobten eine gute Stunde mit den Zwillingen im Pool herum, bis die dankbaren Eltern die beiden wieder einsammelten.

»Diese Energie!«, lachte Joanna. »Ich bin richtig erledigt.«

»Ja, ganz schön stürmisch«, pflichtete ihr Marcus bei und ließ sich neben Helen und Boa, die den Vormittag in genusssüchtiger Untätigkeit vertrödelt hatten, auf sein Handtuch fallen. Natürlich dauerte es nicht lange, bis sie wieder auf das zu sprechen kamen, was sie am meisten beschäftigte – die Schriftrolle, die Ereignisse in England und wer wohl Sturov sein mochte.

Boa lag da wie ein Seehund auf der Sandbank und saugte die Sonne geradezu auf. Nichts anderes schien für sie zu existieren. Sie schnarchte vernehmlich. Marcus bemerkte, dass einige der anderen Gäste sich gestört fühlten, während andere sich darüber amüsierten.

Dann quäkte sein Handy. Alle fuhren auf. Selbst Boa, wie weit weg sie auch gewesen sein mochte, war gleich wieder da. Sie sahen einander an. Das konnte nur Tony sein.

»Vergiss nicht, dass sein Telefon abgehört wird«, mahnte Joanna überflüssigerweise. »Pass auf, was du sagst.«

»Ich weiß.« Marcus konzentrierte sich und drückte den Knopf. »Hallo?«

»Hallo. Tony hier. Wie geht es euch?«

»Gut.«

»Alles in Ordnung?«, fragte er scharf. »Ganz bestimmt?«

»Ja. Und wie geht es Ihnen?«, gab Marcus zurück.

Es wollte sich offenbar eines jener unsäglichen Gespräche entwickeln, die sonst nur zwischen Leuten vorkommen, die sich nichts zu sagen haben. Marcus überlegte aber während dieses Austauschs von Banalitäten fieberhaft, wie er Tony unauffällig auf den entscheidenden Punkt aufmerksam machen konnte. Die Frauen starrten ihn mit weit aufgerissenen Augen an.

Tony überhörte Marcus' Frage. »Es gibt Neuigkeiten über die Schriftrolle.«

»Oh, toll. Es passt nur im Moment schlecht. Kann ich Sie später zurückrufen?« Marcus wusste, wie lächerlich das klang.

Es entstand eine bedeutungsschwere Pause. Dann sagte Tony zögernd: »Ich bin den ganzen Abend zu Hause.«

Marcus fragte mit erhobener Stimme zurück: »Oder vielleicht irgendwo anders?«

Er konnte förmlich hören, wie sich in Tonys Kopf die Rädchen drehten. Würde er darauf eingehen? Tatsächlich, Tony erwiderte mit ruhiger Stimme: »Ja, könnte sein, dass ich zur Zehn-Uhr-Meditation gehe.«

»Schön. Danke. Ich rufe Sie kurz vor zehn an.« Marcus unterbrach die Verbindung und sah die Frauen an.

Plötzlich prustete Joanna los: »Oh, toll. Es passt nur im Moment schlecht.« Sie bekam einen Lachanfall.

»Mir ist sonst nichts eingefallen«, verteidigte Marcus sich.

»Das hat man gemerkt!« Joanna schüttelte sich vor Lachen.

»Hat er den Braten gerochen?«, wollte Helen wissen.

»Hat er den Braten gerochen!«, johlte Joanna, die sich schon die schmerzenden Seiten halten musste. »Das darf man wohl annehmen. Ich meine, er hat Neuigkeiten über die Schriftrolle, und Marcus sagt, dass er gerade ungelegen kommt.«

Joannas Sinn für die Komik des ganzen Geschehens griff auf Helen über, und bald lachten sie alle zusammen.

Boa war es schließlich, die sagte: »Ich kann es kaum erwarten, die Neuigkeiten zu hören. Wann ist es in England zehn Uhr?«

Marcus wurde augenblicklich wieder ernst. »In drei Stunden. Vielleicht gehen wir jetzt am besten in unser Chalet, um zu duschen und zu Mittag zu essen.«

Boa stöberte in ihrer Tasche. »Will jemand eine getrocknete Bioaprikose? Die sorgt dafür, dass man jeden Tag kann.« Das Gelächter der anderen war für sie nicht im Geringsten nachvollziehbar. »Ich nehme meine Verdauung sehr ernst«, sagte sie ohne jeden Anflug von Selbstironie.

In diesem Augenblick kam über Lautsprecher eine Durchsage. Ein Autokennzeichen wurde genannt. Der Besitzer möge sich bitte an der Rezeption melden.

Boa sprang auf. »Das ist mein Wagen! Was ist da bloß los?«

31. Kapitel

Sie sahen einander bestürzt und unruhig an, während die Durchsage noch in ihnen nachhallte. Wer kannte das Autokennzeichen? War der Wagen gestohlen worden? Hatten die Verfolger sie aufgespürt?

»Ich sehe wohl besser mal nach, worum es geht.« Boas Lippen waren blass geworden.

»Aber Ihr Wagen steht in der Garage«, gab Marcus zu bedenken.

»Und Sie haben ein ganz anderes Kennzeichen angegeben«, sagte Joanna ratlos.

»Außerdem würden sie Sie nie über die Lautsprecheranlage rufen, wenn sie wüssten, dass es um Sie geht«, fügte Helen hinzu. »Sie würden im Chalet anrufen und dann jemanden zum Pool schicken, um nach Ihnen zu suchen.«

»Ja, es ist das erste Mal, dass ich so eine Durchsage höre«, stimmte Joanna zu. »Ich wusste nicht einmal, dass sie einen Lautsprecher haben. Mir gefällt das gar nicht.«

»Mir auch nicht.« Helen schüttelte den Kopf.

Boa wollte sich trotzdem in Bewegung setzen, blieb aber wie angewurzelt stehen, als Marcus plötzlich sagte: »Halt! Das ist eine Falle. Sie wollen nur herausfinden, wo wir stecken.«

Boa setzte sich abrupt. Aus ihrem Gesicht war alle Farbe gewichen. »Aber was sollen wir jetzt tun?«

Das Tappen leichter Schritte lenkte sie für einen Augenblick ab. Neben ihnen tauchten grinsend die Zwillinge auf. »Wir sind wieder da«, krähten sie zusammen.

Marcus stöhnte innerlich auf. Auch das noch! Die Mutter war den beiden dicht auf den Fersen und entschuldigte sich für die neuerliche Störung.

»Hallo!«, rief Joanna ihr entgegen. »Wissen Sie, was da los ist? Ich habe hier noch nie Lautsprecher gehört.«

»Ziemlicher Krach, nicht?«, antwortete die junge Frau. »An der Rezeption steht ein Paar, und beide behaupten, vor der Einfahrt zum Gelände seien sie von einer Frau in einem violetten Wagen gerammt worden und die sei dann, ohne anzuhalten, ins Blue Jay gefahren. Sie hätten sich das Kennzeichen notiert und seien hinterhergefahren.«

Sie starrten sie an.

Amanda, die gesprächigere der beiden, platzte heraus: »Das waren Inder.«

Jetzt war das Entsetzen der vier Flüchtigen perfekt.

Amanda, wie immer nicht zu bremsen, wusste noch mehr: »Ja, und da war auch noch ein Mann mit so einem komischen Gesicht, der hat uns immer angestarrt. Ganz schrecklich hat der ausgesehen.«

Ihre Mutter versuchte eine Richtigstellung. »An der Rezeption stand auch noch ein Herr, der wohl Chinese sein muss. Entschuldigen Sie bitte. Von politischer Korrektheit verstehen die Zwillinge noch nicht viel. Fremdartiges ist für sie komisch.«

»Mama!«, begehrte Amanda lauthals auf, »du hast aber doch gesagt, dass es dir eiskalt den Rücken runterläuft.«

Mama lief puterrot an.

Die Schwester war inzwischen ein Stück einen Baum hinaufgeklettert und rief von oben: »Da. Ich sehe sie. Sie kommen in unsere Richtung.«

Boa sprang augenblicklich auf, raffte Tasche und Badetuch zusammen und kommandierte: »Schnell, nehmt eure Sachen und dann mir nach.«

»Was?«, rief Joanna schreckensstarr.

Boa schubste sie an. »Los, machen Sie schon.«

Sie marschierte in die äußerste Ecke des Poolbereichs, zum therapeutischen Schlammbad. Die anderen gingen ihr nach und achteten weder auf die Enttäuschung der Zwillinge noch auf das Erstaunen ihrer Mutter.

Boa gab sich so großspurig, wie man sie hier kannte. »Hi, Star, können wir uns hier gegenseitig einschmieren?«, rief sie in familiärem Tonfall einem langhaarigen weiblichen Hippie zu, der sonnengebräunten Leiterin dieses Bereichs, die gerade eine korpulente Gestalt auf einer Liege mit Schlamm bestrich.

»Aber sicher, Boa. Bedient euch. Mit dem weißen und roten Ton könnt ihr euch dann dekorieren«, rief Star mit großzügigem, entgegenkommendem Lächeln zurück. »Ich bin hier gleich fertig, dann komme ich zu euch rüber.«

»Ah, wunderbar«, strahlte Boa so begeistert, wie man es von ihr erwartete. Sie streifte ihr Bikinioberteil ab und verteilte bereits eine Hand voll Schlamm über ihr silbriges Haar. Schon jetzt war sie kaum noch wiederzuerkennen.

»Los, Kinder. Runter mit den Fetzen. Schmieren wir uns gegenseitig ein«, sagte sie und fing auch schon an, Helen mit dem herrlich feuchten braunen Ton zu bestreichen. Helen empfand ihn als wohltuend kühl. Unter anderen Umständen, dachte sie, wäre das göttlich. Resignierend stellte sie fest, dass sie sich bereits Boas Ausdrucksweise aneignete.

Ihre prekäre Lage sorgte dafür, dass sie sich in kürzester Zeit völlig unkenntlich gemacht hatten.

»He, Leute«, rief Star. »Ihr macht das zu schnell. Ihr müsst euch Zeit dafür lassen.«

Boa lachte. »Ah, richtig. Ja, machen wir ein bisschen langsamer, sonst wird es schwierig mit dem Dekor.« Sie zwinkerte Joanna zu, was unter der Tonmaske so komisch aussah, dass Joanna kichern musste.

»Jetzt lasst den Ton eine Weile antrocknen«, sagte Star, die mit ihrem Klienten fertig war und nun herüberkam.

Sie waren mittlerweile vollkommen unkenntlich geworden, nur die Augen leuchteten aus dem Ton hervor.

Zwei Gesichter grinsten über den Zaun. »Dürfen wir auch rein?«, bettelten die Zwillinge. »Ihr seht ja schaurig aus.«

»Gehören die zu euch?«, fragte Star.

Sie verneinten alle so entschieden, dass Joanna wieder kichern musste.

»Tut mir Leid, ihr zwei«, lächelte Star die Mädchen an.

Die Enttäuschung stand den beiden ins Gesicht geschrieben. Joanna ging schnell hinüber und zog ihnen Tonstreifen über Nase, Wangen und Stirn. Sie quietschten vergnügt und liefen davon, um ihren Eltern die Kriegsbemalung zu zeigen.

»Also«, fragte Boa, »wer möchte zuerst dekoriert werden?«

»Du, Marcus.« Helen schob ihn vor. Sie sahen Boa bei der Arbeit zu, lachend und plaudernd wie unbeschwerte Urlauber. Und in der Tat war Boas begeisterte Hingabe an ihr Werk so ansteckend, dass sie für ein paar Minuten den Anlass dieses Vergnügens vergaßen.

Boa zeichnete Marcus mit weißem Ton einen Stern auf die Brust, dessen Strahlen sich in alle Richtungen ausbreiteten. Dann folgten an anderen strategischen Stellen weitere kleine Sterne in rotem Ton. Es sah großartig aus. Sie war offensichtlich keine Anfängerin in dieser Kunst. Und sie genoss die Bewunderung der anderen.

»Jetzt ich«, forderte sie wie ein reichlich groß geratenes Kind. »Und ich will ein SM-Outfit. Zuerst Netzstrümpfe.«

Die anderen stutzten, aber Boa war schon nicht mehr aufzuhalten. »Dann einen winzigen Bikini und eine Peitsche.«

»Okay, okay«, brummte Marcus. Aber es nahte Verstärkung.

Stars eben noch schlafender Klient sprang von seiner Liege auf, dass der Ton nur so bröckelte, und erbot sich, Boa zu verschönern. Er stellte sich mit Chuck vor und erwies sich als ein Mann mit einem Lachen, das in etwa so breit war wie sein Hüftumfang.

Unter allerlei Anzüglichkeiten und Gejohle boten die beiden eine Komödie der besonderen Art dar. Die Übrigen sparten nicht mit Kommentaren, während sie einander mit farbigem Ton verzierten.

Als die beiden Inder vorbeikamen und alle Gäste sehr genau musterten, schenkten sie der ausgelassenen Bande keine Beachtung. Sie waren hinter nervösen, verängstigten Menschen auf der Flucht her.

Nach dem Schlammspiel saßen sie alle da und warteten. Normalerweise wurde der Ton jetzt mit dem Schlauch abgespritzt, aber sie wollten ihre Tarnung noch nicht aufgeben. Das sei gut für die Haut, teilten sie einander mit. Und warteten. Oh, diese Ungewissheit.

Dann lugten die Zwillinge über den Zaun. »Da sind wir wieder.«

»Ach, ihr seid es.«

»Sie sind weg. Mit dem Auto.« Wie alle kleinen Kinder hatten sie gespürt, dass etwas nicht in Ordnung war.

Joanna war so erleichtert, dass ihr schwindelte. Helen merkte jetzt erst, wie hart der Knoten in ihrem Bauch gewesen war. Marcus spürte, dass sich seine Schultern entspannten. Nur Boa war so sehr in das Gespräch mit ihrem erotischen Körperkünstler vertieft, dass sie kaum aufblickte. Sie war entweder völlig weggetreten – oder eine Schauspielerin der Spitzenklasse.

Jetzt konnten sie sich endlich gegenseitig abspritzen. Star drückte ein Auge zu und ließ die Zwillinge mithelfen. Die Erleichterung und die Begeisterung der Kinder machten die ganze Aktion zu einem Heidenspaß für alle Beteiligten.

Als sie mit dem Gefühl absoluter Sauberkeit – »in schimmernder Reinheit«, wie Boa dichtete – den Schlammbereich verließen, begegneten sie der Mutter der Zwillinge, die sich mit den beiden elf Monate alten Babys abmühte. Sie nahm Joannas Angebot, eines der beiden zu tragen, dankbar an. Marcus hatte bereits Amanda, seinen Schatten, auf den Schultern.

»Wir nehmen sie mit zu unserem Chalet, bis Sie sie abholen können«, bot Marcus an.

So kam es, dass er und Joanna wie ein junges Paar wirkten, das sich mit seinen Kindern gemächlich auf den Rückweg zum Chalet machte. Den Chinesen, der von einer stillen Ecke aus alles genau im Blick hatte, bemerkten sie nicht. Doch das beruhte auf Gegenseitigkeit, denn sie passten nicht in sein Suchraster. So machte das Universum sie unsichtbar für ihn. Freundlichkeit fand ihren gerechten Lohn.

Auch Helen, die zehn Minuten später das zweite Baby in einem Buggy vorbeischob, fiel ihm nicht weiter auf. Sie war eine Großmutter mit ihrem Enkel und damit uninteressant.

Boa saß mit Chuck, ihrem neuen Freund, an der Bar. Es gab Drinks und Nüsse und anderes Knabberzeug und keinen Grund, warum sie sich um die Warnsignale ihres Darms hätte kümmern sollen.

Viel später, als auch der Chinese wieder abgezogen war, verließ Boa mit ihrem Galan den Poolbereich. Sie gingen zusammen zur Garage, und Boa vergewisserte sich, dass der Wagen sicher und unverändert so stand, wie sie ihn abgestellt hatte. Erleichtert verabschiedete sie sich von Chuck und stieß wieder zu den anderen im Chalet.

In England musste es jetzt zehn vor zehn sein.

Marcus rief in Kumeka House an. Tony war schon da und bekam auch gleich den Hörer weitergereicht. Marcus berichtete ihm in aller Kürze, was sich ereignet hatte.

Sie spürten Tonys Spannung und seine Entrüstung, als er erfuhr, dass sein Telefon wahrscheinlich abgehört wurde. Sein Erschrecken über die Gefahr, in der sie sich befunden hatten, war nur zu deutlich, doch sie konnten ihn davon überzeugen, dass jetzt alles in Ordnung war. Vor allem wollten sie hören, was es Neues aus der Schriftrolle gab.

»Zoranda und die anderen Eingeweihten arbeiten mit den Klängen, und sie haben auch ein neues Symbol. Sie haben vor, in der Nacht vor dem Vollmond in den Steinkreis zu gehen und mit der Wiederherstellung des alten Energiezustands zu beginnen.«

»Was heißt das im Einzelnen?«

Tony machte eine bedeutungsvolle Pause. »Sie hoffen, dass es ihnen gelingt, einen der Steine mit Hilfe der Informationen aus der Schriftrolle wieder an seinen alten Platz zu versetzen.«

»Wow!« Marcus fühlte ein Licht in sich aufblitzen. Er teilte den anderen die Neuigkeit mit, und sie brachen spontan in einen Freudentanz aus.

»Das Licht siegt doch, das Licht siegt doch«, sang Helen.

»Wie ist es mit den übrigen Großen Mysterien?«, fragte Marcus.

»Ja, da gibt es auch Neues. Es …« Marcus hörte im Hintergrund den Meditationsgong.

»Ich muss jetzt gehen.« Tony senkte automatisch die Stimme, obwohl es in dieser Umgebung nicht notwendig war. »Ich rufe euch in einer Stunde über das Festnetz an.«

Marcus gab ihm die Nummer und sagte: »Wir werden da sein.«

Marcus berichtete den anderen, was Tony gesagt hatte.

Joanna sagte sofort: »Ich glaube, wir sollten uns in ihre Meditation einklinken.« Sie setzte sich mit überkreuzten Beinen hin und schloss die Augen. Sie bot ein Bild des Friedens.

»Ja«, stimmte Helen zu, »das sollten wir.« Sie schloss sich ihrer Tochter an, Marcus ebenfalls.

Sie ließen sich in die Stille der Meditation einsinken, und das war gut so. Die Angst und Panik dieses Tages würden sonst nur Energien aussenden, mit denen sie weitere Gefahren auf sich ziehen konnten.

In Stille und Frieden, nichts Böses im Sinn, saßen sie da, und so waren sie erreichbar für eine Woge des Lichts, das von Kumeka House aus auf sie gerichtet war. Für den Augenblick waren sie gänzlich in Sicherheit, in einer Blase kosmischer Liebe geborgen.

32. *Kapitel*

Genau eine Stunde später läutete das Telefon. Zoranda war am Apparat. Mit seiner tiefen, ruhigen Stimme teilte er Marcus mit, sie seien für den kosmischen Plan zu wichtig, als dass sie sich durch das Aussenden von Angstenergie in Gefahr bringen dürften.

Er wiederholte, was er schon früher gesagt hatte: »Es ist ganz wichtig, dass ihr eure Meditation mit dem Aussenden von Frieden und Güte verbindet. Bitte umgebt euch ständig mit göttlichem Schutz, und vor allem: Vertraut darauf. Wir werden euch von hier aus unterstützen, aber nur ihr könnt tun, was getan werden muss.«

»Ich weiß«, sagte Marcus kleinlaut.

»Wir waren zu sehr auf unsere eigene Arbeit konzentriert«, räumte Zoranda ein. »Wir haben versäumt, euch Frieden und Sicherheit zu schicken. Das wird von jetzt an geschehen.«

»Gilt das für uns alle, auch Boa?«, fragte Marcus. Es erschien ihm wichtig, dass alle eingeschlossen waren.

»Für alle vier«, bejahte Zoranda. »Wenn auch ihr euren Teil dazu beitragt, kann nichts passieren.«

Sie drängten sich alle um das Telefon, und wenn sie auch nicht jedes Wort verstanden, so spürten sie doch die

Wellen der Zuversicht und Harmonie, die von Zoranda ausgingen. Sie fühlten sich getröstet.

Zoranda fuhr fort: »Wir haben auch Arbeit für euch. Tony hat ja erzählt, dass wir in Stonehenge damit anfangen wollen, das Portal nach den Anweisungen der Schriftrolle zurückzugewinnen. Wir werden am Tag vor Vollmond im Steinkreis sein, das ist nächsten Donnerstag, also in sechs Tagen. Es wäre gut, wenn ihr dann am Mount Shasta sein könntet, um das Licht zu verstärken. Er ist der größte Energieknoten in eurer Nähe. Ihr könnt von dort aus Energie über die Ley-Linien nach Stonehenge schicken.

Wir haben auch andere Gruppen von Lichtwerkern überall auf der Welt aufgerufen, sich in dieser Nacht an heiligen Orten zu versammeln und zur Reinigung des Gitternetzes Energie nach Stonehenge zu schicken. Doch nur ihr kennt die ganze Tragweite des Unternehmens. Eure Aufgabe wird es sein, die bisher gefundenen Illusionen durch Ausrichtung auf die Wahrheit zu klären.«

Marcus blinzelte.

»Ich übergebe jetzt an Tony. Er hat Neuigkeiten für euch.«

In Marcus' Kopf drehte sich alles, doch er brachte immerhin ein artiges »Danke« heraus.

Tony berichtete, das nächste Große Mysterium sei entschlüsselt worden. »Ich werde es euch in Auszügen diktieren«, sagte er, räusperte sich und sprach mit ruhiger, deutlicher Stimme: »›Alles ist heilig in der Ursuppe der Energie. Jung und Alt, Dunkel und Hell, Groß und Klein, alles ist heilig. Alles wird anerkannt, alles geachtet. Dunkel kann Hell nichts anhaben, es sei denn, es wird von Hell dazu aufgefordert. Groß kann Klein nichts anhaben, solange es von Klein nicht dazu aufgefordert wird. Alt kann Jung nicht dienen, und Jung kann Alt nicht dienen, solange keine Erlaubnis eingeholt und erteilt wird. Zwischen Seele und Seele wird alles respektiert. Weder Engel noch Teufel können sich dem Menschen nahen, solange sie nicht gerufen werden.

Die Strahlenden müssen beiseite gehen und können nur mitfühlend und liebevoll zusehen, wie ihre geliebten Erdenkinder unter Schmerzen aufschreien. Sie können nur helfen, wenn sie darum gebeten werden. Viele schreien und jammern in ihrer Qual um Hilfe, sie weinen und fordern, sie wüten und drohen. Das ist nicht Bitten. Das ist der Versuch, die Energie des Göttlichen herbeizuzwingen.

Bitten heißt: Sei ausgerichtet auf das strahlende Licht, und entsende einen klaren, reinen Gedanken in den Geist des Großen Strahlenden. So kann die Schwingung deines Gedankens sich dem kosmischen Denken angleichen. Das heißt Bitten. Die göttliche Strömung muss dann antworten und dich in sich hineinziehen, so dass Bewegung entsteht und die Lage sich wandelt. Wer so bittet, wird immer eine Antwort des Göttlichen erhalten. Schaffe also Klarheit und Empfangsbereitschaft in dir, bevor du eine Bitte aussprichst. Solches Beten versetzt Berge und lässt Meere austrocknen.‹«

Marcus schrieb in fliegender Hast mit, Joanna hielt ihm das Papier. Sie waren übervoll von dem Gehörten und wollten gleich darüber reden, doch Boa bestand darauf, zuvor noch mit Tony zu sprechen.

»Schließlich ist er mein Bruder«, sagte sie, und da gab es keine Widerworte.

Dem Gespräch zwischen Bruder und Schwester konnten sie entnehmen, dass die beiden seit vier Jahren nicht miteinander gesprochen hatten – bis zu dem Tag, an dem

Tony sie gebeten hatte, sich um die drei englischen Flüchtlinge zu kümmern.

»Das haben Sie uns ja gar nicht erzählt«, sagte Marcus verblüfft.

Boa zuckte mit den Schultern.

»Und dann lassen Sie alles stehen und liegen, um sich um uns zu kümmern?«, rief Helen staunend.

»Ja, warum?«, wollte Joanna wissen.

»Er hat mich darum gebeten«, lautete Boas schlichte Antwort.

»So steht es ja auch in der Schriftrolle«, stellte Marcus fest. »Um die Hilfe, die du brauchst, musst du bitten.«

»Ja, aber du musst mit der richtigen Energie bitten.«

»Das hat Tony offenbar getan«, sagte Helen. »Jedenfalls hat Boa für uns Berge versetzt.«

»Und das mit dem Dunklen, das dem Licht nichts tun kann, solange es nicht darum gebeten wird?«, fragte Boa. »Das verstehe ich nicht. Wie deutest du das, Helen? Keiner bittet doch darum, dass bei ihm eingebrochen wird oder er Opfer einer Gewalttat wird.«

Helen überlegte kurz und seufzte. »Das tut sicher niemand bewusst, aber wir senden Gedanken aus, die sich entweder mit dunklen oder mit lichten Strömungen verbinden. Das ist nach den Aussagen der Schriftrolle ein unbewusstes Bitten.«

»Das scheint mir eine andere Formulierung des Prinzips zu sein, dass Gleiches Gleiches anzieht«, sagte Joanna.

»Da komme ich nicht mit«, schmollte Boa, die offenbar wenig Neigung verspürte, sich in die Zusammenhänge zu vertiefen.

»Sehr richtig«, stimmte Helen dessen ungeachtet ihrer Tochter zu. »Was wir bewusst oder unbewusst aussenden, bildet anziehende oder abstoßende Kräfte für Umstände, die sich dann einstellen oder eben fern gehalten werden. Und in diesem Großen Mysterium ist davon die Rede, wie wir diese unbewussten Abläufe aushebeln können, um uns direkt an die kosmischen Energien anzuschließen.«

»Jetzt hab ich's!«, rief Marcus aufgeregt. »Wenn ein Kind etwas haben will und mit Geschrei zu erzwingen versucht, dass es das Gewünschte bekommt, passt diese Energie nicht zu der Energie dessen, was es tatsächlich braucht. Folglich bekommt es nicht, was es haben will. Äußert es aber verständig eine Bitte, dann wissen seine Eltern, dass es mit dem Gewünschten auch wirklich etwas anfangen kann, und so wird sich der Wunsch erfüllen.«

Das fand Boa nun doch wieder interessant. »Bis hierher ist es mir klar. Aber es gibt ja den Fall, dass Eltern um des lieben Friedens willen auch unvernünftige und lauthals gestellte Forderungen ihrer Kinder erfüllen.«

»Das stimmt. Hier geraten zwei Egos so aneinander, dass ein harmonischer Fluss nicht möglich ist. Als würde man den Lauf eines Bachs mit Steinen aufhalten. Aber denk an das, was die Schriftrolle über die Fülle sagt. Das Göttliche möchte, dass unsere echten Herzenswünsche in Erfüllung gehen. Nur unsere Beschränktheit – unser ichhaftes Begehren und unsere Ängste – behindert den Strom der Erfüllung.«

Joanna ergänzte: »Die universale Energie gewährt einfach nichts, was unangemessen ist.«

»Kompliziert, kompliziert.« Boa runzelte die Stirn.

»Nein, eigentlich nicht«, erwiderte Helen. »Es hilft aber, sich klar zu machen, welches Große Mysterium jeweils zutrifft. Marcus, kannst du den Abschnitt über das Bitten noch einmal vorlesen? Irgendetwas mit ›... wenn dein Denken sich auf das göttliche Denken einstimmt‹.«

»Ja, gern.« Er sah in seine Notizen. »Hier steht: ›Bitten heißt: Sei ausgerichtet auf das strahlende Licht, und entsende einen klaren, reinen Gedanken in den Geist des Großen Strahlenden. So kann die Schwingung deines Gedankens sich dem kosmischen Denken angleichen. Das heißt Bitten. Die göttliche Strömung muss dann antworten und dich in sich hineinziehen, so dass Bewegung entsteht und die Lage sich wandelt. Wer so bittet, wird immer eine Antwort des Göttlichen erhalten.‹«

Sie ließen diese Worte einen Augenblick auf sich wirken.

»Ach so.« Joanna überlegte konzentriert. »Bevor wir um etwas bitten, müssen wir uns bewusst auf den kosmischen Strom einstimmen.«

»Das ließe sich an meiner Entlassung verdeutlichen«, sagte Marcus. »Meine Gedanken und Überzeugungen müssen vom Abgelehntwerden geprägt gewesen sein, und dadurch habe ich die Entlassung geradezu angezogen. Das geschah damals unbewusst, aber heute durchschaue ich, wie ich das in die Wege geleitet habe. Inzwischen werden mir meine Denkprozesse immer bewusster, und im gleichen Maße kann ich die immer bereitstehende kosmische Hilfe in Anspruch nehmen. Wenn ich etwas anziehen möchte, muss ich nur in der richtigen Weise bitten, und der göttliche Strom wird es mir zutragen.«

»Ja, vorausgesetzt, die Intention stimmt.«

»Klar.«

»Und du musst auch sicher sein, dass du wirklich bereit dafür bist.«

Er nickte.

»Dann ist Bitten nichts anderes als Beten«, sagte Joanna. »Ein aufgesagtes Gebet, ein Routinegebet, ist eigentlich gar kein Gebet. Wenn du um etwas betest und tatsächlich glaubst, dass dein Gebet erhört wird, greifen deine Energie und der göttliche Strom ineinander, und das Universum lässt dir eine Antwort zukommen.«

»Sehr richtig«, pflichtete ihre Mutter bei. »Es ist immer das gläubige Vertrauen, das deine Bitte an den universalen Strom anschließt.«

»In der Schule habe ich Gebete immer für Zeitverschwendung gehalten«, erzählte Marcus. »Und das waren sie wohl auch, denn es handelte sich entweder um Standardgebete – oder wir wünschten uns Dinge, von denen wir selbst nicht glaubten, dass wir sie bekommen würden.«

»Das ist reine Vergeudung von Kraft, nicht wahr?« Joanna kam dazu ein Bild, über das sie schelmisch lachen musste. »Ich sehe dich gerade in kurzen Hosen und Strümpfen, wie du händeringend um ein neues Fahrrad betest.«

»Nein, ich habe immer um gute Noten gebetet – und dass meine Eltern mich in der Schule besuchen.«

»Wie traurig.«

Boa war ganz in Gedanken versunken gewesen. Jetzt schien ihr plötzlich ein Licht aufzugehen. »Ich glaube, ich verstehe jetzt das Große Mysterium über das Anziehen der Dinge«, verkündete sie. »Ist das so richtig: Wenn wir jemanden hassen und ihn für unseren schlimmsten Feind halten, ist das eine Illusion. Tatsächlich ziehen wir solche Menschen mit unserer Energie an, damit wir durch sie etwas lernen.«

»Brillant, Boa! Absolut richtig.«

Sie errötete.

Helen vertiefte den Gedanken noch: »Es heißt auch, dass Menschen, mit denen wir schlecht auskommen, auf einer höheren Ebene unsere besten Freunde sein können.

Ihre Seele liebt die unsere so sehr, dass sie zu uns kommen, um uns etwas Wichtiges beizubringen.«

»Das leuchtet mir nicht ganz ein«, sagte Joanna. Sie hatte ihr Notizbuch hervorgeholt und trug die Illusion ein: »Illusion: Die Menschen, die wir hassen, sind unsere schlimmsten Feinde. Wahrheit: Unsere so genannten Feinde sind Seelenverbündete, die uns bei wichtigen Lektionen helfen.«

»Es heißt einfach, dass man niemanden vorschnell verurteilen soll«, bemerkte Helen.

Boa hüstelte, und eine zarte Röte zog sich über ihre weißen Wangen. Als sie jetzt sprach, stotterte sie sogar ein wenig und hatte so gar nichts mehr von der forschen Art, die sie sonst an den Tag legte. »Um ehrlich zu sein, Helen, vorhin im Schlammbereich hatte ich genau dieses Gefühl: dass ich von Ihnen verurteilt werde.«

Die Röte, die Helen ins Gesicht stieg, war deutlich kräftiger als die von Boa. Man sah ihr an, dass sie sich ertappt fühlte. »Mein Gott, Boa. Das tut mir Leid. Und leider haben Sie auch noch Recht, ich war wirklich ziemlich pikiert. Die Situation schien mir denkbar unpassend für so etwas Schlüpfriges.«

»Ich wollte doch nur das Ganze etwas auflockern, alle zum Lachen bringen, nichts weiter.«

Helen war zerknirscht. »Solche Sachen sind einfach nicht meine Welt.«

»Meine auch nicht. Deshalb habe ich es einfach für eine Lachnummer benutzt.«

»Es tut mir Leid«, wiederholte Helen betreten.

»He, Mama, du musst dich nicht fertig machen, nur weil du nicht vollkommen bist«, schaltete Joanna sich aufmunternd ein. »Mir sagst du doch immer, dass ich andere zwar akzeptieren muss, wie sie sind, aber selbst durchaus wissen darf, was für mich gut ist und was nicht. Das gilt hier auch.«

Helen warf Joanna einen dankbaren Blick zu und spürte, wie ihr Herz ganz weit wurde.

Joanna wollte das Gespräch in unverfänglichere Bahnen zurücklenken. »Jedenfalls haben wir diese Leute, die die Schriftrolle an sich reißen wollen, anscheinend durch unsere Ängste auf unsere Spur gelockt. Sobald wir uns aber auf die göttliche Harmonie einstimmen, werden sie unsere Spur verlieren.«

»Hältst du das für möglich?«, fragte Marcus.

»So steht es in der Schriftrolle«, antwortete Joanna. »Wenn wir selbst arglos und redlich bleiben, öffnen wir ihnen keinen Zugang zu unserem Leben.«

»Wie kam es überhaupt, dass ihr da wart, als der Mönch umgebracht wurde?«, fragte Boa, noch etwas verärgert über Joannas Solidarität mit ihrer Mutter.

»Das muss uns wohl bestimmt gewesen sein«, antwortete Marcus. »Entweder hat unsere Seele diesen Vorfall als eine Art Prüfung herbeigeführt, oder es ging um eine Aufgabe, die wir bereits vor unserer Inkarnation auf uns genommen hatten.«

»Ich vermute Letzteres«, sagte Helen. »Sicher erscheint mir allerdings, dass unsere Ängste die Sache in Gang halten und dafür sorgen, dass diese Leute weiterhin hinter uns her sind. Hören wir also auf damit. Strahlen wir lieber Arglosigkeit aus, und bitten wir das Universum um Unterstützung bei unserem Vorhaben.«

Sie taten es gemeinsam, und bei allen stellte sich ein eigenartiges Gefühl von Ruhe, Sicherheit und Freude ein. Ganz sicher würde jetzt alles anders werden.

33. Kapitel

Boa war ungewöhnlich früh auf den Beinen. »Wissen Sie, meinem Darm geht es heute viel besser«, ließ sie Helen wissen. »Ich glaube, er ist über den Berg. Dieses dauernde Pieken in der Seite ist weg.«

»Fein«, gratulierte Helen.

»Und dann habe ich hier eine Liste mit allem, worum ich die höheren Mächte bitten möchte«, strahlte Boa. Sie las ihren Wunschzettel vor – es ging ausschließlich um Materielles. Helen seufzte, unterließ aber jeglichen Kommentar. Sie wollte auf keinen Fall schon wieder ins Fettnäpfchen treten.

So blieb es an Marcus hängen, sich über Boas Schulter zu beugen und sie darauf aufmerksam zu machen, dass es mit einer Reihenhausmentalität wenig Sinn hatte, um einen Palast zu bitten. »Ich habe schon befürchtet, dass es zu schön ist, um wahr zu sein«, schmollte Boa. »Um was könnte ich denn sonst noch bitten?«

»Wie wäre es mit Geduld oder innerem Frieden«, frotzelte Joanna.

»Puh, wie langweilig«, brummte Boa wie ein Kind, das seinen Willen nicht bekommt. Ärgerlich zerriss sie ihren Zettel.

Dann sagte sie, sie wolle nicht zum Mount Shasta mitkommen, von der ewigen Fahrerei bekomme sie nur Verstopfung.

»Ihr könnt meinen Wagen haben, wenn ihr wollt«, bot sie großzügig an. »Auf dem Rückweg holt ihr mich dann wieder hier ab.«

»Das ist lieb von Ihnen«, sagte Marcus. »Aber dann würden Sie hier festsitzen. Nein, wir mieten uns selbst einen Wagen. Ich habe das Gefühl, wir sollten weiterziehen, findet ihr nicht? Sie haben unsere Spur verloren, so viel ist klar.« Er sah Helen und Joanna an. Beide nickten.

»Ja ich wäre gern so bald wie möglich am Mount Shasta«, stimmte Joanna eifrig zu. Das Sonnenbaden wurde allmählich langweilig, und trotz Marcus' Versicherung fürchtete sie nach wie vor, dass sie doch noch entdeckt wurden. Hinzu kam das Gefühl, dass sie Boas endloses Geplapper keinen Tag länger ertragen würde.

Gesagt, getan. Sie packten und bestellten einen Wagen, der mittags gebracht werden sollte. Als Boa aus ihrem Zimmer kam, um sie zu verabschieden, trug sie eine ihre Konturen umflutende Kreation aus Limonengrün und Türkis.

Es rührte sie, dass Boa zum Abschied so feierlich gekleidet war – bis Chuck auftauchte, der sie zum Mittagessen in den Ort ausführen wollte. Da hatte sie wohl doch ein anderes Motiv gehabt. Sie begrüßte ihn mit betont weicher, geradezu rauchiger Stimme und war bemüht, verführerischen Reiz zu verströmen.

»Das also ist der Grund, warum sie hier bleiben will«, flüsterte Marcus Joanna augenzwinkernd zu.

»Nummer fünf«, raunte Joanna grinsend zurück.

Marcus hob die Augenbrauen. »Sehr gut möglich.«

Unter eifrigem Winken fuhren sie davon.

»Irgendwie habe ich sie ziemlich in mein Herz geschlossen«, sagte Helen leise.

»Mama, das klingt gönnerhaft«, kritisierte Joanna, und Helen errötete, als hätte sie wieder einen Fehler gemacht.

Diesmal sprang Marcus Helen bei. »Jetzt hör aber auf, Joanna. Das ist doch nicht gönnerhaft. Mir geht es genauso. Boa wird mir fehlen, auch wenn ich andererseits froh bin, dass sie nicht da ist.«

Joanna fühlte sich unbehaglich. »Ihr habt Recht. Es tut mir Leid.«

»Ist schon in Ordnung«, wiegelte Helen ab und fühlte sich gleich besser. Und plötzlich rief sie mit komisch überschnappender Stimme: »Aber ihre Gedärme werden mir nicht fehlen. Ich kenne sie in- und auswendig, jede einzelne Schlinge, mit allem, was sie mögen und nicht mögen.«

Sie lachten gemeinsam. Es entstand ein Schweigen, in dem sie sich miteinander verbunden wussten. Aber eine Stunde später fragte Joanna versonnen: »Wie Boa wohl mit Chuck zurechtkommt?«

»Ganz famos, denke ich«, erwiderte Marcus. »Es hat doch gleich gefunkt zwischen ihnen.«

»Ist euch aufgefallen, dass seine Shorts limonengrüne Streifen hatten wie ihr Kleid?«, fragte Joanna.

»Das nehmen sie ganz sicher als ein Zeichen, dass sie füreinander bestimmt sind«, mutmaßte Helen.

»Vielleicht sind sie es ja«, sagte Marcus leise.

Der Mount Shasta war einfach zauberhaft. Die gleißenden Schneefelder des hoch vor ihnen aufragenden Gipfels spiegelten sich im klaren Blau des Sees wider. Ihr Hotel bestand aus Blockhütten, die weit verstreut in einem

Eichen- und Silberpappelwäldchen standen. Im Blumenbeet vor ihrer Blockhütte räkelte sich eine wohl genährte Katze und blinzelte aus einem wahren Dschungel von leuchtend blauem Rittersporn, gelben Dahlien, orangeroten Ringelblumen, blauen, weißen und purpurnen Lobelien und gelben Stiefmütterchen mit ihren fröhlichen Gesichtern hervor.

Diese Schönheit und das vielfältige Summen der Insekten hatten etwas Beruhigendes, und die Wärme tat ein Übriges. Joanna zeigte auf einen über ihnen am blauen Himmel kreisenden Falken. Sie beobachteten ihn, bis er die Flügel anlegte und wie ein Stein zur Erde stürzte, um auf irgendeine arglose Kreatur herabzustoßen.

Es ist leicht, sich unter der goldenen Sonne entspannt in einem stillen Tümpel zu aalen – aber unmöglich in einem reißenden, wilden Fluss.

In Kumeka House hatte Marcus zu meditieren gelernt. In der Geborgenheit dieser Gemeinschaft hatte er eine grenzenlose Gelassenheit und Stille kennen gelernt. Draußen in der turbulenten Welt jedoch gelang es ihm nicht, sich etwas von dieser Stille zu verschaffen. Hier am Mount Shasta wollte er nun das Gelernte durch Übung vertiefen, damit er sich jederzeit selbst in eine meditative Verfassung versetzen konnte.

Er erinnerte sich an ein Gespräch mit John, dem jungen Mann, der sie zum Flughafen gebracht hatte. John hatte gesagt, im Gebet spreche man mit Gott, und in der Meditation lausche man. »Beim Meditieren geht es darum, das innere Geplapper zu beenden, damit du – und sei es auch nur für einen Augenblick – die Unendlichkeit Gottes erlebst«, hatte er zu Marcus gesagt. »In solchen Augenblicken kann das Göttliche sich dir direkt mitteilen.«

Als Marcus gestand, dass er nie etwas »hörte«, hatte John gelacht.

»Nein, so ist das nicht. Es ist vielleicht bei einem Menschen unter einer Million so, dass er eine Offenbarung oder eine Vision empfängt. In den meisten Fällen hat der Austausch eher etwas Telepathisches; die Mitteilung erreicht uns als ein Gedanke oder Eindruck. Die meisten denken dann, er entspringe ihrem eigenen Bewusstsein.«

Weiter hatte John erklärt, göttliche Botschaften seien häufig wie Samen, die uns eingepflanzt werden. Meditation bereitet den Boden, der dem Samen die besten Voraussetzungen bietet. Diesem Samen können dann später Gedanken, neue Ideen, neue Einsichten entspringen.

Auf Marcus' zustimmendes Nicken hatte John zusammengefasst: »Grundsätzlich ist Meditation also dazu da, unseren Geist aufnahmebereit für diese Samen zu machen. Sie bringt unser Bewusstsein mit dem göttlichen Bewusstsein in Einklang. Deshalb ist sie so wichtig.«

Joanna hatte ihm einmal erzählt, dass sich bei Menschen, die zusammen sind, die Gehirnwellen synchronisieren, weshalb die gemeinsame Meditation besonders unterstützend wirke. Selbst Anfängern gelinge es dann manchmal, in die Stille einzutauchen, was sich nicht nur auf ihre Gesundheit positiv auswirke, sondern auf ihr ganzes weiteres Leben und Schicksal.

All das leuchtete Marcus ein. Er wusste, dass er ruhiger und gesammelter war, wenn er meditierte, und dachte mit gequältem Lächeln an den gestressten und ehrgeizigen Marcus zurück, der er noch vor weniger als einem halben Jahr gewesen war. Dieser Marcus hätte über Meditation nur gelacht.

»Meditation ist etwas für Spinner und Flaschen«, hatte sein Chef einmal zu ihm gesagt, und er hatte ihm zugestimmt. Auch seine makellose Freundin mit den hungrigen, gierigen Augen hielt nichts von Leuten, die meditierten. »Meditation ist eine Krücke, genau wie Religion«, hatte sie einmal mit ihrer Barbiepuppenstimme gesagt.

Marcus fiel auf, dass er jetzt ohne Schmerz und Bedauern an die beiden denken konnte. Sie kamen für ihn nun aus einer anderen Welt. Er wünschte ihnen alles Gute und verspürte keinerlei Bedürfnis mehr nach einem Leben dieser Art. Er hatte sich wirklich geändert, dachte er verwundert.

In der Schriftrolle stand, dass man Spiegelbilder seiner selbst anzieht. Seine neuen Spiegelbilder waren Joanna und Helen, Tony, Zoranda und die Männer von Kumeka House, die ein ganz anderes Bewusstsein hatten und die Dinge anders sahen. Er spürte eine plötzliche Woge von Dankbarkeit und Wertschätzung ihnen allen gegenüber. Er hätte sein ganzes Leben im Haifischbecken zubringen können, ohne je zu merken, dass es auch etwas anderes gab.

Marcus beendete seine Meditation, streckte sich und ging in dem Gefühl, geerdet und gesammelt zu sein, in die Sonne hinaus. Dann zeigte sich jedoch, dass die Wirkung der Meditation schnell verflog und er schon eine halbe Stunde später wieder voller rastloser Energie war.

Er kam auf den Gedanken, in den Ort zu fahren und ein paar Besorgungen zu machen. Unterwegs dachte er an den kommenden Donnerstag. Was, wenn der Stein sich tatsächlich bewegte? Sollte es gelingen, Stonehenge wieder in den Zustand seiner ursprünglichen Kraft zu versetzen, so wären die Folgen unabsehbar. Dann müsste sich das Wissen um die Möglichkeiten des menschlichen Geistes doch wie ein Lauffeuer ausbreiten und alle Menschen aus dem Gefängnis ihrer Unwissenheit und Beschränktheit befreien. Er runzelte die Stirn vor lauter Konzentration, als er all die schier unglaublichen Möglichkeiten bedachte.

Allein schon die Auswirkungen auf die Medizin raubten einem den Atem! Menschen mit schweren Verbrennungen konnten durch freies Schweben vom Druck der Unterlage befreit werden, so dass ihre Haut schneller heilen würde. Wenn man den Leuten die Kraft des Geistes verständlich machte, würden sie diese Kraft doch sicher zur Heilung ihres eigenen Körpers einsetzen. Es war anzunehmen, dass die Macht der pharmakafixierten Schulmedizin dann allmählich gebrochen würde. Marcus wusste, dass Medikamente die häufigste Ursache für Krankenhausaufenthalte sind.

Noch vor seiner »Erweckung« war Marcus unangenehm bewusst geworden, dass die Pharmaindustrie die Menschen buchstäblich beherrschte. Natürlich bestritt er nicht, dass Medikamente unter bestimmten Umständen angebracht, ja lebensrettend sein konnten; doch es überraschte ihn nicht, als Helen erklärte, Drogen jeder Art beeinträchtigten die Chakren oder spirituellen Energiezentren des Menschen und würden dadurch auch die spirituelle Entwicklung behindern.

Wie sich die Welt ändern würde, wenn die Steine sich bewegten!

Ein Jahre zurückliegendes Gespräch auf einer Dinnerparty fiel ihm ein. Ein Wissenschaftler, der ihm gegenübersaß, behauptete, es sei jetzt bekannt, wie man Fahrzeuge ohne den Einsatz fossiler Brennstoffe antreiben könne. Es sei daher nicht mehr nötig, die Umwelt weiter zu belasten. Doch gewisse Interessengruppen würden die Entwicklung der neuen, alternativen Technologie hintertreiben.

Darüber hatte Marcus seinerzeit nur verächtlich lachen können. Jetzt war er sich da nicht mehr so sicher. Seltsam jedenfalls, dass ihm dieses Gespräch nie ganz aus dem Sinn gegangen war. Wenn die Steine sich bewegten und das Licht zurückkehrte, würde sich ganz gewiss etwas ändern. Sturovs Macht war dann sicher gebrochen.

Denn sobald die Macht des Geistes erst einmal für jeden sichtbar demonstriert worden war, konnte es doch nicht ausbleiben, dass immer mehr Menschen sich innerlich auf Frieden und Gemeinsamkeit ausrichteten, bis beide schließlich erreicht waren. Wenn es keine Kriege mehr gab, würde genügend Geld und Energie zur Verfügung stehen, um die ganze Menschheit zu ernähren. Ihm wurde klar, dass er dieses »Wenn« nicht als ein »Falls« denken durfte. Den zeitlichen Ablauf der Veränderungen kannte er nicht, aber *dass* sie eintreten würden, daran durfte er jetzt nicht mehr zweifeln.

In diese optimistischen Gedanken brach plötzlich ein ganz anderer, ziemlich unangenehmer Gedanke ein. Als Heranwachsender hatte er einmal mit einigen seiner Freunde über den Krieg diskutiert. Der Vater des Jungen, in dessen Haus sie sich aufhielten, kam dazu und erklärte, Kriege gingen immer von machtgierigen Menschen aus, die Konflikte schürten, um sich an den folgenden kriegerischen Auseinandersetzungen zu bereichern. »Die umsatzstärkste Sparte der britischen Wirtschaft ist die Rüstungsindustrie«, sagte er. »Und überhaupt hat der Westen ein großes Interesse daran, dass in der Welt kein Friede einkehrt.«

Seine zornigen Worte hatten Marcus erschüttert. In tiefster Bestürzung hatte er sich nach Hause geschlichen, und das Gefühl von drohendem Unheil hatte ihn tagelang nicht losgelassen.

Jetzt sah er auf einmal ganz klar, dass es wirklich eine gewaltige, unterschätzte Kraft gab, die den Frieden auf Erden mit allen Mitteln zu verhindern suchte.

»Angst ist Herrschaft, Friede ist Freiheit«, dachte er. »Halte die Menschen in Angst, und du kannst sie beherrschen.« Im Frieden würden sie sich zu Individuen entwickeln und erforschen, was wirklich in ihnen steckt. Das ist eine Gefahr für das Establishment.

Er schüttelte den Kopf, wie um diese Gedanken abzuschütteln. Die Schriftrolle konnte der Erde Frieden bringen, wie auch immer die Gegenkräfte aussahen. Das war nur eine Frage der Zeit. Er hoffte nur, dass sich am Donnerstag der Stein bewegen würde.

Er sann immer noch darüber nach, als er den Wagen auf der breiten Hauptstraße von Mount Shasta City parkte. Er stellte den Motor ab, lehnte sich zurück und schloss die Augen.

Vor ihm erschien das Bild einer Menschheit, die durch Zinsen auf eine große Illusion – Geld – an Banken und Investmenthäuser gekettet, immer verschuldet und immer unfrei war.

Dann sah er Abermillionen Schulkinder vor sich, die nur mit Nahrung für die linke Gehirnhälfte gefüttert wurden, mit totem Wissen und den Gedanken anderer. Die rechte Gehirnhälfte lag brach und verkümmerte, und sie verloren den Zugang zu ihrer Kreativität und Einzigartigkeit, ihrer persönlichen Beziehung zu Gott. Aus ihnen wurden abgestumpfte Schattenmenschen, Verlorene, die nicht mehr wussten, was ihnen fehlte.

Dann erschien in diesem Bild ein Licht, und Marcus sah, wie die Schulen sich zu Erziehungsstätten wandelten, denen es darum ging, dass die Kinder zu sich selbst fanden und sich zu spirituell orientierten Erwachsenen entwickeln konnten. Sie wurden Individuen und waren kein Herdenvieh mehr. Sie wurden frei in ihrem Denken, sie wurden weise und furchtlos. Er sah das Licht in Millionen von Kindern heller werden.

Im letzten Bild seiner Vision sah Marcus Milliarden von Menschen, die ihre Herzen öffneten. Er sah die Welt von Liebe durchströmt, die alle Menschen dazu befähigte, höhere Ebenen des Bewusstseins zu erreichen.

Es bestand kein Bedarf mehr an Waffen und Drogen. Die Menschen wurden selbstständig und ließen sich nichts mehr einreden. Alles, was die Welt hörig gemacht hatte, löste sich einfach auf.

Plötzlich wurde ihm klar, welche Verantwortung ihm aufgebürdet worden war, und ein Schreck durchfuhr ihn. Er öffnete die Augen. Dann fiel ihm aber ein, dass die höheren Kräfte des Universums ihn beschützten und zur rechten Zeit am rechten Ort sein ließen. Darauf musste er vertrauen. Es gab so viel zu tun. Für sich allein konnte er nichts ausrichten, aber mit dem Universum im Rücken würde er es schaffen. Er durfte nicht aufgeben, bis die Welt frei war oder er starb. Das war seine Mission.

Er dachte an Helens Worte über Sturov und seine Elite. Sie regierten die Welt, indem sie hinter den Kulissen agierten und im Verborgenen das Establishment dirigierten. Ob die Männer, die hinter der Schriftrolle her waren, wohl auch zur Elite gehörten?

Wenn es so war, konnte es kaum verwundern, dass die Verfolger sich so lange auf ihrer Spur hatten halten können. Schließlich war es ein weltumspannendes Netz, das überall Einfluss besaß und über alle erdenklichen Mittel verfügte. Ein schrecklicher Gedanke. Doch sofort fiel ihm wieder ein, was er sich vorgenommen hatte: Was auch geschehen mochte, er würde nicht aufgeben, bis die Botschaft der Schriftrolle in die Welt hinausgetragen war. In diesem Gefühl der Entschlossenheit stieg er aus dem Wagen.

34. *Kapitel*

Mount Shasta City sah mit seiner breiten, beiderseits von Läden und Häusern mit Holzveranden gesäumten Hauptstraße wie eine Stadt aus dem Wilden Westen aus. Manche Gebäude wirkten wie Saloons aus einem Film, und er erwartete fast jeden Augenblick, dass ein leibhaftiger Cowboy durch die Schwingtüren nach draußen stapfte.

Purpurne Petunien, leuchtend rote Geranien, blaue und gelbe Stiefmütterchen und Kaskaden von Lobelien in Weiß, Pink und Blau strahlten ihm aus den Blumenkästen entgegen. Die Leute blieben stehen, um einander zu grüßen. Es war wie ein Dorf in der Stadt.

Er betrat einen Laden, in dem er einen Film kaufen wollte. Sein Lächeln und sein fröhlicher Charme brachten ihn schnell mit einem Ehepaar mittleren Alters ins Gespräch. Die beiden waren dabei, einen Bilderrahmen für ein Foto ihrer Enkelin auszusuchen. Die Freude am Gespräch wurde ihm ein wenig dadurch verdorben, dass sie sich ständig darüber beklagten, wie teuer alles sei. Die rundliche Frau mit pink getöntem Haar und tiefen Furchen der Unzufriedenheit im Gesicht vertraute ihm an, dass sie ihre Hypothekenschulden einfach nicht loswurden.

»Wir werden nie frei sein«, stieß sie bitter hervor.

Marcus blinzelte. Er sah eine Art schwarze Zange aus einer Bank heraus nach den beiden greifen und sie in der Sklaverei halten.

Er bezahlte seinen Film und sagte: »Einen schönen Tag noch.« Dabei dachte er: »Das Universum will mich auf etwas aufmerksam machen.« Dann musste er lächeln: Jetzt dachte er schon wie Helen und Joanna. Aber seltsam war es doch. Er erinnerte sich nicht daran, je mit Leuten gesprochen zu haben, die über Hypotheken klagten. Dass es gerade jetzt geschah, da er selbst an Menschen dachte, die ihr Leben lang in Schulden gehalten wurden, war immerhin interessant.

Ohne Übergang kam ihm plötzlich der Gedanke, er könne Mutter und Tochter ein kleines Geschenk mitbringen. Aber was? Er hatte keine Ahnung. Dafür fiel ihm etwas ein, was in der Schriftrolle stand – dass es nämlich viele Helfer und Geister gab, die aber herbeigebeten werden wollten. So blieb er einen Augenblick still stehen und bat darum, zu perfekten Geschenken für die beiden Frauen geführt zu werden.

»So«, dachte er, »mal sehen, wie das wirkt.«

Bald entdeckte er einen Laden mit Kristallen, Büchern, Windspielen, Klangschalen und all den Herrlichkeiten des goldenen Zeitalters. Er wusste gleich, dass er hier das Passende finden würde.

Auch hier entspann sich schnell ein Gespräch mit der Verkäuferin, einer begeisterungsfähigen Frau mit perfektem Zahnpastalächeln, und einem langhaarigen jungen Mann, dessen Freundin hochschwanger war und nicht sehr beglückt wirkte. Der junge Mann beklagte sich über seinen Job. »Ich schufte und schufte, und es springt fast nichts dabei raus. Das lohnt sich einfach nicht. Manche haben es gut, die können aufs College gehen. Die Chance hatte ich nie.«

Die Verkäuferin murmelte mitfühlend.

Seine Freundin jammerte über die Hitze während ihrer Schwangerschaft und über das Pech, das sie mit ihrem schrecklichen Vermieter hatten. »Bis zum Ende der Woche müssen wir raus. Wir wissen nicht, wohin. Der setzt uns vor die Tür, nur weil wir ab und zu mal mit Freunden rauchen.«

»Und gegen die Hunde hat er auch was. Die machen überhaupt keine Scherereien, aber nein, das ist gegen den Mietvertrag.«

Die Verkäuferin sagte zu der Schwangeren: »Ich weiß, wie Ihnen zu Mute ist. Mir ist die ganze zweite Schwangerschaft hindurch immer nur übel gewesen, und kaum war mein Sohn geboren, hat sich mein Mann aus dem Staub gemacht. Der Mistkerl.«

»Ach, Sie Ärmste«, zwitscherte die werdende Mutter, und dann hatten sie endlich ihre Richtung gefunden: eine Abwärtsspirale aus Schuldzuweisungen, Tratsch und allem, was sich sonst noch an Negativem ausgraben ließ. Eine dunkle Wolke hing über ihnen.

Marcus fühlte, wie sie auch ihn hinunterzogen. Ihre negative Energie übertrug sich irgendwie auf ihn, und so ging er im Laden herum und versuchte sie abzuschütteln. Plötzlich wurde ihm klar: Es war die Negativität anderer, die er übernommen hatte. Helen hatte ihm beigebracht, sich diese Wolke der Negativität vorzustellen, sie dann fortzublasen und zum Schluss seine Aura zu versiegeln. Er tat es hinter eine Säule und fühlte sich gleich viel besser.

Und da fiel sein Blick auf eine kleine Vitrine mit Buddhas. Er wählte einen besonders schön gearbeiteten aus

Rosenquarz für Joanna und eine Amethystpyramide für Helen aus. In der Vorfreude auf die überraschten Gesichter der beiden fühlte er sich gleich wieder ganz wohl. Das deprimierende Paar hatte inzwischen den Laden verlassen, und als er seine Geschenke zur Theke brachte, konnte er das Gespräch auf die Schönheit der Kristalle lenken. Das brachte auch die Verkäuferin wieder in bessere Stimmung. Marcus hatte ein Lächeln auf den Lippen, als er mit federnden Schritten zum Wagen zurückging.

Dennoch, dieser Gang in die Stadt hatte ihn unangenehm an die negative Ausrichtung des Massenbewusstseins erinnert. Hier eine Kehrtwende zu bewirken war schon eine gewaltige Aufgabe. Plötzlich kam ihm der Gedanke: Nein, so war das nicht. Dass Wandel schwierig sei, war nichts weiter als eine Illusion. In Wahrheit transformiert das Licht die Finsternis augenblicklich. Aber natürlich – man schaltete das Licht an, und schon war es nicht mehr dunkel.

Er brannte darauf, Joanna von dieser neu entdeckten Illusion zu berichten, und steuerte den Wagen schnell zum Hotel zurück.

Joanna und Helen waren hellauf begeistert von seinen Mitbringseln, und er strahlte. Erst jetzt fiel ihm wieder ein, dass Joanna Buddhas sammelte und Helen Pyramiden liebte. Als sie ihn umarmten und sich bedankten, ging ihm durch den Kopf, ob es wohl wirklich seine Geisthelfer gewesen waren, die ihn zu diesen Geschenken geführt hatten. Innerlich bedankte er sich bei ihnen.

»Und dann habe ich noch eine neue Illusion«, verkündete er.

»Her damit, her damit.« Joanna zückte sofort Notizbuch und Stift.

»Illusion: Wandel ist schwierig. Wahrheit: Licht transformiert die Dunkelheit augenblicklich.«

»Klasse!«, bestätigten beide, und Joanna schrieb es auf.

»Ich frage mich nur«, überlegte Marcus, »wie leicht und wie schnell der Wandel auf der Welt um sich greifen wird.«

»Sehr schnell«, erwiderte Helen mit großer Bestimmtheit. »Nimm alles zusammen. Wir haben das Phänomen des hundertsten Affen, die Tatsache, dass alte Seelen geboren werden, die Schriftrolle, die Zunahme der zur Erde gesandten Lichtimpulse und ...«

»Halt, halt. Augenblick. Eins nach dem anderen«, lachte Marcus.

»Aber gern«, lächelte Helen. »Hast du schon mal vom hundertsten Affen gehört?«

»Ja, aber ich weiß nicht genau, was damit gemeint ist.«

»Also in aller Kürze: Es handelt sich um wissenschaftliche Experimente auf einer Pazifikinsel. Man fütterte Affen mit Süßkartoffeln, die man in den Sand warf. Das bedeutete, dass es ziemlich unangenehm zwischen den Zähnen knirschte, wenn man sie verzehrte. Einmal ließ ein Affenkind seine Süßkartoffel versehentlich ins Wasser fallen, und als es sie wieder herausfischte, war sie sauber und schmeckte viel besser. Als dieses Affenkind sich das nächste Mal sein Futter aus dem Sand klaubte, wandte es bereits ganz gezielt die Wassermethode an. Irgendwann machte die Mutter es nach, und auch andere Jungaffen schauten sich das Verfahren ab. Immer mehr Mütter schlossen sich an und am Ende auch die Männchen.

Irgendwann hatten um die hundert Affen die neue Methode erlernt. Diese Zahl erwies sich als eine Art kritische Marke, denn plötzlich breitete sich die neue Fertigkeit explosionsartig in dieser Affenherde aus. Jetzt kam das Erstaunliche: Von diesem Augenblick an, stellten die Wissenschaftler fest, wandten alle Affen auf den weit verstreuten Inseln des Pazifiks die neue Methode an. Anders gesagt, das Bewusstsein sprang an diesem Punkt der kritischen Marke auf alle über.«

»Das ist ja ein Ding«, staunte Marcus.

»Nicht wahr? Und es gibt eine Menge anderer Beobachtungen dieser Art. Zum Beispiel in Schottland: Hier haben Meisen gelernt, die Silberfolie von den morgens an die Haustüren gelieferten Milchflaschen zu picken, um an die Milch heranzukommen. Als eine bestimmte Anzahl von Meisen den Bogen heraushatte, breitete sich diese Kunst schlagartig über das ganze Land aus.«

»Aha.« Marcus dachte nach. »Einzelbewusstsein und Einzelbewusstsein greifen ineinander, und wenn eine bestimmte kritische Anzahl von Menschen ihr spirituelles Licht eingeschaltet hat, wird es urplötzlich bei allen hell.«

»Ganz genau«, pflichtete ihm Joanna bei. »Und das kann wirklich sehr schnell gehen. Stell dir allein die Auswirkungen der Schriftrolle vor. Wenn die Kraftorte erst wieder für das Licht durchlässig sind und immer mehr Menschen positive Energien über die Ley-Linien verbreiten, wird der Wandel sich fortsetzen.«

»Hinzu kommt«, fuhr Helen fort, »dass immer mehr der jetzt geborenen Kinder weise und entwickelte alte Seelen und bereits wach und bewusst sind. Durch sie wird das Bewusstsein ihrer Familie und der Menschen in ihrer Umgebung ganz automatisch auf eine höhere Ebene angehoben.«

»Was ist das mit den Lichtimpulsen?«, wollte Marcus jetzt noch wissen.

»Oh, in früheren Zeiten wurden ein- oder zweimal pro Jahr hochfrequente Lichtimpulse zur Erde gesandt. Das Licht, wenn du dich erinnerst, ist Träger spirituellen Wissens. Außerdem transportiert es Liebe. Es beunruhigt die Menschen natürlich, weil es ihr Bewusstsein aufrüttelt. Es heißt jetzt, dass die Lichtpulse inzwischen monatlich oder sogar vierzehntägig erfolgen. Alles beschleunigt sich. Der Wandel kann gar nicht ausbleiben.«

Ein Gefühl von Optimismus und froher Erwartung ergriff sie alle. Ihre Hoffnungen hatten ein nicht mehr allzu fernes Ziel: die Versetzung des Steins am Donnerstag.

35. Kapitel

Während die Tage vergingen, wurde Marcus immer ungeduldiger und ruheloser, brummig und mürrisch wie ein Bär, der auf seinen Honig wartet. In dieser seelischen Verfassung blieben ihm die heilenden Kräfte der in Kumeka House erlernten Meditation verschlossen. Er wusste, dass er Joanna auf die Nerven ging und Helen verunsicherte.

Je häufiger Helen ihn sanft ermahnte: »Wir müssen ruhig und gesammelt bleiben«, desto frustrierter war er.

Bis Joanna ihn schließlich scharf zurechtwies, er solle sich nicht wie ein Idiot benehmen, sondern irgendetwas Nützliches tun. Da wurden seine Augen dunkel und schmal, und er bemerkte, dass es Seiten an ihr gab, die er nicht mochte.

Am Donnerstagmorgen endlich wurde ihnen angekündigt, dass drei der Symbole ihnen im Laufe des Vormittags per E-Mail zugesandt würden, aus Sicherheitsgründen von drei verschiedenen Stellen aus an drei verschiedene Hotels in der Umgebung. Marcus fuhr mit dem Wagen los und holte sie ab. In seinem aufgewühlten Zustand war er froh, etwas tun zu können.

Zoranda hatte sich für diese Übermittlungsart entschieden, damit die Empfänger einen Eindruck von den herrlichen Farben bekamen. Wie die Farben in ihrer ganzen Leuchtkraft auf dem Trägermaterial erhalten geblieben waren, wusste niemand. Es zeigte sich aber wieder einmal, dass die Leute von Atlantis über Fähigkeiten verfügt hatten, die der modernen Menschheit verloren gegangen waren.

Die ersten beiden Symbole hatten sie als Schwarzweißbilder empfangen, weil sie gefaxt worden waren. Außerdem hatte Professor Smith offenbar auch gezögert, ihnen von den Farben zu erzählen; vielleicht lag es daran, dass diese Farben ein so vollkommen unbegreifliches Phänomen waren und man erst noch weitere Untersuchungen anstellen wollte. Auch Tony erfuhr erst, als er den Professor besuchte, dass die Symbole noch in ihren ursprünglichen Farben leuchteten. Zum Glück konnte er Professor Smith überreden, sich von diesen farbigen Darstellungen zu trennen, damit sie übermittelt werden konnten.

Die Strahlkraft der Farben traf Marcus völlig unvorbereitet. In der Annahme, man könne die Symbole kopieren und kolorieren, hatte er Buntstifte gekauft, doch die Farbpalette, die ihm damit zur Verfügung stand, wirkte völlig ungenügend. Jedenfalls konnte er es kaum erwarten, Joanna und Helen die Symbole zu zeigen. Er fühlte sich wie neu belebt und fuhr ebenso begeistert wie aufgeregt zum Hotel zurück.

Dort saßen sie dann in ihrer Blockhütte um den Tisch und vertieften sich eifrig in die Symbole. Sie zeichneten sie immer wieder ab, um sie sich so lebhaft wie möglich einzuprägen. Zu jedem gab es einen Text, in dem erläutert wurde, welche Tür es im Bewusstsein öffnen konnte.

Eines sah wie ein Schwan aus und war dazu da, die tieferen Schichten des Bewusstseins zugänglich zu machen und karmische Schulden zu bereinigen. Es schillerte in

Blau- und Grüntönen, die an Pfauenfedern erinnerten. Das zweite war ein Dreieck, himmelblau ausgefüllt, eine Seite grün, die zweite blau und die dritte pinkfarben. Dies war der Schlüssel, der das Herz und Tausende von Seelen an die Energie anschloss, welche wiederum das Netz öffnen würde. Es war von unglaublicher Kraft, die sie spürten, als sie das Symbol zeichneten und es sich dann innerlich vergegenwärtigten. Das dritte war ein herzförmiger Saphir in einer Flamme, der allen einsamen Menschen Freundschaft bringen und die Schönheit der Erde beleuchten würde.

»Wow!«, rief Joanna. »Die sind ja atemberaubend.«

»Ja, unglaublich«, stimmte Helen zu.

Marcus sah Joanna an und betrachtete einen Augenblick lang ihre feinen, empfindsamen Züge und das dunkle Haar, das ihr nachdenkliches Gesicht einrahmte. Es musste auch für sie eine schwierige und beängstigende Zeit gewesen sein. Er bewunderte ihre Selbstbeherrschung und schämte sich ein wenig seiner so offensichtlichen Ungeduld.

Sie blickte auf und las in seinem Gesicht, was er dachte. Sie lächelte. Nun fühlte er sich schon wesentlich besser.

Zoranda hatte vorgeschlagen, dass sie sich auf dem Mount Shasta einen Platz suchen sollten, an dem sie ungestört sein würden. Um zwei Uhr nachmittags sollten sie sich auf die gleichzeitig – um sieben Uhr abends Ortszeit – in Stonehenge beginnende Nachtwache einschwingen.

Sie saßen schon lange vor der verabredeten Zeit unter einer riesenhaften Kiefer unterhalb der Schneegrenze, von wo aus sie einen herrlichen Blick über Wälder und Seen hatten.

Marcus konzentrierte sich auf den göttlichen Plan, spirituelles Wissen durch die Portale einströmen zu lassen und über das Energienetz weltweit zu verbreiten, damit die Zeit des Himmels auf Erden anbrechen konnte. Welch ein wunderbarer Ort könnte die Erde sein, würden die Menschen ihren freien Willen nicht in den Dienst negativer Bestrebungen stellen!

Er dachte daran, dass Satanisten und Menschen mit bösen Absichten schon immer versucht hatten, sich die Kraft des Vollmonds zu Nutze zu machen, um die Energielinien zu schädigen und die Portale in ihre Gewalt zu bringen. Danach würde es nicht ausbleiben, dass die Menschen Angstenergien durch das Netz aussandten und Verwirrung und Panik sich ausbreiteten. Sie würden so das ideale geistige Umfeld für die Übernahme der Macht schaffen. Kein Wunder, dass die meisten Länder schon längst von den Drahtziehern der Finsternis beherrscht wurden, die alles unter ihre Kontrolle zu bringen versuchten und für die es nur um Macht und die Befriedigung ihrer niederen Bedürfnisse ging. Sturov und seine Streitmacht waren sicherlich eine Fraktion dieser unsichtbaren Mafia.

Um zwei Uhr begannen sie, Stonehenge in seiner ursprünglichen Vollkommenheit zu visualisieren. Sie boten äußerste Konzentration auf, um die empfangenen Wahrheiten und Symbole in Richtung Stonehenge zu senden. Dann visualisierten sie, wie das Licht sich von dort aus über die Ley-Linien in die ganze Welt ausbreitete.

Etlichen Stunden später bekamen sie einen Anruf von Tony, der sie in helle Aufregung versetzte. Sie fielen einander erleichtert und glücklich in die Arme.

Marcus rief noch seinen alten Schulfreund Tom Tyler an, bevor er loszog, um eine Flasche Champagner zu besorgen. Dann feierten sie.

Der Strom des Lebens trägt manche sanft durch die Jahre, kaum dass auch nur eine Welle den gleichmäßigen Fluss ihres Daseins stört. Tagein, tagaus geht die Sonne für sie über demselben Horizont auf und unter. Andere, weitaus weniger an der Zahl, werden eines Tages von einer gewaltigen Woge erfasst, die ihr Leben unwiderruflich verändert. Das sind die Glücklicheren – wenn sie sich auch zunächst nicht danach fühlen mögen.

Als Tom Tyler am Donnerstagabend von einem späten Termin müde heimfuhr, dachte er sicher nicht daran, dass er einer dieser Wenigen sein sollte. Er war Realist. Für ihn gab es Mögliches und Unmögliches. Hätte man ihm gesagt, das Unmögliche werde noch in dieser Nacht Realität für ihn werden, so hätte er nur ungläubig gelacht.

Dieser feuchte und trübe Abend mit seinen immer wieder die Sicht behindernden Bodennebeln deutete auf nichts Ungewöhnliches hin. Das Autofahren machte keinen Spaß, aber das war auch alles. Toms große, gepflegte und leicht behaarte Hände bewegten das Lenkrad gekonnt.

Er war einmal ein gut aussehender junger Kerl mit hellwachen blauen Augen gewesen. Er fand das Leben aufregend und war ehrgeizig, aber nicht rücksichtslos. Nach zehn Jahren als Journalist war sein Geist in demselben Maße geschrumpft, wie sein Körper in die Breite gegangen war.

Die Resignation hatte seinen Augen den Glanz genommen, die einstmals scharfe Linie seines Kinns war durch Genusssucht verweichlicht, und zu viele Biere der Unzufriedenheit hatten seinen Bauch aufgeschwemmt. Tom war seelenmüde, auch wenn er dieses Wort nicht verstanden hätte.

Das Autotelefon läutete. »Tom Tyler«, meldete er sich tonlos. Am Knacken erkannte er, dass der Anrufer einen schlechten Empfang hatte. »Mist«, dachte er mürrisch. Überrascht erkannte er Marcus' Stimme und auch die mühsam beherrschte Erregung darin.

»*Was* soll ich tun?«, fragte er fast schon aggressiv, so überrascht war er. »Du lieber Himmel, warum denn das? Das ist doch völlig absurd!«

Marcus wiederholte seine Bitte mit so atemloser Dringlichkeit, dass Tom schließlich doch neugierig wurde.

»Hör mal, Marcus, was …«, setzte er an, aber die Verbindung wurde unterbrochen.

»Den Teufel werd ich«, knurrte er in sich hinein. Er dachte an Marcus, seinen ein Jahr jüngeren Schulkameraden. Marcus hatte den sprachlichen Zweig gewählt, Tom den künstlerischen. Marcus spielte Rugby, Tom Kricket. Sie waren im gleichen Gebäude untergebracht, aber es gab keine anderen Verbindungen oder gemeinsamen Interessen, und so hatten sie einander nicht näher kennen gelernt. Auch in den zehn Jahren seit dem Schulabgang hatten sie beide nie daran gedacht, sich noch einmal zu treffen.

Dann saßen sie einander einmal bei einem Ehemaligentreffen gegenüber: Tom, der nicht so ganz erfolgreiche Journalist mit einem kleinen Kind und einer Frau, die ihn so satt hatte wie er sie, und Marcus, der Shootingstar einer Stadtfirma mit einer eleganten Freundin und besten Zukunftsaussichten.

Tom war nur zu bewusst gewesen, wie schlecht er im Vergleich abschnitt, und so hatte er das Visier heruntergelassen. Sarkastische Kommentare waren seine Kampftaktik. Nach dem Essen hatten sie aus irgendeinem Grund ihre Karten ausgetauscht, eine bloße Förmlichkeit, nichts weiter. Er war davon ausgegangen, dass sie einander nie wieder begegnen würden.

An diesem späten Abend auf dem Heimweg wusste Tom noch nichts davon, dass Marcus in den sechs Monaten seit jenem Dinner von der Woge erfasst worden war, dass sie sein wohl geordnetes, erfolgreiches Leben zerstört und ihn selbst ins Unbekannte hinausgetragen hatte.

Er erinnerte sich nur daran, dass Marcus an jenem Abend so gut ausgesehen hatte wie damals zu Schulzeiten – dieselben lachenden grauen Augen und diese erstaunlich entspannte Ausstrahlung, die er bei einem Mann mit so starken Schultern und einer so markanten, Entschlossenheit signalisierenden Kinnpartie nicht vermutet hätte.

Vor allem – und fast ein wenig missgünstig – erinnerte Tom sich aber an Marcus' echte und ungespielte Liebenswürdigkeit. Auch wenn vordergründig nur von Beruf und Familie die Rede war, hatte Tom doch gespürt, dass dieser Kerl verstand und wirklich Anteil nahm, dass er sich persönlich für ihn interessierte. Überrascht hatte er festgestellt, dass er seine eigene Abwehr als hinderlich empfand. Das beunruhigte ihn. Marcus passte nicht in das Bild eines typischen Yuppie.

Vielleicht war es das, was jetzt den Ausschlag gab – das und die bizarre Nachricht, die Marcus ihm gerade mitgeteilt hatte. Jedenfalls verließ er am nächsten Kreisel seinen Heimweg und bog Richtung Stonehenge ab.

Was um alles in der Welt mochte Marcus gemeint haben? Jedenfalls konnte er etwas erleben, wenn es nicht wirklich ein Knüller war. Tom sah auf die Uhr. Beinahe Mitternacht. In wenigen Minuten würde er in Stonehenge sein.

Die Wolken teilten sich plötzlich wie dunkle Samtvorhänge, und der Mond, einer riesenhaften schwebenden Perle ähnlich, warf sein Licht über das Land. Die Steine des Henge wirkten in diesem Licht schwarz und hatten etwas unheimlich Dräuendes. Er persönlich hätte nicht gewusst, warum er einen Haufen Steine hätte besichtigen sollen – auch dann nicht, wenn es sich um eine steinalte Sonnenuhr handelte. Irgendwo hatte er einmal gelesen, die Steine seien nach Berechnungen aufgestellt worden, die selbst heutige Wissenschaftler nicht mehr nachvollziehen könnten. Jedenfalls konnte er nicht verstehen, weshalb es Druiden oder Horden von Hippies danach drängte, die Steine zu umtanzen. Die liebenswürdigen Eigenschaften wie Toleranz, Verständnis und Aufgeschlossenheit mussten sich diesen Tom erst noch erobern.

All die Jahre war er immer wieder an Stonehenge vorbeigekommen und hatte kaum auch nur hingesehen, war aber stets überrascht gewesen über die Zahl der Touristen, die einiges zu zahlen bereit waren, um die Steine auch nur von weitem zu sehen. Als der Steinkreis sich jetzt deutlich vor ihm abzeichnete, lenkte er den Wagen von der Straße und stellte den Motor ab. Was hatte Marcus gesagt? Die Steine würden sich bewegen? Er spürte plötzlich, wie müde er war, und dachte: »Ich muss doch verrückt sein, dass ich mir diesen Humbug überhaupt anhöre.« Er ärgerte sich über Marcus und über sich selbst.

Dann wurde ihm klar, dass die ganze Anlage doch irgendwie anders aussah. Unmöglich! Was war das nur? Der Platz lag verlassen da.

Dann sah er es plötzlich mit weit aufgerissenen Augen. Es war, als durchzuckte ihn ein Blitz. Ein kurzer Anruf, noch einer, dann sprang er aus dem Wagen und rannte über die Straße. Jetzt. Jetzt erfasste ihn die Woge.

Eine Stunde später, als Marcus erneut anrief, hatte sich Toms Tonfall komplett verändert. Jetzt war Marcus für ihn wieder ganz der alte Kumpel, der ihm eine Sensationsmeldung zugeschanzt hatte.

»Was geht hier überhaupt vor sich? Wie ist das passiert? Was sind die Hintergründe dafür? Wieso weißt du davon?« Die Fragen sprudelten nur so aus ihm heraus. Nach kurzer Pause ging es weiter: »Wo steckst du? Wie ist deine Nummer?«

Marcus verweigerte ihm die Nummer. »Ich bin in Amerika. Erzähl erst einmal weiter. Was tut sich im Moment?«

»Einer der umgestürzten Decksteine liegt wieder an seinem ursprünglichen Platz. Es sind keine Spuren zu sehen. Das Ganze ist völlig rätselhaft.«

Das wusste Marcus bereits von Zoranda. Trotzdem streckte er Helen und Joanna den erhobenen Daumen hin.

»Woher weißt du davon?«, wiederholte Tom seine Frage.

»Wie steht es mit der Presse?«, fragte Marcus seinerseits.

»Außer mir ist noch niemand da. Das wird ein Exklusivbericht, und dir habe ich es zu verdanken. Der Fotograf ist unterwegs. Ich habe selbst schon ein paar Bilder in diesem blöden Nebel geschossen. Morgen haben es alle Zeitungen auf dem Tisch.«

Tom bettelte fast um mehr Information: »Marcus, alter Freund, ich bin dir schrecklich dankbar. Dass du an mich gedacht hast, werde ich dir nie vergessen. Aber kannst du mich nicht doch über das Ganze aufklären?«

Marcus musste ein Lachen unterdrücken. »In Ordnung. Hör gut zu.« Er erzählte Tom die Geschichte der Schriftrolle in stark gekürzter Form und ohne Namen zu nennen. Die Welt sollte von der Schriftrolle und der zentralen Bedeutung von Stonehenge erfahren. Mehr als alles andere lag ihm am Herzen, dass die Menschen von der Kraft des Geistes unterrichtet wurden. Keine Macht der Welt sollte das verhindern.

Tom war fassungslos. »Nimmst du mich auf den Arm?«, fragte er.

»Nein«, sagte Marcus einfach. »Ich muss jetzt auflegen. Ich melde mich später wieder.«

»Warte!«, rief Tom, aber die Verbindung war schon unterbrochen, mochte er auch noch so laut fluchen.

Marcus rief wieder an, als es in England früher Morgen war. »Was passiert jetzt bei euch?«, fragte er ohne jegliche Einleitung.

»He, gib mir deine Nummer«, bat Tom. »Vielleicht muss ich dich ja dringend anrufen.«

Marcus zögerte. Dann sagte er: »Du darfst sie aber nicht weitergeben. An niemanden, hörst du?« Es lag etwas Drohendes in seiner Stimme, und Tom erinnerte sich, dass dieser Marcus noch eine andere Seite hatte. Einmal waren zwei Raufbolde auf einen kleinen Jungen losgegangen, und Marcus hatte es mit ihnen aufgenommen, obwohl beide wesentlich größer als er waren. Danach mochte sich niemand mehr mit ihm anlegen. Tom versprach, die Nummer nicht weiterzugeben. Er besaß ein gutes Zahlengedächtnis. Er würde sie gar nicht erst notieren.

»Gut. Also, was ist jetzt los?«, wiederholte Marcus.

Was Tom zu berichten hatte, war eher beunruhigend. »Hier wimmelt es von Polizei. Der Fotograf ist auch noch da, aber ansonsten verweigern sie der Presse den Zugang. Sie haben den Henge und die Straße abgesperrt. Du kannst dir vielleicht vorstellen, wie es hier zugeht. Es gehen Gerüchte von Außerirdischen um. Nichts deutet jedenfalls darauf hin, dass hier Menschen am Werk waren. Es ist wirklich nicht zu glauben. Du siehst nur die Mulde im Boden, wo der Stein bisher gelegen hat, und plötzlich liegt er über den anderen Steinen. Es heißt sogar, dass Streitkräfte angefordert sind, aber das ist nur ein Gerücht. Die nationale Sicherheit scheint nicht gefährdet zu sein.«

»Hast du in deinem Artikel die Schriftrolle erwähnt?«

»Sicher hab ich das. Aber es könnte sein, dass sie das rausstreichen.«

»Verdammt«, fluchte Marcus leise.

»Ich hoffe nur, dass sie die Presse nicht beeinflussen«, murmelte Tom düster.

»Können sie das denn überhaupt?«

»Auf welchem Stern lebst du eigentlich?« Toms Stimme klang sarkastisch. »Sie können alles.«

»Verdammt«, wiederholte Marcus. »Sieh zu, dass du den Artikel unterbringst, wo du nur kannst. Er ist wichtiger, als du dir im Moment auch nur vorstellen kannst.«

»Ich fange an, das zu begreifen«, erwiderte der Journalist. »Wenn es nicht du wärest, Marcus, würde ich glauben, dass ich es mit einem absoluten Schwachkopf zu tun habe.«

Manchmal schalten sich die höheren Mächte ein und lassen Wunder geschehen. Der Nebel lichtete sich, so dass in der Frühausgabe der *Daily Mail* ein unglaubliches Bild zu sehen war: Stonehenge mit seiner neuen Silhouette vor einer in flammendem Orange aufgehenden Sonne. Die Schlagzeile dazu lautete: *Das Rätsel der schweigenden Steine.*

Alle später erscheinenden Zeitungen zeigten ähnliche Bilder. Die Schlagzeilen überboten sich gegenseitig: *Invasion von Außerirdischen – Von Tönen bewegt – Unmöglich!*

An Spekulationen herrschte kein Mangel. Nur eine einzige Zeitung erwähnte die Schriftrolle. Etliche munkelten von einer Sekte, die den Stein durch die Kraft der Töne bewegt haben wollte.

Ein sehr ernst dreinblickender Minister meldete sich im Fernsehen zu Wort und sagte: »Es muss eine ganz vernünftige und einfache Erklärung dafür geben. Wir prüfen das zum gegenwärtigen Zeitpunkt.«

Engstirnigen und kleinmütigen Menschen erscheint das Unbekannte immer verdächtig, das Rätselhafte gefährlich. Die Polizei hatte um Stonehenge einen Kordon gezogen. Die am Monument vorbeiführende Straße war gesperrt worden, und Hunderte erboste Autofahrer mussten durch die Umleitung Verspätungen hinnehmen. Drei Tage lang hatten alle Seiten Gelegenheit zu wilden Mutmaßungen. Es fehlte auch nicht an Spinnern jeder Couleur, die im Brustton der Überzeugung ihre Erklärungen für das Phänomen vortrugen – Außerirdische, Engel, der Teufel und sogar Gott wurden für die Versetzung des Steins verantwortlich gemacht. Experten stellten eine Verbindung zu den Kornkreisen her. Hier und da wurde auch die geheimnisvolle Schriftrolle erwähnt.

Der menschliche Erfindungsreichtum ist unendlich. Dabei scheint die Rationalisierung des scheinbar Irrationalen viel wichtiger zu sein als die schlichte Wahrheit. Zwei Anwohner beschworen in einem Interview bereitwillig, dass sie schwere Räumfahrzeuge die Straße hatten entlangfahren sehen. Ein Autofahrer wusste zu berichten, er habe in Stonehenge Männer bei der Arbeit gesehen, mitten in der Nacht. Andere hatten Raumschiffe oder Lichter am Himmel gesehen oder gar ein Summen gehört.

Die Schriftrolle wurde als reine Erfindung abgetan. Zoranda erschien im Frühstücksfernsehen, um über die Kraft des Geistes und Telekinese zu sprechen, doch die

Interviewer machten sich nur über ihn lustig und ließen ihn kaum zu Wort kommen. Der Nutzen seines Auftritts bestand allein darin, dass er ein auch an den Fernsehschirmen sichtbares hochfrequentes Licht ausstrahlte. Ein paar Tage später verdrängte irgendeine Bettgeschichte Stonehenge aus den Nachrichten. Die Story war so kalt wie englischer Pudding nach dem Abkühlen.

36. Kapitel

Wir erhalten ständig Unterweisungen aus höheren Quellen, doch die meisten Menschen merken nichts davon. Wenn wir unsere Intuition ignorieren, weisen wir die Einflüsterungen unserer Seele zurück. Manchmal ahnen wir, dass irgendein Vorhaben uns nur Ärger und Verdruss einbringen wird, und wenn wir es dann trotzdem in die Realität umsetzen, tun wir das gegen die deutliche Warnung unseres höheren Selbst. Unterweisungen erreichen uns häufig in Gestalt von Intuitionen, und solange wir uns diesen Intuitionen nicht verschließen, schwimmen wir mit dem Strom des Lebens.

Marcus wusste, dass es nicht sehr hilfreich war, den Medien dafür böse zu sein, dass sie sich über die Schriftrolle lustig machten, oder den Behörden, dass sie Stonehenge abgeriegelt hatten. Doch er konnte einfach nicht anders. Er lief herum wie ein brodelnder Vulkan.

Ihm war klar, dass man die Frequenz der Steine kaum anheben konnte, solange die niedere Schwingung der Polizei und anderer Interessengruppen dort so präsent war. Er äußerte diesen Gedanken immer wieder.

»Alles hat einen höheren Sinn«, erinnerte Helen ihn, doch das konnte und wollte er im Augenblick nicht einsehen.

Schließlich ermahnte Joanna ihn ärgerlich: »Mit deiner Einstellung zerstörst du unsere Schutzblase der Arglosigkeit.« Das brachte ihn für eine Weile zur Vernunft.

Sie beschlossen, gemeinsam zu meditieren, um auf weitere Eingebungen zu warten, aber Marcus blieb so ratlos, wie er war. Helen betonte, dass die Meditation selbst nicht unbedingt der Augenblick des Geistesblitzes sei, sondern nur den Boden bereite, in dem höhere Ideen aufkeimen könnten. Es half alles nichts, Marcus war außer sich.

Erst am nächsten Tag riss er sich endlich zusammen, als ihn Joanna nämlich anfauchte: »Ehrlich gesagt, ich finde, dass du eine Gefahr für uns bist. Ich will dich nicht mehr in meiner Nähe haben.« Er wusste, dass sie es ernst meinte, und so, wie er sie kannte, würde sie einfach gehen, ohne Rücksicht auf die Konsequenzen.

Bei dem, was ihr wichtig war, ging sie keine Kompromisse ein; sie hatte ihre Grenzen. Das gehörte zu den Dingen, die er an ihr bewunderte, mit denen er aber auch schlecht zurechtkam. Vor allem musste er vor sich selbst zugeben, dass er sich wie ein Trottel benahm. Schließlich traf sie ja keine Schuld, und er wollte auf keinen Fall, dass sie fortging.

So fasste er den Entschluss, den Berg hinaufzusteigen. Es war ein kluger Entschluss. Der anstrengende Aufstieg und die Schönheit der Umgebung brachten ihn wieder einigermaßen zu sich und rückten die Dinge zurecht.

Als er am Abend in die Blockhütte zurückkehrte, entschuldigte er sich für seine Unleidlichkeit. Helen nahm die Entschuldigung nur zu gern und lächelnd an, während Joanna ihm durchs Haar fuhr und leichthin bemerkte: »Wir schießen alle mal übers Ziel hinaus.«

In ihren braunen Augen lag ein verständnisvolles Lachen, und er war nur noch froh, dass man ihm sein Verhalten nicht nachtrug.

»Mir ist eben eine weitere Illusion bewusst geworden«, sagte Helen.

»Was denn, Mama?«

»Die Illusion lautet: Wenn man sich um jemanden Sorgen macht, beweist man damit, dass man diesen Menschen liebt. Das ist einfach Unsinn. Sorgen beweisen nur, dass du jemanden brauchst oder ihn beherrschen willst. Echte Liebe nimmt den anderen einfach vollkommen an und lebt in Harmonie mit ihm.«

»Oh, wunderbar«, rief Joanna. »Das verstehe ich. Sorgen sind in Wirklichkeit mangelndes Vertrauen, das du auf andere projizierst.«

»Genau«, fuhr Helen fort, »und ich dachte eben, dass mit dem, was Liebe genannt wird, im Allgemeinen Bedürfnisse gemeint sind. Und dass Liebe und Hass die zwei Seiten einer wechselseitigen Abhängigkeit sind. Aber dass so viele Menschen in Beziehungen gegenseitiger Abhängigkeit geraten, hat auch sein Gutes. Es zwingt sie irgendwann zur Auseinandersetzung mit sich selbst. Die Scheidungen und Trennungen, in denen die Kirchen und die Politiker den Zerfall der Gesellschaft sehen, sind eigentlich Alarmsignale des Geistes.«

»Warte mal. Habe ich das richtig verstanden?«, fragte Joanna, während sie ihren Kugelschreiber herauskramte. »Du sagst, es sei eine Illusion, dass Sorgen um jemanden Liebe bedeuten. Einverstanden. In Wahrheit vertraut echte Liebe darauf, dass der andere tun wird, was im höchsten Sinne zu seinem Besten ist.«

»Das hast du wunderbar gesagt.«

»Und zweitens«, fügte Marcus hinzu, »ist es eine Illusion, Scheidungen und Trennungen als Katastrophen und Versagen zu sehen. In Wahrheit sind es Weckrufe oder Lernerfahrungen.«

»Großartig. Zwei Illusionen auf einmal«, sagte Joanna, steckte ihr Notizbuch wieder in den Rucksack und belohnte Marcus mit einem strahlenden Lächeln. »Ich kann das letzte Große Mysterium kaum erwarten.«

Die beiden Frauen gingen früh zu Bett, und da Marcus nichts anderes zu tun hatte, schlug er ein Buch auf, das ein früherer Gast zurückgelassen hatte.

Staunend und mit wachsender Erregung las er über Machu Picchu, die untergegangene Inka-Stadt in den dicht bewaldeten Bergen Perus. Nach den Worten der Schriftrolle gehörte sie zu den großen, in beide Richtungen durchlässigen Portalen der Erde.

In der Schriftrolle stand auch, dass das Universum manchmal ein höchst auffälliges Zusammentreffen von Ereignissen, eine Synchronizität, in die Wege leitete, um die Menschheit darauf aufmerksam zu machen, dass sie auf dem richtigen Weg war. Am nächsten Morgen erzählten Joanna und Helen von sehr lebhaften Träumen.

»Ich habe geträumt, dass wir in Machu Picchu waren und es dort goldene Blüten in unsere Hände regnete«, sagte Joanna. »Was glaubt ihr: Was bedeutet das?«

Helen und Marcus starrten sie verdattert an und riefen dann gleichzeitig: »Das ist ja nicht zu glauben!« Und dann sahen sie einander nicht weniger erstaunt an.

Marcus stotterte: »Ich… habe heute Nacht ein Buch über Machu Picchu gelesen.«

»Was?« Helen war wie vor den Kopf geschlagen. Als sie sich wieder gefasst hatte, sagte sie: »Ich habe auch von Machu Picchu geträumt. Hört euch das an. Erst waren dunkle Schattengestalten um das Sonnentor zu sehen. Durch dieses Tor betritt man die heilige Stadt, wenn man über den Inka-Trail kommt, eine uralte gepflasterte Straße. Dann erschienen Hunderte von Menschen in Weiß, deren Köpfe von Licht umgeben waren. Sie legten mit Kieselsteinen Kreise auf dem Boden und im Äther aus. Und dann kreisten Engel über Machu Picchu.«

»Was für ein Traum!«, jubelte Joanna. »Und was für eine Synchronizität!«

»Was ist der Äther?«, wollte Marcus wissen.

»Die Aura der Erde«, erklärte Helen.

»Also waren wir alle drei letzte Nacht irgendwie mit Machu Picchu verbunden«, staunte Joanna. »Möchte wissen, was das bedeutet.«

Für Marcus war es klar. »Das bedeutet, dass wir dorthin müssen«, sagte er.

»Aber liegt das nicht in Südamerika?«, überlegte Joanna.

»In Peru. Wir würden nach Lima und von dort nach Cuzco fliegen«, breitete er sein neu erworbenes Wissen aus. »Man kann auf dem Inka-Trail direkt bis nach Machu Picchu wandern.«

»Warte mal«, bremste Helen. »Ich weiß zwar aus der Schriftrolle, dass Machu Picchu eines der großen Lichtportale ist, aber das ist auch schon so ziemlich alles.«

»Mir geht es auch so«, sagte Joanna. »Kannst du uns nicht ein bisschen schlau machen?«

Dazu war Marcus nur zu gern bereit. »Nach dem, was ich heute Nacht gelesen habe, muss es ein faszinierender Ort sein. Die einstigen Bewohner der Stadt waren die Inka. Es muss sich um eine sehr strukturierte Zivilisation in den Anden gehandelt haben. Zentralperu besteht aus einer sehr zerklüfteten Bergregion und aus Urwäldern. Deshalb lebten die Inka vorwiegend in isolierten Bergdörfern, an deren Hängen sie Terrassen anlegten und bepflanzten. Ich habe ein paar Bilder gesehen – es war wirklich eine ganz erstaunliche Großtat. Sie bauten Aquädukte und legten an den unmöglichsten Stellen Festungen und Städte an.

»Allerhand!« Joanna war beeindruckt.

»Sie verstanden sich außerdem auf prachtvolle Goldarbeiten und waren nach unseren Maßstäben unermesslich reich. Das erfuhren auch die Spanier und fielen in den dreißiger Jahren des sechzehnten Jahrhunderts in Peru ein. Sie müssen ein unvorstellbares Blutbad angerichtet haben.«

Marcus schüttelte den Kopf, als könne er diese Barbarei kaum glauben. Joanna überlief ein Schauer, bei dem sich die Haare auf ihren Armen aufstellten.

»Zum Glück«, fuhr Marcus fort, »fanden die Spanier Machu Picchu nie – die verlorene Stadt, wie sie auch genannt wurde. Sie war schon vor dem Anrücken der Spanier entvölkert oder aufgegeben, und selbst ihre Nachfahren wussten nichts mehr von ihr – sonst hätten die Spanier sicher etwas herausbekommen. Das Buch vermutet, dass die Einwohner Machu Picchus an einer Seuche gestorben oder während einer langen Dürre verhungert sein könnten, aber niemand weiß etwas Genaues. Es bleibt ein Rätsel.«

Helen war Marcus' Worten aufmerksam gefolgt. Irgendetwas störte sie an seiner Erzählung.

Marcus fuhr fort: »1911 wurde Machu Picchu von dem amerikanischen Archäologen Hiram Bingham entdeckt. Nach seiner Ansicht war es die letzte Zufluchtsstätte der Inka. Die sagenhaften Goldschätze fand er nicht, aber dafür nahm er alles mit, was an sonstigen Artefakten dort zu finden war.«

»Ja, damals fand man nichts dabei, etwas mitgehen zu lassen«, warf Helen ein.

Marcus nickte finster. »Jedenfalls gibt es in Machu Picchu so viele religiöse Gebäude, dass man die Anlage für eine Ritualstätte oder – wieder mal – für eine riesige Sonnenuhr hält. In allem sehen sie Sonnenuhren. Was verstehen die schon davon?

Besonders erstaunlich sind die riesigen Quader, aus denen die Zeremonialgebäude gefügt sind. Sie wurden so präzise ineinander gefügt, dass man nicht einmal mit einer Rasierklinge in die Ritzen kommt.«

»Unglaublich«, sagte Joanna. »Wie sie das wohl gemacht haben? War das auch wieder Telekinese?«

»Das frage ich mich auch«, antwortete Marcus. »Jedenfalls entdeckte Bingham später noch den alten Inkaweg, den wir heute Inka-Trail nennen. Es handelt sich offenbar um eine richtige, gepflasterte Straße, wiederum mit exakt eingepassten Steinen. Es gibt große Stufen, und man passiert eine Reihe ritueller Bäder. Damals durften nur all jene die Stadt betreten, die alle Reinigungen vollzogen hatten. Nach all den Jahrhunderten leitet der Aquädukt immer noch Quellwasser in die Bäder.

Kaum zu glauben, nicht wahr? Und wir Europäer hatten die Frechheit, von Wilden zu sprechen!«

»Aber wirklich!«, stimmte Helen zu. »Machu Picchu wurde an der entlegensten Stelle erbaut, eine heilige Stadt – und eines der großen Portale zwischen den Dimensionen. Oh, da möchte ich gern mal hin! Wie gern würde ich mithelfen, das Licht wieder leuchten zu lassen.«

»Ich habe das jedenfalls vor«, sagte Marcus entschlossen. »Ich möchte den Inka-Trail abgehen und Machu Picchu durch das Sonnentor betreten, wie sie es damals getan haben.« Er rutschte unruhig auf seinem Stuhl hin und her, als wäre er in Gedanken schon unterwegs.

»Ich möchte wirklich gern wissen, weshalb die Stadt verlassen wurde«, sagte Helen nachdenklich. »Es muss schon etwas Ungeheuerliches gewesen sein, sonst hätten sie ihre heilige Aufgabe doch nicht im Stich gelassen.«

»Ja«, pflichtete Joanna ihr bei. »Die Menschen, die dort lebten, waren doch sicher die Hüter des Portals.«

»Ganz sicher«, sagte Marcus. »Die rituellen Bäder zeigen ja, dass man geläutert sein musste, bevor man in die heilige Energie des Ortes eintrat.«

»Umso weniger verstehe ich, dass die Stadt verlassen wurde«, grübelte Helen.

»Oh, und dann habe ich noch gelesen, dass die Skelette, die man fand, fast alle weiblich waren«, ergänzte Marcus seinen Bericht.

»Noch ein Rätsel«, sagte Joanna verdutzt. »Mit diesem Ort hat es wohl mehr auf sich, als Bücher uns sagen können.«

»Das können wir nur herausfinden«, erklärte Marcus, »indem wir dorthin gehen und zusehen, ob wir das Portal wieder einsetzen können.« Nach einigen Augenblicken fügte er hinzu: »Ich weiß nicht, ob ich allein etwas ausrichten kann, aber ich muss einfach versuchen, die Lehre der Schriftrolle zu verbreiten.«

»Hüte dich vor der Finsternis«, mahnte Helen, und Marcus empfand augenblicklich einen Anflug von Angst.

Joanna hielt schelmisch dagegen: »Mama hat gesagt, dass in der Blockierung von Stonehenge ein tieferer Sinn liegt. Jetzt kennen wir ihn. Es ging darum, dich zur Reise nach Machu Picchu zu bewegen.«

»Aber sicher doch.« Grinsend warf Marcus ein Kissen nach ihr, worauf er eine Haushaltsrolle an den Kopf bekam. Das Leben war wieder aufregend!

37. Kapitel

Marcus und Joanna folgten schweigend einem Waldpfad. Der tiefblaue Himmel spiegelte sich im dann und wann durch die Kiefern blitzenden See. Über ihnen schwebte ein Raubvogel und suchte mit scharfen Augen den Boden ab. Schmetterlinge umflatterten einander über üppig blühenden Büschen, um die es millionenfach summte. Sie sogen den warmen Kieferndult ein, und Marcus, der nun ein Ziel vor Augen hatte, dachte nach.

Er wollte Joanna gern dazu bewegen, ihn nach Peru zu begleiten, ohne sie direkt darum zu bitten. Der Vorschlag sollte von ihr kommen. Schließlich machte er einen Vorstoß und begann in glühenden Worten über Machu Picchu zu sprechen. Es sollte so klingen, als dürfe man diese Gelegenheit nicht versäumen.

Sie antwortete ebenso begeistert, gab aber nicht zu erkennen, ob sie mitzukommen beabsichtigte. So musste er sich schließlich geschlagen geben. »Ich fände es toll, wenn du mit mir nach Machu Picchu kommen würdest«, sagte er und ärgerte sich sofort über seinen bittenden Tonfall.

Sie schüttelte lachend den Kopf. »Nein, das ist dein Teil der Arbeit. Außerdem, was wird mit Mama? Ich kann sie doch nicht einfach hier sitzen lassen.«

»Dann kommt sie eben auch mit.«

Wieder lachte Joanna und schüttelte den Kopf. Marcus zog ein langes Gesicht. Schweigend machten sie sich auf den Rückweg. Er betrachtete sie verstohlen, wie sie so strahlend und entspannt in ihren hellblauen Shorts und dem weißen Oberteil neben ihm herging. Ihre langen Arme und Beine waren sonnengebräunt, und ihr Haar glänzte in der Sonne.

Ihre Fähigkeit, ihn auf Abstand zu halten, verblüffte und bedrückte ihn immer aufs Neue. Wie leicht waren die Frauen früher seinem jungenhaften Charme erlegen. Joanna blieb ihm ein Rätsel. Wie gern er sie in den Armen gehalten hätte! Sie durchschaute ihn augenblicklich und brachte das Gespräch lächelnd auf Beziehungen.

»Wenn du an etwas zu sehr hängst, heißt es in der Schriftrolle, dann unterbrichst du den Fluss«, sagte sie mit schelmisch blitzenden Augen.

»Wie meinst du das?«

»Wenn du an einem Menschen hängst oder dich zu sehr darauf versteifst, dass etwas Bestimmtes passieren soll, dann verhinderst du damit gerade, dass es den richtigen Weg nimmt.«

Dazu fiel Marcus nicht sofort etwas ein. War das eine Abfuhr oder eine schon bröckelnde Verteidigungslinie? Plötzlich beschloss er, dass es ihm gleichgültig war.

»Komm her«, flüsterte er. »Es ist mir egal, ob ich zu sehr an dir hänge.« Er zog sie mit starken Armen an sich, doch sie wehrte sich nicht. Als er sie küsste, schlang sie ihre warmen braunen Arme um ihn und schmiegte sich an ihn. Er nahm ihren Duft wahr und sie seinen. Hier, mitten im Wald, schien die Zeit stehen zu bleiben, während sie in eine andere Dimension eintraten.

Viel später gingen sie Hand in Hand langsam zur Blockhütte zurück. Seltsam, wie alle Blätter jetzt leuchteten und wie süß der Gesang der Vögel war. Jedes Wort war für den anderen voller Leichtigkeit und Heiterkeit. Alte Verletzungen fielen ab, als hätte es sie nie gegeben. Sie waren glücklich und sprühten vor Lebendigkeit. Marcus wusste, dass er jetzt unbesiegbar war.

Sie sprachen über allerlei Belangloses, doch Joanna blieb dabei, dass sie nicht nach Peru mitfahren würde. Marcus nahm es jetzt anders auf.

»Wahrscheinlich hast du Recht«, gab er nach. »Außerdem bin ich ja bald zurück.«

Bei ihrer Blockhütte trafen sie auf Helen. Sie lächelte, als sie die geradezu strahlende Aura um die beiden sah. Na endlich, dachte sie erleichtert.

Marcus fuhr in den Ort, um sein Ticket nach Lima zu besorgen. Er wirkte entrückt und zugleich fröhlich und aufgeregt.

Helen sah ihre Tochter liebevoll an. »Er wird dir fehlen, nicht wahr?«

»Natürlich«, lachte Joanna. »Aber dir auch.«

Helen schmunzelte. »Nicht ganz so sehr wie dir, oder? Aber ich bin froh, dass ihr euch endlich gefunden habt. Er ist ein Prachtkerl. Ihr seid ein schönes Paar.«

»Mama, es fängt doch gerade erst an«, versuchte Joanna sie zu bremsen.

»Sicher, sicher«, gab Helen zurück und wechselte das Thema. »Was hältst du davon, wenn wir uns heute Nachmittag Tickets nach Lima besorgen?«

»Machst du Witze?«

»Nein, gar nicht. Ist doch klar, dass wir hinfliegen müssen.«

»Können wir uns das denn leisten?«

»Manche Dinge muss man sich einfach leisten. Wenn wir das verpassen – stell dir nur vor, wie wir uns dann fühlen werden!«

Joanna fiel ihr um den Hals. »Aber warum sagst du das jetzt erst?«

»Ich hatte einfach das Gefühl, dass Marcus den Inka-Trail allein gehen muss. Warum, weiß ich nicht so genau. Ich weiß nur, dass es so sein muss.«

»Ich glaube, du hast Recht«, sagte Joanna nachdenklich. »Obwohl ich zugeben muss, dass ich den Inka-Trail auch gern gehen würde.«

»Das kannst du ja. Tu einfach das, was für dich richtig ist.«

»Ich werde es mir überlegen, Mama. Aber mir scheint, dass du wirklich Recht hast. Er muss allein gehen, und wenn wir ihm sagen, dass wir auch nach Peru fliegen, wird er wollen, dass ich mit ihm gehe.«

»Richtig«, nickte Helen.

Joanna war an diesem Nachmittag sehr, sehr glücklich.

Marcus kam nach einigen Stunden zurück, heilfroh, dass er sein Ticket nach Lima und einen Anschlussflug nach Cuzco bekommen hatte. Gleich am nächsten Tag sollte es losgehen. Helen und Joanna erwähnten ihre Reisepläne mit keinem Wort. Sie hatten ein diebisches Vergnügen an ihrem kleinen Geheimnis.

Marcus rief in Kumeka House an und erzählte Zoranda von seinen Plänen. Er sagte auch, dass er sich allein auf den Weg machen werde.

Als Zoranda aufgelegt hatte, berief er eine Versammlung ein und unterrichtete die Gemeinschaft davon. Es entstand eine kurze Pause. Die Männer ahnten, was das bedeutete.

»Können wir uns das leisten?«, fragte einer stellvertretend für die anderen.

Zoranda erwiderte: »Es gibt Dinge, die man sich einfach leisten muss. Es sind die Dinge, die vorherbestimmt sind und für die das Geld folglich schon irgendwo bereitliegt. Das universale Gesetz will es so. Sieben von uns müssen nach Peru fliegen.«

Sie beteten zusammen und dankten Gott für die Mittel, die sie dafür benötigten. Dann wurde alles Notwendige in die Wege geleitet.

Bekanntlich werden Darlehen nicht von heute auf morgen gewährt, doch wenn der Geist es so will, lässt sich alles bewerkstelligen. Keine achtundvierzig Stunden später hatten sie ihre Tickets für den Flug nach Lima.

Marcus rief auch Tony an und teilte ihm mit, er werde nach Machu Picchu reisen und alles zur Befreiung des Portals tun, was in seiner Macht stehe. Tony wünschte ihm alles Gute, und sie verabredeten, über E-Mail in Verbindung zu bleiben.

Als Tony aufgelegt hatte, dachte er nach. Zehn Minuten später rief er sein Reisebüro an.

Helen und Joanna fuhren Marcus zum Flughafen in Redding. Er sah so ganz anders aus als jener Marcus, der vor einigen Monaten seinen Flug nach Indien angetreten hatte. Sein Blick hatte etwas Unternehmungslustiges und Helles, sein Gang war der eines Mannes, der genau wusste, was er tat. Zwar wusste er nicht, was ihm begegnen würde, aber er zweifelte nicht daran, dass er geführt werden würde – zu den Menschen, die ihn unterstützen konnten, und zu den Orten, an die er sich begeben musste.

Doch als er Helen umarmte und Joanna küsste, ahnte keiner von ihnen etwas von den ungeheuerlichen Ereignissen, die ihnen bevorstanden.

38. Kapitel

Ein paar Tage später legten Helen und Joanna den Weg nach Redding noch einmal zurück, und zwar, um diesmal selbst nach Lima zu fliegen.

Der Flug nach Peru ist lang und zuweilen nicht sehr abwechslungsreich. Sie saßen neben drei beleibten Frauen, die sich in jenem durchdringenden Tonfall unterhielten, wie er für Amerikaner so typisch ist. Erst ging es um einen Streik der Müllabfuhr, dann breiteten sie genüsslich ihre Zipperlein und die ihrer Angehörigen, Freunde und Nachbarn aus. Während des Essens fielen sie über ihre Arbeitskollegen her, und schließlich ließen sie an nichts mehr ein gutes Haar – ob es die medizinische Versorgung war, der Umweltschutz oder die Politik.

Als die drei dicken Damen schließlich und mit offensichtlichem Vergnügen zu den schaurigen Einzelheiten von Verkehrsunfällen übergingen, verdrehte Joanna die Augen und fragte ihre Mutter flüsternd: »Womit haben wir denn die verdient?« Sie hatte das Gefühl, von Kopf bis Fuß von einer negativen Wolke eingehüllt zu sein.

Helen schnitt eine Grimasse. »Vielleicht zur Erinnerung daran, wie wir selbst einmal waren.«

»Meinst du wirklich, dass wir so schlimm waren?«, fragte Joanna entsetzt.

Helen wiegte den Kopf. »Kann schon sein. Bevor wir aufgewacht sind.«

»Meinst du, dass sie uns unsere negative Seite vorführen?«

»Jedenfalls können wir es als Mahnung nehmen, nie wieder so zu werden. Vielleicht wird uns aber auch einfach Gelegenheit gegeben, Licht und Liebe zu ihnen auszustrahlen.«

»Ja, das machen wir. Schaden kann es jedenfalls nicht.« Joanna war froh, etwas Positives unternehmen zu können.

Sie schlossen die Augen, öffneten ihr Herz-Chakra und überschütteten die drei Frauen mit Liebe. Es geschah etwas Seltsames. Nach kaum drei Minuten verstummten sie.

»Es funktioniert!«, sagte Joanna.

»Ja«, lächelte ihre Mutter, »mich überrascht es auch immer wieder.«

Joanna wollte den Schwung nutzen: »Komm, jetzt schicken wir dem schreienden Baby da drüben Liebe.«

»Ja, gut. Armes Kleines. Fühlt sich hier oben einfach nicht geerdet. Wir könnten Wurzeln visualisieren, die es mit der Erde verbinden. Dann betten wir es in Liebe ein und bitten seinen Engel, es festzuhalten.«

Sie sammelten sich still, und wieder dauerte es nur Minuten, bis das Kind sich beruhigte und einschlief.

Joanna konnte gar nicht genug bekommen von ihrer Macht. »Jetzt versuchen wir es bei der Frau da vorn.« Sie deutete auf eine Reisende, die angespannt und verärgert wirkte und sich schon mehrfach bei den Stewardessen beschwert hatte. Sie konzentrierten sich lange auf diese Frau, aber es tat sich nichts. Joanna seufzte; sie konnte den Misserfolg nur schwer verwinden.

»Wir dürfen uns nicht auf den Erfolg versteifen«, erinnerte Helen sie.

»Ich weiß. Aber es wäre doch schön gewesen.«

Sie sprachen immer noch darüber, als ein hagerer, lateinamerikanisch aussehender Mann mittleren Alters den Gang heraufkam und neben ihnen stehen blieb. »Sehr gute Arbeit«, sagte er leise und mit spanischem Akzent.

Sie sahen ihn verdattert an. »Wie bitte?«, fragte Helen.

»Ich habe die Energie gesehen. Sie haben dieses Kind beruhigt, und dann kam ein Engel und hat es gehalten. Die drei da«, er deutete auf die schlafenden Frauen, »sind in eine Blase des Friedens eingetaucht – aber zu ihr sind Sie nicht durchgedrungen.« Er deutete auf die stressgeplagte ärgerliche Dame. »Sie hat regelrecht Panzerplatten um sich aufgerichtet, aber das Licht, das Sie ausgesandt haben, schwebt in ihrer Nähe und wartet auf eine Gelegenheit, in ihr Energiefeld einzudringen.«

»Oh.« Joanna schluckte atemlos. Sie sah Helen mit einem Blick an, der ihre Freude verriet. »Danke, dass Sie uns das mitteilen.«

In diesem Augenblick wollte jemand anders vorbei, und der Mann verabschiedete sich mit einem kurzen Lächeln und den Worten »Gott segne Sie«. Dann kehrte er zu seinem Platz im hinteren Teil des Flugzeugs zurück.

»He!«, rief Joanna. »Was sagst du dazu?«

»Das Universum liefert uns jetzt schon Bestätigung und Beweise«, lachte Helen. Ihr schwindelte vor Freude.

»Wirklich interessant, was er über diese verbiesterte Frau gesagt hat. Die Liebe erreicht sie noch nicht, aber sie wartet.«

»Unglaublich, nicht wahr? Und wenn sie doch keinen Zugang findet, sucht sie sich vielleicht eine andere Stelle, an der sie angenommen wird.«

»Dann ist sie auf keinen Fall vergeudet! Das finde ich toll!«

»Was meinst du?«, fragte Helen. »Ob der Engel, der das Kind in die Arme genommen hat, wohl sein Schutzengel war oder vielleicht ein anderer?«

»Ist das nicht völlig egal?«, lachte Joanna. »Das Großartige ist doch zu wissen, dass wirklich etwas passiert, wenn du darum bittest, dass ein Engel sich um jemanden kümmern möge.«

»Da hast du Recht. Die Schriftrolle sagt, dass jedermann Hilfe im Geist findet. Wüssten wir das doch nur alle! Die Welt würde sich ganz schnell ändern. Liebe ist wahrhaftig die Kraft schlechthin.«

Ebenso aufgeregt wie zufrieden lehnten sie sich zurück, schlossen die Augen und schlummerten ein wenig.

Erst als sie später wieder auf diese Dinge zu sprechen kamen, überlegten sie, wer eigentlich der Mann gewesen war. Er hatte ganz durchschnittlich ausgesehen – eine Erscheinung, die einem in der Menge nicht auffallen würde. Sie hätten ihm gern noch ein paar Fragen gestellt. Joanna machte sich auf die Suche nach ihm, aber sie fand ihn nicht.

39. Kapitel

Es gibt Zeiten, in denen man einfach obenauf ist. Trotz der dünnen Luft und seines schweren Rucksacks fühlte Marcus sich großartig auf seinem Marsch den Inka-Trail entlang, den diese geschickten Menschen vor Jahrhunderten als Zugang zur heiligen Stadt durch den wildesten Teil Perus angelegt hatten.

Es erschien ihm alles so vertraut, als wäre er diesen Weg schon unzählige Male gegangen. Er meinte auch die kargen, abweisenden Gipfel zu kennen, die sich einer hinter dem anderen auftürmten, so weit das Auge reichte. Seine Schritte hallten auf den präzise behauenen Steinen wider, und vor seinem inneren Auge sah er Indios mit Hüten und farbenfrohen Ponchos, die den Weg pflasterten.

Am Anfang des Weges war er zwischen Kakteen und Gesträuch hier und da auf zerfallene Inka-Ruinen gestoßen. Weiter oben berührte er die Steine der unglaublichen Terrassenanlagen, an denen er vorbeikam. Was musste das für ein Volk gewesen sein, dachte er, das in so unwegsamem und steilem Gelände mit solcher Präzision bauen konnte?

Später kamen er und seine Gruppe an den uralten Einrichtungen für die rituellen Waschungen vorbei, an denen die Priester jener längst vergangenen Zeit sich auf ihrem Weg zur heiligen Stadt reinigten. Marcus gab seinem Bedürfnis nach solch einem Ritual nach und wusch seine Hände in den mehr oder weniger ergiebigen Rinnsalen. Es war ihm bewusst, dass die von seiner Gruppe angemieteten Träger es sehr wohl bemerkten, auch wenn sie einfach nur zusahen und ein gleichgültiges Gesicht machten.

Er fühlte sich nicht wirklich zugehörig zu seiner Gruppe von Rucksacktouristen, die mächtig schnaufend und unter drolligem Stöhnen den steilen Anstieg bewältigten.

Drei Tage zuvor hatte er sich mit dem Rest der Menschheit, so schien es ihm, im Zug durchschütteln lassen. Sie fuhren den atemberaubend schönen Rio Urubamba entlang, der sich tosend durch das Heilige Tal wälzt. Wie gewiss schon alle anderen Touristen vor ihnen hatten sie über die Reise gesprochen und gemeinsam Cocablätter gekaut, die die Zunge betäuben und die Auswirkungen der Höhenkrankheit dämpfen. Vor allem ging es natürlich darum, was sie sich von Machu Picchu erwarteten. In seiner lockeren Art wurde er schnell mit den anderen bekannt, nahm aber auch Kontakt zu einigen Leuten aus der Gegend auf, auch wenn sie nur den örtlichen Quechua-Dialekt sprachen. Das Fehlen einer gemeinsamen Sprache war für Marcus noch nie ein Hindernis gewesen.

Mit seinen leuchtenden grauen Augen verständigte er sich durch Zeichensprache mit einem Mann in orangeblauem Poncho. Dessen Frau trug die übliche Melone auf dem Kopf und auf dem Rücken einen rotgelben Sack, aus dem das Weinen eines unsichtbaren Babys drang. Sie grinsten breit, während er ihnen eine Kleinigkeit abkaufte, und seine Mitreisenden krümmten sich vor Lachen über sein konsterniertes Gesicht, als er feststellte, dass es sich um Dörrfleisch handelte. Da musste er selbst lauthals lachen.

Jetzt aber nahm ihn die schroffe Gebirgslandschaft gefangen. Sie war ihm wichtiger als der Austausch mit den Reisegefährten. Er wollte allein sein. Am zweiten Tag, nach einer Nacht in einem wackligen Zelt, blieb er bewusst ein wenig hinter der Gruppe zurück. Die anderen spürten und respektierten seinen Wunsch – niemand rief ihn oder wartete auf ihn.

So schritt er aufrecht wie ein Priester aus alter Zeit dahin, ein Weiser auf der Inka-Straße nach Machu Picchu. Und dann geschah es. Ein Punkt erschien weit in der Ferne und näherte sich ihm in Kreisen, dann ein weiterer und ein dritter, ein vierter, ein fünfter. Fünf Kondore mit ihren gewaltigen ausgebreiteten Schwingen segelten vor dem Himmelsblau im Aufwind über ihm.

Er blickte wie gebannt nach oben. Sie schwebten tiefer herab, bis sie direkt über ihm waren, so dass er ihre weißen Halskrausen deutlich erkennen konnte.

Man kann in den Anden gelegentlich einen Kondor sehen, mit viel Glück auch zwei auf einmal, aber fünf – undenkbar. Einer nach dem anderen ließen sie sich bis auf eine Höhe von etwa drei Metern über seinem Kopf sinken. Jeder schwebte einmal über ihm, den Kopf wie zu einer stummen Begrüßung hin- und herwendend, um dann wieder aufzusteigen und davonzusegeln.

Marcus blieb wie gebannt stehen. Fünf Kondore! Seine Reisegruppe hatte sich umgedreht und stand stumm und staunend da.

Als der letzte Kondor abstrich, brach die Begeisterung sich in spontanem Klatschen und Beifallsrufen Bahn. Alle schrien durcheinander: »Habt ihr das gesehen?« Der

Funke sprang auch auf ihn über, und er ertappte sich bei einem dümmlichen Grinsen, als er auf die anderen zuging. Eigentlich wollte er still und würdevoll bleiben, doch die ungeheure Freude über das Erlebnis fegte alle Vorsätze weg, und er lachte ausgelassen wie ein kleines Kind. Ach, wäre Joanna doch dabei gewesen!

Sogar die Träger lächelten jetzt und sprachen aufgeregt miteinander. Dergleichen hatten sie noch nie gesehen. In den Blicken, mit denen sie ihn betrachteten, lag etwas von Ehrfurcht, was umso außergewöhnlicher schien, als Marcus Ausländer war.

Bald darauf setzten sie gemeinsam ihren Weg fort, Marcus in ihrer Mitte. Sie kämpften sich immer weiter den sich an die Felswände klammernden Pfad hinauf; immer wieder blickten sie in Schwindel erregende Abgründe mit dem Gefühl, gleich selbst hinabzufallen. Dann und wann bemerkte Marcus ihre staunenden Blicke, und es tat ihm gut. Begeisterung und Stolz verliehen ihm Flügel.

Am nächsten Morgen stand Marcus früh auf, als es noch dunkel war, und machte sich im Laufschritt auf den Weg zum Sonnentor. Er wusste, dass er bei Sonnenaufgang dort sein musste. Sein Rucksack erschien ihm zentnerschwer, der Kopf dröhnte, das Herz klopfte wie wild. Doch er lief und lief und kam gerade rechtzeitig, um die Sonne in ihrer ganzen glühenden Pracht über den Bergen aufsteigen zu sehen. Machu Picchu war in ihr orangefarbenes Licht getaucht.

Er war in den Anblick der verlorenen Stadt versunken. Das Bild, das sich ihm bot, übertraf seine kühnsten Erwartungen. Auf der gegenüberliegenden Seite sah er den Mondberg steil und kahl aufragen. Unter ihm lagen die Reste der offenbar mit größter Sorgfalt errichteten

Tempel und darunter wiederum die eher durchschnittlichen Häuser der Handwerker. Alles zusammen sah wie eine riesenhafte Laubsägearbeit aus.

Während er noch schaute, erhoben sich perlenfarbene, schillernde Schmetterlinge, die groß wie Vögel waren, und umflatterten ihn. Marcus fühlte sich wie in einer Zauberwelt und lachte seine ganze Freude laut heraus.

Nur zu bald stießen die anderen zu ihm und schritten ohne große Aufregung durch das Sonnentor und den Pfad entlang an den Schmetterlingen vorbei in die Ruinenstadt. Sie hatten unterwegs schon viele verfallene Inka-Bauten gesehen, und alle außer Marcus waren nun ein wenig enttäuscht. Sie sahen auch hier nichts als Ruinen, nur dass es mehr waren als anderswo. Für Marcus indes war es der wunderbarste Ort, den er je gesehen hatte.

Sie stellten ihre Rucksäcke beim Eingang ab. Hier schloss sich ihnen ein Führer an, der passables Englisch sprach und ihnen die wichtigsten Sehenswürdigkeiten der Stadt erläuterte.

Die Tempel und die Unterkünfte der Priester waren mit unerhörter Präzision erbaut worden. Beinahe nahtlos fügten sich die riesenhaften Steinquader aneinander. Derartig kunstfertige Gebäude inmitten einer Gebirgseinöde, Tagesreisen von den Steinbrüchen entfernt und nur über einen schmalen und steilen Pfad zu erreichen – das grenzte an ein technisches Wunder.

Wenn man das alles sah, erstaunte es nicht allzu sehr, dass manche Leute glaubten, Machu Picchu sei mit Hilfe von Außerirdischen erbaut worden. Als jemand danach fragte, warf sich der Führer stolz in Positur und erwiderte verächtlich: »Natürlich verfügten unsere Vorfahren über das Wissen, wie man solche Steine bewegt. Sie waren schon damals sehr fortschrittlich.«

Und er wusste noch manches andere Interessante zu erzählen: Als Machu Picchu 1911 von Hiram Bingham entdeckt wurde, stellte man bald fest, dass die vorgefundenen Skelette fast alle von Frauen stammten. Man vermutete, Machu Picchu sei ein Tempel der Jungfrauen der Sonne gewesen, vielleicht war es aber auch eine Zitadelle, die der Verteidigung der Region gedient hatte – aber gegen wen? Oder handelte es sich vielleicht um einen wichtigen Marktort? Immerhin konnte auf den Terrassen mehr angebaut werden, als die hier lebenden Menschen benötigten.

Marcus setzte sich an den großen Stein, der im Herzen der Stadt liegt und Intihuatana genannt wird, und horchte tief in sich hinein. Der Führer erklärte, es handle sich dabei um eine hoch entwickelte Sonnenuhr, und alle nahmen seine Deutung hin. Doch sein Gefühl sagte Marcus, dass Machu Picchu mehr war, viel mehr. Er spürte, dass hier große religiöse Zeremonien stattgefunden haben mussten. Worum ging es dabei? Um die Bewachung des Portals natürlich! Aber warum hatten die Hüter diese Stätte verlassen?

Die offizielle Antwort auf diese Frage bekam er zu hören, als er die sechzehn kleinen Badestellen entlang des Weges erwähnte, die nach seiner Ansicht nur rituellen Zwecken gedient haben konnten. Der Führer erzählte, die Stadt sei wegen einer Dürre aufgegeben worden. Die Leute hätten ihre Felder nicht mehr bebauen können und seien verhungert oder abgewandert.

»Eine andere Erklärung gibt es nicht«, erklärte er mit Nachdruck.

Marcus dachte stirnrunzelnd über die Worte des Führers nach und erinnerte sich zugleich an die wunderbaren Aquädukte, die die Inka hinterlassen hatten. Und dann sollte ein Dürrejahr sie vertrieben haben? Das passte seiner Ansicht nach nicht zusammen.

Er hätte diesen Ort gern noch länger auf sich wirken lassen, doch der Führer drängte weiter. Widerstrebend folgte er den anderen hinunter zum Gefängnisbau. Hier zeigte der Führer ihnen einen großen Stein in der Gestalt eines Kondors, der nach seinen Worten den Eingang zum Gefängnis bewachen sollte. Sie besichtigten auch die Zellen, die die Gefangenen beherbergt hatten. Auch hier stimmte für Marcus' Gefühl etwas nicht, aber er konnte nicht sagen, was es war. Er atmete nur auf, als die Führung zu Ende war.

Der Mondberg, der in seiner ganzen Schönheit wie ein Wächter dastand, lockte ihn. Marcus machte sich allein an den steilen Aufstieg. An seinen Hängen hatte man einen unterirdischen Tempel entdeckt, in dem sich ein Observatorium befand. Er war für die Öffentlichkeit nicht zugänglich, und so kletterte Marcus weiter den schmalen Pfad hinauf bis zum Gipfel und setzte sich auf einen der Felsen, von dem aus man auf das gegenüberliegende Sonnentor schaute. So saß er da und blickte über die Stadt.

Er war allein, ein Hohepriester seines Reiches. Doch das blieb nicht lange so. Ein kleiner hagerer Mann mit zerfurchtem, wettergegerbtem Gesicht kam herauf und ging leichtfüßig über die Felsen auf ihn zu. Er blieb vor Marcus stehen und blickte ihn aus unergründlich tiefen, dunklen Augen an wie einen, den er kannte.

»Bist du also gekommen«, sagte er. »Gerade noch rechtzeitig.«

»Wie bitte?«

»Machu Picchu auf dich gewartet. Die Kondore sind die heiligen Hüter hier.«

Jetzt verstand Marcus.

Es stellte sich heraus, dass der Mann ein Schamane war, ein weiser Medizinmann, der Marcus eine faszinierende Geschichte darüber zu erzählen wusste, was tatsächlich in Machu Picchu vorgegangen war.

40. Kapitel

Der Schamane hockte sich neben Marcus auf den Felsen. Unter seiner Wollmütze quoll schulterlanges schwarzes Haar hervor, und trotz der Hitze trug er einen Poncho. Marcus hatte dasselbe, etwas unheimliche Gefühl wie bei der ersten Begegnung mit Helen – nämlich dass dieser Mann ihn durchschaute, nur tiefer, wesentlich tiefer. Der Blick dieses Mannes drang in seine Seele.

In gebrochenem Spanisch eröffnete er Marcus ohne jede Einleitung, Machu Picchu sei der heiligste Ort auf der ganzen Erde.

»Hier ist der Verbindungsweg zu Gott!«, sagte er und stupste Marcus zum Nachdruck mit einem seiner dunklen, knochigen Finger an. »Es gibt viele Orte der Verbindung mit dem Himmel, aber das hier ist der wichtigste.«

Marcus war wie elektrisiert. Er spürte, dass etwas Wichtiges geschehen würde. Der Schamane erzählte weiter, Gott habe diesen geheimen Durchlass zur Erde mitten in den Bergen Perus geschaffen, damit niemand ihn fände. Nur Eingeweihte hatten Zugang zur Stadt und durften dort leben. Doch es wollte ohnehin niemand anders hierher kommen. Die von Gott erwählten Priester beschützten diesen Zugang zum Himmel mit besonderen Zeremonien.

Die Reinheit dieser Stätte blieb stets gewahrt. Der einzige Zugang war der Inka-Trail. Man brauchte für ihn drei bis vier Tage. Es war eine Pilgerreise: Unterwegs wurden in regelmäßigen Abständen Zeremonien abgehalten, und man passierte sieben Bäder zu rituellen Waschungen. All das diente der Vorbereitung derer, die sich der heiligen Stadt näherten. Ihr Bewusstsein wurde Stufe für Stufe angehoben, bis sie für das Betreten der heiligen Stadt gerüstet waren. Das galt für jedermann, nicht nur für die Hohepriesterinnen und Hohepriester. Alle gelobten, sich bedingungslos dem Schutz des Portals zu verschreiben.

»Und welchen Zweck hatte das Portal?«, forschte Marcus nach.

»Durch das Portal konnten Engel des Lichts und andere weise Wesenheiten mit inspirierenden Botschaften und Informationen von anderen Planeten und aus anderen Galaxien die Erde betreten. Die Hüter von Machu Picchu hatten diese Botschaften dann über das weltumspannende Netz von Energielinien zu verbreiten. Diese Energielinien kann man sich als so etwas wie Telefonleitungen vorstellen. Sie wurden bei der Einrichtung dieser heiligen Orte als Verbindungskanäle geschaffen.«

Marcus hielt den Atem an. Genauso stand es auch in der Schriftrolle! Er konnte es kaum glauben.

»Was ist ein Engel?«, fragte er prüfend.

Der Schamane schmunzelte. »Ein hohes spirituelles Wesen, das nie als Mensch inkarniert war. Es sind von Gott ausgesandte Mittler. Wir Menschen sind von Engeln umgeben, aber die meisten sehen sie nicht, weil ihre Schwingungsfrequenz so viel höher als unsere ist. Sie liegen nicht im Spektrum unseres physischen Sehvermögens.« Er warf Marcus einen Blick zu. »Dein Beschützer ist sehr schön und sehr hoch entwickelt. Er leuchtet in vielen Farben und steht ganz nah bei dir. Es befinden sich auch noch andere in deiner Nähe, die auf Anweisungen warten.«

Marcus öffnete den Mund, um eine Frage zu stellen, doch der Schamane hob mit einem amüsierten Lächeln die Hand und sprach weiter: »Engel werden zur Erde gesandt, um uns zu helfen, aber sie können ihre Arbeit erst tun, wenn wir auf sie aufmerksam werden. Sie müssen ihre Schwingungsfrequenz senken, um in die schwere und dichte Atmosphäre der Erde eintreten zu können. Und sie können am leichtesten dort eintreten, wo es besondere Lichtportale gibt.«

»Zum Beispiel in Machu Picchu.«

»Ja. Auch anderswo, aber das hier ist die wichtigste Stelle, ein in beiden Richtungen durchlässiges Portal. Geschulte Priester konnten ihren Geist zu anderen Galaxien aussenden und mit Wesen von anderen Sternen kommunizieren. Sie trugen Botschaften hinaus ins Universum und brachten andere zurück.«

Der Schamane schwieg. Fragen über Fragen gingen Marcus durch den Kopf, doch er sagte nichts. Schließlich seufzte der Schamane und schüttelte den Kopf wie unter drückenden Gedanken. »Jetzt haben dunkle Kräfte sich des Portals bemächtigt. Engel des Dunkels können hier eintreten, Außerirdische der bösen Art. Sie tragen Unglück und Zwietracht in die Welt.«

»Wie konnte es so weit kommen?«

»Die Menschen, die hier in Machu Picchu lebten, waren rein. Ihr Leben war Frieden und Eintracht geweiht, denn sie beschützten die Eintrittspforte der Engel mit Zeremonien. Das höchste Ziel aller, die hier lebten, war jedoch der Aufstieg.«

»Aufstieg?«, fragte Marcus.

»Ja. Du steigst auf, wenn du alles gelernt hast, was hier auf der Erde zu lernen ist. Du dienst der Erde, bis du reif bist, und kannst dann die Leiden der Welt hinter dir lassen. Danach musst du nicht mehr zurückkommen. Heute ist es anders. Nach dem Aufstieg kannst du der Erde verbunden bleiben und so Gott weiter dienen. Damals war es so, dass der Körper mit verschwand, wenn jemand aufstieg. Er verwandelte sich in Licht. Es sei aber gesagt, dass nur die ganz Großen und Edlen, die gänzlich Geläuterten aufsteigen konnten.« Er sah Marcus mit seinen dunklen braunen Augen direkt an. »Es war der krönende Abschluss eines der Wahrheit geweihten Lebens und einer langen Folge von Initiationen. Da, sieh!« Er deutete auf das vom steinernen Kondor bewachte Gefängnis tief unter ihnen. »Sie sagen, es sei ein Gefängnis gewesen!« In seiner Stimme lag Verachtung, als zeugte es von größter Dummheit, so etwas anzunehmen. »Eine Gefängnis in einer dem Aufstieg geweihten Tempelstadt! Nein, nein. Es gab hier nie ein Gefängnis. Wozu auch? Alle hatten nichts weiter im Sinn, als Gott zu dienen. Der Steinkondor war der symbolische Hüter der Einweihungskammern. Es gab Wasser für die Reinigung vor den Übergangsriten. Außerdem hob das Geräusch von fließendem Wasser die Schwingung an.

Sie merken auch jetzt noch nicht, dass es tief in der Erde Kammern gibt. Die Initianden stiegen zur Vorbereitung in diese Kammern hinunter. Sie mussten ihren Geist bezwingen, so dass sie unversehrt durch eine Schlangengrube gehen konnten. Das war die letzte Einweihung. Danach wurden sie zur meditativen Einkehr in den Mondtempel gebracht. Erst danach durften sie an der Sonnenzeremonie teilnehmen, denn sie waren die Sonnenpriester.«

»Aber warum haben sie Machu Picchu aufgegeben?«,

drängte Marcus. »Wie kann man sich der heiligen Aufgabe entziehen, das Portal zu hüten? Wie kam es dazu?«

»Sie stiegen auf«, lautete die schlichte Antwort des Schamanen. »Sie sahen ihre Aufgabe als erfüllt an. Und sie glaubten, dass niemand Machu Picchu je finden würde. Vor jener abschließenden Zeremonie wurden die übrigen Priester von Machu Picchu zu strikter Verschwiegenheit verpflichtet. Danach durften sie die Stadt verlassen.

Nachdem alle Vorbereitungen für den Aufstieg abgeschlossen waren, versammelten sich die Priester am Intihuatana-Stein.« Er deutete hinab zu der großen Steinplatte, um die sich auch jetzt Leute drängten, klein wie Ameisen. »Dort versenkten sie sich in tiefe Meditation und stimmten sich auf die Aufstiegszeremonie ein. Die Priesterinnen versammelten sich hier am Mondberg, auf dem wir jetzt sitzen. Ihre Aufgabe war es, die Priester durch Anrufungen und Gebete zu unterstützen.

Als die aufgehende Sonne den Intihuatana-Stein berührte, stiegen alle Priester gemeinsam auf. Sie verwandelten sich in Licht und entschwanden. Damit hatten auch die Priesterinnen ihr Lebenswerk vollbracht. Sie hatten die Schwingung aufrechterhalten und damit den Priestern beim Aufstieg geholfen. Das war ihr letztes Opfer. Sie gingen gemeinsam zum Tempel zurück, wo sie sich niederlegten und den Tod erwarteten.«

»Deshalb also waren die meisten der aufgefundenen Skelette von Frauen.«

Der Schamane nickte. Marcus blickte über Machu Picchu hin und versuchte sich die Szene vorzustellen. Seine Frage war immer noch nicht ganz beantwortet. »Aber warum haben sie das Portal schutzlos zurückgelassen?«

Der Schamane seufzte. »Sie nahmen an, es sei geschützt. An allen wichtigen Punkten der Tempelstadt hatte man heilige Schutzsymbole platziert. Das hielten sie für ausreichend. Sie hätten nie gedacht, dass jemand das Portal finden würde. Dann kam der Amerikaner und raubte die Stadt aus. Er nahm Machu Picchu die heiligen Schutzsymbole und ließ sie nach Nordamerika bringen. Von da an konnten dunkle Mächte durch das Portal eindringen – dunkle Engel, böse Außerirdische, allerlei Wesen mit schlechten Absichten. Viele, die im Dienste des Lichts stehen, kamen hierher, um dem Bösen Widerstand zu leisten, aber ohne Erfolg.«

Er sah Marcus an. »Deshalb bist du gesandt worden. Die Kondore sind jetzt die Hüter von Machu Picchu. Sie haben auf dich gewartet. Mit ihrer Begrüßung hießen sie dich willkommen. Keinem außer dir haben sie sich genähert. Sie warteten, bis du allein warst, um dich zu segnen.«

Marcus war wie in einem Traum zu Mute. Dieser Mann wusste offenbar einfach alles. Wieder hätte er am liebsten gerufen: »Warum ich?« Er fühlte sich dieser Herausforderung in keinster Weise gewachsen. Was konnte er schon ausrichten?

Der Schamane verstand, was in ihm vorging. »Du musst gar nichts tun«, sagte er. »Du bringst eine bestimmte Art von Licht mit, das genügt. Es ist unbewusst. Es war dir bestimmt, es hierher zu bringen.« Er lächelte den verwirrten jungen Mann an. »Und du bringst andere mit dir.«

Marcus schüttelte den Kopf. »Nein, ich komme allein.«

Der Schamane lächelte. Anscheinend wusste er mehr als Marcus. »Hast du noch Fragen?«

Marcus wusste, dass es Helen und Joanna interessieren würde, wie Machu Picchu nun wirklich erbaut worden war: durch Außerirdische oder mit Muskelkraft?

Der Schamane schmunzelte wieder. »Es waren Engel«, sagte er und weidete sich an Marcus' Gesichtsausdruck. »Die Engel stimmten gewisse Töne an und hoben damit die Schwerkraft der Steine auf. Außerdem wurden die Steine durch solche Schwingungen auch zurechtgehauen. Dann wurden die Steine durch Gedankenkraft so platziert, wie es Menschen niemals könnten – nicht einmal heutzutage.

Die hier erzeugten Klänge und das Licht waren so stark, dass sie Heilige aus ganz Südamerika hierher lockten. Gott führte die, die bereit waren, an diesen Ort, und sie wurden zu heiligen Hütern des Portals.«

»Aber nicht alles in Machu Picchu wurde von den Engeln errichtet, nicht wahr?«, fragte Marcus. Er kam sich ein wenig töricht vor bei diesen Worten, und doch konnte er sie seltsamerweise akzeptieren.

»Nein, man sieht deutlich, was von den Lichtwesen gebaut wurde und was nicht. Die Häuser der niederen Priesterränge stammen von Menschenhand. Der Unterschied springt ja ins Auge.«

Das fand Marcus auch.

Dann fiel ihm auf, dass der Schamane unruhig wurde. Der alte Mann wandte den Kopf nach allen Seiten.

»Gefahr«, raunte er. Seine Augen waren halb geschlossen, als suchte er in sich selbst nach näheren Informationen. »Zwei Frauen suchen dich. Sie sind in Gefahr.«

Marcus erbleichte. Irgendetwas musste Joanna und Helen in Kalifornien zugestoßen sein. Er hätte sie nicht allein lassen dürfen.

»Der Schutz wurde ihnen genommen«, murmelte der Schamane. Dann öffnete er plötzlich die Augen und deutete hinunter. Zwei winzige Gestalten schlenderten ahnungslos durch die Ruinen auf den Mondberg zu.

Marcus blickte durch sein Fernglas. Er konnte es kaum glauben.

»Joanna! Helen!«, rief er.

Dann sah er den Mann, der sie verfolgte. Er ließ die beiden Frauen nicht aus den Augen und kroch ihnen im Schatten einer Mauer nach. Als er einmal ins Sonnenlicht treten musste, blitzte etwas in seiner Hand auf. Es war ein Messer.

41. Kapitel

Marcus schrie, doch die Entfernung verschluckte den Schrei. Er sprang auf und rannte in wilder Hast den steilen Pfad hinunter. Seine Beine liefen wie von selbst. Hinter sich hörte er den Schamanen, der erstaunlich flink war.

»Joanna, Helen, passt auf!«, schrie es in ihm. »Was tut ihr überhaupt hier?« Er musste zu ihnen. Er schlüpfte durch dunkles Felsengewirr und achtete nicht darauf, dass sein Hemd zerriss und er auf den glatten Steinen mehrmals gefährlich strauchelte. Er keuchte. »O Gott, gib, dass ich noch rechtzeitig komme.«

Als er endlich die freie Fläche erreichte, sah er Joanna und Helen genau auf sich zukommen. Der Mann war ganz in ihrer Nähe. Als er Marcus sah, lief er sofort mit erhobenem Messer auf Joanna zu.

»Nein!«, brüllte Marcus und raste in verzweifelter Anstrengung auf die Gruppe zu. Joanna fuhr herum. Der Dolch verfehlte ihren Rücken, drang ihr aber in die Seite. Blut trat hervor. Als sie schrie, holte der Mann noch einmal mit dem Dolch aus.

In diesem Augenblick stürzte Marcus sich auf ihn wie ein wütender Tiger und schlug ihm die Waffe aus der Hand. Der andere wich aus. Marcus stürzte und wand sich am Boden. Der Angreifer lief auf den Abgrund zu und verschwand zwischen Felsen und Bäumen. Erst eine Ewigkeit später, so schien es, lief ihm ein junger Tourist nach.

Joanna lag totenblass auf dem Boden. Neben ihr kniete der Schamane. Helen, fast ebenso bleich, hielt die Hand ihrer Tochter und flüsterte in höchster Not ihren Namen.

Marcus war wie von Sinnen. Einen Augenblick lang dachte er, Joanna sei tot, doch dann sah er den Schamanen einigen Einheimischen, die wie aus dem Nichts aufgetaucht waren, Anweisungen geben. Mit geschickten Händen drückte er auf die Wunde und verband sie mit Stoffstreifen von seinem Hemd.

»Bringt sie ins Krankenhaus.« Helens Stimme war kaum hörbar.

»Kein Krankenhaus. Mein Haus.« Der Schamane antwortete auf Quechua, doch Helen erkannte an seinem Kopfschütteln, dass Joanna in seiner Obhut bleiben sollte.

Jemand rief: »Polizei!«

»Lenkt sie ab«, antwortete der Schamane.

Sofort wurde in einiger Entfernung ein kleiner Tumult inszeniert. Marcus traute seinen Augen nicht. Inzwischen hatte man aus zwei Stangen in Windeseile eine Bahre gezimmert. Sie legten die stöhnende Joanna darauf und banden sie fest.

Vier Männer nahmen die Bahre auf und setzten sich in federndem Laufschritt in Bewegung. Der Schamane lief neben ihnen her. Ein weiterer Indio rannte voraus, wohl um alles Notwendige in die Wege zu leiten. Marcus ließ Helen zurück und lief hinter der Bahre her.

Vor ihnen stoben die Touristen zur Seite. Die Leute riefen durcheinander, manche nur neugierig, andere hilfsbereit. Marcus sah auch zwei Teilnehmer seiner Reisegruppe.

»Mein Rucksack!«, rief er ihnen zu.

»Ja, wir bringen ihn her!«, schrien sie zurück.

»Wartet doch auf mich«, rief Helen, aber da waren Hände, die sie zurückhielten. Ein Fremdenführer beruhigte sie in holprigem Englisch: »Wir bringen Sie zu ihr. Sie ist in guten Händen.«

»Seien Sie unbesorgt«, versuchte ein amerikanischer Tourist sie zu trösten. Sie hätte ihm am liebsten eine scharfe Antwort gegeben, erhob sich aber stattdessen und ging auf unsicheren Beinen los. Sie merkte gar nicht, dass sie über und über mit Joannas Blut bespritzt war. Wie seltsam, dachte sie, als sie Polizisten das Gehölz am Rand des Plateaus durchsuchen sah. Ist die Polizei nicht eigentlich dazu da, sich um die Opfer zu kümmern?

In einem sonderbaren Gefühl, dass dies alles gar nicht wirklich geschah, ließ sie sich von den wildfremden Menschen führen, ohne zu wissen, wohin. Als sie gerade das Haupttor durchschritten, ereignete sich etwas vollkommen Unfassbares.

Ein fast schon korrekt gekleideter Herr hielt direkt auf die Gruppe zu. Sie wusste nur, dass sie ihn kannte, vermochte ihn aber nicht gleich einzuordnen.

»Helen!«, rief er. »Helen, ich bin's, Tony! Was ist passiert? Was ist mit Ihnen?«

»Gott sei Dank, Sie sind es«, brachte Helen über die Lippen und kehrte langsam zurück in die Wirklichkeit. »Jo ist niedergestochen worden. O Tony, ich glaube, sie wird sterben.«

42. *Kapitel*

Als sie das strohgedeckte Steinhaus des Schamanen erreichten, sahen sie Joanna auf einem Strohsack am Boden liegen. Ihre Augen waren geschlossen. Sie sah aus wie der Tod.

Der Schamane hatte ihre Wunden mit Kräuterkompressen bedeckt und ihr ein nach einem Geheimrezept angefertigtes Gebräu eingeflößt, das ihr die Schmerzen nehmen und die Heilung beschleunigen würde. Marcus wirkte grau und abgespannt. Er saß neben ihr und hielt ihre Hand. Eine junge Frau sorgte für duftenden Rauch im Raum.

Der Schamane kam heraus und begrüßte Helen und Tony und die anderen, die mit ihnen gekommen waren.

»Ihre Tochter wird bald wieder gut«, teilte er Helen in würdevollem Tonfall mit. »Messer keine lebenswichtigen Organe verletzt. Sie Blut verloren, aber wird wieder.« Helen verstand sein gebrochenes Englisch.

»Woher wissen Sie das?«

»Ich sehen im Körper, wo Verletzungen sind. Sie bald wieder heil.«

»Danke«, seufzte Helen mit schwacher Stimme.

Der Schamane nahm ihre Hand und sah ihr in die Augen. »Es unsere heilige Pflicht. Sie heil machen und Ihnen wiedergeben.«

Helen fühlte die Kraft in diesen Augen, aber ihre Knie zitterten. Tony legte den Arm fest um sie, und sie spürte das zutiefst Tröstliche dieser Geste. Seltsam, sie hatte gar nicht mehr gewusst, wie viel Stütze ein männlicher Arm bieten konnte. Tony führte sie in die Hütte. Sie setzte sich neben Joanna auf den Lehmboden und streichelte zärtlich ihren Arm. Die zuckenden Lider öffneten sich für einen kurzen Blick des Erkennens, dann schlossen sie sich wieder, und Joanna fiel in tiefen Schlaf.

Der Abend brach bereits an, als Helen in den Nebenraum ging, wo etliche alte Männer um ein Öllicht saßen und sich berieten. Tony hatte sich zu ihnen gesetzt. Die beiden, die Marcus' Rucksack gebracht hatten, waren längst wieder gegangen. Die wenigen anderen Touristen ebenfalls.

Tony stellte ihr einen wackeligen Holzstuhl hin.

»Hat man den Mann, der es getan hat?«, fragte sie mit bebender Stimme.

Tony zögerte. Er nahm ihre Hand und sagte sanft: »Als er gestellt war, hat er sich in den Abgrund gestürzt.« Nach kurzer Pause fügte er hinzu: »Er ist tot.«

»Gut«, sagte Helen schlicht. Keine Spur von Mitgefühl, nur ein fernes Gefühl der Befriedigung. Zorn begann sich in ihr zu regen.

Tony drückte ihre Hand und bemerkte mit dem Anflug eines Lächelns: »Gut zu wissen, dass Sie doch ein Mensch sind.«

»Hmm«, gab Helen zurück. »Ich hätte ihn mit bloßen Händen erwürgt, wenn ich ihn zu fassen bekommen hätte.«

Nach diesen Worten fühlte sie sich gleich ein wenig besser. Tony musste an eine Löwin denken, die ihr Junges beschützt. Er empfand solche Gefühle bei dieser Frau als seltsam wohltuend.

»Es war der Chinese, der uns schon die ganze Zeit verfolgt hatte, nicht wahr?«

Tony nickte. »Das glauben wir auch. Er arbeitete offenbar für Sturov, und dem geht es nach wie vor darum zu verhindern, dass die Schriftrolle die Welt verändert.«

»Das wird ihm nicht gelingen«, sagte Helen müde.

Tony sah sie besorgt an. »Helen, bitte, Sie sind erschöpft. Sie sollten sich jetzt erst einmal in Ihrem Hotel ordentlich ausschlafen. Hier können Sie ja doch nichts tun. Marcus bleibt bei Joanna. Sie ist in guten Händen – wenn ich auch nach wie vor meine, sie sollte besser in eine Klinik gebracht werden.«

Er misstraute noch immer all dem Heiler-Hokuspokus und fühlte sich zu dieser Bemerkung geradezu verpflichtet. Gesundheit war für ihn immer mit den sterilen Kliniken und Medikamenten verbunden gewesen. Nach den Ereignissen der letzten Wochen begann sich in ihm jedoch ein kleines Fenster zu öffnen, und ganz von fern dämmerte ihm, dass Joanna hier trotz Schmutz, Hühnern und Kindern in den besten Händen war.

Einen Augenblick lang dachte er, Helen würde sich weigern, ihre Tochter allein zu lassen. In ihrem erschöpften Gesicht lag etwas vom Ausdruck eines Kindes, das unmittelbar vor einem Wutausbruch stand. Oder würde sie darauf bestehen, dass man Joanna ins Krankenhaus brachte?

Auch der Schamane beobachtete sie. Er berührte sie am Ellbogen und sagte, das Innere der Hütte sei blau erfüllt von heilendem Licht. »Mit jedem Atemzug kommt Ihre Tochter der Heilung näher.« Sie spürte, dass er Recht hatte, dass Joanna am richtigen Ort war und Marcus sie mit seinem Leben beschützen würde.

Aber sie wollte doch so gern bei Joanna bleiben! Für einen Augenblick war ihr, als befinde sie sich im freien Fall. Ich darf nicht durchdrehen, sagte sie sich und grub die Nägel in die Handballen. Sie atmete tief durch, um sich zu sammeln. Die Vernunft siegte endlich – denn natürlich würde sie morgen erst recht zu nichts taugen, wenn sie nicht ausgeruht war.

Sie blickte zu Tony auf und nickte.

Er fragte sie sanft nach ihrem Hotel. Errötend gestand sie: »Eine Absteige in Aguas Calientes.« Aguas Calientes war eine blühende Ortschaft um die Bahnstation und einige heiße Quellen. Entlang der Geleise waren Stände aufgebaut, an denen von Hühnern über Gemüse bis hin zu Kleidung einfach alles feilgeboten wurde. Die Menschenmenge bewegte sich nur hin und wieder von den Schienen herunter, wenn ein Zug einfuhr. Es war eine Ortschaft, in der sich Reisende mit schmalem Geldbeutel einquartierten, und Tony gegenüber fand Helen es irgendwie ein wenig peinlich, dass auch sie dort wohnte.

»Ich werde noch zum Snob«, tauchte ein Gedanke aus dem watteweichen Gefühl in ihrem Kopf auf.

Tony erfasste offenbar, was in ihr vorging, und verstand es sofort, das Gespräch in andere Bahnen zu lenken. »Ach so. Das ist natürlich ein bisschen weit. Wissen Sie was? Ihr Gepäck ist da unten gut aufgehoben, aber für diese Nacht besorge ich Ihnen ein Zimmer im Machu Picchu Hotel.«

Sie nahm einfach ohne Wenn und Aber an, was sie beide ein wenig überraschte. Sie war sogar unendlich dankbar. Nur Tony brachte das Kunststück zu Wege, ein Zimmer in einem ständig ausgebuchten Hotel zu beschaffen.

»Pass auf sie auf«, sagte sie halb laut zu Marcus, der mit einem müden Lächeln nickte.

Tony und der Schamane begleiteten sie aus der Hütte und halfen ihr in den zerbeulten Wagen eines Neffen des Schamanen. Tony setzte sich neben sie und nahm sie in den Arm. Was für ein liebevoller und fürsorglicher Mann, dachte sie dankbar. Dann fiel ihr zum ersten Mal das Blut auf ihren Kleidern auf.

»So kann ich doch unmöglich ins Hotel gehen«, sagte sie erschrocken.

»Keine Sorge«, beruhigte er sie. »Ich kümmere mich darum.« Helen gab allen Widerstand auf.

Am Hotel ließ Tony sie im Wagen zurück und ging zum Empfang. Kurz darauf erschien er mit einem langen wollenen Umhang, den sie sich überwarf.

»Ich habe den Leuten erklärt, dass Sie einen kleinen Unfall hatten. Sie waren sehr verständnisvoll«, sagte er. Dass bereits überall Gerüchte über den Vorfall kursierten, erwähnte er nicht. Er konnte nur hoffen, dass man sie in Ruhe ließ. Doch er ging kein Risiko ein und führte Helen durch eine Hintertür die Treppe hinauf in sein Zimmer. Sie hatte gar nicht gewusst, dass er so einfallsreich war.

»Ich habe kein zweites Zimmer bekommen, aber Sie können meines haben.«

Davon wollte Helen überhaupt nichts hören; es war ihr sichtlich unangenehm.

»Helen«, redete er begütigend auf sie ein, »Sie stehen unter Schock. Nehmen Sie ein heißes Bad. Ich lasse Tee und etwas zu essen bringen, und dann reden wir über das Ganze.« Abermals – und wieder überraschend auch für sie – willigte sie ohne Widerrede ein.

Gebadet, satt und in einem von Tonys Hemden, das ihr um etliche Nummern zu groß war, lag sie später, bequem in die Kissen zurückgelehnt, auf dem Doppelbett. Er saß auf dem Bettrand und strich ihr sanft übers Haar. Er heilte sie, wenn er auch selbst nichts davon wusste. Er empfand einfach große Zärtlichkeit für diese schutzbedürftige Frau. Er wünschte sich nur, dass sie Ruhe finden möge. Und während er sich so einfach und freundlich um sie kümmerte, legte er, ohne es zu wissen, Schicht um Schicht seines eigenen Schmerzes frei.

Er dachte an nichts weiter als an das Wohlergehen dieser Frau, die er bewunderte, und da öffnete sich sein Herz, und die Last seiner Kindheit begann abzufallen. Wenn wir geben, empfangen wir.

Er streichelte sie behutsam in den Schlaf und schlief später, wie sie es besprochen hatten, in der anderen Hälfte des Doppelbetts.

43. Kapitel

Trotz ihrer Verletzungen konnte Joanna am nächsten Tag schon wieder in ihrem Bett sitzen, an ganze Berge roter, blauer, schwarzer, weißer und violetter Kissen gelehnt. Jede Bewegung tat ihr weh, aber es war schon wieder ein wenig Farbe auf ihren Wangen.

Umso schlimmer sah Marcus nach dieser Nacht aus, die er schlaflos auf dem harten Boden und mit seinem Rucksack als Kopfkissen verbracht hatte. Seit dem Aufbruch aus Cuzco hatte er sich nicht rasiert; er sah schlecht und abgezehrt aus. Tony brachte Helen zur Hütte des Schamanen, wo sie neben ihrer Tochter niedersank und ihre Hand hielt. So besorgt sie um Joanna war, der Blick aus Marcus' hohlen Augen erschreckte sie fast noch mehr.

Die versammelten Schamanen wollten eben mit einer Heilungszeremonie beginnen. Tony, der sich hier ziemlich fehl am Platz fühlte, erbot sich, die Sachen der beiden Frauen aus ihrem Zimmer in Aguas Calientes zu holen.

Er berührte Marcus am Arm. »Und Sie, mein Sohn – Ihnen würde etwas Wasser, eine Rasur und ein bisschen Schlaf sicher nicht schaden«, drängte er ihn freundlich.

Marcus schüttelte nur dumpf den Kopf, aber Helen und die Schamanen stimmten Tony zu. Mit dem Argument, dass man ihn ja noch brauchte, konnten sie ihn schließlich zum Gehen überreden.

So wurden Tony und Marcus in einem verrosteten und ziemlich ramponierten, offenbar nur noch von Drähten und Gebeten zusammengehaltenen alten Lastwagen nach Aguas Calientes gefahren. Über steile Serpentinen ging es die dicht bewaldeten Hänge hinunter, bis sie schließlich in der Talsohle den weiß schäumenden Rio Urubamba erreichten.

Der Fahrer in seiner rotweißen, von seiner Mutter gestrickten Wollmütze gehörte, wie sich herausstellte, ebenfalls zu der weitläufigen Verwandtschaft des Schamanen. Er bahnte sich hupend einen Weg durch das bunte Menschengewimmel und brachte das Gefährt auf dem Parkplatz quietschend zum Stehen. Tony und der Fahrer sprangen geschmeidig hinunter, während Marcus ziemlich steif hinterherkletterte. Sie schlängelten sich durch die Massen an Touristen und Einheimischen, überquerten die Bahnlinie und schoben sich langsam durch das Gedränge um die Marktstände, hinter denen stämmige Frauen in ihren farbenfrohen Ponchos standen, den unvermeidlichen Hut auf dem bezopften Kopf. Zuletzt mussten sie eine steile Gasse zur Herberge hinaufsteigen.

Glücklicherweise stand die Inhaberin des Hauses, die Hände in die Hüften gestemmt und in eine lautstarke Diskussion mit einer Nachbarin verwickelt, auf der hölzernen Eingangstreppe vor der Tür. Der Fahrer rief etwas auf Quechua zu ihr hinauf. Natürlich hatte sie wie jeder hier bereits vom Kondor-Mann erfahren. Da stand er nun leibhaftig vor ihr. Auch davon, dass eine Touristin niedergestochen worden war, hatte sie gehört, und mit Entsetzen vernahm sie jetzt, dass es sich um einen Gast ihres Hauses handelte.

Sie konnten die Frau schnell überreden, sie einzulassen, um Helens und Joannas Sachen abzuholen. Schließlich würde bald der nächste Zug mit Touristen ankommen, und dann konnte sie das Zimmer weitervermieten. Während Tony die Sachen der beiden Frauen zusammensuchte und packte, legte Marcus sich auf eines der Betten. Er schlief sofort tief und fest ein. Ein wenig Geld verschaffte ihm ein paar Stunden Schlaf; im Übrigen wirkte die Pensionswirtin hoch zufrieden, als Tony das Haus verließ. Der Kondor-Mann schlief in *ihrem* Haus! Tony sagte, er werde Marcus in ein paar Stunden abholen, und sie versprach, bis dahin nicht zu verraten, dass er hier war.

Auch der Fahrer verschwand, nachdem er Tony hatte wissen lassen, dass er bald zurück sein werde. So schlenderte Tony planlos die Gasse hinunter und begutachtete ohne wirkliches Interesse schöne Silberarbeiten, Lederwaren und landestypische Töpferwaren; in Gedanken war er bei Helen, Joanna und der Schriftrolle. Die Pensionswirten beeilte sich inzwischen, die Botschaft von ihrem Überraschungsgast wenigstens ihrer besten Freundin und ihren Töchtern zu überbringen.

Für vier Stunden war Marcus dieser Welt entrückt und weit, weit weg. Entsprechend erfrischt und erholt wachte er auf. Er sprang aus dem Bett und traf vor dem Zimmer die Wirtin, die dem Kondor-Mann mit dem allergrößten Vergnügen heißes Wasser zum Rasieren bringen wollte.

Als er geduscht und rasiert war, fühlte er sich wieder wie ein Mensch. Er hatte es eilig, nach Joanna zu sehen, und trank noch einen Kaffee, den er unten im Gemeinschaftsraum auf einer Holzbank zu sich nahm. Dann erst sah er, dass sich an den Fensterscheiben etliche Nasen platt drückten. Er winkte und lächelte ohne den Hauch einer Ahnung, dass er inzwischen zum Lokalhelden aufgestiegen war.

Als er die Tasse gerade leerte, kam Tony, den die Wirtin hatte suchen lassen. Kurz darauf tauchte auch der Fahrer auf. Unter ausgiebigem Händeschütteln und Winken verabschiedeten sie sich von der Wirtin und ihren Angehörigen, die ganze Trauben vor dem Haus bildeten, nur um einen Blick auf den berühmten Mann werfen zu können.

Auf der Ladefläche des Lastwagens befanden sich jetzt etliche eiserne Bettgestelle und schmuddelige Matratzen. Sie fragten sich, was das wohl zu bedeuten hatte. Der Fahrer erklärte grinsend, man erwarte Besucher, die mit dem nächsten Zug kommen würden. Tony und Marcus sahen einander ratlos an. Was mochten das für Besucher sein, denen man in einem Zweizimmerhaus Betten aufzustellen gedachte? Sie ließen Helens und Joannas Gepäck im Fahrerhaus und mischten sich unter die wartende Menge an den Bahngleisen.

Marcus wurde ungeduldig. Er wollte Joanna sehen. Sein Unbehagen nahm noch zu, als ihm auffiel, dass die Leute auf ihn zeigten und ihn geradezu ehrfürchtig ansahen.

»Was ist hier los?«, fragte er Tony.

»Na ja, das mit den Kondoren hat für einigen Wirbel gesorgt, das müssen Sie zugeben. Der Schamane hat mir von einer Legende erzählt, nämlich dass das Glück den Menschen wieder hold sein wird, wenn die Kondore erscheinen, um den Erlöser zu begrüßen. Man hatte wohl mit einem hiesigen Schamanen gerechnet, einem ohnehin schon geachteten Mann, und nicht mit einem jungen weißen Touristen. Deshalb wundern sie sich und sind so zurückhaltend. Aber freuen Sie sich nicht zu früh, das Gerücht verbreitet sich wie ein Lauffeuer.«

Marcus hörte sich das an und zog die Stirn in Falten. Er wusste nicht recht, ob diese Wendung der Dinge ihm lieb war und ob er überhaupt begriff, was da mit ihm passierte.

Sie hörten den Zug durch das Tal heranrumpeln. Manch einer überquerte verwegen noch schnell die Gleise, fliegende Händler rangelten um die besten Plätze, und wer Schlafgelegenheiten zu vermieten hatte, stand mit entschlossener Miene sprungbereit da. Dann spie der Zug seine tägliche Ladung Reisende aus: Aberhunderte quollen aus allen Türen wie Ameisen aus einem Baumstamm, man sah sich nach Freunden und Angehörigen um, nach Unterkunft und Abenteuer. Tony und Marcus entdeckten sie im selben Augenblick.

»Mein Gott!«, entfuhr es Tony.

»Das kann doch nicht …« Marcus brach mitten im Satz ab. Dann lief er auch schon durch das Gedränge auf die Gruppe von sieben Männern mit rasierten Köpfen zu, die aus einem Waggon am Ende des Zuges ausgestiegen waren.

Sehr ruhig standen die Männer da, eine Insel im wogenden Menschenstrom.

»Zoranda!«, rief Marcus. »Paul, John! Ach, und Pete und Henry!«

Sie sahen ihm entgegen und begrüßten ihn mit strahlendem Lächeln.

»Wie gut, euch hier zu sehen. Aber was um Himmels willen macht ihr hier?« Es war unfassbar. Seine Augen leuchteten.

»Wir sind hier, um euch bei der Befreiung des Portals zu unterstützen«, antwortete Zoranda mit seiner tiefen, warmen Stimme. Er freute sich über Marcus' ungläubiges Staunen. Jetzt stieß auch Tony zu ihnen und schüttelte allen die Hand. Marcus war froh zu sehen, dass er seine englische Steifheit über Bord warf und die Männer einen nach dem anderen umarmte.

Er war so unendlich erleichtert. Jetzt wird alles gut, dachte er.

»Wie schön, dass ihr hier seid«, sagte er. »Aber ist es nicht sonderbar, dass wir gerade jetzt bei der Ankunft eures Zuges hier sind?«

»Eigentlich nicht«, erwiderte Zoranda. Er nickte zum Cousin des Schamanen hinüber, der neben seinem beladenen Lastwagen stand und ein wenig linkisch grinste.

»Seid ihr etwa die Leute, die er abholen soll?«, fragte Marcus ungläubig. »Der Schamane hat gesagt, dass jemand kommen würde, aber an euch hätte ich nie im Leben gedacht.« Marcus fasste sich. Alles fiel ihm plötzlich wieder ein. »Wisst ihr Bescheid, was mit Joanna ist?«

»Nein.« Sie sahen ihn alle gespannt an, denn seiner Miene entnahmen sie, dass etwas Schlimmes geschehen sein musste. Durch den Lärm hindurch und immer wieder von anderen Reisenden angerempelt, berichtete Marcus. Der Schreck war den Männern anzusehen.

Der Fahrer stand ein wenig abseits. Er drehte seine Wollmütze verlegen in den Händen. Als er einmal Zorandas Blick erhaschen konnte, sagte er: »Onkel mich geschickt. Wir Sie erwartet.« Dann streckte er die Hände zum Willkommen aus.

Zoranda sah Tony an, der ihm erklärte, es sei ein Verwandter des Schamanen; die Reisenden aus England sollten offenbar seine Gäste sein.

Der Indio gab ihnen ein Zeichen, ihm zu folgen, und sie gingen alle zusammen vom Bahnsteig zum Parkplatz, wo zwei langhaarige junge Männer mit dunklen, wachsamen Augen bei einem zweiten, ebenso verbeulten Lastwagen standen und darauf warteten, sie ins Dorf des Schamanen zu fahren.

Zoranda nahm auf seine würdevolle Weise an. »Danke. Kommt, steigen wir ein«, sagte er. Sie warfen ihr Gepäck auf die Ladefläche und kletterten hinterdrein. Auch Marcus sprang auf, während Tony sich vorn zum Fahrer setzte. Ratternd ging es zurück die Serpentinenstraße hinauf. Der Anblick war auch für hiesige Verhältnisse nicht alltäglich: Vorn ein Lastwagen mit verrosteten alten Bettstellen und muffigen Matratzen, der zweite mit überwiegend kahlköpfigen Europäern beladen.

Licht und Finsternis rüsteten sich für den Kampf.

Reaktion. Sie trugen Joanna mit ihrem Bett in die Sonne hinaus, damit auch sie zuhören konnte.

Zoranda zog ein Papier aus seinem Geldgürtel, faltete es auseinander, blickte einmal in die Runde und las: »›Jeder Planet, jede Galaxie und jedes Universum hat einen eigenen Plan. Das große göttliche Experiment spielt sich auf der Erde ab, und dies können wir für den blauen Planeten sagen.‹« Wieder blickte Zoranda in die Gesichter der atemlos lauschenden Zuhörer. Er las weiter: »›Alles ist ein Hologramm. Wie innen, so außen. Wie oben, so unten. In der Ausgewogenheit liegt der Zugang zum Himmel. Hierin ist alles offenbar, und dies ist der Schlüssel zum göttlichen Plan auf der Ebene der Dualität. Alles ist Liebe. Alles ist eins.‹«

Zoranda gab den Zuhörern ein paar Augenblicke Gelegenheit, diese Worte aufzunehmen, dann las er weiter: »›Im Licht ist Liebe. Alles, was nicht als Liebe erkannt wird, ist Illusion. Dualität herrscht nur auf der Erde. Wer die Illusion ablegt und sich zum Herrn seiner selbst macht, wird ein Mitschöpfer Gottes und schafft seinen eigenen Himmel auf Erden.‹«

Marcus dachte an den Mann, der Joanna überfallen hatte. Wie sollte er mit ihm jemals eins werden? Doch er musste jetzt erst einmal Zorandas Worten weiter folgen.

»›Alles sieht nur sich selbst. Du siehst nur deinen Schatten und deine Herrlichkeit, deine Ängste vergrößert, deine Freuden vermehrt. Darüber hinaus gibt es nichts. Alles auf Erden ist ein Ich. Alles ist. Schöpfung geschieht durch das, was das Ich dem Ist hinzufügt. Ausgewogenheit ist das Annehmen des Ist. Wahrheit ist das Sehen des Ist als das, was es ist.‹«

»Was«, knirschte Marcus in sich hinein, »dieser gemeine Mörder soll ein Teil von mir sein?« Er machte eine ungeduldige Bewegung, ohne es zu bemerken. Zoranda sah kurz zu ihm hinüber, bevor er weiterlas.

»›Was die Tür zum menschlichen Herzen aufstößt, öffnet auch die Tür zum Herzen Gottes. Daher behandle andere, wie du selbst behandelt werden möchtest. Sei dir treu, und lass dich nicht vom Willen oder den Erwartungen anderer beherrschen. Sei, wie du bist und wie nur du bist. Dies ist das einfache Gesetz des Schöpfers.‹«

Zoranda faltete das Papier langsam und sorgfältig zusammen und verstaute es wieder in seinem Gürtel.

Er sah zu Helen hinüber. Ihre Blicke trafen sich.

Da brach es ganz ungewöhnlich für sie aus ihr heraus: »Ich weiß Bescheid über Liebe und Verzeihen. Aber das klingt nach Unfug in meinen Ohren. Vielleicht bin ich ja etwas nachsichtiger, wenn es Joanna wieder besser geht.«

Marcus legte ihr die Hand auf den Arm. »Du sagst doch immer, dass man das Verzeihen nicht herbeizwingen kann. Mir geht es genauso wie dir.«

Helen lächelte ihn dankbar an. In ihrem Kopf ging immer all das um, was sie *eigentlich* fühlen sollte. Und in ihrem Herzen war sie diesen Menschen bitterböse, die ihnen nachstellten und jetzt auch noch ihre Tochter angegriffen hatten.

Zoranda erhob sich unvermittelt. Er zitierte langsam: »›Alles ist Liebe. Alles, was nicht als Liebe erkannt wird, ist Illusion. Dualität herrscht nur auf der Erde. Wer die Illusion ablegt und sich zum Herrn seiner selbst macht, wird ein Mitschöpfer Gottes und schafft seinen eigenen Himmel auf Erden.‹« Dann fuhr er in seinen eigenen Worten zu Helen und Marcus gewandt fort: »In Wahrheit sind wir alle eins. Soweit ich sehe, rufen eure Seelen nach der letzten und höchsten Lektion: bedingungslose Liebe. Und irgendjemand muss bereit sein, euch diese Lektion zu erteilen. Für Marcus und Helen lautet sie: Kann ich jemanden lieben, der einem geliebten Menschen etwas antut? Und für Joanna: Kann ich jemanden lieben, der mir etwas antut?«

»Mit Liebe meinen Sie nichts Sentimentales, sondern den Menschen so zu nehmen, wie er ist?«, vergewisserte Tony sich.

Zoranda nickte. »Nicht emotionale Liebe, sondern natürlich bedingungslose Liebe.«

Joanna sagte mit leiser Stimme: »Ich möchte es in diesem Leben endlich begreifen. Der Messerstich *ist* eben einfach geschehen. Er hat mir Angst und Wut und Schmerz gebracht, aber auch Heilung, Rückhalt und Freundschaft. Ich habe mich ausgeliefert und zugleich sehr stark gefühlt. Vor allem habe ich mich noch nie so sehr geliebt gefühlt. Mir war nicht klar, dass ich so vielen Menschen so viel bedeute.«

Eine Träne lief ihr über die Wange. Marcus drückte ihre Hand.

Sie sprach weiter. »Wenn ich an diesen Mann denke, empfinde ich Hass und Wut. Das ist mein Schatten und meine Hölle. Wenn ich euch hier sehe, sehe ich meine Herrlichkeit und bin im Himmel. Dann wünsche ich mir, ihm zu verzeihen. Ich wünsche mir wirklich, diese Liebe ständig zu empfinden.« Sie lächelte und schloss erschöpft die Augen.

Helen liefen die Tränen übers Gesicht. Tony stellte sich hinter sie und massierte ihr sanft die Schultern. Sie nahm es dankbar an.

Marcus hob in komischer Verzweiflung die Schultern. »Ich verstehe gar nichts. Der Mönch in Indien sagte, dass ich eine Bestimmung hätte. Hier begrüßen mich die Kondore, und die Leute nennen mich Kondor-Mann. Das ist mir alles so fern. Ich bin doch nur ein ganz normaler Typ – das Ganze ist mir einfach ein paar Nummern zu groß. Ich finde überhaupt kein Verzeihen in mir.«

Zoranda lachte. »Der Schlüssel zum Himmel ist Ausgewogenheit. Ja, Sie sind ein ganz normaler Typ, wie Sie sagen, ein Mensch mit Fehlern und Schwächen, aber auch etwas Besonderes. Sie sind nicht vollkommen, nur eben einzigartig. Versuchen Sie nicht, jemand anders zu sein.«

John schlug Marcus auf den Arm: »He, ich würde einiges geben für das, was du erlebt hast.«

»Ich auch«, murmelten einige der anderen Männer. Verblüfft stellte Marcus fest, dass es hier durchaus so etwas wie Neid gab.

»Ich würde mich ganz gern als normaler Typ fühlen, der den Dingen nicht gewachsen ist, wenn mir solche Sachen passieren würden«, murmelte Paul. »Dann wüsste ich nämlich, dass etwas Großes im Gange ist.«

»Man bekommt immer die Hilfe und Unterstützung die man braucht«, sagte Peter. »Das weiß doch jeder.«

Da musste Marcus grinsen. »Ich dachte immer, ihr seid etwas Besonderes, so richtig heilig und voller Hingabe und weiß der Himmel was – und jetzt muss ich sehen, dass ihr auch Menschen seid.« Das brachte ihm einiges Gejohle ein.

Sie trugen Joanna auf ihrem Bett in die Hütte zurück. Der Schamane flößte ihr wieder einen Kräutersud ein. Sie beschwerte sich über den üblen Geschmack. Das nahm er als gutes Zeichen. Helen lachte und korrigierte ihn: Das sei ein außerordentlich gutes Zeichen.

»Ach, das ist meine alte Joanna«, seufzte sie glücklich. Ihre Tochter konnte nicht mehr kontern, denn sie schlief bereits fest.

Helen betrachtete sie zärtlich und sagte zu Marcus: »Ich weiß wohl, dass wir uns nur einbilden, andere besäßen Macht über uns oder könnten uns etwas antun. Das ist eine Illusion. In Wirklichkeit haben wir unsere Gefühle und folglich unser Energiefeld selbst in der Hand, also konnte dieser Mann sie nur verletzen, weil sie zugelassen hatte, dass er in ihre Aura eindrang.«

»Ja, eigentlich kann es nur so sein«, pflichtete Marcus bei.

»Ich halte nur an meiner Wut auf ihn fest, weil das meine Bewältigungsstrategie ist. Ich wäre sonst zusammengeklappt.«

Marcus lächelte. »Ich weiß. Mir ging es ähnlich. Ich dachte wirklich, dass sie stirbt. Jetzt, da klar ist, dass sie überlebt, kann ich mir die spirituelle Sicht der Dinge wieder leisten.«

»Aber ich bin immer noch böse und kann ihm nicht so richtig verzeihen«, gestand Helen.

»Das geht mir genauso. Ach, diese Illusion muss ich unbedingt für Joanna aufschreiben.«

Er suchte sich einen Stift und schrieb auf ein Stück Papier: »Illusion: Andere haben Macht über dich und können dir etwas antun. Wahrheit: Du hast deine Gefühle und dein Energiefeld selbst in der Hand. – Nicht schlecht, Helen. Das wird ihr gefallen.«

In dieser Nacht errichteten sie einen Dom aus Frieden und Licht über dem Dorf. Und es war höchste Zeit, denn draußen zog Sturov seine Kräfte der Finsternis zusammen.

45. Kapitel

Vier Tage später war Vollmond. Zoranda und der Schamane hatten über einen Führer, der Quechua und ein wenig Englisch und Spanisch sprach, jeden Tag stundenlang über die beste Art des Vorgehens miteinander beraten. Es war deutlich zu spüren, dass sie einander in größter Achtung begegneten und einander vieles offenbar auch auf anderen Wegen als der Sprache mitteilten.

Man gewöhnte sich schnell an den sonderbaren Anblick des großen, kahlköpfigen weißen Mannes, der mit dem untersetzten Südamerikaner in seiner Strickmütze in ernste Gespräche vertieft dasaß oder spazieren ging. Auch an die wachsende Zahl der aus ganz Südamerika anreisenden Schamanen gewöhnten sie sich.

Zu Vollmond sollte in der heiligen Stadt eine ganz besondere Zeremonie abgehalten werden. Während dieser Zeremonie würde man die sieben Symbole aus der Schriftrolle in den Äther über dem Intihuatana-Stein zeichnen. Die Schamanen würden die Schwingung des Portals durch Anrufungen und Gebete so anheben, dass es gegen die Finsternis abgeschirmt war und nur Lichtwesen es passieren konnten. Dann würde man überall in Machu Picchu die geraubten Schutzsymbole durch neue ersetzen.

An den Tagen vor Vollmond wurden Zeremonien abgehalten, bei denen man Steine und Kristalle und andere Dinge von besonderer Bedeutung segnete. Die höheren Mächte wurden gebeten, all diese Objekte mit der Kraft des Lichts und des Schutzes zu erfüllen. Das Geraubte musste ersetzt werden. Alles musste einen ganz bestimmten Platz haben, nichts durfte dem Zufall überlassen bleiben. Die Weisen bedachten das alles mit größter Umsicht und Sorgfalt. Diese Zeremonie musste, wenn sie wirken sollte, von vollendeter Reinheit und Kraft sein.

Leider standen noch nicht alle Informationen der Schriftrolle zur Verfügung, aber es herrschte allgemein große Zuversicht, dass sie die richtigen Klänge anstimmen konnten, mit denen das Universum das Zeichen bekam, der Erde Hilfe zu schicken. Sie übten hingebungsvoll. Zugleich sangen sie auch die Töne, mittels derer Wahrheit und Reinheit über die Ley-Linien in die ganze Welt ausgesandt werden sollten.

Am Morgen des entscheidenden Tages sagte der Schamane zu Zoranda: »Wir haben eine große Verantwortung.«

Zoranda nickte. »Wir sind bereit. Wir haben uns viele Jahre – viele Leben, denke ich sogar – auf das hier vorbereitet.«

Das wusste der Schamane. Sie hatten alle getan, was möglich war. »Wir werden einfach unser Bestes geben. Auch ohne die Schlüssel zur Macht, die wir benötigen werden, um den Geist der Menschen zu befreien, können wir immerhin die Befreiung dieses Portals erreichen.«

»So sehe ich es auch.«

»Wir müssen dreiunddreißig sein. Ihr sieben, dazu Marcus und Tony, das sind neun. Vierundzwanzig unserer Schamanen werden kommen.«

Zoranda fand, dass Helen und Joanna auch teilnehmen sollten. Dennoch musste er die hiesigen Bräuche respektieren, und so beugte er sich dem anderen. Außerdem war ja zu bedenken, dass Joanna immer noch sehr schwach war.

»Dreiunddreißig ist die heiligste Zahl«, stimmte er zu. »Die Kräfte des Universums werden sich unserer im Dienste des höchsten Guten bedienen.«

»Aber wir müssen sehr wachsam sein. Der größte aller Schwarzmagier und seine Gehilfen werden uns aufzuhalten versuchen. Ich spüre ihre Nähe. Wir dürfen nicht zulassen, dass sie in das Kraftfeld des Lichts eindringen.«

»Es könnte sein, dass wir unser Leben aufs Spiel setzen müssen«, merkte Zoranda an. Der Schamane schloss für einen Augenblick die Augen und wechselte dann das Thema.

Die Nacht brach an; sie war wolkenlos, klar und kalt. Auch Marcus und Tony hatten den Eindruck, das Universum stehe auf ihrer Seite. Nebel hätte die ganze Zeremonie erschwert.

Für Joanna und Helen war es eine bittere Enttäuschung, dass sie nicht teilnehmen durften, aber nach einem Gespräch mit Zoranda hielten sie ihre Gefühle vor den anderen verborgen. Wenn es wirklich für alle zum Besten war, dann mussten sie eben zurückstehen. Sie würden in ihrer Hütte meditieren und ihre Energien zu der Zeremonie beisteuern, wie es damals die Priesterinnen getan hatten.

Aber wenn wir von den Wünschen unseres Ego ablassen und den Gang der Dinge den höheren Kräften anheim stellen, tun sich neue Möglichkeiten auf. So war es auch diesmal.

Tony, Marcus und die sieben Männer von Kumeka House waren bereit. Es erschienen jedoch bis zuletzt nur zweiundzwanzig Schamanen, in leuchtende Zeremonialfarben gekleidet. Zum anberaumten Zeitpunkt waren also einunddreißig Männer zur wichtigsten Zeremonie ihres Lebens bereit. Helen und Joanna standen ein wenig abseits und sahen zu.

Zoranda sah den Schamanen an. Der Schamane sah Zoranda an. Beide drehten sich gleichzeitig um und winkten die Frauen heran. Diese zögerten keinen Augenblick.

Es war klar, dass Joanna Hilfe benötigen würde. Immer zwei Männer trugen sie auf einem Stuhl an der Spitze des Zuges. Sie nahm diese Aufmerksamkeit dankbar an.

So gelangten sie durch die Pforten der heiligen Stadt und gingen jeweils zu dritt an die vom Schamanen bestimmten Stellen, an denen die gesegneten, mit Schutzenergie aufgeladenen Steine, Kristalle und anderen Objekte stehen sollten. All das geschah schweigend im Silberlicht des Mondes. Jede Stelle wurde etliche Male gegen den Uhrzeigersinn umrundet, um die größte Energie zu entfalten, und die Symbole wurden sorgfältig platziert.

Zur symbolischen Reinigung wuschen sie sich Hände und Gesicht im klaren Wasser der Zeremonialbäder. Schließlich versammelten sich alle um den Intihuatana-Stein. Ein seltsamer Nebel stieg auf, und es wurde bitterkalt. Dann erhob sich der Wind und jagte tief treibende schwarze Wolkenfetzen über den Mond, die alles verfinsterten. Etwas Unheimliches und Drohendes lag in der Luft.

Helen fühlte, dass etwas nicht in Ordnung war. Alle anderen bemerkten es auch. Die Schamanen verstärkten das Kraftfeld des Lichts und der Liebe, das sie umgab.

Man spürte das Pulsieren von Liebe und Frieden. Solange sie nur diesen Kreis aufrechterhielten, war alles gut.

Zoranda begann die heiligen Symbole in den Äther über dem Intihuatana-Stein zu zeichnen. Sie intonierten die Klänge zur Anrufung des Lichts, doch sie zerstoben im Wind und dem wirbelnden Nebel.

Plötzlich krachte ein Donner, und ein großer bärtiger Mann in langer Kutte schritt aus der Nacht auf sie zu. Er richtete seinen Stab auf Joanna. Ein entsetzlicher Schmerz durchfuhr sie und raubte ihr die Sinne, so dass sie umsank. Er passierte die Stelle, die Joanna eben noch bewacht hatte, und blickte Zoranda an.

Es war Sturov.

Weitere Gestalten in Kutten tauchten auf; ihre Konturen waren im Licht des immer wieder zwischen Wolkenfetzen aufleuchtenden Mondes deutlich erkennbar. Sie stellten sich rings um den Kreis auf. Helen lief zu Joanna hinüber und nahm sie in die Arme. Der Kreis war durchbrochen. Das Böse konnte eindringen. Marcus stand wie festgewachsen da.

Zoranda rief stumm die Kräfte des Lichts an, Sturov die der Finsternis. Schwaden eines unaussprechlich üblen Gestanks wehten durch den Kreis.

Die Schamanen, die Männer von Kumeka House, Marcus und Tony konzentrierten sich mit aller Kraft darauf, Licht aus dem Universum herbeizuziehen. All das geschah in einer Stille von ungeheurer Dichte.

Sturov, ein Mann von beträchtlicher Körpergröße, stand hoch aufgerichtet mit einem gebieterisch erhobenen Arm da. Mit einer Gebärde voller Hochmut und Verachtung warf er die Kapuze zurück, so dass der Mond eine Hälfte seines Gesichts beleuchtete – ein scharf geschnittenes Gesicht mit großer Adlernase und den tief eingegrabenen Zügen eines Menschen, der unbedingten Gehorsam gewohnt ist. In seinen eisgrauen Augen flackerte eine böse Lust. Es war das Gesicht eines Mannes von äußerster Entschlossenheit, der vor nichts zurückschreckte. Und so war der Blick, mit dem Sturov Zoranda musterte, der Blick eines Siegers.

Zoranda war nicht ganz so groß, aber kräftiger gebaut. Er trug ein Gewand aus weißem Tuch und um den Hals eine altägyptische Lebenshieroglyphe an einer schweren Goldkette. Sein rasiertes Haupt leuchtete im Mondlicht. Im vollkommenen Glauben an die Überlegenheit des Lichts hielt er dem Blick des Gegners stand. In ihm hatte nichts anderes als diese einfache Wahrheit Platz.

So maßen sie einander.

Sturov wusste, dass sie dreiunddreißig Schwarzmagier waren und den Kreis des Gegners aufgebrochen und geschwächt hatten.

Mit höhnischem Grinsen rief er: »Die Herrschaft über das Portal ist mein.« Schmal und hart waren seine Lippen, an einem Mundwinkel hing ihm der Speichel. »Wie dumm von dir zu glauben, du könntest mich besiegen.«

Zoranda beachtete ihn nicht. »Möge das Licht auf der Erde herrschen.« Seine Stimme klang fest und sicher. Er blickte unverwandt in diese farblosen Augen.

Sturov setzte seine Spottrede fort. Er wurde immer höhnischer. »Ich bin in euren Kreis eingedrungen, bevor ihr auch nur anfangen konntet. Wir kann man so dumm sein, eine Verwundete zu beteiligen! Was für ein unglaublicher Fehler! Ihre Aura war gebrochen, ein Kinderspiel für mich.« Er lachte. »Priesterin – ha! Dachtest du etwa, sie kann Sturov standhalten?«

Zoranda war so ganz und gar in Anspruch genommen von seiner Aufgabe, dass er nicht einmal hörte, was Sturov sagte.

Aber Joanna hörte es. Sie schlug die Augen auf und versenkte sich augenblicklich wieder tief in das Licht. Sie wusste, dies war für sie die Stunde der Wahrheit. Es war nichts von Zorn oder Vergeltung in ihr, als sie jetzt rief: »Möge der Engel der Liebe die Herzen dieser Männer berühren.«

Auch das schwärzeste Herz hat Mühe, sich der Macht der Liebe zu verschließen. Die Überraschung riss in jedes gegenwärtige Herz, sogar in das von Sturov, einen kleinen Spalt.

Zoranda öffnete die Arme und rief erneut mit klarer, tiefer Stimme: »Ich rufe an die Macht des Lichts.« Als Antwort zuckte ein Blitz über den Himmel und warf gleißendes Licht in den Kreis.

Sturov schrie auf. Seine Schultern sackten nach vorn, und sein Gesicht verzerrte sich, als würde es vom Licht verbrannt. Langsam gaben seine Knie nach, und er sank zu Boden. Um ihn herum züngelten blaue Flammen aus dem Boden.

Niemand regte sich. Doch dann kam Bewegung in Sturovs zweiunddreißig Handlanger. Sie rannten davon, als wäre der Teufel höchstselbst hinter ihnen her.

Nach einiger Zeit rappelte Sturov sich auf. Er verkroch sich fast in seine Kutte und stolperte davon, ohne den Blick noch einmal zu heben.

Wortlos bauten sie den Lichtkreis wieder auf. Der Wind legte sich, und der Himmel wurde klar. Der Mond schwebte dahin, als wäre nichts gewesen.

Zoranda vervollständigte die Symbole. Dann stimmten sie die heiligen Klänge an und verteilten die gesegneten Steine und Kristalle nach den Anweisungen des Schamanen.

Im Morgengrauen verstärkten sie die Töne, und als die ersten Sonnenstrahlen den Intihuatana-Stein trafen, standen sie im Kreis, der Stein in ihrer Mitte, und über der Stadt lag ein Licht, wie sie es noch nie gesehen hatten.

Nach der Zeremonie sagte Marcus zum Schamanen: »Ich hoffe nur, es tut seine Wirkung.«

»Aber, aber, mein Sohn«, sagte der Ältere gütig und legte ihm die Hand auf die Schulter. »Wir wissen nicht, wie viel Gutes wir bewirkt haben. Wir haben einfach unser Bestes gegeben. Aber du darfst auf keinen Fall aufgeben. Du musst die übrigen Portale der Erde befreien. Das ist deine Aufgabe.«

Marcus nickte. »Ich weiß.«

Er ging hinüber zu der Mauer, an der Joanna saß, und nahm ihre Hand. Sie wirkte erschöpft, und doch – wie schön sie war!

»Wie es jetzt auch weitergehen mag, es ist eine andere Welt«, sagte er.

Joanna ließ den Blick über die still daliegende Stadt wandern und nickte.

Über die Autorin

Diana Cooper hat sich nicht nur als eine in viele Sprachen übersetzte Autorin und Workshopleiterin einen Namen gemacht, sondern ist in Großbritannien auch regelmäßig im Radio zu hören und in vielen Teilen der Welt durch Fernsehauftritte bekannt.

Im Ansata Verlag sind bisher von ihr erschienen: *Ich schenke mir ein neues Leben*, *Der Engel-Ratgeber*, *Diana Cooper's Engel-Karten*, *Die Engel – deine Freunde* und *Der spirituelle Lebens-Ratgeber*.

www.dianacooper.com